Stefan Burban

Brüder im Geiste

Stefan Burban

BRÜDER IM GEISTE

Eine Veröffentlichung des
Atlantis-Verlages, Stolberg
August 2014

Druck: Schaltungsdienst Lange, Berlin

Titelbild: Allan J. Stark
Umschlaggestaltung: Timo Kümmel
Lektorat und Satz: André Piotrowski

ISBN 978-3-86402-164-0

Besuchen Sie uns im Internet:
www.atlantis-verlag.de

Prolog

Willkommen in der Hölle

Noch einmal stürmt, noch einmal, liebe Freunde ...
William Shakespeare, König Heinrich, 3. Akt, 1. Szene

Die Kufen des altersschwachen Truppentransporters der Gargoyle-Klasse senkten sich schwer auf das Landefeld. Das Metall ächzte vor Beanspruchung und man erwartete halb, dass das Schiff doch noch in den letzten Momenten auseinanderbrechen würde, obwohl es den Wiedereintritt in die Atmosphäre des Planeten überstanden hatte.

Die Tore zum Mannschaftsabteil öffneten sich quietschend und entließen die menschliche Fracht nach beinahe einem Monat endlich ins Freie. Die Gargoyle-Klasse war eigentlich als Kurzstreckenschiff zwischen nahe gelegenen Systemen konzipiert und die sanitären Einrichtungen an Bord dementsprechend bescheiden. Daher war der überwiegende Teil der Passagiere froh, dem überwältigenden Gestank im Inneren zu entkommen, der ein Gemisch aus den Körperausdünstungen von fast zweitausend Menschen war. Die meisten hatten seit Antritt der Reise nicht mehr geduscht. Selbst einfachste Körperhygiene stellte an Bord dieses rudimentär ausgestatteten Schiffes ein Problem dar.

Erst einmal im Freien, holten die meisten Passagiere des Schiffes tief Luft – der erste unbeschwerte Atemzug seit über dreißig Tagen.

Derek Carlyle setzte seinen Fuß auf die Rampe des Schiffes und kniff die Augen unwillkürlich vor dem Licht zusammen, das die beiden Sonnen Alacantors spendeten. Für jemanden, der wie er von Rainbow stammte, war das Licht ausgesprochen grell und es brannte in seinen Augen, sodass sie praktisch augenblicklich anfingen zu tränen. Er angelte seine Sonnenbrille aus der Brusttasche seiner Jacke und setzte sie auf.

»Viel besser«, seufzte er erleichtert.

»Hey, kleiner Mann«, pöbelte ihn jemand an. »Geht's da vorne auch mal weiter? Du versperrst den Eingang.«

Derek drehte sich um, um dem Rüpel eine angemessene Antwort zuteilwerden zu lassen, doch die Worte blieben ihm im Halse stecken. Hinter ihm stand ein Mann, der allem Anschein nach ohne Weiteres in der Lage schien, ohne Hilfe einen Baumstamm zu stemmen. Einen großen.

»Ähm ... 'tschuldigung«, nuschelte Derek und setzte sich wieder in Bewegung. Manchmal war es besser, sich nicht wegen einer Nichtigkeit auf einen Streit einzulassen, vor allem wenn besagter Streitgegner aussah, als sei er ein schiefgelaufenes genetisches Experiment.

Derek selbst war eins siebzig groß, ein wenig untersetzt und durch den Monat in dem Schiff so blass, dass man ihn für eine Wasserleiche hätte halten können.

Die Menschen aus dem Gargoyle-Truppentransporter sammelten sich auf dem Landefeld, wobei es so aussah, als wüsste niemand so recht, was jetzt zu tun sei.

Derek verfügte nur über geringe militärische Erfahrung und selbst diese war ... nun ja ... nichts, mit dem man prahlen konnte. Doch selbst er erkannte, welchen Wert als Soldaten die hierher verfrachteten Menschen innehatten: Er entsprach irgendetwas zwischen null und einer Zahl im Minusbereich. Aber gut, nun waren sie einmal hier, um ihrem Volk und ihrer Heimat zu dienen.

Er sah sich missmutig um.

Was immer das hier auch bedeuten mochte.

Aus dem Orbit hatte Alacantor wie eine riesige gelbe Fläche gewirkt. Nun, aus der Nähe betrachtet, bemerkte er erst, wie sehr dieser Eindruck zutraf. Der Planet bestand zu gut sechzig Prozent aus Ackerland. Aufgrund der beiden Sonnen und der Bahn, die der Planet um diese zog, herrschte auf Alacantor das ganze Jahr über Erntezeit. Der Planet war eine gigantische Nahrungsmittelfabrik. Die Bevölkerung zählte etwa vierhunderttausend Menschen, wobei sich der Großteil auf etliche Farmen und Bauernhöfe verteilte. Die einzige größere Stadt auf dem Planeten war die Hauptstadt Crossover, die den militärisch genutzten Raumhafen des Planeten beherbergte. Der einzige andere Raumhafen lag bei der Stadt Carras. Dieser wurde aber hauptsächlich zum Verladen und Verschiffen der Handelswaren des Planeten - sprich der Nahrungsmittel - genutzt.

Vor dem Krieg hatte es insgesamt sieben Kolonien gegeben, die sich auf die Produktion von Nahrung oder die Zucht von Nutzvieh spezialisiert hatten. Zwei davon befanden sich jetzt tief hinter den feindlichen Linien und galten als verloren. Blieben nur noch fünf und diese waren zum Glück weit außerhalb der Reichweite der Ruul.

»Was für ein Dreckloch!«, maulte der hünenhafte Kerl, der ihn schon auf der Rampe angepöbelt hatte.

»Ein wenig mehr Respekt«, meinte Derek halbherzig. »Dieser Planet ernährt Milliarden von Menschen und Dutzende von Welten.«

»Hab ich dich vielleicht nach deiner Meinung gefragt?« Ohne auf ein Antwort zu warten, stapfte der Kerl an ihm vorbei.

Oh Derek. Wann lernst du es endlich mal, deine große Klappe zu halten?

Derek schmunzelte über sich selbst, als er sich zu den anderen Rekruten gesellte. Die Sonne brannte auf das Flugfeld, doch niemand kam, um sie zu begrüßen oder überhaupt einzuweisen. Stattdessen verharrten sie dort neben dem Truppentransporter wie bestellt und nicht abgeholt.

Wie viele Stunden sie dort standen, wusste Derek am Ende nicht zu sagen. Er wusste nur noch, dass sie fast den ganzen Tag dort blieben. Ohne Wasser oder Nahrung. Wer sich auf eine heiße Dusche gefreut hatte, wurde enttäuscht, denn statt erfrischendem Wasser, das über ihre Köpfe lief, tränkte Schweiß ihre Körper. Nicht wenige wurden ohnmächtig und sanken auf dem Asphalt zusammen.

Derek vermutete schon, man könnte sie vielleicht vergessen haben, als zwei Männer aus einem der Gebäude traten und sich der zusammengewürfelten Truppe näherten.

Der eine war klein und untersetzt, mit dichtem Bart und stechenden Augen. Auch ohne die Rangabzeichen auf der Brust zu sehen, wusste Derek sofort, dass er einen Unteroffizier vor sich hatte. Diesen Typus erkannte er auf hundert Kilometer.

Der andere war offenbar Offizier. Als das Duo näher trat, entdeckte er die Abzeichen eines Lieutenant Colonels am Kragen. Der Mann war nur einen Kopf größer als Derek und schien in den Vierzigern zu sein. Er war schlank, hatte ein wenig Muskeln, das dunkle Haar war zurückgekämmt, das Gesicht glatt rasiert. Auf den ersten Blick wirkte der Offizier sogar recht sympathisch. Nicht so wie viele andere, die auf niedere Dienstgrade herabsahen.

Derek hatte für Offiziere nicht viel übrig. Sie gaben Befehle und andere trugen die Konsequenzen. In den meisten Fällen bedeutete das, sie starben.

Derek fiel auf, dass die Augen des Mannes ein wenig zu unbeständig hin und her huschten. Nach seinem Dafürhalten gab es für so ein Verhalten nur zwei Erklärungen: Entweder er rechnete jederzeit damit, dass Slugs hinter der nächsten Ecke hervorkamen, oder es mangelte ihm an Selbstvertrauen. Vielleicht auch eine Mischung aus beidem. Falls der Offizier einen Dachschaden hatte, passte er auf jeden Fall beunruhigend gut in diese Einheit.

Das Duo blieb vor der Menschenmenge stehen. Der Offizier verschränkte die Arme hinter dem Rücken, während der Unteroffizier vortrat und mit volltönender Stimme zu sprechen begann.

»Mein Name ist Lucas Delaney. Master Sergeant Lucas Delaney. Ich bin der ranghöchste Unteroffizier dieser Einheit und in dieser Funktion habe ich die zweifelhafte Ehre, eure Ausbildung zu leiten und zu überwachen.« Er blickte sich unter den gespannt wartenden Personen aufmerksam um. »Und eines will ich gleich vorneweg sagen: Ich bin kein netter Mensch. Ich bin nicht euer Freund und vor allem bin ich nicht eure Mami. Ich werde euch schleifen, bis ihr eure Eingeweide auskotzt und ihr euch wünschen werdet, wieder zu Hause bei Muttern zu sein. Und danach schleife ich euch weiter, nur weil ich Lust dazu habe. Hier und heute ist das einzige Mal, dass ich ein derart schlampiges Auftreten toleriere. Ab sofort werdet ihr vorschriftsmäßig Aufstellung nehmen, sobald ihr antretet, und das heißt eine Armlänge von eurem Nachbarn sowie von eurem Vordermann entfernt.« Unruhiges Gemurmel brandete unter den Zuhörern auf. Denjenigen, die der Meinung gewesen waren, in einer Freiwilligeneinheit sei es leichter, wurde nun bewusst, wie sehr sie sich geirrt hatten.

»Zunächst einmal«, fuhr der Master Sergeant fort, »ein paar grundsätzliche Dinge. Wisst ihr eigentlich, warum ihr hier seid?«

Derek bemerkte, wie sich viele seiner Leidensgenossen gegenseitig unsichere Blicke zuwarfen, doch niemand wagte, sich zu melden. Niemand wollte es riskieren, bereits zum jetzigen Zeitpunkt in den Fokus ihres Ausbilders zu geraten.

Delaney schnaubte abfällig. »Das hatte ich auch nicht erwartet. Dann will ich euch mal aufklären. Die Ruul haben vor nicht ganz einem Jahr einen erfolgreichen Angriff gegen das schwer befestigte Serena-System gestartet und dort einen Brückenkopf errichtet, der dazu dient, den Planeten unter ihre Kontrolle zu bringen.

Seit diesem Angriff ist die Fortress-Linie nicht länger sicher und ruulanische Überfallkommandos werden zunehmend frecher und greifen immer wieder Kolonien hinter der Frontlinie an. Das Oberkommando in seiner unendlichen Weisheit hat nun beschlossen, auch weniger taugliche Rekruten einzuziehen, um sie als Garnisonstruppen einzusetzen. Und wisst ihr auch wieso?« Dieses Mal wartete er gar nicht erst auf eine Antwort. »Ihr sollt richtige Soldaten für den Kampf an der Front freistellen. Denn die sind jetzt zu wichtig, um sie auf Garnisonsposten zu vergeuden. Sie werden eingesetzt, um gefährdete Planeten zu sichern und die Truppen bei Serena zu unterstützen.«

Bei der Bemerkung *richtige Soldaten*, brandete erneut Gemurmel auf, das diesmal entschieden wütend klang. Viele der Anwesenden fühlten sich durch diese Wortwahl offenbar beleidigt. Derek war sich leider bewusst, dass diese Bemerkung, wenn auch taktlos, doch der Wahrheit entsprach. Die meisten Menschen, die ihn umgaben, hätten keine Chance bei regulären Einheiten gehabt.

»Einige von euch haben bereits in militärischen Einheiten gedient, haben aber aus irgendwelchen Gründen versagt oder den Dienst quittiert.« Derek fühlte Delaneys Blick auf sich ruhen und fragte sich, ob das etwas zu bedeuten hatte angesichts des Themas, das der Master Sergeant gerade ansprach. »Andere haben nie beim Militär gedient und ohne die neu aufgestellten Freiwilligenregimenter hätte man nie auch nur daran gedacht, ihnen eine Waffe in die Hand zu drücken. Aber die Zeiten sind nicht rosig und jeder Mann und jede Frau werden dringend gebraucht, um unsere Welten zu schützen.«

Der Master Sergeant seufzte. »Ich persönliche halte es für Verschwendung von Zeit und Ressourcen, euch ausbilden und ausrüsten zu wollen. Ihr werdet erst kämpfen, wenn Schweine das Fliegen lernen.«

»Tolle Motivationsrede von unserem Ausbilder«, sprach Derek unvermittelt eine amüsiert klingende Stimme von rechts an. Der Mann, von dem die Bemerkung kam, war etwas kleiner als Derek und drahtig. Der Kerl war relativ jung, vielleicht so um die zwanzig. Jovial streckte er Derek die Hand hin.

»Kolja Koslov«, stellte er sich vor. Derek erwiderte die Begrüßung.

»Derek Carlyle.«

»Freut mich.«

Derek nickte als Antwort lediglich und versuchte, weiter Delaneys Ausführungen zu folgen, während Kolja neben ihm munter drauflosplapperte.

Der Sergeant ließ den Blick über die versammelte Menge gleiten, während er zum letzten Teil seiner Rede kam.

»Es gibt bei den Bodenstreitkräften des Terranischen Konglomerats fünf Einstufungen für aktive Kampfeinheiten: Elite, Veteranen, fronttauglich, garnisonstauglich, was für Milizeinheiten reserviert ist, und grüne Rekruten. Extra für Freiwilligenregimenter wurde eine sechste Einstufung eingeführt: Hilfstruppen. Das seid ihr jetzt. Hilfstruppen. Nicht mehr und nicht weniger. Das bedeutet, ihr steht rangmäßig sogar unter der Miliz, was schon einiges heißt.« Delaney spuckte aus. »Ihr seid jetzt das 171. Freiwilligenregiment mit temporärem Standort Alacantor. Temporär deshalb, weil ihr jederzeit woanders hingeschickt werden könnt, falls irgendwo Garnisonstruppen gebraucht werden. Technisch gesehen gehört ihr zur TKA. Derzeit stehen vier reguläre TKA-Regimenter auf Alacantor, die allerdings alle in den nächsten Monaten abrücken werden. Und dann, meine Freunde, seid ihr für die Sicherheit von Alacantor verantwortlich. Es stehen außerdem noch vier Milizregimenter auf dem Planeten, die sich aus Einheimischen zusammensetzen, doch ihr werdet mit denen nicht viel zu tun haben.«

Delaney blickte in gespieltem Entsetzen zum Himmel. »Gott stehe uns bei!«

Der Master Sergeant drehte sich halb um und deutete auf den schweigsamen Offizier hinter ihm. »Dies ist Lieutenant Colonel Ethan Wolf, der Kommandeur des 171. In den nächsten Tagen dürft ihr euch noch ausruhen. Wir werden die Zeit nutzen, um mit einigen von euch persönlich zu sprechen. Dieser ausgewählte Personenkreis ist nicht ganz so nutzlos wie der Rest von euch und wird im Regiment als Zug- und Kompanieführer dienen. Bildet euch nicht zu viel darauf ein, ihr werdet nur ausgewählt, weil es an besseren Alternativen mangelt.«

Er deutete auf eine Anzahl Baracken, die knapp einen Kilometer nördlich des Flugfeldes lagen.

»Das dort sind eure Unterkünfte. Richtet euch dort ein. Ihr werdet sie eine Weile nutzen.«

Der Master Sergeant machte Anstalten, sich umzudrehen, überlegte es sich jedoch im letzten Augenblick noch einmal anders und sagte: »Willkommen auf Alacantor!«

Derek fragte sich, ob er der Einzige war, der den sarkastischen Unterton in der Stimme Delaneys erkannte.

Teil I

Ausbildung

Jede Kriegsführung beruht auf Täuschung
»Die Kunst des Krieges« von Sun Tzu

1

Die Baracken waren ebenso heruntergekommen wie der Truppentransporter, der sie hergebracht hatte. Sie schienen darüber hinaus auch genauso alt zu sein. Trotzdem fielen viele der Rekruten des neuen 171. Regiments auf die unbequemen, harten und unbezogenen Matratzen, sobald sie sich eine Schlafstatt gesichert hatten, und fingen sofort an zu schnarchen.

Die Baracken waren mit Doppelbetten ausgerüstet, auf denen Bettzeug lag. Derek sicherte sich die obere Matratze eines Bettes im hinteren Teil der Unterkunft. Direkt neben seinem Bett befand sich ein Fenster, wodurch die Geruchsbelästigung auf ein Minimum reduziert und das für angenehme Kühlung sorgen würde. Er faltete das Bettzeug auseinander und machte sich daran, sein Bett zu beziehen. Er achtete peinlich genau darauf, dass eine Münze von dem Bettlaken abprallen könnte. Ein Überbleibsel seiner militärischen Ausbildung. Die Macht der Gewohnheit war schwer abzulegen.

Kolja sicherte sich das Bett unter Derek, wobei er ein vergnügtes Grinsen zur Schau stellte. So langsam ging es Derek gehörig auf die Nerven.

»Was hat dich hierher verschlagen?«, fragte Kolja, während er einen Seesack mit seinen wenigen Habseligkeiten auspackte.

»Lange Geschichte.«

»Das sind die besten.«

»Nicht wirklich«, hielt Derek dagegen und hoffte, das Gespräch sei damit beendet, doch Kolja hatte nicht vor, es ihm einfach zu machen.

»Warst du schon mal Soldat?«

Derek stutzte und sah sich zu dem kleineren Mann um. »Wie kommst du darauf?«

»Ich weiß nicht. Ist bloß eine Vermutung. Jedenfalls beziehst du dein Bett wie einer.«

Derek lächelte leicht angesichts des überraschenden Scharfsinns seines neuen Kameraden.

»Ja, ich war mal bei einer planetaren Miliz.«

»Wo?«

Derek machte sich wieder daran, sein Bett zu beziehen. »Weit weg. Das war in einer anderen Zeit. Einem anderen Leben.«

Kolja musterte ihn schweigend und vermittelte den Eindruck, noch etwas sagen zu wollen, doch schließlich zuckte er die Achseln und widmete sich erneut seiner Arbeit.

»Das ist mein Bett«, sprach ihn unvermittelt eine harte Stimme an. Derek und Kolja sahen sich gleichzeitig um. Ihnen stand der große Rüpel gegenüber, der ihm schon auf dem Flugfeld aufgefallen war. Der Kerl deutete auf Koljas Schlafstatt.

»Tut mir leid«, sagte dieser, »aber wer zuerst kommt, malt zuerst.«

Der Riese kam drohend näher. »Ich sagte, das ist mein Bett.«

Der Hüne ragte gut drei Köpfe über Kolja auf. Dieser wurde sichtlich bleich, da ihm langsam ein Licht aufging, in was für Schwierigkeiten er sich befand.

Derek kannte diesen Typ Mensch. In seiner Schulzeit hatte man so etwas gemeinhin einen Rowdy genannt. Sie bekamen normalerweise, was sie wollten, einfach weil sie stärker und größer waren als alle anderen – allerdings waren sie auch immer ein wenig unterbelichtet. Derek hatte in seiner Schulzeit selbst mal so jemanden gekannt. Er hatte die ganze Klasse tyrannisiert. Solche Kerle waren die Pest. Bei der Erinnerung daran, grinste Derek verschmitzt. Ja, der Kerl war wirklich die Pest gewesen ... bis er auf jemand getroffen war, der noch größer und stärker gewesen war als er selbst. Nach dieser Begegnung war er nicht mehr so großspurig gewesen.

Solche Typen versuchten, in einer neuen Umgebung sofort eine dominante Position einzunehmen, weil sie der Meinung waren, sich behaupten zu müssen. Die beste Methode hierzu war es, Schwächere zu drangsalieren.

Derek hatte es sich auf seine Fahnen geschrieben, nie einem solchen Rowdy einen Grund zu liefern, es auf ihn abzusehen. Niemals. Es war besser, sich aus Schwierigkeiten herauszuhalten.

Doch als er sah, wie Kolja vor dem viel Größeren in sich zusammenfiel und auch noch anfing, unkontrolliert zu zittern, ging es mit ihm durch und er sagte etwas, das er selbst als äußerst dumm empfunden hätte – wenn er sich denn die Zeit genommen hätte, darüber nachzudenken.

»Warum suchst du dir nicht einfach jemand anderen zum Spielen? Der Junge hat das Bett zuerst belegt.«

Der Blick des Hünen richtete sich auf ihn, die Augenbrauen zogen sich drohend über der Nasenwurzel zusammen. Widerspruch war er offenbar nicht gewohnt.

»Sieh einer an. Schon wieder du. Kümmer dich um deinen eigenen Scheiß! Ich bestimme, wo ich schlafe.«

Halt die Klappe, Derek! Halt einfach die Klappe!, beschwor er sich selbst. Derek seufzte.

»Ich weiß nicht, aus welcher Kloake du gekrochen bist, aber hier beim Militär läuft es anders.«

»Kloake?« Der Hüne richtete sich zu voller – beachtlicher – Größe auf und schob Kolja beiseite, der über die Verlagerung der Aufmerksamkeit seines Widersachers sichtlich erleichtert wirkte.

»Wiederhol das doch noch mal, Großmaul!«

»Das Großmaul hier bist du. Schüchterst Schwächere ein und denkst, dass du damit durchkommst.«

Der Hüne packte Derek am Kragen. »Du brauchst wohl eine Lektion in gutem Benehmen.«

»Du scheinst von dir selbst auf andere zu schließen«, mischte sich eine andere Stimme ein.

Der Hüne und Derek wandten sich dem Neuankömmling gleichzeitig zu. Der Mann war etwa so groß wie Derek und von stämmiger Statur, was nicht bedeutete, er wäre mollig gewesen. Ganz im Gegenteil, seine Stämmigkeit rührte von einer gut definierten Muskulatur her. Sein Hautteint war um einige Nuancen dunkler als bei allen anderen Anwesenden. Außerdem trug der Mann einen roten Punkt auf der Stirn. Und noch etwas anderes fiel Derek auf: Der Mann zeigte vor dem Rüpel keinerlei Angst.

»Was haben wir denn da?«, höhnte der riesenhafte Kerl. »Noch einen potenziellen Todeskandidaten.«

»Lass ihn los!«, erwiderte der Neuankömmling ungerührt. »Sofort!«

Der Rüpel gehorchte sogar und ließ Derek los, jedoch nur um noch in derselben Bewegung mit seiner Faust auszuholen. Der Schlag hätte den anderen mit Sicherheit gefällt, wenn er denn getroffen hätte.

Der dunkelhäutige Mann wich gekonnt nach links aus, seine Hand kam in einer geschmeidigen Bewegung hoch, die Finger wie tödliche Dolche ausgestreckt.

Er stieß seine Fingerspitzen kaltblütig gegen den Adamsapfel seines Gegners. Dieser keuchte auf und klappte wie ein nasser Sack in sich zusammen, während er verzweifelt versuchte, zu Atem zu kommen.

»Ich hätte dich töten können«, sprach der Fremde ungerührt weiter, als hätte die Konfrontation gar nicht stattgefunden. »Denk daran, wenn du das nächste Mal Streit suchst, und jetzt verschwinde!«

Der Riese sammelte den Rest seiner Würde ein und kroch unter dem wachsamen Blick des anderen zu einem noch freien Bett davon. In der Baracke war es mucksmäuschenstill. Die Auseinandersetzung wurde von Dutzenden Augenpaaren gespannt verfolgt. Nicht wenige musterten den dunkelhäutigen Mann mit großen Augen. Dieser gab vor, von alledem nichts zu bemerken, drehte sich ohne ein Wort um und ging zu seinem eigenen Bett zurück.

Derek und Kolja wechselten einen Blick und gingen ihm schließlich nach. Da die Auseinandersetzung beendet war, kehrte das Leben in die Baracke zurück, als sich alle wieder ihren jeweiligen Tätigkeiten widmeten.

»Danke«, sagte Derek ehrlich.

»Ja, von mir auch«, schloss sich Kolja immer noch ein wenig atemlos vor Ehrfurcht an.

»Mein Name ist Derek Carlyle, das ist Kolja Koslov«, stellte Derek sie beide vor.

Der andere widmete ihnen nur einen beiläufigen Blick. Derek überkam das ungute Gefühl, der Mann überlegte, ob er überhaupt antworten sollte.

»Narim Singh«, sagte er schließlich.

»Danke«, sprach Derek weiter. »Für deine Hilfe eben.«

»Schon gut. Ich verabscheue solche Typen.«

»Das war echt super«, plapperte Kolja drauflos. »Wirklich super. Wie du den Typen fertiggemacht hast. Mit solchen Fertigkeiten solltest du bei den regulären Truppen sein. Nicht bei unserem Haufen. Wo lernt man denn so was?«

Narim schwieg zunächst, als er doch antwortete, war sein Tonfall bar jeder Emotion. »Bei den ROCKETS.«

Derek stockte der Atem. Nun war es an ihm, den Mann vor Ehrfurcht anzustarren.

»Du warst bei den ROCKETS? Was zum Teufel machst du dann hier?«

»Ist das wichtig?«

»Ich ... ich bin nur neugierig.«

Narim überlegte angestrengt. Er drehte sich zu den beiden um und als er anfing zu sprechen, fiel ihm jedes Wort sichtlich schwer.

»Ich habe Mist gebaut. Hab im Gefängnis gesessen. Darauf folgte unehrenhafte Entlassung. Keine reguläre Einheit wird mich mehr nehmen.« Er sah sich in der Baracke um. »Die Anforderungen von Freiwilligeneinheiten sind jedoch wesentlich geringer. Sie sind die Einzigen, die mich noch haben wollen.« Er lachte humorlos. »Besser als nichts ... irgendwie.«

»Das ist ... tragisch«, sagte Derek in Ermangelung besserer Worte.
»Ja«, erwiderte Narim emotionslos. »Das ist es.«
»Und ihr beide?«, fragte Narim interessiert. »Was verschlägt euch zu dieser Reserveeinheit?«
Kolja zuckte die Achseln. »Ich wollte am liebsten zum Gebirgsjägerkorps der TKA.«
»Und was hielt dich auf?«, fragte Derek.
»Na, unter anderem meine panische Höhenangst – und noch ein paar andere Phobien. Also haben sie mir die Wahl gelassen. Entweder das Zivilleben oder diese Einheit.« Er breitete die Arme aus. »Und hier bin ich.«
Narims Blick richtete sich auf Derek. »Und du?« Derek fühlte plötzlich auch Koljas neugierigen Blick auf sich und ihm wurde klar, dass er um dieses leidige Thema wohl nicht herumkam.
»Ich war bei der planetaren Miliz auf Rainbow, als die Invasion begann.«
Narim zog beeindruckt eine Augenbraue hoch und stieß einen lang gezogenen Pfiff aus. »Da hast du ja einiges hinter dir. Ein heldenhafter Kampf. Meine Anerkennung.«
Derek sah betreten zu Boden. Er wusste genau, worauf Narims Anspielung abzielte. Die Verteidiger von Rainbow hielten während der Invasion durch die Slugs die Invasoren vor der planetaren Hauptstadt fast einen vollen Tag auf und verschafften dem Großteil der Bevölkerung kostbare Stunden für die Evakuierung. Die Verluste der Verteidiger waren jedoch erschreckend hoch. Neun von zehn Soldaten der damaligen Schlacht waren tot oder galten seither als vermisst.
»Danke, aber diese Schlacht ist nichts, woran ich mich gern erinnere.«
»Glaub ich gern.«
»Ich gehörte zu den wenigen, die es bis zur Evakuierung geschafft haben. Von Rainbow ging es gleich nach Fortress, wo ich eine der schlimmsten Schlachten des Krieges erleben durfte.« Dereks Stimme troff vor Verbitterung und Sarkasmus.
»Als die Ruul zurückgeschlagen waren und es schien, als würden sie Ruhe geben, hab ich bei nächstbester Gelegenheit den Dienst quittiert.«
»Und jetzt willst du wieder mitmischen?«
»So ungefähr, aber wenn man das Militär einmal in einer Krisensituation verlässt, nehmen sie einem das ziemlich krumm. Es geht mir wie dir. Eine andere Einheit als ein Freiwilligenregiment wollte mich nicht nehmen.«
Narim zuckte lässig mit den Achseln. »Wir haben doch alle unsere Vorgeschichte. Umsonst ist niemand bei einem Freiwilligenregiment. Wisst ihr,

wie man solche Einheiten gemeinhin beim Militär nennt? Abfalleimer. Weil diese alles aufnehmen, was sonst nie eine Waffe in die Hand bekommen würde. Ausnahmslos sind wir gescheiterte Existenzen.«

Derek nickte.

Den wichtigsten Teil seiner Erzählungen ließ er jedoch wohlweislich aus. Nicht aus Angst, was die anderen von ihm denken mochten, sondern aus Scham über das eigene Handeln. Er hatte es nur deshalb zur Evakuierung geschafft, weil er früher als alle anderen mit seiner Einheit den Rückzug angetreten hatte. Auf die Weise hatte er eines der letzten Evakuierungsschiffe erreicht.

Eine Anklage wegen Pflichtverletzung oder Feigheit vor dem Feind hatte es nicht gegeben, aber schlicht und ergreifend aus dem Grund, weil er technisch gesehen das Recht gehabt hatte, seiner Einheit den Rückzug zu befehlen. Zu diesem Zeitpunkt hatte niemand mehr den Oberbefehl geführt. Jeder lokale Kommandeur, angefangen bei Zugführern bis hin zu Bataillonskommandeuren, hatte weitestgehend freie Hand gehabt. Trotzdem änderte dies nichts daran, dass er sich selbst als Feigling sah. Er war in Panik geraten und hatte seine Leute im Stich gelassen, die nach seinem Abzug noch stundenlang weitergekämpft hatten. Auf Fortress hatte er dann versucht, sich zu beweisen, sich selbst davon zu überzeugen, dass er kein Feigling war. Trotzdem hatte er nach der Schlacht den Dienst quittiert, weil er die Blicke anderer Soldaten nicht ertragen konnte. Ein solches Verhalten ließ sich nicht lange geheim halten und Gerüchte über ihn hatten schnell die Runde gemacht.

Dieses Mal wird alles anders, schwor er sich insgeheim.

Die nächsten Stunden verbrachten sie damit, sich in ihre neue Umgebung einzugewöhnen und sich gegenseitig kennenzulernen. Wie sich herausstellte, kam Kolja aus Wladiwostok und Narim aus Indien.

Vor allem in der Kennenlernphase zeigte sich, dass Narims Sicht der Dinge durchaus nicht von der Hand zu weisen war.

Da war zum Beispiel der Riese, mit dem Derek, Kolja und Narim aneinandergeraten waren. Sein Name war Manoel Calderon. Er stammte aus der Akosta-Kolonie nahe der RIZ. Er gab recht freimütig zum Besten, dass der psychologische Dienst der Streitkräfte ihn abgelehnt hatte. Wegen AMI.

Derek verdrehte bei dieser Äußerung vor Frust die Augen. Das konnte ja heiter werden. AMI stand für Akute Mentale Instabilität und bedeutete im Klartext, dass der Mann nicht alle Tassen im Schrank hatte. Er neigte zu cholerischen Ausrastern, die im Ernstfall nicht nur ihn, sondern seine ganze Einheit gefährdeten. Dass ihn eine Freiwilligeneinheit aufgenommen hatte, bewies überdeutlich, wie verzweifelt man auf der Suche nach Soldaten war und dass man praktisch jeden nahm, so unbrauchbar und sogar gefährlich er auch war. Nach eigener Angabe war er ein recht brauchbarer Scharfschütze. Das mochte stimmen oder nicht. Keiner der Anwesenden hatte die Möglichkeit, das nachzuprüfen. Vermutlich war der Mann einfach nur ein Aufschneider.

Die nächste in der Runde war Gina Hooper, die ihrem gewalttätigen Ehemann davongelaufen war und das Militär quasi als Versteck nutzte. Dass es sich durchaus im Bereich des Möglichen befand, dass man auf sie schießen könnte, schien dabei völlig an ihr vorüberzugehen. Sie stammte aus der Marskolonie.

Eveline DaSilva, die in einem der orbitalen Habitate des Jupitermondes Titan geboren und aufgewachsen war, hatte es aus purer Langeweile zu den Streitkräften verschlagen. Dass sie eine eher lockere Moral und ein freches Mundwerk hatte, das sie nur schwer im Zaum hielt, verhinderte, dass sie zu einer regulären Einheit kam. Derek vermutete, dass ihre Beweggründe, zum Militär zu gehen, ebenfalls zu dieser Entscheidung beigetragen hatten.

Jessica Cummings schien noch die normalste der Anwesenden zu sein. Sie stammte ebenfalls von Rainbow und hatte es mit den letzten Transportern geschafft, evakuiert zu werden. Leider hatte sie während der Kämpfe ihre ganze Familie verloren. Ehemann und zwei Kinder. Der psychologische Dienst hatte ihr schwere Depressionen bescheinigt, was sie vom Eintritt in eine reguläre oder sogar Fronteinheit automatisch ausschloss.

Manfred Baumann, der aus der Neu-Berlin-Kolonie stammte, hatte sogar bei den Marines gedient. Vor zwei Jahren war er während eines ruulanischen Überfalls schwer verwundet worden. Sein rechter Arm war durch eine Prothese ersetzt worden. Danach hatte man ihn vor die Wahl gestellt: ehrenhafter Ruhestand oder Dienst bei einer Freiwilligeneinheit. Seine Entscheidung mochte den einen oder anderen verwundern, doch Derek hatte auf Rainbow Soldaten wie Baumann gekannt. Solche Männer ließen sich von etwas so Belanglosem wie einem verlorenen Arm nicht davon abbringen, das zu tun, was sie als ihre Pflicht ansahen.

Yato Kamamura, ein kleiner und spindeldürrer Asiate, war auf der Flucht vor den Ermittlungsbehörden auf der Kyotokolonie, wobei Flucht in diesem Fall nicht wirklich zutraf. Bei geringen Vergehen bot man den Betreffenden neuerdings eine Amnestie an, falls sie sich zu einer Freiwilligeneinheit meldeten. Nach drei Jahren Dienst, wurde das Vergehen endgültig als erledigt betrachtet und die Kriminellen durften ins Zivilleben zurückkehren.

Die Letzte im Bunde war Nadja Rouganova, eine etwas untersetzte, rothaarige Tschechin von der Erde. Sie gehörte zu den wenigen, die aus Überzeugung hier waren. Sie glaubte tatsächlich daran, dass es wichtig war, dass es solche Einheiten wie das 171. gab. Andere, wichtige Einheiten sollten entlastet werden. Sie erzählte, dass sie sich am liebsten zu einer TKA-Einheit gemeldet hätte, doch einige Beschwerden, an denen sie litt, hätten dies verhindert. Was dies für Beschwerden waren, erzählte sie jedoch nicht. Für Dereks Dafürhalten, sah sie ganz gesund aus. Derek musterte jeden Einzelnen nachdenklich. Sie waren wirklich ein heruntergekommener Haufen Verlierer.

2

Derek klopfte zaghaft an die Tür. Es folgte eine Pause von wenigen Sekunden, die er nutzte, um seine neue TKA-Uniform glatt zu streichen.

Sie hatten die Uniformen erst gestern bekommen und sie zu tragen, fühlte sich irgendwie seltsam an. Als würde er nicht hineingehören. Die Uniform entsprach in fast jedem Detail den Uniformen anderer TKA-Einheiten, bis auf einen Unterschied. Die Freiwilligenregimenter erhielten Uniformen, die am linken und rechten Ärmel jeweils einen blauen Streifen aufwiesen.

Als ob es nötig wäre, uns noch mehr auszugrenzen, dachte Derek missmutig.

Die letzten sieben Tage hatten seine Kameraden und er damit zugebracht, sich in ihr neues Zuhause einzugewöhnen. Sie hatten sich in den Baracken häuslich eingerichtet und sie erst mal von oben bis unten geputzt, da sie wohl längere Zeit nicht benutzt worden waren. Anschließend hatten sie sich mit ihrer neuen Umgebung vertraut gemacht und einige Streifzüge durch die Städte unternommen.

Abgesehen von den Soldaten der regulären TKA-Einheiten, die sie alle mit unverhohlenem Argwohn beäugten, standen – wie Delaney bereits erwähnt hatte – auch noch vier Milizregimenter auf Alacantor. Die TKA hielt sich weitgehend von den Mitgliedern der Freiwilligenregimenter fern, nicht aber die Miliz. Die Milizionäre fühlten sich von den Neuankömmlingen wohl durch deren bloße Gegenwart persönlich beleidigt, sodass es zu mehreren Schlägereien gekommen war. So lange, bis Master Sergeant Delaney bis auf Weiteres jeden Freigang gestrichen hatte. Seitdem drehten die Soldaten des 171. Däumchen – im wahrsten Sinne des Wortes.

In den letzten zwei Tagen hatte Wolf schließlich damit begonnen, einzelne Rekruten zu sich zu rufen. Es kursierte das hartnäckige Gerücht, es gehe um die Besetzung verschiedener Ränge des neuen Regiments. Andere behaupteten, Wolf wolle sich von jedem Soldaten ein eigenes Bild machen. Es mochte vielleicht sein, dass der Zweck der Unterredung eine Kombination beider Gründe war. Nun war Derek an der Reihe, dem großen Obermacker des Regiments gegenüberzutreten. Eine Erfahrung, auf die er gut hätte verzichten können.

Er öffnete die Tür zu Wolfs Büro und der Lieutenant Colonel saß hinter einem Schreibtisch, der schon deutlich bessere Tage erlebt hatte. Tatsächlich wirkte die ganze Einrichtung des Büros etwas heruntergekommen und irgendwie zusammengeschustert. Damit passte das Büro perfekt zum Zustand des ganzen Regiments.

Der Gedanke entlockte Derek ein leichtes Schmunzeln.

»Setzen Sie sich!«, bellte Delaney. Der Master Sergeant saß mit durchgedrücktem Rücken in einem recht unbequem aussehenden Sessel zu Wolfs Linker. Derek fragte sich, ob der Mann überhaupt fähig war, sich zu entspannen, so wie er dasaß.

Derek tat wie ihm geheißen, durchquerte den Raum und setzte sich auf einen schmucklosen Stuhl gegenüber des einzigen Offiziers im Raum.

Lieutenant Colonel Ethan Wolf nahm im ersten Augenblick keinerlei Notiz von Derek. Vielmehr beschäftigte ihn die Akte, die aufgeschlagen auf seinem Tisch vor ihm lag und in der er interessiert blätterte. Delaney im Gegenzug musterte Derek mit undurchschaubarer Miene.

Schließlich schlug Wolf die Akte zu und sah Derek durchdringend an.

»Warum sind Sie hier, Carlyle?«, fragte er mit emotionsloser Stimme.

Derek richtete sich unwillkürlich kerzengerade auf. »Um meinen Beitrag zu leisten.«

Wolf schnaubte auf und Derek sah aus dem Augenwinkel, wie Delaney die Augen verdrehte.

»Das ist lediglich ein Slogan, aber keine Antwort«, gab Wolf zurück und lehnte sich in seinem Stuhl zurück. »Also noch mal, warum sind Sie hier? Und diesmal bitte nichts, was Sie von einem Rekrutierungsplakat abgelesen haben.«

»Ich ... ich ...«, stammelte Derek, leicht aus dem Konzept gebracht.

»Hören Sie auf zu stottern«, bellte Delaney, »der Colonel hat Ihnen eine Frage gestellt.«

»Ich ... ich ...«, begann Derek von Neuem, »ich diente bei der Miliz auf Rainbow.«

»Ich weiß.« Wolf klopfte vielsagend auf die Akte vor sich auf dem Tisch. »Und wie ich sehe, wollten sie nach Fortress möglichst schnell weg vom Militär. Warum sollte ich Sie jetzt gebrauchen können?«

»Ich ... ich hatte damals furchtbare Angst. Ich konnte nicht mehr. Auf Fortress lagen wir im Dreck, während Tausende von Slugs unsere Stellungen stürmten und wir nicht wussten, ob wir die nächste Stunde überleben würden.«

»Das ist aber nur die halbe Wahrheit, nicht wahr?«, hielt Wolf dagegen.
»Was war auf Rainbow?«
»Sir?« Derek schluckte schwer
»Sie wissen genau, was ich meine.«
»Ja. Ich weiß.« Derek sah betreten zu Boden. Als er keine Anstalten machte weiterzusprechen, fuhr Wolf stattdessen fort.
»Ihre Einheit hat die Stellung, die sie verteidigen sollte, aufgegeben. Ohne Befehl, wie ich hinzufügen möchte. Das ist wohl einer der Gründe, weshalb Sie es rechtzeitig zur Evakuierung geschafft haben, nicht wahr?«
Dereks Kopf zuckte hoch. »Ich bin kein Feigling.«
»Wirklich nicht?«, zweifelte Wolf. »Dann erklären Sie es mir.«
Plötzlich sprudelten die Worte nur so aus ihm heraus. »Die Schlacht war vorbei. Es war gelaufen. Unsere Linie bröckelte und entlang der gesamten Verteidigung liefen Soldaten davon. Diejenigen von uns, die bis dahin die Stellung gehalten hatten, wollten nur noch leben. Ist das ein Verbrechen?«
»Nein, ein Verbrechen nicht«, stimmte Wolf zu. »Doch Ihr Verhalten lässt doch an Ihrer Eignung zum Soldaten zweifeln. Warum man sie nicht vors Kriegsgericht stellte, bleibt mir ehrlich gesagt ein Rätsel.«
Harte Worte, doch Derek wusste, dass sie der Wahrheit entsprachen. Er hatte keine Ahnung, was er groß darauf erwidern sollte, also entschloss er sich zur Flucht nach vorn.
»Der Planet war verloren. Die meisten Offiziere, die den Rückzug hätten anordnen können, waren tot oder bereits selbst geflohen, daher traf ich eine Entscheidung. Sie sehen es vielleicht als falsche Entscheidung an, aber ich habe überlebt, daher war es für mich persönlich die richtige Entscheidung.«
Er atmete tief durch.
»Und weshalb ich hier bin? Ich könnte jetzt sagen, dass ich Slugs töten möchte oder das Gefühl haben möchte, etwas Nützliches zu tun, aber das stimmt nicht. Zumindest nicht ganz. Vielleicht bin ich hier, weil ich Menschen wie Ihnen – und auch mir selbst – beweisen möchte, dass ich eben *kein* Feigling bin. Ich weiß es nicht. Aber Tatsache ist, dass ich hier bin, weil ich nicht weiß, wo ich sonst hinsoll. Und, wenn Sie mir eine Chance geben, werde ich Ihnen beweisen, dass ich einiges leisten kann.«
Der Lieutenant Colonel hörte sich die Litanei aus Dereks Mund kommentarlos an. Als er fertig war, schwieg Wolf lange Zeit, während er Derek musterte. Schließlich warf er Delaney einen ratlosen Blick zu. Dieser zuckte nur andeutungsweise mit den Achseln und sagte: »Wir haben noch weitaus schlimmere Kandidaten.«

Derek zuckte innerlich zusammen. Diese Worte schmerzten beinahe noch mehr als Wolfs Verachtung zuvor, doch er riss sich zusammen und wartete auf das unvermeidbare Urteil.

»Carlyle«, fuhr Wolf schließlich fort, »was wissen Sie über die Organisationsstruktur von Freiwilligenregimentern?«

Derek runzelte verwirrt die Stirn. »Unterschiedet die sich von regulären Einheiten?«

Wolf schnaubte erneut, diesmal ein Laut tiefer Frustration. »Oh ja. Reguläre Regimenter sind in drei Bataillone zu je fünf Kompanien zu je hundert Mann organisiert. Insgesamt also eintausendfünfhundert Mann. Bei uns ist das anders. Wir leiden chronisch an gutem Offiziersmaterial, daher sind Freiwilligenregimenter in zwei Bataillone zu je zwei Kompanien zu je vierhundert Mann, also insgesamt eintausendsechshundert Mann organisiert. Leider haben die meisten unserer Rekruten noch nie eine Waffe in der Hand gehabt, geschweige denn abgefeuert. Wir bilden unser Regiment also nicht in einer Militärakademie aus, sondern direkt im Feld. Klartext: hier auf Alacantor.«

Wolf blickte Derek einen Sekundenbruchteil durchdringend an. »Sie übernehmen Kompanie A des 1. Bataillons. Narim Singh übernimmt Kompanie B. Ihr Bataillonskommandeur wird Manfred Baumann sein, den ich zum Major ernannt habe. Herzlichen Glückwunsch, Captain. Mal sehen, was Ihre Beteuerungen wert sind, wenn es drauf ankommt.«

Als Derek Wolfs Büro verließ, fühlte er sich immer noch wie betäubt. Er? Captain? Mit dem Befehl über eine vierhundert Mann starke Kompanie? Das war wirklich der Witz des Jahrhunderts.

Derek kehrte umgehend in die Baracke zurück, da er dies erst mal verdauen musste. Dort angekommen, erfuhr er, dass Yato Kamamura die A-Kompanie und Nadja Rouganova die B-Kompanie des 2. Bataillons befehligen würden. Oberbefehl würde ein gewisser Björn Storker innehaben, den sie noch nicht kannten. Vermutlich war er in einer anderen Baracke untergebracht.

Des Weiteren würde Jessica Cummings zum Lieutenant ernannt und Zugführerin innerhalb von Dereks A-Kompanie sein und Kolja hatte es nur zum gemeinen Soldaten gebracht, allerdings ebenfalls in der A-Kompanie des 1. Bataillons. Eveline DaSilva und Gina Hooper würden als gemeine Soldaten in der B-Kompanie unter Narim Singh dienen.

Manoel Calderon hatte es tatsächlich geschafft, zu den Scharfschützen versetzt zu werden, einer separaten Einheit bestehend aus dreißig Mann innerhalb des Regiments. Niemand war wirklich traurig darüber, dass der Kerl damit per se zu keiner Kompanie gehörte und es somit weniger Berührungspunkte geben würde. Der Mann war allen unheimlich.

Als Calderon die Baracke verließ, folgten ihm Dutzende erleichterter Augenpaare. Die Scharfschützen wurden in einer anderen Unterkunft einquartiert.

Somit waren die wichtigsten Posten des Regiments besetzt, nun mussten nur noch die Löcher aufgefüllt werden.

Morgen kam die nächste Fuhre Freiwilliger an, um genau diesen Zweck zu erfüllen, und danach ging die Schinderei los. Wie Wolf und Delaney gesagt hatten, das Regiment wurde an Ort und Stelle ausgebildet. Die Leute mussten lernen, was es hieß, Soldat zu sein. Derek sah dieser Aussicht bereits mit einem leicht flauen Gefühl in der Magengegend entgegen.

3

»Aaachtung! Stillgestanden!«, brüllte Delaney. Seine durchdringende Stimme war sogar noch im hintersten Winkel des Exerzierplatzes zu vernehmen. Als wäre der letzte Befehl nicht ausreichend, fügte er noch hinzu: »Ruhe im Glied!«

Daraufhin eine Stimme aus einer der hinteren Reihen: »In welchem?«

Derek schloss die Augen und zählte langsam bis zehn. Er hoffte inständig, dass der Typ, der hier unbedingt den Clown spielen musste, nicht zu seinen Leuten gehörte.

Der erwartete Tobsuchtsanfall des Master Sergeants angesichts dieser Respektlosigkeit blieb jedoch aus. Stattdessen lächelte er süffisant und sagte: »Das ganze Regiment darf sich jetzt erst mal auf einen ausgedehnten Zwanzigkilometermarsch gefasst machen und bedanken dürft ihr euch dafür bei dem Scherzkeks in Kompanie B des 2. Bataillons.«

Derek schmunzelte.

Also keiner von meinen.

Kollektives Stöhnen begleitete die Ankündigung Delaneys, und während sich das gesamte Regiment auf den Weg machte, bemerkte Derek, wie mehrere Soldaten einem Rotschopf boshafte Blicke zuwarfen, die nichts Gutes für den Jungen bedeuteten. Derek bezweifelte, dass dieser je wieder derart frech sein würde, dafür würden dessen Kameraden schon sorgen.

Lieutenant Colonel Ethan Wolf sah den Soldaten nachdenklich hinterher, die von den Sergeants des Regiments auf Trab gebracht wurden. Einige keuchten bereits jetzt bedenklich, dabei hatte der Marsch doch noch gar nicht richtig angefangen.

Als einziger Sergeant war lediglich Delaney zurückgeblieben und gesellte sich zu seinem Kommandeur.

Wolf warf ihm einen leicht amüsierten Blick zu, bevor er das Gespräch eröffnete. »Und? Was meinen Sie?«

Als Antwort spuckte Delaney aus. »Ich denke mit Schaudern an den Tag, an dem wir tatsächlich kämpfen müssen.«

»So schlimm also?«

»Ich denke, Sie haben sich schon selbst ein recht genaues Bild gemacht, Colonel.«

»Das Bild, das ich mir gemacht habe, ist vielleicht etwas gnädiger als Ihres«, schmunzelte Wolf.

»Dann machen Sie sich was vor«, hielt Delaney dagegen. »Man schickt uns Leute, die eigentlich nie eine Waffe tragen dürften, und erwartet, dass wir mit ihnen Kriege führen.«

»Vergessen Sie nicht, Delaney, unsere Aufgabe ist es lediglich, Präsenz zu zeigen. Vielleicht hin und wieder Polizeiaufgaben. Nichts weiter. Wir sind hier, damit reguläre Einheiten nicht für Garnisonsdienste verschwendet werden. Mit etwas Glück werden die meisten von denen nie auch nur einen Schuss abgeben müssen.«

Wolf überlegte einen Augenblick. »Delaney? Haben Sie eigentlich je »Die Kunst des Krieges« von Sun Tzu gelesen?«

Delaney schüttelte den Kopf.

»Es gibt einen Satz, der mir besonders im Gedächtnis geblieben ist: Alle Kriegsführung beruht auf Täuschung.«

»Und das heißt?«

»Das heißt, wir sind hier, damit der Planet eine Garnison besitzt und um die Ruul von einem Angriff abzuschrecken. Die Slugs wissen nicht, in was für einem Zustand unser Regiment ist.«

»Ich kann Ihnen nicht ganz folgen.«

Wolf seufzte. »Es ist doch so, es ist nicht nötig, dass der Planet gut verteidigt wird, solange der Feind denkt, dass er gut verteidigt wird.«

Delaney nickte verstehend. »Unsere Aufgabe ist also rein repräsentativer Natur.«

»So ist es. Im Prinzip haben wir erst dann einen guten Job erledigt, wenn wir nie dazu gezwungen werden, eine Waffe abzufeuern.«

»Bei allem Respekt, Sir, aber genügt Ihnen das?«, bemerkte der Master Sergeant zweifelnd.

Wolf warf ihm einen schrägen Blick zu. »Ich habe genug Tote gesehen. Das reicht für zwei Leben. Was glauben Sie, warum ich hier bin? Dieser Posten ist mein Gnadenbrot. Mir würden die Herren Generäle nie wieder ein Frontkommando anvertrauen – und das ist auch gut so. Ich hatte nur die Wahl, hier zu sein oder mich in den Ruhestand versetzen zu lassen, und hier kann ich wenigstens noch halbwegs von Nutzen sein.« Der Lieutenant Colonel warf Delaney einen weiteren Blick zu, aus dem diesmal mehr als nur ein wenig Amüsement sprach. »Sie wissen doch bestimmt, was für ein Scherz in den Unterkünften kursiert, oder? Niemand ist grundlos bei einem Freiwilligenregiment. So tragisch das auch ist, aber es stimmt. Was ist mit Ihnen?«

»Haben Sie meine Akte nicht gelesen?«, fragte der Master Sergeant.

»Doch, Sie haben ein Problem mit Autorität.«

Delaney lachte kurz bellend auf. »Eine schöne Umschreibung. Ich betrinke mich gern und dann mach ich mir einen Spaß daraus, Offiziere zu verprügeln.«

Wolf zog eine Augenbraue hoch, unterdrückte jedoch mit Mühe ein Lächeln, woraufhin Delaney ergeben mit den Achseln zuckte. »Jeder braucht ein Hobby.«

»Ich glaube, wir werden uns gut verstehen«, meinte Wolf mit sorgsam beherrschter Stimme.

»Auf jeden Fall verspreche ich, Sie nicht zu verprügeln ... Sir.«

»Dafür wäre ich dankbar«, erwiderte Wolf. »Aber zurück zum Thema. Was steht als Nächstes auf dem Programm?«

Fünf Firebird-Jäger der Miliz donnerten in einer Diamantformation über sie hinweg. Obwohl die Formation etwas holprig wirkte, so beneidete Wolf die Miliz doch um deren Ausrüstung. Die Kasernen der planetaren Miliz von Alacantor sowie deren Flugfeld befanden sich weniger als drei Klicks entfernt am Stadtrand von Crossover. Es war bitter, dass sogar die Miliz besser ausgerüstet war als sie, dabei galten Milizionäre normalerweise als Bodensatz des Militärs. Nun hatten diesen Posten die Freiwilligenregimenter inne.

»Morgen werden die Waffen ausgegeben und wir fangen auch sofort mit dem Schießtraining, den Übungen mit dem Bajonett und den waffenlosen Nahkampftechniken an. Je eher, desto besser. Wir haben viel vor uns und es wird seine Zeit dauern, diesen Sauhaufen auf Vordermann zu bringen.«

»Was schätzen Sie?«

»Mindestens sechs Monate nur für die Grundübungen und um die Spreu vom Weizen zu trennen. Einige von ihnen werden nicht einmal für ein Freiwilligenregiment gut genug sein. Die müssen wir aussortieren und wieder nach Hause schicken. Im Moment haben wir knapp zweitausendsiebenhundert Rekruten zur Verfügung. Ich schätze, dass etwa sechzig bis siebzig Prozent übrig bleiben werden.«

»So wenige? Damit würden wir gerade mal knapp die Sollstärke erreichen.«

»Und das auch nur mit viel Glück. Die Musterungsstellen schicken uns jeden, den sie kriegen können und der nicht in eine reguläre Einheit passt. Das Aussieben überlassen sie uns.«

»Als hätten wir nicht schon genug Probleme.« Wolf seufzte. »Na schön, dann bleibt uns wohl nichts anderes übrig.«

Der Lieutenant Colonel schirmte seine Augen mit der Hand ab und sah den Miliz-Jägern hinterher. »Ich wünschte nur, wir hätten ein paar von den Babys.«

Delaney zuckte die Achseln. »Luftunterstützung ist immer was Feines, aber selbst wenn wir einige von den Dingern hätten, so hätten wir niemanden, der sie fliegen könnte.«

»Auch wieder wahr.«

Derek hatte das Gefühl, seine Lunge auskotzen zu müssen. Im Gegensatz zu den Soldaten und den meisten Offizieren des 171. waren die Unteroffiziere in der Mehrzahl Veteranen, die wussten, wie man grüne Rekruten anpacken musste. Sie scheuchten die Soldaten des 171. Regiments inzwischen seit mehr als zehn Kilometern. Derek hatte längst jegliches Zeitgefühl verloren, auch der Stand der Sonnen bot kaum einen Anhaltspunkt für die vergangene Zeit. Es fühlte sich jedoch nach etlichen Stunden an. Seine Brust tat bei jedem Atemzug weh und seine Muskeln – insbesondere in den Waden – brannten wie die Hölle. Doch egal wie schlecht es ihm ging, anderen erging es schlechter.

Einige der Ungeübteren waren bereits auf der Strecke geblieben. Sanitäter, die neben den Truppen herliefen, eilten sofort herbei, um sich um die Ärmsten zu kümmern.

Die Sergeants, die sie begleiteten und antrieben, hatten nach einer gefühlten Ewigkeit ein Einsehen, dass an diesem Tag nicht mehr aus den Leuten herauszuholen war, und ließen den ganzen Tross endlich anhalten.

Derek fiel schwer keuchend auf die Wiese. Das Gras fühlte sich unter seinem Körper viel weicher an als die Matratze in der Baracke. Er war immer der Meinung gewesen, recht gut in Form zu sein, doch die Jahre als Zivilist hatten wohl stärker an ihm gezehrt, als er geglaubt hatte.

Kolja ließ sich neben ihn nieder. Der starken Atemfrequenz nach zu urteilen, stand er kurz vor dem Hyperventilieren.

Manoel Calderon schwitzte aus jeder Pore und hätte sich ebenfalls am liebsten niedergelassen, doch er ging demonstrativ an ihnen vorbei und ließ sich ein gutes Stück weiter auf das Gras sinken. Der Kerl hielt nicht viel von Gruppenzusammenhalt und blieb bewusst abseits von allen anderen. Allerdings war dies jedem nur allzu recht. Niemand wollte mit dem Schläger irgendetwas zu tun haben.

Narim Singh gesellte sich zu ihnen. Derek bemerkte ein wenig neidisch, dass der Inder kein bisschen außer Atem war. Er wirkte frisch und munter und sogar gut gelaunt – oder was bei dem eher schweigsamen Exkommandosoldat als gut gelaunt durchging.

Manfred Baumann und Björn Storker – die beiden Bataillonskommandeure – unterhielten sich im Vorbeigehen und nickten der Gruppe lediglich kurz zu. Der Exmarine wirkte ebenfalls kaum außer Atem, während sein Pendant vom zweiten Bataillon heftig schnaufte, was darauf hinwies, dass seine militärische Karriere – sollte er denn so was besitzen – bereits seit Längerem vorbei war.

Eveline DaSilva und Jessica Cummings gesellten sich ebenfalls zu ihnen. Von den anderen aus ihrer Baracke fehlte jede Spur. Derek konnte nur vermuten, dass sie zu den Schlusslichtern gehörten oder zu jenen Unglücklichen, die bereits ärztlicher Hilfe bedurften.

Eveline trug nur ein knappes T-Shirt – das darüber hinaus auch noch durchgeschwitzt war und nur wenig der Fantasie überließ – und Shorts. Als Kolja bewusst wurde, dass er ihre Rundungen anstarrte, wandte er erschrocken den Blick ab, was Derek ein Schmunzeln entlockte und Eveline übers ganze Gesicht grinsen ließ. Derek kannte sie noch nicht lange, hatte jedoch bereits den Eindruck gewonnen, dass sie zu den wenigen Frauen gehörte, die derlei unverhohlene Aufmerksamkeit genossen.

Narim Singh hingegen gönnte ihr nur einen kurzen Blick, kramte aus seinen Taschen einen Apfel hervor und begann, diesen genüsslich zu essen.

Jessica Cummings lag rücklings auf dem Gras, alle Gliedmaßen ausgestreckt, und bemühte sich verzweifelt, wieder zu Atem zu kommen.

Derek ließ den Blick über die versammelten Männer und Frauen schweifen, die inzwischen die Wiese bevölkerten. Es war interessant, wie sich fast zwangsläufig Grüppchen bildeten und einzelne Trupps zueinanderfanden, Züge und schließlich Kompanien. Die Gruppendynamik hatte bereits damit begonnen, Form anzunehmen.

Nur die wenigsten gingen optisch als Soldaten durch. So langsam begann er sich zu fragen, wer überhaupt auf die Schnapsidee mit den Freiwilligenregimentern gekommen war. Jede ruulanische Einheit würde ein Freiwilligenregiment ohne große Mühe durch den Fleischwolf drehen. Dieses Konzept gab ihm zwar die Möglichkeit, erneut in die Armee einzutreten, gut und schön, aber er sah keine große Chance, dass diese Einheit es je schaffen würde, einen Planeten zu verteidigen. Mit viel Glück würde diese Einheit niemals kämpfen müssen.

Aber wenn sie niemals kämpften, was taten sie dann alle überhaupt hier? Ging es diesen Männern und Frauen nur darum, Soldat zu spielen? Damit sie sich nicht gänzlich nutzlos vorkamen, während - wie hatte Delaney sich ausgedrückt? - richtige Soldaten sich den Ruul in den Weg stellten? Auf einige traf dies vermutlich zu, höchstwahrscheinlich sogar auf die meisten.

Dann gab es da natürlich eine kleine Minderheit - die Psychos. Menschen wie Manoel Calderon, die einfach keine Chance hatten, regulären Dienst zu leisten.

Und es gab Männer wie Narim, die einfach wieder Dienst in Uniform verrichten wollten, egal wie unbedeutend oder herablassend belächelnd dieser Dienst auch sein mochte.

Es war äußerst unwahrscheinlich, dass sie jemals zu einer Kampftruppe wurden, die es auch nur mit einem kleineren Plünderertrupp der Slugs würde aufnehmen können. Und einigen hier wäre das mit Sicherheit ganz recht. Einige wollten hier lediglich eine ruhige Kugel schieben, nur um später allen sagen zu können, sie wären ja dabei gewesen.

Kolja tupfte sich mit einem Taschentuch die Stirn ab und wandte sich an Derek. »Ich wette, ich weiß etwas, das du nicht weißt.«

Derek lächelte. »Spielen wir jetzt Kinderspiele?«

»Ich weiß nur etwas über unseren Kommandanten.«

»Wolf?«

»Jepp.«

Schlagartig war ihm die ungeteilte Aufmerksamkeit der anderen Anwesenden sicher. Selbst Narim spitzte die Ohren, aß aber seinen Apfel weiter, um vorzugeben, er täte es nicht.

»Und was weißt du?«

»Der Kerl ist ein waschechter Kriegsheld.«

»Sagt wer?«, fragte Jessica Cummings.

»So ein Typ aus dem 2. Bataillon. Er hat schon mal vor einigen Jahren unter Wolf gedient. Sagt er jedenfalls.«

»Was hat er noch erzählt?«

»Wolf hat vier große Operationen gegen die Ruul angeführt. Alle erfolgreich.«

Derek kratzte sich nachdenklich am Kinn. »Was hat ihn dann ausgerechnet in ein Freiwilligenregiment verschlagen?«

»Das kommt jetzt: Seine letzten Kommandos waren nicht mehr so erfolgreich. Er kommandierte früher das 116. TKA-Infanterieregiment. Und die armen Schweine wurden massakriert. In einem Hinterhalt.«

»Etwa alle?«, fragte Eveline, während sie wie gebannt lauschte.

»Fast. Der Typ, der mir das erzählt hat, meinte, es wären vielleicht zwei- oder dreihundert davongekommen. Nicht mehr.«

»Au weia, ganz schön heftig.«

Kolja nickte. »Danach übertrug man ihm das Kommando über das 121. Infanterieregiment. Die sollten dann als Teil einer kombinierten Streitmacht aus Marine Corps und TKA den Planeten Abrahamus von den Ruul zurückerobern.«

»Und?«

»Die Operation war erfolgreich. Der Planet wurde befreit und befestigt, aber während der Kämpfe soll Wolf den Befehl erhalten haben, eine feindliche Stellung zu stürmen. Das hat er auch getan, hat aber dabei zwei Drittel seiner Einheit verloren. Die Verluste sollen sogar schlimmer gewesen sein als während des Hinterhalts. Danach bekam er für einige Zeit nur noch einen Schreibtischjob. Als das Konzept der Freiwilligenregimenter entworfen wurde, versetzte man ihn kurzerhand hierher.«

»Und jetzt haben wir ihn an der Backe?«, meinte Eveline.

»Sag das nicht, der Mann ist ein guter Offizier, sonst hätte er nicht so viele Gefechte gewonnen. Er ist einfach vom Pech verfolgt. So was passiert.« Derek wusste selbst nicht, warum er den Mann verteidigte, immerhin kannte er ihn kaum. Vielleicht lag es daran, dass Wolf der erste Offizier seit Langem war, der bereit war, ihm eine Chance zu geben.

»Seine Soldaten sind wohl eher die, die vom Pech verfolgt sind«, hielt Eveline dagegen. »Er selbst kommt ja immer wieder mit heiler Haut davon.«

»Nicht alle Narben sind immer sichtbar. Du solltest ihn nicht verurteilen. Keiner von uns war dabei. Wir wissen nicht, was wirklich geschah.« Er warf Kolja einen warnenden Blick zu. »Oder ob die Geschichten wirklich stimmen.«

Eveline wollte schon widersprechen, doch Narim kam ihr zuvor. »Derek hat recht. Wir wissen nicht, was vorgefallen ist oder ob überhaupt was vorgefallen ist.«

»Umsonst ist er nicht hier auf Alacantor.« Eveline schürzte stur die Lippen.

»Das sind wir doch alle nicht«, meinte Narim lächelnd. Eveline wollte etwas erwidern, überlegte es sich jedoch anders und schloss den Mund wieder. Schließlich neigte sie ergeben mit einem leichten Lächeln um die Mundwinkel den Kopf.

»Touché!«

In diesem Augenblick kam Gina Hooper an ihnen vorbei. Sie gehörten zu den Letzten, die eintrudelten. Aber anstatt sich zu ihnen zu gesellen, nickte sie nur kurz und ging weiter. Wie Manoel blieb sie lieber für sich. Sie war jedoch einfach nur schüchtern und in sich gekehrt, was nicht zuletzt an ihrer Vergangenheit mit ihrem prügelnden Ehemann lag.

Wenn jemand lange genug geschlagen und gedemütigt wurde, schwand jeglicher Selbsterhaltungstrieb, jegliche Selbstachtung und jegliches Selbstvertrauen. Zurück blieb nur eine zerbrochene Hülle, die zwar noch atmete, aber die man kaum lebendig nennen konnte. In Ginas Blick lagen nur noch Angst und Unsicherheit.

Als sie an Manoel vorüberkam, pfiff der aufdringliche Kerl und rief ihr einige Anzüglichkeiten zu. Als Derek das Verhalten des Scharfschützen bemerkte, kam ihm vor Abscheu beinahe die Galle hoch.

»Was für ein Arschloch!«, kommentierte Eveline. Den Mienen der Übrigen nach zu urteilen, sprach sie ihnen allen aus der Seele. Sogar die sonst so neutrale Miene Narim Singhs wirkte mit einem Mal hart wie Granit.

Derek schüttelte verständnislos den Kopf. Menschen wie Manoel konnten Schwäche riechen. Mehr noch, es stachelte sie an. Solche Leute waren Feiglinge, die sich auf Schwächere stürzten. Menschen wie Manoel würden nicht einmal im Traum daran denken, sich mit Ebenbürtigen oder sogar Stärkeren anzulegen, wie die Begegnung mit Narim belegte. Gott bewahre, wenn sie sich mit Stärkeren anlegten, könnten sie ja verlieren. Der Gedanke, was Narim mit Manoel anstellen könnte, zauberte ein Lächeln auf Dereks Gesicht. Er hoffte inständig, Manoel wäre so dumm, dem Inder einen Grund zu liefern.

4

Die nächsten drei Monate verbrachten sie in einer ewigen Abfolge derselben Übungen. Aufstehen vier Uhr morgens, dann erst mal einen gemütlichen Zehnkilometermarsch in voller Montur mit Waffe und Marschgepäck, dann Frühstück, Schießtraining, danach eine Stunde ihrer spärlichen Freizeit, anschließend das Training im waffenlosen Nahkampf, Abendessen, eine weitere Stunde Freizeit, abschließend noch ein paar Theoriestunden in Taktik, Militärgeschichte und ruulanischer Technik. Letzteres war ein Kurs, der eigentlich nicht Standard für Freiwilligenregimenter war, doch Wolf war der Meinung, seine Schützlinge sollten sich in solchen Dingen auskennen. Sie lernten eine Menge über Blitzschleudern und die verschiedenen Jäger- und Raumschifftypen der Ruul, sodass sie zumindest wussten, was ein Reaper und ein Manta waren, wozu sie dienten und wie sie bewaffnet waren.

Anschließend hatten sie den Rest des Tages frei. Nach einem solchen Tag dachten die meisten nur noch ans Bett. Auf diese Art verbrachten sie vier Tage die Woche, die anderen drei verbrachten sie mit endlosem Wachdienst, nicht enden wollenden Patrouillen und tödlicher Langeweile. Delaney ließ sie zu keinem Zeitpunkt vergessen, dass sie eine aktive Einheit auf Garnisonsposten waren. Die örtliche Miliz ließ es sich jedoch nicht nehmen, bei jeder sich bietenden Gelegenheit ihre Verachtung zum Ausdruck zu bringen. Die Milizionäre genossen es offenbar sehr, in der Hackordnung des Militärs nicht länger ganz unten zu stehen.

Doch obwohl sie per Definition eine Kampfeinheit waren, stellten weder die Beleidigung der Milizionäre noch die Ruul den schlimmsten Feind dar. Der schlimmste Feind, dem sich das 171. Regiment gegenübersah, war Monotonie.

Entgegen den Befehlen schlichen sich deshalb hin und wieder einige davon, um in der Stadt einen draufzumachen und etwas Dampf abzulassen. Der überwiegende Teil tat es nach Dienstschluss, die Mutigeren auch während des Dienstes. Wurden sie erwischt, drohten ihnen harte Strafen. Wolf und Delaney verstanden keinen Spaß, wenn jemand seine Pflichten nicht ernst nahm.

Eveline schlich sich öfters davon, um eine neue Eroberung ihrer Erfolgsliste hinzuzufügen. Dafür verschaffte sie sich Zugang zu den Baracken des 2. Bataillons oder sie ging in Crossover auf Zivilistenfang, wie diese Vergnügung inzwischen innerhalb des Freiwilligenregiments hieß. Man musste ihr zugestehen, dass es abgesehen vom Training und dem Wachdienst nur wenig Zerstreuung für die Soldaten gab und Sex eine gute Methode darstellte, sich vom ewigen Alltagstrott abzulenken. Um genau zu sein, konnte man auf Alacantor in seiner Freizeit nicht sehr viel mehr tun als eben das. Eveline war beileibe nicht die Einzige, die sich diesem Hobby mit Leidenschaft und Inbrunst hingab, wohl aber diejenige, die sich zu diesem Zweck am häufigsten davonschlich.

Derek versuchte anfangs – wie einige andere Offiziere –, dies zu unterbinden, erkannte jedoch recht schnell, dass er gegen Windmühlen kämpfte.

Irgendwann begriff er das eigentliche Problem: Die Leute verstanden sich nicht einmal selbst als Soldaten. Und wenn man kein Soldat war, warum dann seine Zeit mit so etwas Trivialem wie Wachdienst verbringen? Die Leute benötigten dringend etwas, das sie als Einheit zusammenwachsen ließ. Doch ein Kampfeinsatz wäre so ziemlich das Einzige gewesen, was dies hätte bewerkstelligen können, und es sah nicht so aus, als würde das 171. in nächster Zeit in ein Kampfgebiet abrücken.

Delaney und Wolf erkannten das Problem auch. Ihr Lösungsansatz bestand darin, eine Art Wettbewerb einzuführen, indem die vier Kompanien des Regiments im Zuge ihrer Ausbildung um Punkte wetteiferten. Die Kompanie, die in den jeweiligen Sparten die meisten Punkte erzielte, durfte mit Vergünstigungen rechnen. Außerdem war dies eine gute Methode, das brauchbare Soldatenmaterial von den hoffnungslosen Fällen zu trennen. Nach etwa sechs weiteren Wochen, mussten knapp fünfhundert aussortierte Rekruten Alacantor wieder verlassen. Viele hofften, dass Manoel Calderon zu den Aussortierten gehören würde, doch dieser erwies sich tatsächlich als so guter Scharfschütze, dass er zum Leidwesen vieler bleiben durfte.

Der Wettbewerb war eine gute Idee gewesen und die Verstöße gegen die Disziplin gingen etwas zurück, trotzdem blieben die Langeweile und die daraus resultierenden unerlaubten Gänge in die Stadt ein großes Problem.

»Mann, ist das ätzend!« Kolja starrte lustlos an die Decke.

»Langweilig?«, meinte Derek, der es sich ebenfalls auf seiner Pritsche gemütlich gemacht hatte.

»Jaaa«, erwiderte Kolja, indem er das einzelne Wort ausdehnte und somit seiner Frustration Ausdruck verlieh.

»Sei froh, dass wir auch Gelegenheit zum Ausruhen bekommen. Delaney macht uns noch richtig fertig.«

Kolja kicherte. »Ja, der nimmt seine Aufgabe wirklich ernst.«

Die Tür flog auf und Narim schleppte sich in die Baracke. Die Uniform des Kompanieführers war von oben bis unten durchgeschwitzt. Die einzelnen Kompanien der zwei Bataillone wechselten sich ab, was Training, Wachdienst und spärliche Freizeit betraf. Narims Kompanie war diese Woche mit Training unter der unerbittlichen Führung Master Sergeant Delaneys an der Reihe.

Narim warf den Rucksack mit seinem Marschgepäck auf den Boden vor seiner Pritsche und sich selbst auf dieselbe – ohne sich auszuziehen.

Derek und Kolja wechselten einen amüsierten Blick. Vergangene Woche war es ihnen ganz genauso ergangen. Dass der rabiate Master Sergeant sogar einen Ex-ROCKET auf diese Art und Weise forderte war in gewissem Umfang schon ermutigend. Es bedeutete, sie brauchten sich nicht zu schämen, wenn ihnen auch die Puste ausging.

»Na?«, fragte Derek bewusst provokant. »Wie war's?«

»Klappe!«, kam als Antwort durch das Kissen gedämpft zurück.

Kolja fühlte sich angestachelt, sich dem Gespräch anzuschließen. »Sind wir ein wenig ins Schwitzen gekommen?«

Narim drehte sich ganz langsam um und fixierte Kolja. Die Situation hätte durchaus bedrohlich sein können, wäre nicht das amüsierte Funkeln in den Augen des Inders gewesen. »Kolja, ich schwöre bei Gott, wenn du nicht ...«

Derek und Kolja würden nie erfahren, wie der Satz hatte lauten sollen, denn in diesem Moment stürmte Gina Hooper in die Unterkunft. Sie bemühte sich, es zu unterdrücken, doch alle drei bekamen deutlich ihr Schluchzen mit, das nur von leisem Stöhnen unterbrochen wurde, als sie ihre Tränen zurückhalten wollte.

Sie stürmte an den Männern vorbei in den Waschraum, ohne die Soldaten eines Blickes zu würdigen. Derek, Kolja und Narim wechselten einen schnellen Blick, sprangen von ihrer Pritsche auf und eilten der völlig aufgelösten Frau nach.

Als die drei den Waschraum erreichten, war Gina gerade dabei, ihre Uniform auszuziehen, doch als sie die Männer bemerkte, hielt sie inne und wandte sich demonstrativ ab.

»Was ist passiert?«, fragte Derek. Trotz nur oberflächlicher Begutachtung bemerkte er, dass ihre Uniform an mindestens drei Stellen zerrissen war.

»Nichts.« Doch selbst dieses eine Wort wurde von Schluchzern unterbrochen und beinahe erstickt.

Derek bedeutete seinen Begleitern zurückzubleiben, während er sich der Soldatin vorsichtig näherte. Als er direkt hinter ihr stand, nahm er sie sanft an der Schulter und drehte sie herum. Im ersten Moment hielt sie dagegen, doch dann gab sie ihren Widerstand auf.

Als Derek ihr Gesicht sah, verschlug es ihm den Atem. Im Spiegel konnte er sehen, wie Narims Gesicht versteinerte und Kolja erschrocken die Luft einsog.

Ginas linkes Auge zierte ein Veilchen und auf ihrem linken Wangenknochen zeichnete sich der Abdruck einer Hand ab. Außerdem hatte sie sich einen Riss auf der Stirn zugezogen, der zwar blutete, aber zum Glück nicht weiter ernst zu sein schien. Was Derek mehr beunruhigte, war der Ausdruck in Ginas Augen. Sie blickten gehetzt und voller Angst.

»Was ist passiert?«, wiederholte er drängender.

»N...«

»Sag ja nicht *nichts*!« Er blickte sie scharf an. »Und ich will keinen Mist hören, dass du gestolpert bist oder so einen Scheiß. Wer war das?«

Gina blickte zu Boden und schüttelte lediglich den Kopf.

Derek packte sie fester, achtete jedoch darauf, sie nicht so fest anzufassen, dass sie sich bedroht fühlte. Die Frau stand am Rande eines Nervenzusammenbruchs.

»Gina? Wer?«

»Manoel«, antwortete sie dumpf.

»Was ist passiert?«

»Er hat mich abgepasst, als wir vom Training kamen. Hat mich hinter einen Schuppen geschleppt, hat mich geschlagen. Ich habe um mich getreten und geschrien, aber niemand hat davon Notiz genommen.«

»Hat er ...?«

Sie schüttelte den Kopf. »Er wollte, aber es kam jemand, da hat er von mir abgelassen und ich bin auf direktem Weg hierher gelaufen.« Sie stockte, schließlich zog sie ihren Uniformkragen etwas zur Seite. Dereks Augen verengten sich, als er die Würgemale an ihrem Hals entdeckte.

Dieser verdammte Dreckskerl!

Gina brach nun ungehemmt in Tränen aus. Derek beugte sich vor und nahm sie vorsichtig in die Arme – sie ließ es zu. Während sie sich an seiner Schulter ausweinte, traten Narim und Kolja näher.

»Was machen wir jetzt?«, fragte Kolja zögernd.

»Wir müssen verhindern, dass das noch einmal geschieht«, antwortete Derek bestimmt.

»Knöpfen wir uns Manoel vor?«, fragte Narim. Der Inder ließ vielsagend die Knöchel seiner Hände knacken.

Derek überlegte angestrengt. Für Narims Vorschlag könnte er sich durchaus erwärmen. Doch wenn das herauskam, wären ihrer aller Karriere beim Militär – falls man den Dienst bei einem Freiwilligenregiment so nennen konnte – für immer beendet. Vermutlich konnten sie sich dann auch auf absehbare Zeit von ihrer Freiheit verabschieden.

Derek warf einen Blick auf Ginas verweintes Gesicht. Dies war nicht der richtige Platz für sie und er war sich sicher, dass sie das im Grunde selbst wusste. Hätte es ihren prügelnden Ehemann nicht gegeben, wäre sie vermutlich nie in die Arme des Militärs geflüchtet.

Was Manoel betraf, so hatte er mit dessen Einschätzung recht gehabt. Solche Typen stürzten sich immer auf die Schwachen, die Einzelgänger, die, von denen sie dachten, dass sie keine Hilfe zu erwarten hatten. Derek hasste solche Typen abgrundtief, denn es handelte sich kurz gesagt um Feiglinge. Dass jetzt ausgerechnet so jemand hier war und offensichtlich ein Auge auf Gina geworfen hatte, war furchtbar. Und sosehr es ihm auch in den Fingern juckte, es diesem Kerl zu zeigen, so entschlossen war er auch, den richtigen Weg zu gehen.

»Wir werden ihn melden«, verkündete Derek.

Gina blickte erschrocken auf. »Nein ... nein, das kann ich nicht. Ich kann diesem Schwein nicht gegenübertreten. Nicht nach dem, was passiert ist.«

»Du musst!«, erwiderte Derek. »Sonst hört das nie auf. Man muss solchen Typen die Stirn bieten, sie in ihre Schranken weisen.«

Gina öffnete den Mund, um etwas zu erwidern, doch Narim kam ihr zuvor. »Er hat recht. Es muss etwas unternommen werden. Du brauchst keine Angst zu haben, ich komme mit zu Wolf und Delaney.«

Gina blickte den Inder erstaunt an. »Ich bin dein Kompanieführer«, erwiderte er achselzuckend. »Ich bin für dich verantwortlich und ich verspreche dir, dass Calderon zukünftig seine schmierigen Finger von dir lassen wird.«

Beide Sonnen von Alacantor standen inzwischen im Zenit und in Wolfs Büro war es drückend heiß. In der Ecke stand eine alte, tragbare Klimaanlage, die verzweifelt gegen die Hitze in dem Büro ankämpfte, den Kampf aber letztendlich verlieren würde.

Wolf saß hinter seinem Schreibtisch und musterte nacheinander die Anwesenden. Master Sergeant Delaney stand mit hinter dem Rücken verschränkten Händen hinter dem Colonel. Wolfs Augenbrauen hatten sich drohend über der Nasenwurzel zusammengezogen. Delaneys Gedankengänge waren ein Rätsel, der Mann ließ sich nicht in die Karten blicken.

Auf der anderen Seite des Schreibtisches saßen Gina, Narim, Derek und Kolja. Die beiden Letzteren hatten sich entschlossen mitzukommen, da ihre Aussagen über Ginas Zustand, in der sie in die Baracke zurückgekehrt war, möglicherweise von Belang sein würden.

Die beiden Männer hatten sich erst Narims, dann Ginas und schließlich Derek und Koljas Aussagen schweigend angehört. Schließlich nickte Wolf nachdenklich und warf Delaney einen kurzen Blick zu.

Dieser verschwand daraufhin aus dem Büro. Wolf sagte in Abwesenheit des Master Sergeants kein Wort, sondern schien eher in Gedanken versunken. Hin und wieder strich er sich über das Kinn.

Nach einigen Minuten kehrte Delaney zurück – mit Manoel Calderon im Schlepptau.

Weshalb der Scharfschütze zu Wolf zitiert wurde, hatte der Mann offenbar nicht gewusst. Als er Gina in Begleitung der drei Soldaten vor dem Colonel sitzen sah, stutzte er für einen Augenblick. Seine sonst so arrogante Fassade bekam für einige Sekunden Risse. Derek bekam sogar den Eindruck, der Mann denke ernsthaft über eine Flucht nach. Dann kehrte jedoch das überhebliche Lächeln zurück und er betrat das Büro, während Delaney die Tür schloss und sich hinter dem Scharfschützen postierte. Die Hände des Master Sergeants waren inzwischen nicht mehr hinter dem Rücken verschränkt, tatsächlich hielt er die rechte Hand in Nähe seiner Dienstwaffe. Delaney schien bereit und in der Lage, den Mann jederzeit an Übergriffen oder der Flucht zu hindern.

Manoel Calderon salutierte zackig.

Wolf fixierte ihn mit festem Blick. »Private Calderon. Wissen Sie, weshalb ich Sie rufen ließ?«

»Nein, Sir.« Manoel verzog bei dieser Lüge keine Miene. Er wusste es ganz genau.

»Nein«, wiederholte Wolf und lehnte sich in seinem Stuhl zurück. »Dann werde ich Sie mal aufklären. Private Hooper behauptet, dass sie von Ihnen sexuell belästigt wurde. Dass sie beinahe vergewaltigt worden wäre, wenn nicht jemand zufällig vorbeigekommen und Sie gestört hätte. Und jetzt würde ich gern eine Stellungnahme von Ihnen hören.«

»Ich wüsste nicht, was ich zu solchen Hirngespinsten sagen sollte.«

Wolf zog beide Augenbrauen hoch. »Sie bestreiten die Sachlage also.«

»Ich bestreite, dass ich Gina sexuell belästigt habe ... Sir.«

Bei dem verspäteten *Sir* zogen sich Wolfs Augenbrauen erneut drohend zusammen. Das grenzte schon an einer offenen Beleidigung. Wolf blieb trotzdem ruhig und entschied sich, die Provokation nicht zu beachten. Ein Umstand, den Derek bewunderte. Andere Kommandeure hätten sich das bereits nicht bieten lassen und dadurch vielleicht jede Chance vertan, aus dem Mann ein Geständnis herauszuholen. Dereks Achtung vor dem Colonel wuchs. Der Mann wusste, wann man sich zurückhalten musste.

»Und wie lautet dann Ihre Sicht der Dinge?«

»Nun ja ...«, Manoel grinste über das ganze Gesicht. »Gina und ich, wir hatten was miteinander. Hinter einem der Schuppen. Es ging etwas wilder zu, das muss ich zugeben.«

»Das ist nicht wahr«, schluchzte Gina erneut. »Das ist eine dreckige Lüge!«

»Warum sollte sich Private Hooper diese Belästigungsgeschichte ausdenken?«

»Als jemand kam und uns beinahe erwischt hat, ist sie schnell abgehauen. Ich glaube, sie befürchtete, einen schlechten Ruf zu bekommen.« Manoel zuckte die Achseln. »Sie sind doch auch ein Mann, Colonel. Sie wissen, wie Frauen manchmal so sind.«

Ein Ausdruck huschte über Wolfs Gesicht, der sich nur mit Abscheu und Verachtung beschreiben ließ. Interessanterweise verblasste Manoels Mimik der Überheblichkeit und wurde ersetzt durch Unsicherheit. Derek erkannte, dass der Mann befürchtete, zu weit gegangen zu sein. Der Ausdruck von Abscheu verschwand so schnell, wie er gekommen war, obwohl Derek vermutete, dass es unter der Oberfläche von Wolfs Gelassenheit immer noch gefährlich brodelte.

»Und Private Hoopers Verletzungen ... die zerrissene Kleidung ... alles nur Teil des Spiels?«

»So ist es, Sir. Wie schon gesagt, Gina mag es ein wenig wilder. Außerdem war sie es, die mich angebaggert hat. Nicht umgekehrt.«

»Zumindest das kann ich widerlegen, Colonel«, mischte sich Derek ein. »Ich war bei mindestens einer Gelegenheit anwesend, als Private Calderon sich gegenüber Private Hooper in unschicklicher Weise geäußert hat. Captain Singh und Private Koslov waren ebenfalls anwesend und können dies bestätigen. Außerdem noch ein halbes Dutzend weiterer Soldaten.« Narim und Kolja nickten bestätigend.

»Aber ihr wart nicht dabei, als sie mich danach unter vier Augen angesprochen hat«, widersprach Manoel. »Da hat sie ganz anders auf mich reagiert.«

»Du mieser, kleiner ...« Derek stand drohend auf.

»Hinsetzen!«, donnerte Wolf unvermittelt.

»Aber Sir, er ...«

»Setzen Sie sich wieder hin, Captain!« Wolfs Stimme duldete keinen Widerspruch.

Derek setzte sich widerwillig.

Wolf sah von einem zum anderen, schließlich seufzte er. »Nun gut, ich halte fest, dass keiner von ihnen bei dem Vorfall hinter besagtem Schuppen dabei war, also steht Aussage gegen Aussage.«

Derek, Narim, Kolja und vor allem Gina starrten Wolf fassungslos an, doch dieser sprach ungerührt weiter.

»Niemand außer den Beteiligten weiß mit Sicherheit, was dort passiert ist, und auf bloßen Verdacht, kann ich niemanden vor ein Kriegsgericht stellen. Dazu reichen die Beweise einfach nicht aus.«

Manoel grinste.

»Allerdings«, fuhr Wolf fort, »gibt es Zeugen für unangemessenes Verhalten von Ihrer Seite, Private Calderon.« Manoels Grinsen war wie weggewischt. »Dafür verurteile ich Sie zu einem Monat Einzelhaft.« Der Colonel wandte sich an den Master Sergeant. »Delaney, schaffen Sie mir den Kerl aus den Augen.«

Delaney nickte, öffnete die Tür (allerdings ließ er Manoel dabei keine Sekunde aus den Augen) und rief die Wache herein. Die zwei Soldaten nahmen Manoel in ihre Mitte und machten Anstalten, ihn aus dem Raum zu führen, doch Wolf hielt sie noch mit einer letzten Bemerkung auf.

»Und Calderon ... ich behalte Sie im Auge. Klar?«

Der Mann nickte mürrisch, warf Gina und Derek noch jeweils einen mörderischen Blick zu und wurde von der Wache unsanft aus dem Raum bugsiert.

»Sie können ebenfalls wegtraten«, sagte er zu dem vor ihm sitzenden Quartett. Die vier standen nacheinander auf, salutierten und wurden anschließend von Delaney aus dem Raum begleitet. Kaum hatten sie das Büro verlassen, war Gina nicht mehr zu halten und verließ die Gruppe so schnell, dass niemand mit ihr mehr ein Wort wechseln konnte.

Nachdem sie das Haus, in dem sich Wolfs Büro befand, verlassen hatten und im hellen Sonnenlicht standen, konnte sich Derek jedoch nicht mehr zurückhalten. Wütend wirbelte er zu Delaney herum.

»Was soll diese Scheiße, Sergeant? Dreißig Tage Einzelhaft? Ist das ein schlechter Witz? Der Mann ist schuldig.«

Überraschenderweise blieb Delaney trotz des Ausbruchs völlig gelassen. Das sah ihm gar nicht ähnlich. Er erwiderte lediglich zwei Worte: »Ich weiß.«

»Sie ... wissen?«

»Aber natürlich. Und Wolf weiß es auch. Er erkennt die Wahrheit, wenn er sie hört. Aber soll er Calderon nur aufgrund seiner persönlichen Meinung festsetzen? Das kann er nicht. Jedes Militärgericht würde ihn dafür zur Rechenschaft ziehen. Im Übrigen hätte der Fall sowieso keinen Bestand. Es gibt keine eindeutigen Beweise. Sie haben den Colonel gehört. Es war niemand sonst dabei.«

»Aber der Kerl ist eine Bestie.«

Delaney nickte. »Ja, das ist er. Die Militärpsychologen sind bemüht, solche faulen Äpfel auszusortieren, aber hin und wieder fällt einer durchs Raster. Vielleicht wurde er auch hindurchbugsiert, ein weiteres Indiz für das dringend benötigte Personal bei den Truppen.«

»Ich verstehe trotzdem nicht, warum so jemand eine Uniform tragen darf.«

Delaney zuckte die Achseln. »Wir leben in ungerechten Zeiten. Daran müssen wir uns wohl alle gewöhnen.« Er seufzte. »Wie dem auch sei, Wolf hat ihrer Freundin Hooper dreißig Tage Ruhe verschafft. Angesichts der Sachlage war das die Höchststrafe für sein Vergehen. Sie sollten alle dankbar dafür sein.«

»Und was passiert nach diesen dreißig Tagen? Er wird Gina nur noch mehr auf dem Kieker haben.«

»Vermutlich. Aber Sie sind ihre Kameraden. Vergessen Sie das nicht.«

Narim warf dem Sergeant einen verschwörerischen Blick zu. »Master Sergeant, legen Sie uns etwa nahe, uns der Sache selbst anzunehmen?«

»Das habe ich nie gesagt und so einen Vorschlag würde ich nie machen. Und der Colonel auch nicht.«

Mit diesen Worten drehte sich Delaney um und kehrte ohne weiteren Kommentar ins Gebäude zurück. Die drei Soldaten sahen ihm hinterher, während in ihren Köpfen Gedanken reiften, für deren Umsetzung man sehr wohl vor einem Kriegsgericht enden konnte.

5

Die folgenden Tage waren erneut angefüllt mit Training, das nur vom eintönigen Wachdienst unterbrochen wurde. Narims Kompanie machte deutliche Fortschritte.

Die Fortschritte von Dereks Einheit hingegen hielten sich in Grenzen. Narim besaß den Vorteil, aus einem reichhaltigen Erfahrungsschatz während seiner Zeit bei den ROCKETS schöpfen zu können. Derek war nur bei der Miliz gewesen und die Unterschiede machten sich sowohl bei Menschenführung als auch bei Ausbildung bemerkbar.

Trotzdem wurde auch Dereks Kompanie langsam zu einer Einheit, die entfernt Ähnlichkeit mit einer funktionierenden militärischen Maschine bekam. Doch Narims Einheit gewann immer noch regelmäßig den Wettstreit, sehr zu Dereks Verdruss.

Derek bemerkte immer öfter, wie Narim vor allem Gina während des Trainings hart forderte und sie förmlich unter seine Fittiche nahm. Etwas, das er sehr begrüßte. Einige Male bekam er sogar mit, wie Master Sergeant Delaney die Bemühungen Narims mit einem beifälligen Nicken bedachte. Niemand wollte, dass sich so etwas wie mit Manoel noch einmal wiederholte. Narims Training sollte der jungen Frau Selbstvertrauen geben und ihr Fähigkeiten vermitteln, die sie auf die nächste Begegnung mit Calderon vorbereiten sollten. Derek hoffte, dass es genügen würde.

Doch so schön die Zeit ohne den Scharfschützen auch war, dreißig Tage gingen nun einmal irgendwann vorbei. Viel zu schnell, wie einige fanden.

Dereks Kompanie befand sich gerade auf dem Schießplatz und der Anführer der A-Kompanie bemühte sich, Kolja zu einem besseren Schützen zu machen. Der Junge hielt sich beim Klettern und beim Geländetraining ganz gut. Er schaffte es dabei sogar, einen Teil seiner Höhenangst zu überwinden. Etwas, was nicht selbstverständlich war. Kolja würde einen passablen Scout abgeben – falls er es endlich schaffte, auch mal einen der inneren Ringe zu treffen und nicht immer nur Fahrkarten zu ziehen.

»Also noch mal von vorne«, begann Derek erneut. »Den Kolben ganz fest gegen die Schulter pressen. Ich denke, du weißt noch warum.«

Kolja verzog leicht das Gesicht, was Derek ein Schmunzeln entlockte. Der Junge unterschätzte ständig den Rückstoß, was ihm bereits mehrere schmerzhafte Blutergüsse an der Schulter eingebracht hatte.

»Ja, ich weiß.«

Derek überlegte. »Vielleicht probieren wir's mal im Liegen. Man kann das Gewehr dann ruhiger halten.«

Kolja folgte der Anweisung, zog den Kolben so fest gegen die Schulter, wie er konnte, und presste die Wange an das Gewehr, um durch die Zieloptik zu spähen.

»Hast du das Ziel fest im Blick?«

»Jepp.«

»Wenn du so weit bist, den Atem anhalten.«

Kolja sog den Atem ein und hielt die Luft an.

»... und Feuer!«

Kolja zog den Abzug durch. Ein Schuss knallte. Derek sah durch das Fernglas. Diesmal hatte Kolja nicht einmal die Zielscheibe getroffen.

Nicht wissend, ob er amüsiert oder frustriert sein sollte, ließ er das Fernglas sinken. »Falls die Ruul jemals landen, solltest du vielleicht lieber mit Steinen werfen.«

»Sehr witzig.«

»Vielleicht sollten Sie die Sache anders angehen.«

Derek und Kolja wirbelten überrascht herum. Als sie bemerkten, wer sie da ansprach, sprangen sie auf und nahmen unwillkürlich Haltung an.

»Colonel Wolf«, begrüßte Derek den Kommandanten des 171. Regiments.

»Sir«, schloss sich Kolja verspätet an.

Wolf lächelte Kolja beruhigend zu. »Was hassen Sie?«

»Sir?«, fragte Kolja verwirrt.

»Sie haben richtig verstanden. Was hassen Sie?«

Kolja dachte angestrengt nach. »Nun, ich ... ich weiß nicht.«

»Kommen Sie schon, Koslov, jeder hasst irgendwas oder -jemanden.«

»Nun ... ich ...«

»Ja?«

Kolja straffte die Schultern. »Ich hasse Anwälte, Sir.«

Wolf unterdrückte nur mit Mühe ein Prusten. »Anwälte. Nun gut, ich glaube, die hasst fast jeder.« Seine Lippen teilten sich erneut zu einem freundlichen Lächeln. »Wenn Sie das nächste Mal auf die Scheibe zielen, dann stellen Sie sich vor, Sie zielen auf einen Anwalt. Glauben Sie mir, das wirkt Wunder.«

»Danke, Sir. Ich werde daran denken.«

»Tun Sie das. Es geht doch nichts über anschauliches Training.« Er wandte sich an Derek. »Stimmen Sie mir zu, Captain?«

Derek antwortete nicht. Er blickte vielmehr an Wolfs rechter Schulter vorbei.

»Captain?«

Derek zuckte zusammen, als wäre er aus einem Traum erwacht.

»Sir?«

»Was gibt es denn da hinten so Interessantes, dass Sie Ihrem Kommandeur nicht zuhören?« Die Zurechtweisung wurde von amüsiertem Funkeln in den Augen des Colonels begleitet, sodass Derek zu der Auffassung gelangte, dass es nicht ernst gemeint war. Trotzdem schloss er sich der Frotzelei nicht an, wie er es normalerweise getan hätte.

Der Colonel sah sich um, und als er das Ziel von Dereks Aufmerksamkeit bemerkte, verschwand jede Heiterkeit aus seiner Mimik.

Manoel Calderon marschierte über das Feld, als würde es ihm gehören. Er gab vor, Derek und Kolja nicht zu bemerken, doch Derek spürte den Hass, den der Scharfschütze wie Wellen ausstrahlte. Er war sich sicher, dass Manoel Kolja und ihn entdeckt hatte. Das verhieß nichts Gutes. Auch für Gina nicht. Der Mann machte nicht den Eindruck, zur versöhnlichen Sorte Mensch zu gehören.

Wolf nickte wissend. »Da haben Sie einen Freund fürs Leben gefunden, meine Herren.« Er wandte sich von Manoel ab und musterte die beiden Soldaten vor ihm. »Seien Sie sehr vorsichtig. Und achten Sie auch auf ihre Freundin Hooper.«

Mit diesen Worten nickte er beiden Soldaten noch einmal zu und setzte seinen Weg über das Übungsgelände fort.

Derek nickte langsam. Wegen Manoel würde man etwas unternehmen müssen - und zwar, bevor dieser Gelegenheit erhielt, seinen eigenen Zug zu machen.

Drei der sieben Monde Alacantors standen am nächtlichen Himmel und verbreiteten sanftes Licht über dem Kasernengelände des 171. Freiwilligenregiments.

Bis auf gelegentlich patrouillierende Wachen, lag das Gelände ruhig und verlassen da. Die meisten Soldaten schlummerten, um sich auf die Strapazen des nächsten Tages vorzubereiten. Soldaten aus Narims B-Kompanie hatten heute Nacht Wachdienst und beäugten die Umgebung mit Argusaugen. Narim war dafür bekannt, hin und wieder seine Leute überraschend auf ihren Posten zu inspizieren.

Zwei in Schwarz gekleidete Gestalten huschten zwischen den Baracken umher. Ein Trio Soldaten auf Wache marschierte wenige Meter an ihnen vorbei. Die beiden Schatten verharrten regungslos in den Schatten, bis die Wachposten vorüber waren, erst dann wagten sie es, den nächsten Schritt zu gehen. Niemand bemerkte sie.

Die beiden bewegten sich nahezu lautlos, wenn der kleinere von beiden auch ein wenig ungeschickter war als der größere.

Den beiden saß ständig die Angst im Nacken, entdeckt zu werden, doch wie durch ein Wunder erreichten sie die Unterkunft der Scharfschützen ohne Zwischenfälle.

Derek interpretierte dies als gutes Omen. Irgendjemand schien mit ihrem Vorhaben zumindest einverstanden zu sein.

Jede Einheit des Regiments war selbst dafür verantwortlich, ob sie ihre Baracke des Nachts absperrte oder nicht. Dereks A-Kompanie zog es vor, die Türen unverschlossen zu lassen. Es gab ohnehin nichts zu stehlen. Narims Einheit hielt es ebenso. Die Scharfschützen jedoch schlossen ihre Baracke ab.

Derek und Kolja knieten sich vor die Tür. Kolja spähte angestrengt in die Nacht hinaus, auf der Suche nach Wachposten. Seiner Haltung nach rechnete er damit, jeden Augenblick angerufen zu werden. Wenn man sie erwischte, würde man sie bestenfalls sofort aus dem Regiment werfen. Wahrscheinlicher jedoch war eine Gefängnisstrafe. Und sie würden mit Sicherheit nicht mit dreißig Tagen davonkommen.

Derek hantierte aufgeregt mit dem Schloss. Er bog einen Draht zurecht und führte ihn in die Öffnung ein. In seinem ehemaligen Milizregiment hatte es einen kleinen Gauner gegeben, der Derek so einiges beigebracht hatte.

Wie sich herausstellte, war Derek jedoch kein besonders gelehriger Schüler gewesen. Nach zehn Minuten hatte er das Schloss immer noch nicht geknackt. Der Schweiß lief ihm inzwischen in dicken Tropfen über die Stirn. Er blinzelte mehrere Schweißtropfen ungeduldig weg, als sie ihm in die Augen liefen.

»Und?«, hakte Kolja ungeduldig nach.

»Ich bin gleich so weit«, erwiderte er wider besseres Wissen.

»Entweder wir gehen jetzt da rein oder wir gehen zurück«, beharrte Kolja. »Die Wachen kommen jeden Augenblick wieder.«

»Ich hab's ja gleich«, gab Derek entnervt zurück.

»Was würdest ihr jetzt ohne mich tun?«, sagte plötzlich eine Stimme. Beide Männer fuhren erschrocken zusammen.

Hinter ihnen schälte sich Narims Gestalt aus der Dunkelheit.

»Was zur Hölle machst du denn hier?«, zischte Derek zwischen zusammengebissenen Zähnen.

»Offensichtlich das Gleiche wie ihr«, erwiderte der Offizier achselzuckend. »Dachtet ihr wirklich, ihr wärt von allein so weit gekommen? Wenn meine Leute Wachdienst haben?«

Derek ließ die Schultern sinken. Die Situation entbehrte nicht einer gewissen Komik. »Du hast uns also geholfen.«

»Natürlich. Ich hab für meine Leute neue Patrouillenrouten festgelegt, damit ihr freie Bahn habt. Ich dachte mir schon, dass ihr so etwas plant.«

Narim drängte sich an Derek vorbei und nahm ihm den Draht aus den Händen. »Lass mal einen Profi ran.«

Narim benötigte keine zehn Sekunden, um das Schloss zu knacken.

Kolja stemmte die Hände in die Hüften und warf Derek einen eindeutigen Blick zu. Dieser verkniff sich einen Kommentar und wandte sich stattdessen an Narim.

»So was lernt man also bei den ROCKETS.«

»Das und anderes«, gab der Exkommandosoldat lächelnd zurück. So leise wie möglich öffnete er die Tür zur Unterkunft der Scharfschützen. Sie gab nur ein kaum wahrnehmbares Quietschen von sich.

Die drei Soldaten schlüpften durch die Öffnung und Narim zog die Tür hinter sich vorsichtig wieder ins Schloss.

Die drei Männer warteten einige Augenblicke, bis sich ihre Augen an die Dunkelheit gewöhnt hatten. Langsam zeichneten sich Umrisse und Schemen in der Finsternis ab. Die Baracke war für fünfzig Mann ausgelegt, aber da das Regiment nur über dreißig Scharfschützen verfügte, waren einige Betten unbelegt.

Manoel Calderon zu finden, war nicht weiter schwierig.

Der Mann hatte sich in den hintersten Winkel der Unterkunft zurückgezogen. Zwischen ihm und dem nächsten Scharfschützen befanden sich gleich mehrere leere Betten.

Derek schüttelte schmunzelnd den Kopf. Einfach unglaublich. Selbst unter seinen eigenen Leuten war Manoel offenbar unbeliebt und wurde gemieden, als hätte er eine ansteckende Krankheit.

Vermutlich hätten sie einfach bei Tageslicht hier hereinspazieren und nach Manoel fragen können und die Männer und Frauen der Scharfschützen hätten ihnen lächelnd den Weg gewiesen und sogar dabei zugesehen, wie sie ihm eine Lektion erteilten.

Die drei Männer versammelten sich um Manoels Pritsche. Der Kerl schnarchte schlimmer als ein Sägewerk.

Narim griff in seine Tasche und holte einen Gegenstand hervor, den Derek in der Dunkelheit nicht identifizieren konnte. Anschließend gab ihnen der Inder ein kurzes Zeichen. Derek und Kolja griffen entschlossen zu und packten jeweils einen Arm des Scharfschützen, während Narim die Enden des Gegenstands um jeweils eine Hand wickelte.

Manoel erwachte mit einem überraschten Grunzen, doch bevor er in der Lage war zu schreien, stieß Narim blitzschnell zu. Der Draht zwischen seinen Händen bohrte sich tief in die Haut an Manoels Hals. Der Mann keuchte vor Schreck und Schmerz auf. Selbst in den diffusen Lichtverhältnissen, die in der Unterkunft vorherrschten, sah Derek wie Manoels Augen vor Todesangst aus den Höhlen traten.

Narim beugte sich tief hinunter, um dem Scharfschützen ins Ohr zu flüstern: »Hände weg von Gina und jeder anderen Frau im Regiment! Leg noch einmal Hand an sie und ich verspreche dir, du brauchst dir um ein Kriegsgericht keine Sorgen mehr zu machen.« Um seine Worte zu unterstreichen, verstärkte Narim den Druck der Garotte etwas. Das Zappeln Manoels wurde zunehmend hektischer und er schnappte verzweifelt nach Luft.

»Verstanden?«, fragte Narim und ließ die Garotte etwas nach, damit Manoel den Kopf bewegen konnte.

»Damit ... kommt ihr nicht ... durch«, keuchte der Kerl zwischen zwei tiefen Atemzügen.

»Falsche Antwort«, erwiderte Narim und zog die Waffe in seinen Händen erneut an. Dieses Mal bedeutend länger als zuvor. Die Bewegungen Manoels wurden deutlich unkoordinierter. Derek befürchtete schon, Narim würde es übertreiben, doch in diesem Moment ließ der Inder den Draht erneut erschlaffen.

»Sollen wir das gleiche Spielchen noch einmal spielen?«

Manoel schüttelte den Kopf. An seinem Hals glänzte es und Derek vermutete, es war Blut.

»Also?«, hakte Narim nach.

»Ich ... ich lasse ... sie in Ruhe.«

»Falls du mal wieder Gefahr läufst, die Kontrolle zu verlieren, dann denk an heute Nacht. Das nächste Mal wird es wesentlich schlimmer.«

Anstatt einer Antwort kam nur angestrengtes Keuchen aus Manoels Kehle. Narim nickte in Richtung Tür und sie zogen sich still und heimlich aus der Baracke zurück, als wären sie nie da gewesen. Genauso gut hätten sie ein Albtraum sein können. Doch Manoel wusste, dass sie da gewesen waren. Er wusste es und lag noch lange wach, die Striemen an seinem Hals streichelnd.

»Regiment, Aaachtung!«

Eintausendsechshundert Soldaten standen in derselben Sekunde stramm. Master Sergeant Delaney trat zwei Schritte zurück an die Seite von Lieutenant Colonel Wolf.

Der Colonel nickte beifällig, als er das angetretene Regiment musterte. Sie waren inzwischen fast acht Monate auf Alacantor und die Fortschritte der Einheit traten deutlich zu Tage. Die faulen Äpfel waren aussortiert und diejenigen, die durchgehalten hatten, waren inzwischen fähig, auf ein Ziel zu schießen, ohne eigene Körperteile dadurch zu verlieren. Das war schon mehr, als einige hohe Offiziere im Oberkommando den Freiwilligenregimentern zutrauten.

Wolf kam nicht umhin, einen gewissen Stolz auf die Leistung zu verspüren, die sie vollbracht hatten. Auch nach den Standards regulärer TKA-Regimenter war das 171. inzwischen recht ansehnlich, was den Ausbildungsstand betraf. Nicht hervorragend, aber doch passabel. Nun gut, es würde wohl nie eine Eliteeinheit werden, doch ihre Aufgabe würden diese Soldaten meistern.

Sein Blick fiel auf das Scharfschützenkontingent des Regiments und das verkniffene Gesicht in der ersten Reihe.

Wolf verzog angewidert das Gesicht.

Leider sind nicht alle faulen Äpfel aussortiert worden.

Wolf wusste nicht genau, was in jener Nacht vorgefallen war, in der sich Singh, Carlyle und Koslov in die Unterkunft der Scharfschützen geschlichen hatten, aber Calderon war von diesem Moment an nicht mehr negativ aufgefallen.

Delaney hatte ihn am nächsten Morgen vom nächtlichen Ausflug der drei Soldaten unterrichtet. Es geschah nur sehr wenig innerhalb des Regiments, was der durchsetzungsstarke Master Sergeant nicht mitbekam.

Wolf hatte wohlweislich darauf verzichtet, Delaney zu fragen, warum er die Aktion der drei Soldaten nicht unterbunden hatte, wenn er schon davon wusste. Manchmal ließ man die Unteroffiziere lieber selbstständig agieren, ohne Einmischung der oberen Ränge. Dadurch lief vieles reibungsloser. Außerdem blieben einige Dinge besser im Dunkeln verborgen.

Wolf bildete sich ein, über eine ziemlich gute Menschenkenntnis zu verfügen, und in Calderons Augen glänzte immer noch unterdrückter Sadismus. Menschen wie Calderon würden sich nie ändern. Mit dem Kerl würde es noch Ärger geben. Es war nur eine Frage der Zeit, bis dessen Charakter erneut an die Oberfläche drängte und der Kerl explodierte. Wäre der Mann kein so guter Scharfschütze, hätte er es nie in ein Regiment geschafft. Eine verdammte Schande, dass man ausgerechnet ihm diesen Typen aufgebürdet hatte.

Wolf räusperte sich, als er sich bewusst machte, dass das Regiment neugierig darauf wartete, dass er die Ansprache hielt, für die er sie hatte antreten lassen.

Er trat einen Schritt vor, die Hände hinter dem Rücken verschränkt.

»Soldaten des 171. Freiwilligenregiments. Wir sind inzwischen beinahe ein dreiviertel Jahr auf Alacantor und eure Fortschritte sind beeindruckend. Die Ausbildungszeit ist nun bald vorbei.« In den Gesichtern der Soldaten zeigten sich das eine oder andere verhaltene Lächeln, hier und da sogar ein breites Grinsen.

Wolf lächelte insgeheim ebenfalls, doch aus anderen Gründen. *Die Heiterkeit wird ihnen gleich vergehen.*

»Nur eines fehlt noch, um eure Ausbildung abzuschließen. Ein einwöchiger Trainingskurs – im Überleben.«

Ein Raunen ging durch die Menge. Einigen schwante schon Übles bei dieser Ankündigung.

»Diesen Trainingskurs werden wir auf dem vierten Mond von Alacantor abhalten. Der Mond heißt Aluna und ist von dichtem Dschungel bedeckt. Die Atmosphäre ist dünn und das Wetter schwankt zwischen drückend heiß und monsunartigen Regenfällen. Es gibt eine reichhaltige Flora und Fauna, allerdings sind die wenigsten Gattungen auf Aluna für Menschen gefährlich. Ich möchte euch jedoch nicht verschweigen, dass ein oder zwei Tierarten groß genug sind, um auch Menschen zu jagen. Auf Aluna verpassen wir vor allem eurem Gruppenzusammenhalt den letzten Schliff. Wir wollen, dass ihr aufeinander aufpasst.

Der Kern von Aluna ist für einen Mond ungewöhnlich dicht, wodurch der gesamte Mond von einem Magnetfeld umgeben ist, das die Kommunikation auf dem Mond selbst erschwert und vom Mond nach Alacantor so gut wie unmöglich macht. Sowohl untereinander als auch mit Alacantor wird es keine Gespräche geben. Ihr werdet auf euch allein gestellt sein und euch nur aufeinander verlassen können.«

Vereinzeltes Stöhnen wurde laut, das von den Unteroffizieren jedoch schnell unterbunden wurde.

Wolf lächelte. »Um den Wachdienst hier bei Crossover aufrechtzuerhalten und die örtliche Miliz zu unterstützen, werden wir bataillonsweise zu dieser Übung aufbrechen. Das erste Bataillon unter Major Baumann macht den Anfang. Nach ihrer Rückkehr bricht das zweite Bataillon unter Major Storker auf. Die Scharfschützen werden zusammen mit dem 1. Bataillon aufbrechen.« Sein Blick suchte Derek Carlyle in der Menge. Bei der Erwähnung der Einheit, in der Manoel Calderon Dienst tat, verdüsterte sich dessen Gesicht zusehends. Wolf hoffte, dass er mit dieser Entscheidung keinen Ärger heraufbeschwor.

Er deutete auf das angrenzende Landefeld, wo bereits einer der drei Gargoyle-Truppentransporter der Einheit seinen Antrieb warm laufen ließ. »Euch wird vielleicht aufgefallen sein, dass bereits ein Truppentransporter startbereit auf euch wartet. Um die ganze Sache interessanter zu machen, werdet ihr sofort aufbrechen. Nur mit euren Waffen und dem, was ihr am Leib tragt.« Die Soldaten wechselten verstörte Blicke, was Wolf ein breites Grinsen entlockte. »Ich wünsche euch viel Spaß.«

Delaney gab den geschockten Soldaten keine Chance, die Neuigkeiten zu verdauen. Er trat drei Schritte vor und brüllte über den ganzen Platz: »Ihr habt den Colonel gehört. Erstes Bataillon rechts um und die Rampe hoch in den Transporter. Und bewegt euch gefälligst oder ich ziehe euch das Fell über die Ohren!«

Das 1. Bataillon des 171. Freiwilligenregiments sowie das Scharfschützenkontingent drehten sich wie ein Mann in die angegebene Richtung und marschierten die Rampe hoch. Und mehr als einer der Soldaten fluchte insgeheim.

Der Flug nach Aluna dauerte etwas mehr als drei Stunden. Zeit genug, sich die grauenhaftesten Szenarien auszudenken, was dort wohl auf sie zukommen mochte.

Den Stoßgebeten einiger Soldaten nach zu urteilen, schlossen bereits viele mit ihrem Leben ab. Ein Umstand, der Derek zutiefst amüsierte. Immerhin war es nur eine Übung. Was sollte da schon groß passieren?

Er wusste es zu diesem Zeitpunkt nicht, aber diesen Gedanken sollte er noch bereuen.

Den meisten Soldaten des ersten Bataillons liefen bereits dicke Schweißtropfen über das Gesicht, noch bevor sie auch nur einen Fuß auf Aluna setzten. Die Luft roch nach verrottenden Pflanzen und war geschwängert von einer schier unerträglichen Luftfeuchtigkeit. Die meisten Soldaten schwitzten bereits auf dem Weg die Rampe hinunter ihre Uniformen durch.

Derek war einer von ihnen.

Er zog mit einem angestrengten Ächzen die Uniformjacke aus und hielt sie locker in den Händen. Am Rücken und unter den Achseln bildeten sich schon halbmondförmige Schweißflecken. Sein einziger Trost war, dass er damit nicht alleine war.

Delaney war bereits dabei, ein provisorisches Lager am Fuß der Rampe aufzubauen, komplett mit Feldlazarett, in dem sogar notdürftige Operationen durchgeführt werden konnten.

Na großartig, dachte Derek. *Die rechnen ja wirklich mit dem Schlimmsten.*

»Alle mal herhören«, schrie Delaney mit seiner markanten, kaum zu überhörenden Stimme. »Es läuft folgendermaßen ab. Heute dürft ihr euch noch ausruhen und ein wenig in dem umsehen, was für die nächsten sieben Tage euer Zuhause sein wird. Morgen geht der Ernst los. Ihr werdet euch in Trupps aufteilen und dann verschiedene Aufgaben in diesem Dschungel«, er deutete über die Schulter, »erfüllen. Seid vorsichtig, hier gibt es einiges, was euch verletzen, euch vergiften oder euch töten kann. Bei der hiesigen Flora denkt an eure Ausbildung, um essbare von nicht essbaren Pflanzen zu unterscheiden.

Wie ihr seht, haben wir für alle Fälle ein Feldlazarett aufgebaut, in dem wir euch zusammenflicken können, falls ihr Mist baut.« Er lachte bellend auf. »Und glaubt mir – ihr werdet Mist bauen.«

Er deutete auf die andere Seite des Feldlazaretts. »Geschlafen wird dort drüben. Euch wird auffallen, dass wir keine Zelte haben. Stattdessen sind Schlafsäcke für euch bereitgestellt.«

»Und wenn es anfängt zu regnen?«, fragte einer der Soldaten aus der B-Kompanie.

»Ich bin ja so froh, dass jemand fragt«, erwiderte der Master Sergeant süffisant. »Wenn es regnet ... werdet ihr nass. Eines verspreche ich euch: Diese Woche werdet ihr hassen.« Er breitete die Arme aus, als wollte er das ganze Bataillon begrüßen. »Willkommen in der Hölle!«

Derek packte Koljas dargebotene Hand und der Soldat zog den Anführer der A-Kompanie mit einem Ruck auf den Felsvorsprung. Wolf hatte zwar erwähnt, dass Aluna ein Duschungelmond war, doch es musste ihm wohl entfallen sein, dass das Gelände darüber hinaus sehr gebirgig war. Dereks Team bestand aus Kolja, Jessica Cummings, Eveline DaSilva und natürlich ihm selbst.

Soweit er wusste, operierten Narim und sein Team, zu dem auch Gina Hooper gehörte, irgendwo südlich von ihrer Position. Das gesamte Bataillon hatte sich in Trupps zu drei oder vier Mann aufgeteilt und war über die halbe nördliche Hemisphäre des Mondes verteilt.

Delaney bewies ein beinahe sadistisches Vergnügen darin, den Trupps ihre Aufgaben zuzuweisen. Dereks Trupp war die Aufgabe zugefallen, eine Position nördlich des Lagers zu erreichen und zu befestigen. Es sollte am Ende – sofern sie diese Aufgabe meisterten – eine Art Vorposten darstellen. Sie waren gerade mal zwei Tage auf Aluna und Derek hasste diesen Mond bereits abgrundtief.

»Zeit für eine Pause«, entschied Derek, nachdem er in Sicherheit geklettert war. Müde streckte er seine Arme, um die schmerzenden Muskeln zu lockern. Hier oben roch die Luft wenigstens nicht ganz so unangenehm nach Pflanzen als weiter unten. Außerdem hatte man von hier aus einen fantastischen Blick über das Blätterdach, das den Dschungel dominierte.

Eveline streckte ihren Körper. »Mein Rücken bringt mich noch um«, jammerte sie.

»Das wäre vielleicht anders, wenn du nicht so viel Zeit auf demselben verbringen würdest«, spottete Derek freundschaftlich. Ihre eher lockere Moral war im Regiment inzwischen unter den Soldaten wohlbekannt und Ziel kameradschaftlicher Frotzelei.

»Wer sagt denn, dass ich dabei auf dem Rücken liege?«, zwinkerte sie schelmisch zurück.

»Du bist echt schamlos«, lachte Derek.

»Solltest es auch mal versuchen«, gab sie neckisch zurück. »Würde dir bestimmt guttun.«

Derek schüttelte den Kopf. »Ich bin Captain und Kompanieführer. Ich muss Vorbild sein. Ich kann nicht einfach durch die Betten hüpfen.«

»Du versagst dir also immer noch jeden Vorteil, den der Dienst bei einem Freiwilligenregiment mit sich bringt.«

»Einer der Vorteile des Militärdienstes ist also Sex? Das wusste ich noch gar nicht.«

»Nicht des Militärdienstes, aber des Dienstes bei einem Regiment wie dem unseren.« Als sie seinen zweifelnden Gesichtsausdruck bemerkte, wurde sie unvermittelt ernst. »Komm schon, du weißt so gut wie ich, dass es kaum etwas anderes für uns gibt, um uns etwas Abwechslung zu verschaffen.«

»Dafür sind wir aber nicht hier.«

»Mag sein, aber du glaubst doch nicht im Ernst, dass wir irgendwann mal zum Kämpfen kommen, oder?«

»Warum denn nicht?«, mischte sich Jessica ein. Sie schob eine widerspenstige Haarsträhne hinter ihr Ohr, während sie sich bemühte, ein Feuer zu machen, in einer Umgebung, in der jedes Stückchen Holz klamm und von Feuchtigkeit durchzogen war.

Eveline sah sie ungläubig an. »Wir sind wie weit ... vielleicht einhundertfünfzig Lichtjahre hinter der Front?«

»Und?«

»Ich habe noch nie von einem ruulanischen Vorstoß so tief hinter die Fortress-Linie gehört. Ihr etwa?«

»Das nicht«, gab Derek ihr widerwillig recht, »aber die Fortress-Linie existiert nicht mehr oder zumindest ist sie nicht mehr sicher, seit die Slugs auf Serena eingefallen sind.«

»Ich hab gehört, dort soll es ziemlich schlimm sein«, meinte Kolja kleinlaut. »Die Slugs sollen dort letzten Monat eine ganze TKA-Brigade zerlegt haben.«

»Würde ich denen durchaus zutrauen.« Derek nickte. »Aber schlimmer ist, dass ihre Erfolge sie immer mutiger machen. Seit die Fortress-Linie keinen hundertprozentigen Schutz mehr bietet, werden ihre Vorstöße immer gewagter, immer risikofreudiger. Durchaus möglich, dass sie irgendwann Alacantor erreichen.«

»Du freust doch wohl schon darauf?« Jessica sah von ihrer Arbeit auf.

»Nein, eigentlich nicht, aber als wir uns meldeten, war uns doch allen klar, dass es durchaus sein kann, dass man auf uns schießt. Oder nicht?«

»Doch, schon«, meinte Jessica und gab ihre Bemühungen, Feuer zu machen, endgültig auf. »Aber damals schien die Möglichkeit so weit weg. Inzwischen ist sie viel realer – und beängstigender.«

»Mach dir deswegen keinen Kopf. Eveline hat vermutlich recht und wir werden nie auch nur einen Slug zu Gesicht bekommen.«

Eveline lachte auf. »Ihr solltet alle lockerer werden und euch auch mal etwas Spaß gönnen. Ihr seid alle viel zu trübsinnig.« Sie zwinkerte Kolja schelmisch zu. »Vor allem du.«

Der Junge grinste über das ganze Gesicht, wurde gleichzeitig aber hochrot im Gesicht.

»Lass den armen Jungen in Ruhe«, meinte Derek grinsend, dem das Unbehagen seines Freundes offensichtlich großes Vergnügen bereitete. »Der hat auch ohne deine Avancen schon genügend Probleme.«

»Du bist wirklich eine Spaßbremse«, gab Eveline lachend zurück. Jessica begnügte sich mit mildem Kopfschütteln.

Derek sah auf seine Armbanduhr und verzog missmutig das Gesicht. »Wir müssen weiter. In spätestens einer Stunde sollten wir unsere Stellung eingenommen haben.«

Die vier Soldaten erhoben sich müde, doch plötzlich drang atmosphärisches Rauschen aus dem Funkgerät. Derek hob es dicht an sein Ohr, um besser hören zu können. Er meinte, Delaneys Stimme zu vernehmen, war sich jedoch nicht sicher. Die Störungen in der Kommunikation waren wirklich ärgerlich.

Mit einem Mal wurde das statische Rauschen leiser und die Stimme drang kurzzeitig in den Vordergrund. Es war tatsächlich Delaney. Er klang ungewöhnlich aufgeregt.

»Alle Übungen ... Ich wiederhole: Alle Übungen sofort abbrechen und zum Basislager zurückkehren! Es hat ... schweren Unfall ... gegeben. Das Training wird bis auf Wei...es ausgesetzt.«

Derek sah seine Kameraden der Reihe nach an. Sie alle schienen ebenso ratlos wie er selbst. Er warf einen Blick den Felsen hinab, den sie soeben erklettert hatte, und seufzte. »Das wird ein langer Abstieg.«

Tatsächlich benötigten sie fast vier Stunden, um den Weg zurückzuklettern, den sie gekommen waren, und ins Basislager zurückzukehren.

Der Großteil des Bataillons hatte sich bereits versammelt, nur wenige Trupps wurden noch zurückerwartet. Delaney unterhielt sich mit einigen anderen Unteroffizieren. Narim ging in der Nähe des Feldlazaretts nervös auf und ab. Derek gesellte sich sofort zu ihm.

»Was ist passiert?«

»Gina«, meinte Narim aufgeregt. »Sie ist abgestürzt.«

»Was? Wie?«

»Ich habe keine Ahnung«, erwiderte Narim aufgeregt. »Ich habe sie persönlich gesichert und plötzlich brach einer der Haken.« Narim schüttelte den Kopf, als versuche er, eine böse Erinnerung loszuwerden. »Sie sah mir direkt in die Augen, als sie fiel.« Tränen traten in die Augen des normalerweise so gefassten und professionellen Berufssoldaten. Das Geschehen hatte ihn aus der Bahn geworfen. Er ballte die Hände an den Seiten. Seine ganze

Haltung drückte Frustration aus und er hätte wohl am liebsten auf etwas eingeschlagen.

Unfähig, etwas zu sagen, legte Derek seinem Kameraden lediglich die Hand auf die Schulter. Narim sah mit einem seltsam verschleierten Blick auf, doch dann klärten sich seine Augen und er entspannte sich – zumindest ein wenig. Er brachte sogar die Kraft für ein dankbares Nicken auf.

Einer der Ärzte kam aus dem Feldlazarett. Delaney beendete augenblicklich sein Gespräch und nahm den Bericht des Arztes entgegen. Sein Gesicht verdüsterte sich mit jedem Wort, das gewechselt wurde. Er warf Narim immer wieder seitliche Blicke zu.

Schließlich verabschiedete er den Arzt, der zu seiner Patientin zurückkehrte. Delaney winkte Narim und Derek zu sich. Als die beiden Offiziere den Master Sergeant erreichten, seufzte dieser tief.

»Sie ist ziemlich schlimm verletzt«, eröffnete Delaney das Gespräch. »Ihr Rückgrat ist an zwei Stellen gebrochen. Falls sie überlebt, wird sie nie wieder laufen können. Die Ärzte haben es geschafft, sie zumindest im Moment zu stabilisieren, Hooper befindet sich jedoch immer noch in kritischem Zustand.«

»Wie konnte das nur passieren?«, flüsterte Narim immer wieder vor sich hin. »Was hätte ich anders machen können?«

Delaney warf ihm einen scharfen Blick zu. »Hören Sie auf damit, Captain. Niemand gibt Ihnen die Schuld und ich bin überzeugt, dass Sie nichts hätten tun können, um das zu verhindern.«

»Das sagt sich so leicht, Sergeant«, gab Narim gepresst zurück. »Sie ist ja nicht unter Ihrer Obhut verunglückt.«

»Kann ich Ginas Ausrüstung sehen?«, wollte Derek aus einem plötzlichen Impuls heraus wissen.

Delaney nickte und führte die beiden Männer zu einem Tisch, auf dem die Ausrüstung der Soldatin ausgebreitet worden war.

»Hat schon jemand sie untersucht?«, fragte Derek.

»Nein«, gab der Master Sergeant zurück. »Niemand.«

Derek nahm mehrere der unversehrten Haken in die Hand und prüfte sie auf ihre Haltbarkeit und Widerstandskraft. Mit denen war alles in Ordnung. Zu guter Letzt begutachtete er den gebrochenen Haken. Oberflächlich betrachtet, hätte es sich auch einfach um einen Materialfehler handeln können. Doch eines fiel ihm ins Auge: Die Bruchstelle war außergewöhnlich glatt.

»Der Haken ist manipuliert worden«, erklärte er schließlich. »Vermutlich hat ihn jemand angesägt, sodass er unter Ginas Gewicht einfach brechen musste.«

»Was?«, brach es aus Narim heraus. »Dann war es kein Unfall?!«

»Nicht nach meiner Einschätzung.«

Delaney nahm die Bruchstücke des Hakens in beide Hände und überprüfte sie selbst. »Er hat recht. Der Haken wurde eindeutig manipuliert.«

»Aber das ergibt keinen Sinn«, wandte Narim ein. »Warum nur einen Haken manipulieren? Nicht einmal Gina wusste, welchen Haken sie wann verwenden würde.«

»Der Täter hat sich in Geduld geübt. Früher oder später hätte sie den bearbeiteten Haken benutzt und spätestens dann wäre sie abgestürzt. Die anderen in den Fels geschlagenen Haken hätten nicht ausgereicht, ihr Gewicht zu tragen. Der Sturz wäre nicht zu verhindern gewesen. Es war schlichtweg Pech, dass sie den Haken so früh verwendet hat.«

»Hat Hooper denn Feinde?«, fragte der Master Sergeant.

Derek wollte schon den Kopf schütteln, doch in diesem Moment sagte Narim: »Nur einen.«

Derek folgte Narims Blick und er erspähte Manoel Calderon, der auf der Rampe des Truppentransporters saß und einige seiner Rationen aß. Als er Dereks und Narims Blick auf sich ruhen sah, grinste er unvermittelt über das ganze Gesicht. Schließlich brachte er sogar die Frechheit auf, ihnen zuzuzwinkern.

Eine düstere Aura umspielte Narims Gestalt und der Exkommandosoldat spannte jeden Muskel in seinem Körper an. Kurz bevor er auf Manoel losgehen konnte, hielt Derek ihn jedoch zurück.

Narim funkelte ihn wütend an und Derek erkannte, dass nicht viel fehlte und der Inder würde auf *ihn* einprügeln. Der Mann war außer sich. Doch dann schwand die Mordlust in seinen Augen ein wenig und er fasste sich. »Er war es, Derek. Ich schwöre dir, er war es.«

»Bei mir rennst du damit offene Türen ein, wir haben allerdings keine Beweise.«

»Das ist mir egal. Ich werde ihn auch ohne Beweise zur Rechenschaft ziehen. Dem Kerl prügle ich die Scheiße aus dem Hirn.«

»Hören Sie auf Ihren Freund, Captain«, mischte sich Delaney ein. »Wenn Sie den Mann vor aller Augen umbringen, sehen Sie nie wieder das Tageslicht.«

»Das wäre es mir wert.«

»Und Hooper? Würde sie wollen, dass Sie Ihr Leben für sie wegwerfen?«

Narim entspannte sich noch ein wenig mehr. »Er muss bestraft werden.«

»Wenn er schuldig ist, wird er bestraft, aber wie Ihr Freund bereits gesagt hat, dafür brauchen wir Beweise.«

Ein Gestalt in Weiß, das von roten Spritzern gesprenkelt war, trat zu ihnen. Es war der Arzt, mit dem Delaney bereits zuvor gesprochen hatte. Er beugte sich vor, um dem Master Sergeant etwas ins Ohr zu flüstern.

Dunkle Wolken zogen über Delaneys Gesicht, als er sich Narim und Derek zuwandte.

»Gina Hooper ist soeben gestorben.«

6

Derek fand in jener Nacht keinen Schlaf. Es gingen ihm einfach zu viele Gedanken im Kopf herum, sodass er sich stundenlang in seinem beengten Schlafsack herumwälzte, ohne innerlich zur Ruhe zu finden. Manoel Calderons Blick ging ihm nicht mehr aus dem Sinn. Narim hatte recht. Calderon hatte ohne Zweifel Ginas Ausrüstung manipuliert. Er hatte es in dessen Augen gesehen. Ein Ausdruck der Selbstzufriedenheit und des Triumphs hatte darin gelegen. Bis zu diesem Augenblick hatte Derek nicht gewusst, wie tief der Abgrund von Calderons Seele war.

Nach Gina Hoopers Tod befand sich das ganze Bataillon in einer Art Schockzustand. Niemand hatte erwartet, dass auf Aluna jemand sterben würde – und schon gar nicht auf diese schreckliche Weise.

Ginas sterbliche Überreste waren in einem Leichensack an Bord des Truppentransporters verstaut worden. Sobald sie nach Alacantor zurückkehrten, würde ihre Leiche in die Heimat transportiert werden, um sie ihrer Familie zu übergeben.

Aufgrund der Besonderheiten von Aluna waren sie nicht einmal in der Lage, Lieutenant Colonel Wolf über den Vorfall zu informieren.

Was Derek jedoch am meisten beunruhigte, war Narims Reaktion auf die Nachricht des Arztes gewesen. Er hätte erwartet, dass sich der Ex-ROCKET auf Manoel stürzen und diesen in Stücke reißen würde, doch nichts dergleichen geschah. Den Mann hatte eine beinahe tödliche Ruhe überkommen. Dann hatte er Manoel mit einem wirklich seltsamen Blick in den Augen angesehen, so als wäre der Mann schon tot. Derek lief jetzt noch eine Gänsehaut über den Rücken, wenn er nur daran dachte. Es war ein gespenstischer Anblick gewesen. Auf Narim musste er in nächster Zeit ein Auge werfen, damit der Mann keine Dummheiten machte.

Derek fürchtete sich vor den Konsequenzen, die seinem Kameraden dadurch drohen mochten, wenn er Calderon etwas zuleide tat. Er kannte Narim noch nicht lange und die verschlossene Art des Mannes machte es schwierig, ihm nahezukommen, trotzdem betrachtete er ihn als Freund. Er wollte nicht, dass Narim sein Leben in einer Gefängniszelle beendete.

Delaney machte sich wohl ähnliche Sorgen, denn er hatte Narim beiseitegenommen und ein paar ernste Worte mit ihm gewechselt. Narim hatte mit glasigen Augen genickt, als wäre er in Trance. Derek war sich nicht einmal sicher, dass der Mann die Ausführungen des Master Sergeants gänzlich zur Kenntnis genommen hatte. Zu sehr schien er seinen eigenen trübsinnigen Gedanken nachzuhängen.

Wie Derek erfahren hatte, war inzwischen sogar im Gespräch, das Training auf Aluna abzukürzen und vorzeitig nach Alacantor zurückzukehren. Man musste kein Genie sein, um zu erkennen, dass Delaney auf diese Weise eine explosive Situation entschärfen wollte.

Derek warf einen Blick nach links, wo sich Narims Schlafsack befand. Durch schlaftrunkene Augen bemerkte er jedoch, dass dieser leer war. Er hatte gar nicht bemerkt, dass Narim aufgestanden war. Der Kerl bewegte sich wie eine Katze. Eigentlich hätte sich Derek Sorgen machen sollen, nein, Sorgen machen *müssen*. Doch langsam zerrte die Müdigkeit an ihm. Vermutlich war Narim nur kurz zu den Latrinen, um sich zu erleichtern. Ehe er sich's versah, versank Derek in einen traumlosen, unruhigen Schlaf.

Ein scharfer Schrei weckte Derek. Der Anführer der A-Kompanie schreckte hoch und kniff reflexartig die Augen zusammen. Beide Sonnen waren gerade dabei, über den Horizont aufzusteigen. Eigentlich hätte man sie noch eine gute Stunde schlafen lassen, doch das Lager befand sich in heller Aufregung.

Neben ihm wachte gerade Narim auf und streckte sich. Die Miene seines Freundes war immer noch ernst, doch sie wirkte nicht mehr so verkniffen wie am Tag zuvor. Derek beäugte ihn misstrauisch, doch der Mann ließ mit keinem Muskelzucken erkennen, ob es ihn störte oder ob etwas nicht stimmte.

Derek beschloss, die Frage nach Narims Befinden aufzuschieben, und schloss sich den Menschentrauben an, die in westliche Richtung zur Grenze des Lagers strömten. Auf seinem Weg schlossen sich Kolja und Jessica an, die ebenso ratlos über die Unruhe waren wie er selbst.

Am Rande des Lagers hatte sich eine ansehnliche Menschenmenge versammelt. Unter Einsatz der Ellbogen arbeiteten sich Derek und seine Freunde an den Soldaten vorbei, bis sie den Grund für die Aufregung erreichten.

Inmitten der Menschenmenge knieten Master Sergeant Delaney und Major Manfred Baumann über einem reglosen Körper. Als Derek eintraf, stand der Sergeant auf und Derek erkannte, um wen es sich handelte.

Es war die Leiche Manoel Calderons.

Die Augen des Mannes standen weit offen und hätten normalerweise in den Himmel gestarrt, doch im Verhältnis zum restlichen Körper stand der Kopf in unnatürlichem Winkel seitlich ab und blickte in Richtung Dschungel, Augen und Mund vor Überraschung weit aufgerissen. Das Gesicht machte den Eindruck, als hätte der Mann kurz vor seinem Tod noch etwas sagen wollen. Die Pupillen waren inzwischen milchig weiß, was darauf hinwies, dass Calderon bereits einige Stunden tot sein musste.

Man musste kein Arzt sein, um zu erkennen, dass das Genick des Mannes gebrochen war. Es musste blitzschnell gegangen sein. Der Mann hatte nicht einmal die Zeit gehabt zu schreien, ansonsten wären die Wachen alarmiert worden.

Delaney und Baumann stellten sich neben Derek und musterten nachdenklich die versammelten Soldaten.

»Der zweite Tote innerhalb von zwei Tagen«, meinte Baumann. »Ich bin mir nicht sicher, wie ich das Wolf erklären soll.«

»Die Wachen haben ihn gerade gefunden. Genau so, wie er jetzt daliegt.«

»Gibt es außer dem gebrochenen Genick noch irgendwelche Verletzungen oder Spuren eines Kampfes?«, wollte Derek wissen.

Delaney schüttelte den Kopf. »Keine.«

In diesem Augenblick gesellte sich Narim zu ihnen. Seine Miene war bar jeden Ausdrucks, doch Derek glaubte, ein vergnügtes und triumphierendes Funkeln in den Augen des Mannes erkennen zu können. Es verschwand jedoch so schnell wieder hinter Narims Maske aus Gleichgültigkeit, dass er nicht sicher war. Möglicherweise hatte er sich auch geirrt.

»Geht wieder zurück zu euren Schlafplätzen!«, befahl Delaney. »Wartet dort auf die Anweisungen eurer Zugführer.«

Obwohl ihn als Kompaniekommandant der Befehl nicht betraf, zog sich Narim ebenfalls zurück. Und wieder überkam Derek der Eindruck, dass ein Lächeln um die Mundwinkel des Mannes spielte.

»Ich sehe das so«, erklärte Delaney, als er mit Baumann und Derek alleine war, »Calderon wollte nachts austreten, ist in der Dunkelheit unglücklich gestürzt und hat sich dabei das Genick gebrochen. Ein unglücklicher Unfall.«

»Falls das wirklich schon wieder ein *Unfall* war, ist dieses Bataillon wohl vom Pech verfolgt«, meinte Baumann.

Derek warf dem Master Sergeant einen zweifelnden Blick zu. »Glauben Sie den Scheiß wirklich?«

Delaney schnaubte. »So wird es auf jeden Fall in meinem Bericht stehen.«
Delaney und Derek sahen Baumann an. Nun lag alles an ihm. Würde er die Sache weiterverfolgen oder auf sich beruhen lassen? Es hing davon ab, was für ein Mensch der Major war.

Baumann blickte von einem zum anderen. Schließlich nickte er langsam. »Ich werde Ihre Sicht der Dinge stützen. Legen Sie mir Ihren Bericht vor, ich werde ihn abzeichnen. Und sorgen Sie dafür, dass Calderons Leiche in den Truppentransporter kommt.«

»Ja, Sir«, bestätigte Delaney erleichtert.

Die drei Männer drehten sich um und musterten ein letztes Mal nachdenklich Narims Rücken, der sich mit gleichmäßigen Schritten entfernte.

Baumann schüttelte nur den Kopf und ließ Derek und Delaney wortlos alleine. Der Major war clever und würde zweifelsohne seine eigenen Schlussfolgerungen ziehen. Dass er Delaneys Sicht der Dinge den Rücken stärkte, sagte eine ganze Menge über den Exmarine und dessen Gerechtigkeitssinn aus. Dereks Meinung über den Offizier hob sich nicht unerheblich.

»Glauben Sie, wir werden je erfahren, was heute Nacht geschehen ist, Sergeant?«, fragte Derek.

»Nein«, erwiderte Delaney bestimmt, »und ich denke, wir schlafen alle besser, wenn wir es nie erfahren.« Er warf Calderons Leiche einen verächtlichen Blick zu. »Eines ist mal sicher: Den Kerl wird niemand vermissen.«

Eine Stunde später wurden die Soldaten des Bataillons zusammengerufen und die Ergebnisse der Untersuchung von Manoel Calderons Unfall wurden bekannt gegeben.

Es stellte sich heraus, dass Delaneys Vorhersage ins Schwarze traf.
Niemand stellte die Ergebnisse infrage.
Niemand äußerte Zweifel.
Viele hatten Gina Hooper sehr gemocht.

Teil II

Ernstfall

Mord rufen und des Krieges Hund' entfesseln ...
William Shakespeare, Julius Caesar, 3. Akt, 1. Szene

7

Das Wachgeschwader, das mit dem Schutz des Alacantor-Systems betraut war, bestand aus zweiundzwanzig Kreuzern unterschiedlicher Klassen unter dem Befehl von Commodore Emanuel Santos.

Santos war Mitte vierzig und ein Karriereoffizier ersten Ranges. Sein erklärtes Ziel bestand darin, Konteradmiral zu werden, bevor er die fünfzig überschritt. Seit Kriegsbeginn hatte er in einem Dutzend Schlachten gekämpft und in acht größeren Gefechten selbst das Kommando geführt. Lediglich zwei dieser Gefechte hatte er verloren und beide Male stand er einer ruulanischen Übermacht gegenüber. Hin und wieder galt es schon als Sieg, wenn man mit dem Leben davonkam, um später weiterkämpfen zu können.

Sein derzeitiges Kommando betrachtete er als Verschwendung seiner kostbaren Zeit und vor allem seiner Erfahrung. Alacantor lag knapp einhundertfünfzig Lichtjahre tief in terranischem Raum. Er hatte noch nie davon gehört, dass die Ruul einen Vorstoß derart tief hinter die Frontlinie gestartet hätten. Sie bevorzugten schnelle, entschlossene Attacken ober- und unterhalb beziehungsweise knapp hinter die Fortress-Linie. Dabei drangen sie nie weiter als fünfzig Lichtjahre in den menschlichen Raum ein. Diese Entfernung begünstigte einen schnellen Rückzug auf eigenes Territorium, falls den Slugs Einheiten begegneten, die sie nicht schlagen konnten.

Alacantor war sicher, davon war Santos überzeugt.

Die einzig wirklich bedeutsame Tätigkeit, die seine Kreuzergruppe hier erfüllte, war die Überwachung der an- und abfliegenden Frachterkonvois, die ihre Laderäume mit Lebensmitteln und Nutzvieh beluden und diese dann in die entlegensten Winkel des Konglomerats transportierten, zu Welten, die auf Versorgung von außerhalb angewiesen waren. Und das war äußerst langweilig.

Er hielt regelmäßig Kampfübungen ab, damit seine Besatzungen auf Zack blieben. Es stellte die einzige Ablenkung für seine Leute dar. Die Männer und Frauen unter seinem Kommando waren gut und erfahren und er wollte nicht das Risiko eingehen, dass sie ihren Biss verloren.

Viele Kommandanten strebten das Kommando über größere Kampfschiffe an, über Schlachtschiffe oder Schlachtträger, je größer, desto besser. Santos war da anderer Meinung. Er bevorzugte die Flexibilität und Geschwindigkeit von Kreuzern. Schlachtschiffe waren dazu verdammt, die feindliche Feuerkraft, die auf sie zurollte, zu absorbieren. Kreuzer konnten ausweichen und den Gegner ausmanövrieren. Ja, in der Tat, er wollte kein anderes Schiff als einen Kreuzer befehligen.

Santos seufzte, während er seinen Eintrag im Logbuch beendete.

Eine Verschwendung!, fluchte er innerlich zum wiederholten Mal. *So viele Schiffe für eine sichere Welt zu vergeuden.*

Er wäre lieber bei Serena gewesen. Seit die Ruul auf dem einzig bewohnten Planeten des Systems gelandet waren, entwickelte sich Serena zum Dreh- und Angelpunkt des Krieges. Dort fand die Action statt, nicht hier.

Leider war es gängige Vorgehensweise der Raumflotte, ihre Wachgeschwader im Rotationsverfahren einzuteilen. Dies bedeutete nun mal, dass Santos' Geschwader ebenfalls an die Reihe kam, um hinter der Front für Sicherheit zu sorgen. Das Rotationsverfahren stellte sicher, dass Einheiten, die bereits seit Wochen oder manchmal sogar Monaten an der Front gekämpft hatten, auf einen ruhigen Posten kamen, um sich zu erholen, Schäden zu reparieren und neue Kraft zu tanken, bevor es wieder zurück in den Kampf ging.

Wenn er ehrlich zu sich selbst war, dann konnten seine Schiffsbesatzungen durchaus Erholung gebrauchen. Vor Alacantor hatten sie drei Monate fast ununterbrochen im Kampfeinsatz gestanden. Drei Systeme in unmittelbarer Frontnähe hatten sie vor ruulanischen Übergriffen beschützt und aus zwei weiteren hatten sie die Ruul vertrieben, nachdem diese die örtlichen Wachgeschwader ausgeschaltet hatten. Seine Kreuzergruppe hatte während der endlos scheinenden Gefechte elf Schiffe verloren und Santos wartete immer noch auf deren Ersatz, ganz zu schweigen von dem für das Personal, das auf den anderen Schiffen der Kampfgruppe gefallen oder verwundet worden war.

Santos fuhr sich mit der Hand durch das bereits schütter werdende braune Haar und schlug sein Logbuch zu. Administrative Aufgaben hasste er zutiefst, doch sie mussten leider getan werden. Die Raumflotte konnte nicht leben ohne tägliche Berichte.

Er verzog die Mundwinkel zu einem ironischen Lächeln.

Er könnte jedoch sehr wohl ohne leben.

»Captain auf die Brücke«, drang plötzlich der Sopran Commander Cindy

Bells, seiner XO, durch die Lautsprecher seines Arbeitszimmers an Bord der *TKS Cleopatra*, einem Schweren Kreuzer der Sioux-Klasse.

Santos erhob sich geschmeidig hinter seinem Schreibtisch und strich die weiße Flottenuniform glatt. Zischend öffnete sich die Tür seines Arbeitszimmers und er betrat die geschäftige Brücke seines Flaggschiffes.

Commander Cindy Bell hielt sich sorgsam zurück, bis der Commodore auf seinem Kommandosessel Platz genommen hatte. Bell war eine junge Frau von zierlicher Statur, ihr nackenlanges schwarzes Haar trug sie wie üblich zu einem Pferdeschwanz zusammengebunden.

»Was gibt es?«, fragte er seine XO.

»Vor einigen Minuten empfingen wir eine Energiespitze. Könnten eine Reihe ankommender Schiffe an der nördlichen Nullgrenze sein.«

Santos rief eine Sternenkarte auf seinem taktisches Hologramm auf. Die zwei Sonnen des Systems befanden sich derzeit zwischen der nördlichen Nullgrenze und Alacantor sowie dem Wachgeschwader, was eine genaue Sensorabtastung in der Tat schwierig machte. Die zwei Sonnen gaben zu viel Strahlung ab, was die Scanner ablenkte. Ein häufiges Problem bei Doppelsternsystemen.

»Vermutlich lediglich ein weiterer Frachterkonvoi«, mutmaßte Santos. »Kein Grund zur Aufregung.«

»Höchstwahrscheinlich«, stimmte Bell ihm zu. »Ich dachte nur ...«

»Ja, Sie hatten völlig recht, mich zu informieren.« Santos überlegte. Unangekündigte Konvois waren nichts Ungewöhnliches und für einen Augenblick erwog er tatsächlich, der Sache nicht weiter nachzugehen. Dann jedoch schüttelte er innerlich den Kopf und Pflichtbewusstsein und Erfahrung des Commodore übernahmen die Oberhand. Die Abgelegenheit des Postens bei Alacantor lullte ihn bereits ein.

Besser auf Nummer sicher gehen.

»Schicken Sie ein halbes Dutzend Kreuzer aus, die sich die Sache mal ansehen sollen. Falls es sich tatsächlich um einen Konvoi handelt, soll der Captain des Führungsschiffes die Frachter willkommen heißen und zum Planeten eskortieren.«

»Aye, Sir«, bestätigte Bell.

Die nächsten Stunden vergingen schleppend langsam. Santos verbrachte die Zeit im Wesentlichen damit, seinen Papierkram auf den aktuellen Stand zu bringen. Nur hin und wieder warf er einen Blick auf das taktische Hologramm und beobachtete den Fortschritt der sechs Kreuzer, die die zwei

Sonnen umrundeten und schließlich Kurs auf die nördliche Nullgrenze nahmen.

Sobald die sechs Kriegsschiffe die Peripherie der zwei Sonnen hinter sich hatten, fingen die Sensoren der *Cleopatra* nur noch sporadisch ihre Signale auf. Die Symbole, die die sechs Kreuzer darstellten, flackerten, verschwanden vom Plot, nur um Sekunden später wiederzuerscheinen. Dieses Spielchen fing anschließend von vorne an und wiederholte sich in entnervender Art und Weise.

Santos war bereit zu glauben, dass dieser Tag genauso ereignislos vorübergehen würde wie die anderen zuvor, doch da schrillte plötzlich der Alarm auf seiner Brücke los.

Er warf die Personalakten beiseite, die er gerade studiert hatte, und beobachtete mit schreckgeweiteten Augen sein taktisches Hologramm.

Zwischen den beiden Sonnen tauchten unvermittelt Dutzende kleiner Symbole auf. Sie kamen direkt aus dem Bereich zwischen den beiden stellaren Körpern und hielten auf seine Kampfgruppe zu. Der Computer der *Cleopatra* färbte die unbekannten Objekte zunächst in neutralem Gelb, was bedeutete, dass sie weder als freundlich noch als feindlich identifiziert werden konnten, doch dann leuchteten sie mit einem Mal in bedrohlichem Rot.

Einige waren zu schnell, um Kriegsschiffe zu sein, und zu langsam für Torpedos. Es konnte sich eigentlich nur um Jäger handeln – die übrigen waren unzweifelhaft Torpedos.

Mein Gott, schoss es ihm durch den Kopf, *durch die beiden Sonnen hindurch einen Angriff zu führen, ist Wahnsinn! Wer immer das ist, brennt sich die Außenhülle weg.*

Doch noch während er den Gedanken formulierte, erkannte er, was für ein Geniestreich diese Taktik war. Niemand hätte mit so etwas rechnen können. Menschliche Kommandeure würden einen solchen Schlag niemals wagen – oder nur, wenn sie sehr verzweifelt wären.

Durch einen solchen Mahlstrom aus Hitze und Strahlung zu navigieren, kam einer raumfahrttechnischen Meisterleistung gleich. Wahnsinn war es trotzdem. Schilde und Panzerung konnten eine Mannschaft nur begrenzte Zeit am Leben erhalten. Die Strahlung kam irgendwann durch und die Besatzungen würden elend zu Grunde gehen. Die einzige Hoffnung, zu überleben, bestand darin, die Gefahrenzone mit Höchstgeschwindigkeit zu durchqueren. Trotzdem würde eine angreifende Streitmacht durch die Strahlung schwere Schäden und herbe Verluste erleiden. Santos zweifelte keinen Augenblick daran, dass er gerade einen Überraschungsangriff der Slugs erlebte.

Er schüttelte die Schrecksekunde, die von ihm Besitz ergriffen hatte, ab und besann sich auf seine Aufgabe.

»Schilde hoch, Formation zusammenziehen, Flakbatterien auf feindliche Angriffsvektoren ausrichten!« Die Litanei an Befehlen ging ihm fließend über die Lippen.

»Commander Bell, Bericht!«

»Nach dem, was da an Jägern und Torpedos auf uns zukommt, haben wir es mit mindestens zwei oder drei Schlachtträgern mit Kreuzerunterstützung zu tun.«

Schlachtträger. Auch das noch!

»Haben wir noch Kontakt zu den sechs Schiffen, die zur nördlichen Nullgrenze unterwegs sind?«

»Negativ. Hin und wieder empfangen wir noch ihre Telemetriedaten, das ist alles.«

Perfekt!, fluchte er innerlich. *Der Angriff ist zeitlich gut abgestimmt. Sie haben uns mit heruntergelassenen Hosen erwischt.*

»Com? Ich brauche eine Verbindung zum Planeten. Wir müssen sie sofort warnen, dass ein Angriff im Gange ist.«

Der weibliche Lieutenant an der ComKonsole drehte sich zu Santos um. Noch während sie ein Wort sagte, erkannte er an ihrer Mimik, dass sie seinen Befehl nicht ausführen konnte.

»Alle Funkkanäle sind gestört. Ich kann kaum die anderen Schiffe erreichen, geschweige denn den Planeten.«

Santos knirschte mit den Zähnen und bestätigte der Offizierin mit einem Nicken, dass er sie gehört hatte.

Röhrend eröffneten die Flakgeschütze der sechzehn zum Schutz von Alacantor verbliebenen Schiffe das Feuer auf die Angreifer.

Eine Feuerwalze schlug den ruulanischen Lenkwaffen und Jägern entgegen. In den ersten Sekunden des Gefechts zerstörten die Geschosse des Wachgeschwaders über vierzig Jäger und beinahe das Doppelte an Torpedos.

In diesem Moment hätte sich Santos nichts mehr gewünscht, als selbst ein paar Jäger auf seiner Seite zu wissen. Sie hätten die Nahbereichsabwehr unterstützen und die Trefferquote deutlich erhöhen können. Es half aber nicht, sich über etwas den Kopf zu zerbrechen, das man nicht ändern konnte. Der ruulanische Angriff erreichte Santos' Kampfgruppe – und die Welt des Commodore stellte sich auf den Kopf.

Torpedos, deren Sprengköpfe dazu entwickelt wurden, die Panzerung von Kriegsschiffen zu knacken, die deutlich oberhalb der Gewichtsklasse der *Cleopatra* lagen, hämmerten mit brutaler Kraft auf die kleine Anzahl Schiffe ein.

Zwei Leichte Kreuzer der Falcon-Klasse gingen augenblicklich verloren. Ihre Schiffshüllen hielten dem grausamen Bombardement nicht stand und sie vergingen in grellen Feuerbällen. Ein schwerer Night-Kreuzer folgte, als zwei Torpedotreffer mehrere Feuer auslösten, die schnell außer Kontrolle gerieten und den Reaktor des Schiffes erreichten.

Die *Cleopatra* hatte noch Glück im Unglück. Sie erlitt zwei Volltreffer mittschiffs und einen Beinahetreffer an Steuerbord, der das Schiff jedoch ein Drittel seiner Bewaffnung in dieser Sektion kostete sowie zwei Decks aufriss und dem Vakuum preisgab.

Rote Alarmleuchten wetteiferten auf der Brücke des Schweren Kreuzers um die Aufmerksamkeit der Besatzung. Am laufenden Band gingen Schadens- und Verlustmeldungen ein, so schnell, dass Santos ihnen kaum zu folgen vermochte. Schließlich gab er es auf und widmete seine ganze Aufmerksamkeit der sich anbahnenden Katastrophe.

Zwei seiner Schiffe hingen manövrierunfähig im All. Die Schiffshüllen sahen noch relativ intakt aus, doch sämtliche Geschütze hatten das Feuer eingestellt. Ein Blick auf die Sensoranzeigen bestätigte, was er bereits ahnte. Es gab keine Lebenszeichen mehr an Bord.

Jedes seiner Schiffe hatte Federn lassen müssen. Die Kreuzer unter seinem Kommando wehrten sich mit dem Mut der Verzweiflung gegen immer neue Schwärme feindlicher Reaper.

Dutzende Explosionen blühten zwischen den Schiffen auf, als die Besatzungen der Flakbatterien feindliche Jäger aus dem All fegten. Für jeden, der abgeschossen wurde, kamen jedoch drei neue nach.

Bell zog den Offizier an der taktischen Station aus seiner Nische im Boden und nahm selbst darin Platz. Der Junge diente noch nicht lange auf seinem Schiff, vielleicht vier Wochen. Ein faustgroßes Stück geborstener Panzerung hatte sich zehn Zentimeter tief in seine Stirn gebohrt. Blut und Gehirnmasse bedeckte dessen Uniform. Santos musste an sich halten, um sich bei diesem Anblick nicht zu übergeben.

Auf seinem taktischen Hologramm beobachtete er, wie eine Gruppe feindlicher Jäger sich zu einem neuen Angriff formierte.

»Bell, konzentrieren Sie das Feuer auf die Jäger, die von Backbord angreifen!«

»Aye, Commodore.«

Weitere Geschosse und Strahlen aus den Waffen ruulanischer Jäger prasselten auf die *Cleopatra* ein. Irgendwo hinter ihm explodierte eine Konsole und jemand schrie. Aus dem Augenwinkel sah er etwas hell flackern, doch sofort stürzte ein Besatzungsmitglied mit einem Feuerlöscher herbei und erstickte den Gefahrenherd, bevor er sich ausbreiten konnte.

Die Flakbatterien der *Cleopatra* fuhren wie eine Sense durch die feindliche Jägerformation und löschten unzählige Reaper aus. Die Formation löste sich vor seinen Augen buchstäblich auf. Die Überlebenden stoben nach allen Seiten davon, um dem unbarmherzigen Feuer des rachsüchtigen Kreuzers zu entkommen.

Eine weitere Torpedosalve hämmerte auf die dezimierte Kampfgruppe ein.

Der Schwere Kreuzer *Belfast* ging verloren, dich gefolgt von der *Texas*.

Mit einem warnenden Piepton zog das taktische Hologramm erneut die Aufmerksamkeit des Commodore auf sich.

Aus dem Bereich zwischen den beiden Sonnen schoben sich mehrere Objekte in den Scannerbereich von Santos' Flaggschiff, deutlich langsamer als die Jäger und Torpedos zuvor. Der Mund des Commodore wurde staubtrocken. Ein Kloß saß tief in seiner Kehle.

Zwei ruulanische Schlachtträger führten eine Formation an aus fünfzig feindlichen Schiffen. Es handelte sich hauptsächlich um Typ-8-Kreuzer, unterstützt von älteren Trägern und sogar einigen neuen Schweren Kreuzern der Firewall-Klasse.

Santos hatte bisher von ihnen nur gehört. Sie tauchten erst seit knapp vier Monaten auf den Schlachtfeldern des Krieges auf. Doppelt so groß wie Typ-8-Kreuzer und mindestens dreimal so schwer bewaffnet, waren diese Schiffe selbst für Sioux-Kreuzer überragende Gegner.

Santos überprüfte den Flottenstatus. Nur noch sieben seiner Schiffe waren kampffähig – inklusive der *Cleopatra*. Von den sechs Schiffen, die er ausgeschickt hatte, den Neuankömmling zu überprüfen, fehlte jede Spur. Auf Grundlage der vorhandenen Daten konnte er nur das Schlimmste annehmen.

Santos straffte erneut seine strahlend weiße Uniform. Es war verlockend, das Feuer auf die Schlachtträger zu eröffnen, doch der erfahrene Gefechtsoffizier in ihm hielt ihn zurück. Was er an Feuerkraft noch aufzubieten hatte, würde der Verteidigung der Schlachtträger nicht einmal einen Kratzer zufügen.

Die Schlacht war verloren, so viel stand für ihn bereits fest. Dieser Übermacht hatte er nichts entgegenzusetzen. Selbst wenn sie ausreichend Zeit gehabt hätten, sich vorzubereiten, wären sie geschlagen worden. Alles, was er jetzt noch tun konnte, war den Preis des Gegners für die Einnahme des Alacantor-Systems in die Höhe zu treiben.

»XO! Feuer auf die führenden Kreuzer konzentrieren!«, ordnete er an.

Wenige Augenblicke später spie der Bug der *Cleopatra* einen Schwarm Torpedos aus. Drei seiner verbliebenen Schiffe folgten dem Beispiel des Flaggschiffes.

Die Flakbatterien der Slugs legten eine Todeszone zwischen der eigenen Flotte und den anfliegenden Lenkwaffen. Trotzdem kam etwa die Hälfte durch.

Ein Typ-8-Kreuzer, der einen der Schlachtträger flankierte, wurde durch die Wucht der Explosionen in zwei Teile gerissen. Nur Sekunden danach explodierten ein älterer Träger und ein weiterer Typ-8. Ein Firewall-Kreuzer brach brennend und einen Schwanz aus geborstener Panzerung hinter sich herziehend aus der Formation aus.

Santos gönnte sich ein schmales Lächeln.

Noch sind wir nicht tot, ihr Bastarde!

Doch dann waren die beiden Schlachtträger in Feuerreichweite. Ihre Mündungsklappen öffneten sich und spien eine tödliche Welle Flugkörper aus. Noch während Santos die Symbole auf sein dezimiertes Geschwader zurasen sah, wusste er, dass sie gegen diese Feuerkraft nichts mehr würden ausrichten können.

Nereh'garas-toi beobachtete von seinem Flaggschiff aus, wie das letzte Schiffe der nestral'avac das Feuer einstellte. Einige der Schiffe sahen noch ganz funktionstüchtig aus. Er erwog für einen Moment, sie zu zerstören, entschied sich jedoch dagegen. Warum Munition verschwenden? Die Sensoren zeigten an, dass es keine Lebenszeichen mehr gab. Es handelte sich nur noch um leblose Wracks, die schon bald in die Korona der Sonne eintreten und verglühen würden. Damit wären alle Spuren der ungleichen Schlacht beseitigt.

Er fletschte seine Zähne zu einem Lächeln der Vorfreude.

»Startet die Invasion!«

Private Ken Sanderson gähnte herzhaft. Die Nacht schien kein Ende nehmen zu wollen. Er sah gelangweilt auf die Uhr. Noch zwei Stunden bis

Sonnenaufgang und seiner Ablösung. Dann konnte er endlich eine Mütze voll Schlaf nehmen.

Die anderen Wachen waren auf ihren Posten in der Dunkelheit lediglich als undeutliche Schemen wahrnehmbar. Ken gehörte zu Yato Kamamuras A-Kompanie des 2. Bataillons. Der Asiate war ein guter Offizier und Vorgesetzter. Er neigte nicht zu übertriebener Strenge oder gar Härte. Die Offiziere der Milizregimenter auf Alacantor schienen aus anderem Holz geschnitzt zu sein. Dies hatte er bereits von verschiedenen Milizionären gehört, bei den wenigen Gelegenheiten, in denen sich die Angehörigen der zwei Waffengattungen über den Weg liefen.

Major Björn Storker hingegen war für Ken ein Buch mit sieben Siegeln. Er hatte mit dem Mann noch nichts zu tun gehabt, wusste also nicht, welche Art Vorgesetzter er war. Nun, dies würde die Zeit wohl zeigen.

Ken hob den Kopf und beobachtete den nächtlichen Himmel. Die Sterne glitzerten hier viel mehr als auf seiner Heimatwelt Dakota. Zumindest kam es Ken so vor. Möglicherweise lag dies auch an der Strahlung der zwei Sonnen.

Etwas erregte unvermittelt seine Aufmerksamkeit. Einige der Sterne bewegten sich. Tatsächlich machten sie den Anschein, auf den Planeten zuzustürzen.

Ken kniff die Augen zusammen in dem Versuch, die Objekte besser zu erkennen.

Meteoriten vielleicht, mutmaßte er. Doch er verwarf den Gedanken sofort wieder. Das Alacantor-System war nicht für Asteroideneinschläge bekannt – und außerdem: ein Dutzend Asteroiden? Zur selben Zeit? Unwahrscheinlich. Noch während er hinsah, verdoppelte sich die Anzahl Objekte, die auf den Planeten zustürzten. Es wurden immer mehr. Schließlich waren sie so nahe, dass Ken sogar den Ausstoß ihrer Triebwerke erkennen konnte.

Mein Gott! Es sind Raumschiffe!

Dass es sich um freundlich gesinnte Schiffe handelte, daran glaubte Ken keine Sekunde. Warum sollte eine befreundete Streitmacht unangekündigt bei Nacht und dann in solcher Anzahl landen?

Es war eine Invasion.

Sein Blick flog zum fernen Gebäude der Raumüberwachung am Stadtrand von Crossover. Bis auf die Lichter im obersten Stockwerk lag das Gebäude in tiefe Dunkelheit gehüllt da.

Schlafen die Kerle denn?, schoss es ihm verärgert durch den Kopf. *Die müssen doch merken, dass etwas nicht stimmt.*

Was ihn plötzlich auf dem Absatz herumfahren ließ, wusste er nicht. Es gab kein Geräusch, keine Vorwarnung, nichts Bedrohliches, das ihn hätte alarmieren können. Trotzdem erfuhr er mit einem Mal ein unterschwelliges Gefühl der Gefahr.

Master Sergeant Delaneys rigoroses Training machte sich bezahlt. Ken riss die Waffe geschmeidig hoch und entsicherte sie mit einer minimalen Bewegung der linken Hand.

Ken richtete das Sturmgewehr auf die umgebende Dunkelheit. Seine Augen hatten sich längst an die Finsternis gewöhnt und er spähte angestrengt nach der Ursache seiner dunklen Vorahnung.

Der logische Teil seines Gehirns wollte ihn beruhigen, flüsterte ihm zu, dass er sich geirrt hatte, dass dort nichts auf ihn lauerte. Doch der unterbewusste Teil herrschte sein logisches Denken an, still zu sein. Dass dort draußen sehr wohl etwas lauerte – und es machte Jagd auf Ken.

Die einzige Vorwarnung bestand im Aufrichten seiner Nackenhaare. Gänsehaut bildete sich auf seinen Armen und Beinen. Ken wirbelte herum. Er brachte seine Waffe in Anschlag, doch etwas schlug hart gegen den Lauf seiner Waffe und hätte ihm das Sturmgewehr um ein Haar aus den Händen gerissen.

Eine Gestalt baute sich vor ihm auf. Verglichen mit einem Menschen war diese riesig, muskelbepackt. Sie tauchte so schnell auf, als würde die Nacht lebendig werden, um ihn zu holen. Selbst in den diffusen Lichtverhältnissen sah Ken die spitze Schnauze mit den zwei Reihen rasiermesserscharfer Zähne.

Ein Ruul!

Ken wollte schreien, Alarm schlagen, seine Kameraden zu den Waffen rufen. Doch als sich sein Mund öffnete, verwandelte sich der im Entstehen begriffene Schrei in heiseres, feuchtes Gurgeln. Das ruulanische Schwert drang tief in Kens Hals ein, durchtrennte die Luftröhre und zerschmetterte den Adamsapfel.

Seine Knie wurden weich, als das Blut in pulsierenden Fontänen aus seinem Körper spritzte. Mit einem verächtlichen Laut zog der Ruul sein Schwert zurück und Ken schlug schwer auf dem Boden auf.

Unfähig, sich zu bewegen, war er dazu verdammt, mit anzusehen, wie sich der Himmel über der Kaserne und der Stadt mit unzähligen Mantas und Reapern füllte.

Und der Tod regnete auf den Planeten herab.

Eine Explosion ließ das Kasernengebäude erzittern und warf Lieutenant Colonel Ethan Wolf aus dem Bett. Der Kommandeur des 171. Freiwilligenregiments rappelte sich augenblicklich wieder auf und stürzte zum Fenster. Draußen herrschte blankes Entsetzen.

Die Nacht wurde von Dutzenden Explosionen taghell erleuchtet. Hunderte von Reapern stürzten aus dem Himmel. Ihre Waffen spien Tod und Vernichtung gegen die überraschten Menschen am Boden. Auf dem Flugfeld brannte bereits einer der Gargoyle-Truppentransporter. Der andere spie aus seinen Batterien Feuer gegen die angreifenden Horden. Ein Glückstreffer holte einen Reaper vom Himmel. Die brennenden Überreste regneten auf den Asphalt des Flugfelds.

Die Kaserne des 1. Bataillons brannte, die Kaserne des 2. Bataillons wurde heftig umkämpft. Überall auf dem Gelände setzten Mantas auf, öffneten ihre Luken und entließen Tausende ruulanischer Krieger und Dutzende Kaitars ins Freie.

Der Krieg hatte Alacantor erreicht.

Das Artilleriegeschütz des überlebenden Gargoyle-Truppentransporters spie ein panzerbrechendes Geschoss aus. Das Projektil durchschlug die Seitenwand eines Mantas und schleuderte die zerfetzten Überreste der Insassen in alle Richtungen. Weitere Mantas setzten unbeeindruckt auf.

Eine große Gruppe Slugs kämpfte sich zur Rampe des Truppentransporters durch. Es entbrannte ein heftiges Feuergefecht am Zugang des Schiffes. Mündungsfeuer blitzten aus dem Inneren auf. Ein Dutzend Slugs fiel, doch sie wurden umgehend ersetzt. Die ruulanischen Krieger erkämpften sich den Weg in den Transporter, bereits wenige Minuten später stellten die Geschütze das Feuer ein.

Wolf presste vor Wut die Kiefer aufeinander. Er warf einen schnellen Blick in Richtung Crossover. Das Gebäude der Raumüberwachung war verschwunden. Dort, wo es gestanden hatte, klaffte ein Krater im Boden. Aus Türen und Fenstern der angrenzenden Gebäude schlugen Flammen ins Freie.

Soweit Wolf es beurteilen konnte, waren die Kasernen der Miliz genauso schwer getroffen worden wie die des 171. Mindestens drei der Kasernengebäude brannten. Die Jäger auf dem Flugfeld der Miliz waren weitgehend zerstört, vermutlich bereits während der ersten Angriffswelle. Die ausgebrannten Gerippe Dutzender Jäger bedeckten das Flugfeld der Miliz.

Noch während Wolf hinsah, rollten fünf Firebird-Jäger aus einem Hangar und stiegen auf. Mehrere Reaper versuchten, sie aufzuhalten. Einer der Jäger wurde getroffen und ging in Flammen auf, doch die übrigen vier waren zu schnell und entkamen.

Wolf atmete erleichtert auf. Wenigstens hatten einige der Piloten die Geistesgegenwart besessen, ihre Ausrüstung in Sicherheit zu bringen. Wenn diese Piloten auch nur einen Funken Verstand besaßen, hielten sie sich tief, brachten so viel Abstand zwischen sich und die Schlacht, wie sie konnten, und retteten ihr Leben und die Jäger für spätere Kämpfe. Gegen diese Übermacht würden sie hier und heute nichts ausrichten können. Diese Schlacht war bereits verloren, bevor sie begann.

Ein weiterer Firebird-Jäger rollte aus dem Hangar und begab sich auf dem Flugfeld in Startposition, doch dieses Mal waren die Ruul vorbereitet. Zwei Reaper stürzten herab und deckten den kleinen Jäger aus ihren Bordwaffen mit einem Sturm aus Energie ein. Die Geschosse und Energiestrahlen zerpflückten den Firebird, bevor dieser auch nur zehn Meter weit gekommen war, und verteilten desen brennende Überreste großzügig über das halbe Rollfeld.

Lieutenant Paul Becket von der 2. Alacantor-Miliz-Staffel sah über seine Schulter und bekam noch mit, wie einer der Jäger, die seiner Maschine folgten, beim Start von einem halben Dutzend Einschlägen getroffen und zerrissen wurde.

Er unterdrückte einen wüsten Fluch, der auf seinen Lippen lag. Er konnte von Glück reden, dass er und die drei anderen Piloten es geschafft hatten zu starten.

In einem waghalsigen Manöver steuerte er seinen Firebird-Jäger zwischen zwei landenden Mantas hindurch. Im Vorbeiflug löste er seine Bordwaffen aus, mehr aus Trotz denn aus dem Glauben heraus, etwas ausrichten zu können. Trotzdem erwischte er einen der Mantas am Flügel und perforierte diesen. Der ruulanische Truppentransporter geriet leicht ins Trudeln, doch der Pilot brachte die Maschine wieder unter Kontrolle und setzte seinen Landeanflug fort.

Diesmal gab Becket seinem Impuls nach und stieß mehrere derbe Flüche aus. Die drei Jäger seiner Staffel folgten ihm dichtauf. Becket überprüfte seine Anzeigen auf der Suche nach weiteren Miliz-Jägern, die es vielleicht geschafft hatten. Er fand keine.

Becket aktivierte einen Kanal zu seiner Nummer zwei: »Tom? Hast du vielleicht noch Maschinen von uns auf deinen Sensoren? Ich kann nichts entdecken.«

»Negativ, Lieutenant. Nichts zu sehen. Ich befürchte, wir sind die Einzigen, die es in die Luft geschafft haben.«

In diesem Moment riss die Wolkendecke auf und sie hatten einen Logenplatz bei einer planetaren Invasion. Crossover stand unter schwerem Beschuss. Von Beckets Standort sah es so aus, als stünde auch die Gouverneursresidenz im Fokus der feindlichen Aufmerksamkeit.

Mantas setzten in den Straßen der Stadt auf und entließen ihre tödliche Fracht ins Freie. Crossover war verloren. Man musste kein Militärexperte sein, um das zu erkennen.

»Mein Gott!«, hauchte Beckets Nummer zwei. »Wir müssen etwas tun, Lieutenant.«

»Es gibt nichts, was wir tun können, Tom«, erwiderte Becket tonlos. »Gar nichts.«

Wolf schnappte sich im Vorbeigehen seine Uniform vom Stuhl und riss die Tür auf. Auf dem Gang eilten Soldaten an ihm vorbei, ohne von ihm Notiz zu nehmen.

Sie kämpften im Halbdunkel mit albtraumhaften Gestalten, wurden von deren Klauen zerrissen oder von deren Schwertern in Stücke geschnitten.

Wolf betätigte einen Lichtschalter.

Nichts. Der Korridor blieb in Dunkelheit gehüllt.

Er fluchte. Die Ruul hatten vermutlich die Stromversorgung gekappt. Im Dunkeln waren sie gegenüber den Verteidigern im Vorteil.

Eine Gestalt taumelte auf ihn zu und fiel ihm praktisch in die Arme. Es handelte sich um einen Corporal mit zerschmettertem Gesicht. Wolf ließ ihn zu Boden gleiten. Der Mann hatte ein Nachtsichtgerät am Gürtel. Der Tod musste ihn zu schnell ereilt haben, als dass das Gerät ihm noch etwas genutzt hatte. Wolf nahm das Nachtsichtgerät an sich und streifte es sich über die Augen, mit der anderen Hand packte er ein am Boden liegendes Lasergewehr.

Die Schlacht war vielleicht verloren, doch Wolf hatte nicht vor, den Slugs den Sieg zu schenken.

Major Björn Storker nahm das Lasergewehr aus den verkrampften Händen eines toten Soldaten. Er befand sich auf dem Platz direkt vor dem letzten Gargoyle-Truppentransporter. Das Schiff hatte vor Kurzem den Kampf eingestellt, was nur bedeuten konnte, dass die Slugs es eingenommen hatten.

In der Ferne brannten die Kasernen des Regiments und der Miliz. Die

Kasernen der anderen zwei auf Alacantor verbliebenen Regimenter der TKA konnte er von hier aus nicht sehen, doch er bezweifelte, dass es dort besser aussah als hier. Die Ruul gingen mit beinahe chirurgischer Präzision vor und hatten die Menschen dort getroffen, wo es wehtat.

Mit Handzeichen bedeutete er mehreren in der Nähe kämpfenden Soldaten, sich ihm anzuschließen. Falls sie überhaupt eine Chance haben wollten, diese Nacht zu überleben, mussten sie ihre Bemühungen koordinieren.

Innerhalb kürzester Zeit, hatte er eine Truppe von vielleicht sechzig oder siebzig Mann um sich versammelt. Die meisten kannte er. Es handelte sich größtenteils um Soldaten seines Bataillons.

So makaber es auch war, die vielen Feuer machten es einfacher, sich zu orientieren. Storker erkannte voraus das Gebäude, in dem Wolf sein Quartier hatte. Er musste unbedingt den Colonel erreichen. Er wünschte, er hätte Kamamura oder Rouganova gefunden. Die beiden Kompanieführer wären eine willkommene Hilfe gewesen, doch die mochten sich Gott weiß wo befinden. In dem Chaos war es ohnehin schwierig, einen klaren Gedanken zu fassen.

Storker sah nach oben und bemerkte weitere Mantas, die auf dem Flugfeld aufsetzten. Diese hier trugen jedoch eine Last unter ihrem Bauch. Die Augen des Majors weiteten sich entsetzt.

Es handelte sich um Feuersalamander.

Wolf verließ gerade das Gebäude, als die erste Granate eines Feuersalamanders in das obere Stockwerk einschlug. Reflexartig zog er den Kopf zwischen die Schultern, als Hunderte von Trümmerteilen über die Straße spritzten.

Ein Slug eilte auf ihn zu, in der einen Hand ein Schwert, in der anderen eine Blitzschleuder. Wolf zischte einen Fluch und löste zwei Strahlen aus seinem Lasergewehr aus, die dem Slug das Gesicht wegbrannten. Der Ruul kreischte auf und stürzte rücklings.

Mehrere Soldaten bemerkten Wolfs Gegenwart und sammelten sich instinktiv in seiner Nähe. Dadurch schufen sie kurzzeitig eine ruhige Zone inmitten von Chaos und Tod und Wolf bekam die Gelegenheit, sich einen Überblick zu verschaffen.

Von seiner Position aus hatte er die beste Aussicht. Ein halbes Dutzend Feuersalamander kroch aus allen Rohren feuernd über das Flugfeld und trieb die Menschen vor sich her.

Plötzlich explodierte einer, dann sogar noch ein zweiter. In beide waren die kohärenten, armdicken Laserstrahlen schwerer Waffen eingeschlagen.

Aus Richtung der Milizkasernen schoben sich zwei Cherokees in sein Blickfeld. Die beiden schweren Panzer feuerten im Duett und erledigten zwei weitere Panzer. Feuersalamander waren zwar schwer gepanzert, doch gegen die doppelten Lasergeschütztürme von Cherokees konnten auch sie nichts ausrichten.

Kreischer blitzten auf und der Turm eines der Cherokees flog mit großem Getöse in die Luft. Der andere Panzer setzte zurück und verschwand aus Wolfs Gesichtsfeld. Der Colonel hörte jedoch immer noch seinen Lasergefechtsturm fauchen. Er hoffte, die Besatzung würde durchhalten.

Eine Gruppe Gestalten schälte sich aus der Dunkelheit. Wolf hob seine Waffe, ließ sie jedoch erleichtert sinken, als er Storker erkannte, der einen Trupp Überlebender anführte.

»Colonel, bin ich froh, Sie zu sehen«, sagte der Major, als er Wolf erkannte.

Wolf quittierte die Begrüßung mit einem Nicken und widmete sich erneut der Begutachtung der Umgebung.

Storker ließ ihn einige Minuten gewähren, bevor er es nicht mehr aushielt. »Sir? Was tun wir jetzt?«

Wolf seufzte tief. Was er nun sagte, würde niemandem gefallen. Ihm gefiel es auch nicht.

»Die Stadt ist verloren«, erwiderte er auf Storkers Frage hin. »Wir können hier nichts mehr ausrichten. Wir sammeln jetzt so viele Überlebende wie möglich und brechen aus dem Kessel aus.«

»Sir?«, wagte Storker zu sagen. »Die Stadt im Stich lassen?«

»Keine Sorge, Major«, erwiderte Wolf. »Nicht für lange. Wir kommen zurück und lassen die Slugs für all das hier bezahlen. Das verspreche ich Ihnen.«

8

Derek verstaute seinen Seesack in dem dafür vorgesehen Fach unter seinem Sitz. Er konnte es kaum noch erwarten, zurück nach Alacantor zu kommen. Das Training auf Aluna war ganz und gar nicht gemäß seinen Erwartungen verlaufen. Ganz davon abgesehen, dass ihn endlich wieder ein richtiges Bett und warme Mahlzeiten erwarteten – und keine Insekten, die ihn für einen Selbstbedienungsladen hielten.

Zwei Soldaten stiegen die Rampe herauf. Sie trugen einen schwarzen Sack zwischen sich, in denen sich die sterblichen Überreste von Manoel Calderon befanden.

Als die zwei Soldaten an ihm vorüberstapften und den Raum ansteuerten, in dem sich bereits der Leichensack Gina Hoopers befand, schlug er den Blick nieder. Außerdem gab es zu viele böse Erinnerungen auf diesem Mond. Es war zu viel passiert. Niemand weinte Manoel auch nur eine Träne nach, doch Ginas Verlust schmerzte. Sie hatte ihren prügelnden Ehemann überlebt, nur um hier auf diesem Drecksmond von einem Verrückten umgebracht zu werden.

Sie hätte etwas Besseres verdient gehabt.

Als das Verladen der Ausrüstung endlich beendet war und sich die letzten Soldaten des Bataillons auf ihrem Sitz niedergelassen hatten, baute sich Delaney im vorderen Bereich des Truppentransporters auf. Er stieg auf eine Feldkiste, damit ihn auch in den hinteren Reihen jeder gut sehen konnte.

Der sonst so robuste und unerschütterliche Unteroffizier wirkte diesmal unschlüssig, beinahe verlegen. Er sah erst kurz zu Boden, bevor er sprach.

»Meine Damen und Herren, ich gratuliere. Sie alle haben die Höllenwoche auf Aluna abgeschlossen und sind jetzt vollwertige TKA-Soldaten des 171. Freiwilligenregiments.«

Betretenes Schweigen antwortete ihm.

Delaney räusperte sich. »Ich weiß, dass dies eine schwere Zeit für Sie alle war.« Eine vielsagende Pause folgte. »In mehr als einer Hinsicht. Wir haben eine gute Kameradin und Freundin verloren. Gina Hooper wäre mit etwas Anleitung sicherlich zu einer guten Soldatin geworden.«

Derek schnaubte. Der Master Sergeant erwähnte Manoel mit keinem Wort, was beileibe kein Wunder war. Der Kerl hätte nie eine Uniform tragen dürfen.

»Sobald wir Alacantor erreichen«, fuhr Delaney fort, »werde ich mit Lieutenant Colonel Wolf sprechen, damit wir im geeigneten Umfeld und im Beisein des gesamten Regiments eine offizielle Trauerfeier abhalten können.«

Kolja schluchzte unterdrückt. Derek widerstand dem Impuls, dem Jungen tröstend die Hand auf den Arm zu legen. Es war nicht so, dass er seinem Freund nicht beistehen wollte, er war nur noch selbst so mit seiner Trauer beschäftigt, dass er weder Kraft noch Willen aufbrachte, dem Jungen diesbezüglich weiterzuhelfen.

Derek warf Narim aus dem Augenwinkel einen verstohlenen Blick zu. Das Gesicht des anderen Offiziers wirkte wie in Stein gemeißelt. Seit besagtem Vorfall, in dem Manoel Calderon gestorben war, hatte Narim kaum ein Wort gesagt. Es war ein offenes Geheimnis, dass er Manoel getötet hatte, dafür gab es allerdings keine Beweise, dafür war er *zu* gut. Selbst wenn es welche gegeben hätte, so bezweifelte Derek, dass die Angelegenheit verfolgt worden wäre. Jeder war froh, Manoel los zu sein. Es war nur tragisch, dass erst Gina hatte sterben müssen, bevor man den Bastard aus dem Verkehr zog.

Delaney schnallte sich in seinem Sitz fest und gab dem Piloten ein Zeichen, woraufhin dieser ins Cockpit zurückkehrte. Die Tür schloss sich zischend hinter dem Mann und wenige Augenblicke später hob der Truppentransporter ab.

Kurzzeitig spürte Derek den Zug der Schwerkraft, der auf seinen Knochen und Muskeln lastete, doch dann setzten die Trägheitsdämpfer ein, der Transporter überwand Alunas Schwerkraft und ließ die Oberfläche des kleinen Mondes schnell hinter sich.

Derek sah zu keinem Zeitpunkt aus dem Bullauge. Er konnte es kaum erwarten, den Mond mit dem schmutzig grünen Blätterdach hinter sich zu lassen. Dieser Ort hatte das Leben eines guten Menschen gefordert.

Derek nutzte den dreistündigen Flug, um etwas zu schlafen. Nach knapp zweieinhalb Stunden wurde er unsanft durch einen Ellbogenstoß in seine Rippen geweckt.

Überrascht schreckt er hoch. »Kolja ...«, fragte er schlaftrunken. »Was ... was ist denn?«

»Sieh mal da!«, sagte sein Kamerad und deutete auf den vorderen Teil des Truppentransporters.

Derek folgte dem Wink. Zunächst erkannte er nicht, worauf Kolja hinauswollte, doch dann bemerkte er es. Delaney war von seinem Sitz aufgestanden und unterhielt sich gedämpft mit dem Piloten. Die beiden waren zu weit entfernt, als dass er etwas hätte verstehen können, doch dafür sprachen Mimik und Körpersprache Bände. Beide Männer waren beunruhigt. Irgendetwas war vorgefallen.

»Bleib hier«, wies er Kolja an. »Bin gleich zurück.«

Derek nickte Narim zu, der den Piloten und Delaney ebenfalls aufmerksam beobachtete. Der andere Captain erwiderte das Nicken und schnallte sich gleichfalls ab. Gemeinsam schlenderten die beiden betont langsam, um die anderen Soldaten nicht zu beunruhigen, in den vorderen Teil des Transporters.

Delaney blickte auf, als die beiden sich zu ihnen gesellten.

»Master Sergeant?«, forderte er Delaney zum Reden auf.

»Sie sollten sich wieder auf Ihre Plätze begeben, meine Herren«, lenkte Delaney nicht besonders geschickt von Dereks nicht gestellter Frage ab. »Wir schwenken innerhalb der nächsten zwanzig Minuten in Alacantors Orbit ein. Dann müssen Sie angeschnallt sein.«

»Zur Kenntnis genommen«, gab Derek zurück. »Und weiter?«

Delaney sah von einem zum anderen und seufzte schließlich, als ihm klar wurde, dass er nicht so einfach aus der Sache herauskommen würde. »Wir bekommen keinen Kontakt zur Raumüberwachung von Alacantor.«

»Genau genommen kann ich niemanden erreichen«, korrigierte der Pilot. »Ich hab es sowohl bei der militärischen als auch bei der zivilen Raumüberwachung probiert, bei der Miliz, den Kasernen des 171., ja sogar bei der Zivilregierung. Niemand antwortet. Außerdem fangen wir keine Funksignale auf, weder militärische noch zivile. Das ist aber eigentlich unmöglich. Irgendetwas schleicht immer durch den Äther, auch wenn es manchmal nur die Signale von Amateurfunkern sind.«

»Und was tun wir jetzt?«

»Wir können nichts tun, Captain«, entgegnete Delaney. »Was immer da unten vor sich geht, wir können von hier oben ohnehin nichts ausrichten. Wir setzen unseren Anflug wie gehabt fort. Eine andere Wahl gibt es sowieso nicht.«

»Sollen wir ihnen etwas sagen?«, fragte Narim und deutete über die Schulter auf das Mannschaftsabteil.

»Noch nicht.« Delaney schüttelte den Kopf. »Warum die Leute grundlos beunruhigen? Vielleicht gibt es eine ganze einleuchtende Erklärung für alles. Das erfahren wir aber erst, wenn wir unten sind.«

Derek sah Delaney zweifelnd an. Der Mann glaubte keine Sekunde an die eigenen Erklärungsversuche. Irgendetwas lief hier furchtbar aus dem Ruder.

Der Pilot griff sich ans Ohr und lauschte einer Meldung seines Kopiloten im Cockpit. Seine Miene war neutral, als er wieder aufblickte, doch in seinen Augen glänzte Angst. Ohne ein weiteres Wort drehte er sich um und stieg ins Cockpit zurück.

Delaney, Narim und Derek mussten gar nicht diskutieren, sondern eilten ihm hinterher. Der Pilot setzte sich gerade hinter sein Steuer, als die drei Soldaten sich durch die schmale Luke zwängten.

Der Pilot nahm die ungewohnte Anwesenheit der Männer mit einem Nicken zur Kenntnis und deutete durch das Fenster in Richtung Alacantor. Der Planet wurde zusehends größer und füllte bereits fast das ganze Fenster aus.

Derek kniff die Augen zusammen. Im Orbit befanden sich mehrere Lichtpunkte. Um das Wachgeschwader konnte es sich nicht handeln, es waren eindeutig zu viele Schiffe. Außerdem wirkten diese Schiffe irgendwie – fehl am Platz. Etwas an ihnen stimmte nicht. Es beschlich ihn das unangenehme Gefühl, dass diese Schiffe nicht hierher gehörten. Er konnte nur nicht sagen warum. Dann hatte er es. Die Umrisse stimmten nicht.

»Haben Sie schon eine positive Identifikation?«, fragte Derek.

Der Pilot las mehrere Anzeigen auf dem Armaturenbrett vor sich ab und schüttelte den Kopf. »Sie strahlen keine IFF-Kennung aus, was an sich schon ein feindseliges Zeichen ist. Die wollen nicht erkannt werden.«

Es war schließlich Narim, der erkannte, worum es sich handelte. »Das große Schiff in der Mitte ist eindeutig ein ruulanischer Schlachtträger der Tartarus-Klasse. Und das dort sind Typ-8-Kreuzer und daneben liegt ein Predator-Schlachtschiff. Es ist eine ruulanische Flotte.«

»Wo zum Teufel sind unsere Wachschiffe?«, fragte der Kopilot.

»Würde mich wundern, wenn von denen noch einer existiert«, entgegnete Narim düster.

»Da!«, schrie der Kopilot plötzlich und deutet auf einen Punkt knapp unterhalb des Pulks feindlicher Schiffe. Ein Schwarm kleiner Objekte raste mit halsbrecherischer Geschwindigkeit auf sie zu. Derek musste nicht erst fragen, worum es sich dabei handelte.

»Jäger!«, hauchte Delaney.

»Auch das noch!« Der Pilot riss am Steuerknüppel und der Transporter neigte die Schnauze, trat in deutlich steilerem Winkel als ursprünglich beabsichtigt in die Atmosphäre ein.

»Was haben Sie vor?«, fragte Narim den Piloten, der alle Hände voll damit zu tun hatte, die Kontrolle über das alte Schiff zu behalten.

»Uns so schnell wie möglich runterbringen. Solange wir fliegen, sind wir nur eine riesige Zielscheibe.«

»Welche Waffen besitzen sie?«, wollte Delaney wissen.

Der Pilot warf ihm über die Schulter einen sarkastischen Blick zu. »Nicht genug, um mit Jägern fertigzuwerden. Wir haben vier Zwillingslasergeschütze, zwei oben und zwei unten. Außerdem noch ein Artilleriegeschütz mittschiffs, das dient aber nur der Bekämpfung von Bodenzielen. Normalerweise verfügen Truppentransporter zu ihrem Schutz über eigene Jäger.« Er zuckte mit den Achseln. »Wie gesagt, im Moment sind wir nichts anderes als eine riesige Zielscheibe. Mit unseren paar Geschützen werden wir die Kerle nicht beeindrucken.«

»Die Slugs holen auf«, warf Derek ein.

Alle warfen entgeisterte Blicke durch das Fenster. Die Jäger holten aus ihren Maschinen tatsächlich eine beträchtliche Geschwindigkeit heraus. Ihre Umrisse waren bereits mit bloßem Auge andeutungsweise zu erkennen.

»Wir sind viel zu tief hinter der Front«, rief der Kopilot. »Wo zum Teufel kommen die Kerle her?«

»Vielleicht hat das denen niemand gesagt«, erwiderte Narim sarkastisch. »Und wo die herkommen? Ich würde sagen, aus der RIZ. Ich wusste, dass die Slugs mutiger werden, aber dass die einen solch tiefen Vorstoß wagen – das ist schon frech.«

Die Jäger holten weiterhin alarmierend schnell auf und der Truppentransporter senkte sich viel zu langsam in die Atmosphäre ab. Bereits nach wenigen Minuten war klar, dass die Jäger sie lange vor dem endgültigen Landeanflug einholen würden.

»Sie sollten lieber ihre Waffen ausrichten«, schlug Delaney vor.

»Und sie sollten lieber aus meinem Cockpit verschwinden und sich anschnallen. Das wird ein holpriger Ritt.« Noch während er das sagte, streckte er seine Hand nach der Waffensteuerung aus und legte vier Kippschalter um.

Delaney drängte die beiden Kompanieführer durch die Luke zurück ins Mannschaftsabteil. »Lassen wir die zwei besser in Ruhe arbeiten.«

Narim und Derek kehrten auf ihre Plätze zurück. Die Aufregung war den anderen Soldaten jedoch nicht entgangen und neugierige Blicke folgten ihnen.

»Was ist denn?«, flüsterte Kolja, während sich Derek wieder festschnallte.

»Ich will mal so sagen«, erwiderte Derek gepresst, »wir werden gleich feststellen, wie robust diese Dinger sind.«

Kolja runzelte verwirrt die Stirn, doch bevor er etwas antworten konnte, sagte Delaney: »Wir treten gleich in die Atmosphäre ein. Sobald wir uns der Oberfläche nähern, nehmt ihr die Köpfe zwischen die Knie, wir gehen vermutlich sehr hart runter.«

»Was ist denn los, Sarge?«, fragte eine Soldatin zwei Reihen hinter Narim.

»Wir kriegen gleich ein wenig Probleme.«

In diesem Moment durchzog ein Röhren die Schiffshülle und die vier Zwillingslaserkanonen eröffneten das Feuer. Im Schiff selbst hörte man die Schüsse natürlich nicht, aber das charakteristische Fauchen, als den Batterien Energie zugeführt wurde, schon.

Farbige Energiebahnen suchten sich ihren Weg durch das All und tasteten nach den Angreifern. Zwei Reaper zerplatzten bei der Berührung mit den Energiebahnen. Die übrigen stoben auseinander und schwärmten aus.

Delaney ließ sich auf seinen Sitz fallen und zog die Gurte fest. Etwas schlug von außen gegen die Hülle. Es hörte sich fast wie Regen an, der auf ein Dach prasselt. Der Transporter sackte ohne jede Warnung um einige Meter ab. Derek bekam das Gefühl, sein Magen würde sich umdrehen.

Das Schiff fing sich wieder. Die Schwerkraft begann, an den Soldaten zu zerren. Sie waren nun innerhalb der Lufthülle des Planeten. Derek wünschte sich, der Transporter hätte Bullaugen besessen, durch die man den Kampf hätte verfolgen können.

Modernere Truppentransporter besaßen Übertragungssysteme, die es den Soldaten im Inneren gestatteten, das Geschehen außen zu verfolgen. Schiffe der Gargoyle-Klasse leider nicht. Die Soldaten waren dazu verdammt, hilflos in ihren Sitzen angeschnallt darauf zu warten, dass sie entweder landeten oder starben, ohne zu wissen, was vor sich ging.

Erneut schlug etwas gegen die Außenhülle, härter diesmal, brutaler. Das Metall stöhnte protestierend auf. Das Schiff bockte.

Die Bemerkung des Piloten fiel ihm wieder ein. Es war tatsächlich wie ein Ritt. Einige Reihen hinter ihm riss mit einem Mal die Außenhülle auf. Eisige Windböen pfiffen durch das Mannschaftsabteil und stachen wie Tausende kleiner Nadeln in die Haut.

Das Loch riss weiter auf. Menschen schrien. Derek versuchte, sich umzudrehen, doch der Sicherheitsgurt ließ ihm nur sehr wenig Bewegungsspielraum. Major Baumann schrie irgendeinen Befehl, den Derek nicht verstand. Das Metall kreischte erneut auf. Das Loch riss auf einer Länge von fünf Metern auf. Sitze wurden aus ihrer Verankerung gerissen und durch die Bresche gezogen.

Wie aus weiter Ferne hörte er Delaney schreien: »Köpfe zwischen die Knie!«

Die Kälte, die vorherrschte, machte es schwer, einen klaren Gedanken zu fassen, doch irgendwie schaffte Derek es, dem Befehl Folge zu leisten. Kolja auf der einen und Narim auf der anderen Seite taten es ihm gleich.

Dann schlug der Truppentransporter auf Alacantors Oberfläche auf und alles versank in Dunkelheit.

Nereh'garas-toi beobachtete auf seinem Bildschirm, wie das Symbol des nestral'avac-Schiffes verschwand. Einer seiner Adjutanten trat näher und neigte respektvoll das Haupt als Zeichen der Unterwerfung vor dem höherrangigen Ruul.

»Das Schiff der Menschen wurde zerstört, Herr«, berichtete er.

»Ist das sicher?«

»Unsere Jäger haben es abgeschossen. Es ist auf der Oberfläche aufgeschlagen. Unseren Berechnungen zufolge liegt die Überlebenschance der Insassen bei weniger als vierzig Prozent.«

Nereh überlegte. Überlebenschance vierzig Prozent – das waren vierzig Prozent zu viel. In dieser Phase der Operation durften sie keine Fehler begehen. Es war schwer genug gewesen, Kriegsmeister Kerrelak von dieser Mission zu überzeugen und ihn dazu zu bewegen, diese Schiffe und Truppen hierfür loszueisen. Ein Risiko gleich welcher Art war inakzeptabel.

Schon die Verluste beim Angriff auf diesen menschlichen Truppentransporter waren unerwartet und ärgerlich. Dreißig Jäger hatte er losgeschickt und nur siebzehn hatten den Angriff überlebt. Das feindliche Schiff hatte sich effizienter und verbissener gewehrt als erwartet. Nereh fluchte innerlich. Es hätte gar nicht da sein dürfen. Der Angriffsplan sah vor, die feindlichen Schiffe, die das System beschützen, zu vernichten und die Truppen am Boden mit einem schnellen Schlag zu zerschmettern. Anschließend hätten sie freie Bahn gehabt. Jede Verzögerung würde nur unnötig den Gesamtplan in Gefahr bringen.

»Herr?«, fragte sein Adjutant. »Soll ich die Jäger zurückrufen?«

»Nein«, erwiderte Nereh bestimmt. »Lass sie über der Absturzstelle kreisen. Sollte es wider Erwarten Überlebende geben, sind sie sofort und ohne Umschweife zu eliminieren.«

»Ja, Herr«, sagte der Krieger und wollte den Befehl bereits weitergeben, als ihn eine erhobene Klaue Nerehs innehalten ließ.

»Und schick Bodentruppen zur Absturzstelle. Nur um sicherzugehen.«

9

Derek erwachte mit dröhnenden Kopfschmerzen. Die Welt schien sich zu drehen und dieses Verhalten partout nicht einstellen zu wollen. Er hörte Stimmen, konnte die Worte jedoch nicht verstehen. Sie klangen dumpf, weit entfernt. Er fühlte sich, als wäre sein Kopf unter Wasser – bis er realisierte, dass es der Wahrheit entsprach.

Prustend zog er sich an einem Stück Deckenverkleidung ein Stück weit über die Oberfläche. Im Schiff herrschte blankes Entsetzen.

Delaney und Narim waren am Leben. Beide wirkten ziemlich mitgenommen, doch sie bemühten sich, Ordnung in das Chaos zu bringen.

Narim bemerkte als Erster, dass Derek noch lebte. Er eilte zu seinem Kameraden, packte ihn unter den Achseln und zog ihn auf einen Sitz, der aus der Verankerung gerissen worden war.

»Alles in Ordnung mit dir?«, fragte er besorgt.

Derek nickte noch leicht benommen. »Wie lange war ich weg?«

»Nicht lange. Vielleicht ein paar Sekunden, andernfalls wärst du längst ertrunken.«

Derek sah sich zum ersten Mal aufmerksam um. Eine Leiche trieb an ihm vorbei. Er kannte den Namen des Mannes nicht, glaubte jedoch, dass er zu Narims B-Kompanie gehörte.

Unter Delaneys Anleitung trugen die Soldaten, die dazu in der Lage waren, Verwundete nach draußen. Einige andere waren damit beschäftigt, Ausrüstung zu bergen, hauptsächlich medizinische Vorräte und Notrationen, aber auch Waffen und Munition.

Kolja schnallte sich von seinem Sitz los und ließ sich ins Wasser gleiten. Der Junge hatte Glück im Unglück gehabt. Neben seinem Sitz klaffte ein faustgroßes Loch in der Schiffshülle. Das Stück Panzerung musste ihn gestreift haben, denn er blutete aus einer bösen Schnittwunde, die quer über seine Stirn verlief. Hätte ihn das Trümmerstück voll getroffen, würde jetzt sein halber Kopf fehlen.

»Wie schlimm ist es?«, fragte Derek und rappelte sich mit Narims Hilfe langsam auf.

»Wir sind am Ufer eines Sees runtergekommen, etwa sechzig Kilometer von Crossover entfernt. Das Schiff wird nie wieder starten, so viel ist klar. Wie viele von uns es geschafft haben, kann ich noch nicht sagen, aber viele werden es nicht sein.«

Derek sah durch eine der Breschen nach draußen. Er wusste nicht viel über das Fliegen von Truppentransportern, aber doch genug, um zu wissen, dass die Notlandung unter Beschuss einer Meisterleistung gleichkam.

»Die Piloten?«

»Tot«, erwiderte Narim. »Das Cockpit ist unter uns.«

»Wollen Sie da noch ewig rumstehen, Captain?«, schrie Delaney ihnen zu. »Schnappen Sie sich einen Verwundeten oder Ausrüstung und dann nichts wie raus hier!«

Derek schnappte sich Kolja, der halb blind durch die Gegend torkelte. Das Blut lief diesem in Strömen in die Augen und vernebelte dessen Sicht, außerdem hatte dieser mit Sicherheit eine Gehirnerschütterung.

Narim organisierte mit einigen Unverletzten des Bataillons eine Kette, die von der Waffenkammer des Transporters ins Freie führte. Mit dieser Hilfe gewann die Bergungsoperation langsam an Kontur.

Delaney folgte Derek ins Freie, wobei er ein halbes Dutzend Sturmgewehre umgehängt hatte und zusätzlich zwei Rucksäcke mit Medikamenten trug.

Die Überlebenden des Absturzes wateten durch das kniehohe Wasser ans Ufer und sammelten sich dort. Derek überflog die Menge. Es waren zwei-, vielleicht dreihundert, die Mehrzahl von ihnen verletzt.

Er ließ Kolja sachte zu Boden gleiten und nahm Delaney einen der Rucksäcke aus der Hand. Augenblicklich begann er damit, Koljas Wunde zu säubern und notdürftig zu verbinden. Das musste reichen, bis sie in Sicherheit waren und Zeit für eine adäquatere medizinische Versorgung fanden.

Er blickte auf.

Sicherheit.

Wo mochte das jetzt sein?

Jetzt, da die Ruul auf Alacantor eingefallen waren.

»Wir müssen hier schnellstmöglich weg«, erklärte Delaney und beobachtete wachsam die Umgebung.

»Das Gleiche hab ich auch gerade gedacht. Die Ruul werden bald hier sein.«

»Wundert mich, dass sie noch nicht da sind.«

Narim und die letzten Überlebenden wateten an Land, die Arme voller

Waffen und Ausrüstung. Ihre magere Beute legten sie auf einen Stapel. Es handelte sich um einige Sturmgewehre, Lasergewehre, Magazine und Energiezellen, einige C-25-Sprengsätze und sogar vier tragbare doppelläufige Raketenwerfer.

»Ich glaube, ich weiß, wo wir sind«, meinte Delaney. »Etwa zwanzig Kilometer in dieser Richtung sind einige Hügel, danach kommt eine Gebirgskette.« Er deutete mit der Hand nach Norden.

»Und wie hilft uns das?«, fragte Derek gepresst, während er angespannt den Himmel beobachtete.

»Die Gebirgskette ist durchzogen von Höhlen. Dort gibt es einen alten, längst verlassenen Stützpunkt der Miliz. Mit etwas Glück schaffen wir es vielleicht, bevor ihre Jäger oder Schiffe über uns sind.«

»Sie werden keine Schiffe einsetzen«, erwiderte Narim bestimmt. »Jäger vielleicht, aber keine Schiffe.«

Derek musterte seinen Kameraden mit hochgezogener Augenbraue. »Du bist dir ja sehr sicher.«

Narim zuckte die Achseln. »Es passt nicht zu ihnen. Tun sie nie. Jedenfalls nicht, wenn es sich vermeiden lässt, und im Augenblick sind wir für jeden Reaper eine leichte Beute.«

Derek ließ es dabei bewenden. Selbst Delaney widersprach nicht. Sie alle waren bereit, Narims größere Erfahrung mit den Slugs aus seiner Zeit bei den ROCKETS zu akzeptieren.

»Wir sollten uns aber beeilen«, fuhr der Exkommandosoldat fort. »Ihre Jäger werden schon auf dem Weg sein. Die haben unseren Absturz bestimmt verfolgt und werden ganz genau wissen, wo sie uns suchen müssen.«

Als hätten seine Worte sie beschworen, durchbrach ein Überschallknall die Atmosphäre. Alle blickten wie erstarrt nach oben. Ein halbes Dutzend Reaper erschien am Himmel. Zunächst nur als stecknadelkopfgroße Objekte erkennbar, jedoch schnell näher kommend.

»Auseinander!«, schrie Delaney. »Verteilt euch!«

Die Überlebenden des 1. Bataillons des 171. Freiwilligenregiments stoben auseinander wie eine Herde aufgeschreckter Hirsche.

Die Ruul eröffneten ohne Vorwarnung und ohne Mitleid das Feuer. Diejenigen, die sich kaum bewegen konnten, traf es als Erste. Es waren hauptsächlich die Verwundeten – aber nicht nur. Soldaten – Männer wie Frauen – fielen zu Dutzenden unter den Geschossen der Reaper. Sie tanzten unter den Einschlägen, nur um anschließend blutüberströmt zu Boden zu stürzen.

Derek stieß Kolja zur einen Seite und hechtete gleichzeitig zur anderen. Zwischen ihnen warfen Einschläge Dreck, Schlamm und Geröll auf.

Menschen schrien schrill auf, nur um gleich darauf für immer zu verstummen. Derek sprang auf und lief zum Waffenstapel, den Narim aufgeschichtet hatte. Die Raketenwerfer waren ihre einzige Chance. Sie mussten die Jäger loswerden, andernfalls würden die Ruul sie gnadenlos abschlachten.

Narim machte sich bereits an einem zu schaffen. Derek griff sich einen anderen. Wie alles, was einem Freiwilligenregiment an Ausrüstung zugeteilt wurde, waren auch die Raketenwerfer alt, tatsächlich sogar *sehr* alt. Die Handhabung dieser Waffen war ein wichtiger Bestandteil ihrer Ausbildung gewesen.

Es handelte sich um doppelläufige Mark II, in jeder Hinsicht modernen Waffen unterlegen. Es handelte sich im Prinzip um zwei Werferrohre, die man aneinandergeschweißt hatte. Es waren allerdings nur Einmalwerfer. Jedes der Rohre ließ sich nur einmal abfeuern, danach konnte man die Waffe wegwerfen. Moderne Raketenwerfer waren nachladbar. Aus diesem Grund bestanden moderne Waffen dieser Art inzwischen auch nur aus *einem* Werferrohr.

Doch die Mark II verfügte über einen entscheidenden Vorteil, den nicht jeder Raketenwerfer besaß. Die Sprengköpfe besaßen einen Hitze suchenden Sensor.

Derek lud sich das schwere Gerät auf die Schulter und sah durch die Zieloptik. Die Reaper wendeten gerade für einen neuen Anflug. Er wartete auf den durchdringenden Ton der positiven Zielerfassung, dann drückte er auf den Auslöser. Eines der Geschosse löste sich aus dem linken Rohr. Er wartete drei Sekunden und löste das zweite Geschoss aus.

Rechts neben ihm hörte er das charakteristische Zischen, mit dem auch Narim seine Geschosse auslöste. Auf den ersten Blick mochte es Verschwendung sein, beide Geschosse gleichzeitig abzufeuern, doch dahinter stand Überlegung. Die Reaper waren schnell und wendig. Dadurch wurde es sehr wahrscheinlich, dass es ihnen gelang, zumindest dem ersten Geschoss auszuweichen, doch das zweite traf fast immer.

Wie erwartet zogen die beiden Führungsjäger in eine weite Kehre, gleichzeitig löste sich die Formation hinter ihnen auf. Beide Jäger zogen wieder herum. Sie flogen als Einheit. Es war ein beeindruckendes Beispiel fliegerischen Könnens.

Die beiden ersten Raketen ließen sich von dem Manöver verwirren, verloren ihre Zielerfassung und konnten nicht schnell genug wieder aufschalten. Sie verfehlten die beiden Reaper und flogen ins Leere.

Die nächsten zwei jedoch saßen. Beide Piloten versuchten, auch diesen auszuweichen, doch die Geschosse waren bereits zu nahe. Die beiden Jäger zerplatzten in spektakulären Feuerbällen und verteilten ihre Überreste über den See, wo sie das Wasser aufwirbelten.

Die überlebenden vier Jäger kehrten zurück. Ihre Waffen spuckten Tod und Vernichtung. Ein halbes Dutzend Soldaten in unmittelbarer Nähe Narims und Dereks wurden getroffen. Derek warf den Raketenwerfer beiseite und suchte Deckung hinter einem Stück, das früher einmal zur Steuerbordpanzerung des Truppentransporters gehört hatte. Narim jedoch warf seinen ebenfalls beiseite, nur um sich einen weiteren zu greifen.

Derek fragte sich, ob dessen Verhaltensweise etwas mit Mut oder eher mit Selbstmordgedanken zu tun hatte. Narim kam jedoch nicht zum Feuern. Einer der Reaper nahm ihn aufs Korn. Der Ex-ROCKET-Offizier warf sich zur Seite, doch zwei der Geschosse durchbohrten seinen Oberschenkel. Mit schmerzerfülltem Keuchen stürzte er in den brackigen Morast am Rande des Sees.

Im Zickzack lief Derek zu seinem gestürzten Kameraden. Noch im Sprint riss er sich ein Stück seiner Uniform ab. Er musterte Narims schmerzverzerrtes Gesicht. Derek band den Stoff um die Wunde und zog fest. Narims Kiefer mahlten vor Schmerz, doch der Mann weigerte sich zu schreien.

Derek wünschte sich, er hätte ein Gerinnungsmittel zur Hand gehabt, denn die Wunde sah böse aus und wollte partout nicht aufhören zu bluten.

Weitere Geschosse schlugen ein und Derek warf sich über Narim, um ihn zu schützen. Der Reaper pfiff weniger als zehn Meter über ihre Köpfe hinweg, gewann wieder an Höhe und machte sich für einen neuen Anflug bereit.

Die drei anderen ruulanischen Jäger hatte er aus den Augen verloren, doch das Geräusch abgefeuerter Bordwaffen und die Schreie von Sterbenden und Verwundeten zeigten ihm, dass die drei Reaper damit beschäftigt waren, das Bataillon vollends auszulöschen.

Der Reaper, der sie angegriffen hatte, kam nun direkt auf sie zu. Derek stützte Narim, als dieser aufstand, doch ihm war klar, dass sie dem Jäger nicht würden entkommen können. Der Pilot hätte sie längst erledigen können, doch der arrogante Mistkerl spielte mit ihnen.

Plötzlich fegte dem Jäger eine Rakete entgegen, eine korkenzieherartige Rauchspur hinter sich herziehend. Nur Sekunden später folgte eine zweite.

Der Pilot musste ebenso überrascht worden sein wie Derek und Narim, denn das erste Geschoss verfehlte die Maschine lediglich knapp; die zweite traf zwar auch nicht genau, riss jedoch dem Jäger die linke Tragfläche ab. Das genügte, die Maschine trudelte, eine schwarze Wolke hinter sich herziehend, um die eigene Achse und stürzte in den See, wo sie unter den Fluten verschwand.

Die drei überlebenden Jäger drehten ab und zogen sich zurück. Sie wollten offenbar nicht das Risiko eingehen, dass den Menschen weitere Raketenwerfer zur Verfügung standen.

Derek half Narim, sich humpelnd fortzubewegen. Beide musterten mit offenem Mund Delaney, der den leeren Werfer beiseitewarf und die Lippen mit der Zunge befeuchtete.

»Wollt ihr Ladys mich noch weiter anstarren oder machen wir besser, dass wir hier wegkommen?«

»Commodore? Commodore? Sind Sie noch bei uns?«

Die Stimme holte ihn ins Leben zurück.

»Cindy?«

Commodore Emanuel Santos brummte der Schädel. Übelkeit breitete sich in ihm aus. Entschlossen, sich nicht vor seiner XO zu übergeben, zwängte er die aufsteigende Magensäure zurück.

»Ja, Sir. Ich bin es.«

Neben ihm kniete ein Sanitäter, der seinen Kopf mit irgendeinem Instrument untersuchte, das ständig seltsame Pieplaute von sich gab. Mit einer ungeduldigen Handbewegung schickte er den Mann weg. Es gab sicher jemanden, der seiner Hilfe dringender bedurfte.

Seine XO half Santos auf die Beine.

»Anscheinend leben wir noch.« Er stutzte. »Warum leben wir noch?«

»Das wissen wir selbst nicht so genau. Wir glauben, dass die Strahlung der beiden Sonnen ihre Zielerfassung gestört hat. Ist die einzige Erklärung, ansonsten hätte uns die letzte Salve voll erwischt.«

»Das Geschwader?«

Sie schüttelte den Kopf. »Wir sind das einzige überlebende Schiff. Von den sechs Schiffen, die sie losgeschickt haben, haben wir nichts mehr gehört. Angesichts der Tatsache, dass die Ruul inzwischen das System kontrollieren, müssen sie vernichtet worden sein.«

»Ich verstehe.« Santos ließ sich seine Trauer nicht anmerken, doch der Schock, so viele Leben verloren zu haben, traf ihn bis ins Mark. Ein Schauder lief ihm über den Rücken, doch er ignorierte das Gefühl. Sein Handeln musste nun den Lebenden gelten.

»Bericht!«, verlangte er.

»Wir leben zwar noch, aber das ist auch das einzig Positive, das es zu berichten gibt«, begann Bell. »Der Antrieb ist offline, wir driften nur. Waffen, Kommunikation und Sensoren sind ebenfalls ausgefallen. Künstliche Schwerkraft ist auf den meisten Decks noch aktiv, aber nicht auf allen, was mich zum nächsten Punkt bringt. Wir haben den Kontakt zur Hälfte des Schiffes verloren. Viele Korridore sind durch Trümmer versperrt. Wir vermuten, dass es in einigen isolierten Sektionen noch Überlebende gibt, aber wir haben derzeit keine Möglichkeit, zu ihnen durchzukommen.

Nach einer ersten Zählung, gibt es in den Bereichen, zu denen wir noch Kontakt haben, einhundertdreiundvierzig Überlebende. Die Krankenstation ist zerstört, vermutlich mit dem Großteil des medizinischen Personals.« Sie seufzte. »Wir haben allerdings noch Kontakt zum Reaktorraum und der technischen Abteilung. Chief Marros meint, er könne in den nächsten Stunden, den Antrieb wieder hinkriegen. Vier Decks sind zum Vakuum hin offen. Wir mussten Energie umleiten, um die Notkraftfelder zu stabilisieren, sonst hätten wir noch größere Bereiche des Schiffs verloren. Außerdem haben wir Energie für die Schilde. Der Chief meint, er könnte sie im Notfall auf etwa dreißig Prozent bringen. Bisher habe ich aber darauf verzichtet.«

Santos quittierte die Neuigkeit mit beifälligem Nicken. Das war clever gewesen. Die Ruul hätten das Aktivieren der Schilde mit Sicherheit registriert und wären zurückgekommen, um ihnen den Rest zu geben.

»Wie steht es um die Kolonie?«

»Nachdem die Ruul das Geschwader vernichtet hatten, starteten sie eine Invasion. Die ruulanische Flotte ist in den Orbit eingeschwenkt. Wir wissen nicht, was auf dem Planeten vor sich geht.«

Santos war für Bells Taktgefühl dankbar. Es war nicht nötig, die Besatzung noch zusätzlich mit dem Schicksal Alacantors von ihren Pflichten abzulenken. Sie wusste zwar nicht, was auf dem Planeten vor sich ging, konnte es sich jedoch lebhaft vorstellen. Er gab sich selbst auch keinen allzu großen Illusionen über die Fähigkeiten der Bodentruppen auf Alacantor hin, die Invasion abzuwehren.

Man musste davon ausgehen, dass die Miliz- und TKA-Truppen auf dem Planeten in ähnlicher Weise auf dem falschen Fuß erwischt worden waren wie das Wachgeschwader.

Vermutlich waren die meisten bereits in den ersten Stunden der Invasion gestorben. Über das Schicksal der Zivilbevölkerung wollte er dabei noch gar nicht nachdenken.

»Teilen Sie Chief Marros mit, dass wir dringend den Antrieb brauchen. Wir müssen aus dem System springen und den nächsten Flottenstützpunkt alarmieren.«

Bell zögerte. »Sir, das dürfte ein Problem werden. Der Chief meint, es wird Tage dauern, den Antrieb wieder online zu bekommen – falls es überhaupt gelingt. Außerdem ...«

»Außerdem?«

»Sir, was hat es für einen Sinn, ein System zu erobern, wenn man nicht die beiden Nullgrenzen kontrolliert. Es ist nur logisch anzunehmen, dass die Ruul Schiffe positioniert haben, um genau so was zu verhindern.«

Santos senkte bewusst die Stimme. »Mag sein, Cindy, mag sein, aber solange wir nichts anderes wissen, werden wir vorgehen, als wäre der Weg aus dem System frei. Selbst wenn wir nicht springen können, wird es die Mannschaft beschäftigen, das Schiff wieder flottzumachen.«

Sie nickte. »Aye, Sir. Es gibt ... übrigens noch ein Problem.«

»Welches wäre?«

Sie deutete hinter ihn.

Santos drehte sich um. Der Kreuzer driftete direkt auf die beiden Sonnen zu. Der Doppelstern füllte bereits beunruhigend groß das Brückenfenster aus.

»Wie lange, bis wir in die Korona eintreten?«

»Bei derzeitiger Geschwindigkeit in den nächsten sieben Tagen plus/minus ein paar Stunden.«

Großartig ...

»Teilen Sie bitte Chief Marros mit, ich wäre ihm sehr verbunden, wenn er den Antrieb möglichst schnell wieder online bekommen könnte.«

Oder wir müssen uns keine Sorgen mehr um die Ruul machen.

»Und wenn er das geschafft hat, will ich, dass er sich um die Sensoren kümmert. Ich will wissen, was auf Alacantor vor sich geht.«

10

Der Marsch dauerte viel zu lange, doch sie waren gezwungen, mit der Geschwindigkeit des langsamsten Mitglieds ihrer dezimierten Truppe zu marschieren. Bei jedem Schritt sahen sie sich um, rechneten ständig damit, Verfolger am Himmel oder am Horizont zu erblicken. Soweit möglich marschierten sie in Wäldern, wo sie zumindest vor Jägern oder etwaigen ruulanischen Spionagesatelliten halbwegs sicher waren. Das Gefühl ständiger Bedrohung blieb jedoch.

Es dauerte beinahe drei Tage im Gewaltmarsch, bis endlich die Berge am Horizont auftauchten und mit ihnen die Hoffnung auf eine halbwegs sichere Unterkunft. Auf ihrem Weg verloren sie weitere zweiunddreißig Kameraden. Die Männer und Frauen erlagen ihren Verletzungen. Die Leichen schleppten sie mit. Hätten sie diese zurückgelassen oder begraben, wäre es ein sicheres Zeichen für jeden Verfolger gewesen, dass er auf dem richtigen Weg war. Ihre Gruppe zählte jetzt noch zweihundertvierundsiebzig Soldaten.

Am Ende ihrer Kräfte stiegen sie einen schmalen Gebirgspass hoch. Etwa dreihundert Meter über ihnen waren die Öffnungen des Höhlensystems bereits zu erkennen. Die vermeintliche Rettung spornte sie alle an, noch einmal ihr Bestes zu geben.

Delaney, Narim und Derek führten die Truppe von der Spitze aus. Jessica Cummings und Eveline DaSilva gingen am Schluss und achteten darauf, dass niemand zurückblieb.

Derek blieb stehen und ließ mehrere Soldaten an sich vorübergehen. Er wartete, bis die Verwundeten der Einheit auf gleicher Höhe mit ihm waren, bevor er sich wieder in Bewegung setzte.

Major Manfred Baumann sah nicht gut aus. Der Kommandeur des 1. Bataillons lag auf einer behelfsmäßigen Trage, die Delaney und Narim zusammengezimmert hatten.

Derek betastete vorsichtig einen der Verbände um die Brust des Majors. Er war durchweicht von Blut. Die Wunde war schon wieder aufgerissen. Baumann brauchte dringend einen Arzt.

Der Mann hatte viel Blut verloren. Sein Gesicht war aschfahl. Die Augenblicke, in denen er alle Sinne beisammen hatte, wurden immer seltener. Meistens war er bewusstlos oder dämmerte in einem halbwachen Zustand vor sich hin. Derek fragte sich, wie lange der Exmarine noch durchhielt. Es grenzte an ein Wunder, dass er überhaupt noch lebte.

Blessuren hatten sie alle mehr oder weniger, aber Baumann war einer derjenigen, die es beim Absturz am schlimmsten erwischt hatte. Abgesehen von dem Major waren etwa siebzig weitere Mitglieder der Einheit verwundet, wobei nur die wenigstens nicht mehr in der Lage waren, aus eigener Kraft zu laufen. Sie alle hatten eine Ruhepause dringend nötig.

Plötzlich gellten an der Spitze des Zuges Schüsse. Die Menge schrie überrascht auf. Viele warfen sich zu Boden oder suchten in der kargen Landschaft nach Deckung.

Derek riss sein Gewehr hoch und rannte zurück zur Spitze. Delaney und Narim kauerten hinter einem Felsen. Die Wunde des Exkommandosoldaten fing durch die Belastung des Beines wieder an zu bluten.

Als sich Derek dem Master Sergeant näherte, fauchte eine weitere Salve über seinen Kopf hinweg. Derek duckte sich und spähte über Delaneys bulligen Nacken hinweg. Die Mündungsfeuer kamen aus einer der Höhlen voraus.

»Das sind keine ruulanischen Waffen.«

»Nein«, stimmte Delaney zu. »Ich würde sagen, unsere Zuflucht hat schon Bewohner.«

»Und sie freuen sich gar nicht, uns zu sehen«, nickte Derek. »Und was jetzt?«

»Wir können nirgendwo anders hin«, meinte Narim. »Sollen wir die Höhlen mit Gewalt nehmen?«

»Und damit noch mehr Leben vergeuden?« Delaney schüttelte vehement den Kopf. »Mal ganz davon abgesehen, dass wir nicht in der Verfassung für ein Gefecht sind. Außerdem haben wir keine Ahnung, wer dort oben ist und wie viele es sind.«

»Vielleicht Schmuggler«, mutmaßte Narim.

»Es gibt nur einen Weg, das herauszufinden«, erwiderte Derek und stand auf.

»Bist du wahnsinnig?«, schrie Narim ihm zu. »Bleib unten!«

Derek ignorierte ihn und rief stattdessen: »Feuer einstellen! Wir sind nicht auf Streit aus.«

Überraschenderweise hörten die Schüsse tatsächlich auf, ein Umstand, den Derek sich bestenfalls erhofft hatte. Eine bedrückende Pause folgte, in der er überlegte, ob ihn im nächsten Moment eine Salve niedermähen würde. Es geschah jedoch nichts dergleichen.

»Wer seid ihr?«, rief unvermittelt jemand.

»Mein Name ist Captain Derek Carlyle. A-Kompanie, 1. Bataillon, 171. Freiwilligenregiment. Und ihr?«

Eine weitere Pause folgte, doch die Stimme antwortete schließlich. »Lieutenant Michael Wilson, 3. Regiment, Alacantor-Miliz.«

Miliz. Derek wechselte einen schnellen Blick mit Delaney, der auffordernd nickte. Es waren Soldaten, damit bestand die Chance, dass sie doch noch Zugang zu Unterkunft und Schutz erhielten.

»Wir haben einiges mitgemacht und haben Verwundete bei uns. Dürfen wir uns nähern?«

Derek nahm mehrere verschiedene Stimmen wahr, die heftig diskutierten. Wie es aussah, waren nicht alle davon begeistert, den Flüchtlingen Asyl zu gewähren. Es war schließlich wieder dieser Lieutenant Wilson, der antwortete. »Ja, Sie können kommen. Aber langsam und halten Sie die Hände so, dass wir sie sehen können. Nur damit wir sicherstellen können, dass Sie auch die sind, die Sie zu sein behaupten.«

Derek, Narim und Delaney waren die Ersten, die ins Freie traten und die restlichen hundert Meter zum Höhleneingang hinaufstiegen. Der Tross folgte ihnen vorsichtig optimistisch.

Sie traten mit erhobenen Händen in die Höhle. An der Decke waren mehrere Leuchtröhren angebracht, die genug Licht spendeten, um sich gut orientieren zu können. Delaney hatte nicht übertrieben. Das Höhlensystem entpuppte sich bei erster, oberflächlicher Betrachtung als geräumig und gut ausgestattet. Es bestand aus einer großen Kaverne am Eingang, von der mehrere Korridore strahlenförmig ausgingen, die zu weiteren Kammern führten.

Sie wurden von mehreren Männern in grauen Miliziuniformen begrüßt. Die Soldaten hielten ihre Waffen im Anschlag, bis sie Uniformen und Rangabzeichen der TKA erkannten. Erleichtert sanken Schultern und Waffen herab.

Ein drahtiger Mann Mitte zwanzig trat auf sie zu. Die zerschlissenen Abzeichen eines Lieutenants prangten an seinem Kragen und auch die Uniform hatte schon bessere Tage erlebt, doch das Gesicht des Offiziers zeigte ein offenes Lächeln, als er Derek, Narim und Delaney nacheinander die Hand gab.

»Sie ahnen gar nicht, wie froh ich bin, Sie zu sehen. Wir dachten, Sie wären alle tot.«

»Hätte auch nicht viel gefehlt. Wie sind Sie hier gelandet?«

»Ist eine lange Geschichte.«

»Wir haben genügend Zeit«, lächelte Derek, der zum ersten Mal in den letzten Tagen nicht um sein Leben fürchtete.

»Bringen Sie Ihre Verwundeten dort hinein.« Wilson deutete auf eine andere Höhle. »Das ist unsere Krankenstation. Es gibt sogar einen Arzt und wir haben Medikamente. Für Ihre Leute wird gesorgt.«

»Danke«, entgegnete Derek ehrlich und ein Gefühl der Erleichterung durchströmte ihn. Sie waren fürs Erste tatsächlich in Sicherheit.

»Kommen Sie.« Der Lieutenant führte die drei Männer tiefer in die Höhle hinein, während die Milizionäre die erschöpften TKA-Soldaten in Empfang nahmen.

Die vier betraten eine Art provisorischer Kantine. Über einem Lagerfeuer briet etwas, das nach einem Reh aussah. Wilson bedeutete seinen Gästen, sich zu setzen, und gab jedem eine Wasserflasche, die sie augenblicklich öffneten, doch trotz ihres großen Durstes nahmen sie nur kurze, kontrollierte Schlucke.

Wilson wartete, bis alle ihren Durst gelöscht hatten, bevor er anfing zu erzählen. »Nun, was meine Geschichte betrifft, wie gesagt, die ist etwas länger. Die Ruul kamen vor vier Tagen an, mitten in der Nacht.«

Derek nickte, das war etwa einen Tag vor ihrer Ankunft. Wären sie früher aufgebrochen, wären sie womöglich direkt in den ruulanischen Angriff gelaufen.

»Sie fielen ohne Vorwarnung über uns her. Die erste Warnung, die wir erhielten, waren Reaper, die unsere Kasernen und Hangars bombardierten, und Mantas, die aufsetzten. Wir kämpften stundenlang, aber es war sinnlos. Wir hatten keine Chance.«

»Wissen Sie vielleicht, was aus Lieutenant Colonel Wolf und dem 2. Bataillon unseres Regiments geworden ist?«

Wilson schüttelte bedauernd den Kopf. »Tut mir leid. Ihre Kaserne wurde genauso schwer getroffen wie unsere. Einige von uns versuchten, dort hinzukommen, um unsere Kräfte zu vereinen, aber die Slugs haben es verhindert. Ich befürchte, es gibt nicht viel Hoffnung, dass noch jemand lebt. Tut mir wirklich sehr leid.«

Delaney nickte, ließ sich seine Trauer jedoch nicht anmerken, aber Derek durchschaute ihn. »Fahren Sie fort.«

»Gegen Morgengrauen war klar, dass der Kampf verloren war. Unser Colonel sammelte so viele Überlebende wie möglich und wir brachen aus dem Kessel aus, in dem Crossover inzwischen gefangen war.«

»Wo ist Ihr Colonel jetzt?«, fragte Narim.

»Tot. Genauso wie der Großteil unserer Einheit. Als wir hier ankamen, waren wir noch dreiundneunzig Mann. Das ist alles, was von unserem Regiment übrig ist. Die Slugs haben uns eine Zeit lang gejagt. Auf dem Marsch hierher haben wir mehr Leute verloren als während der Schlacht. Irgendwann ist es uns endlich gelungen, sie abzuschütteln. Im Lauf der nächsten Tage kamen weitere Soldaten hinzu, vielleicht hundert Mann im Ganzen, von der Miliz und der TKA. Viele sind die einzigen Überlebenden ihrer Kompanien und Bataillone.«

Derek spürte einen Kloß im Hals. Dreiundneunzig. Von eintausendfünfhundert. Damit galt das Milizregiment nach militärischen Maßstäben als aufgerieben. Kein Wunder, dass die Milizionäre demoralisiert waren. Von den Überlebenden der anderen auf Alacantor stationierten Einheiten ganz zu schweigen.

»Tut mir leid, dass wir auf Sie geschossen haben«, fuhr Wilson fort, »ich befürchte, wir sind etwas paranoid geworden. Im ersten Augenblick dachten wir, die Slugs hätten uns gefunden.«

»Schon in Ordnung«, beruhigte Derek ihn. »Zum Glück ist nichts passiert.«

»Das hätte ich mir nie verziehen.«

»Wer führt Ihre Einheit?«

»Das bin ich«, sagte Wilson niedergeschlagen. »Ich bin der ranghöchste überlebende Milizoffizier.« Ein Lächeln zuckte über sein Gesicht. »Und jetzt einer von Ihnen.«

»Uns?«

»Wie ich gesehen habe, ist Ihr Major verwundet. Das bedeutet einer von den Captains hat jetzt die Verantwortung.«

Narim und Derek wechselten einen leicht verzweifelten Blick.

»Sieh nicht mich an«, meinte Narim schließlich. »Du hast das höhere Dienstalter.«

»Aber nur, wenn man meine Zeit bei der Miliz dazuzählt. Und du warst bei den ROCKETS. Du hast die größere Erfahrung.«

»Spielt keine Rolle«, meinte der andere Captain schmunzelnd. »Das ist jetzt deine Show. Und ich werde hier ganz bestimmt nicht den ganzen Laden übernehmen. Da befolge ich doch lieber Befehle, als welche zu geben.«

Derek sah sich in der Runde nach Hilfe um. Als er keine fand, murmelte er nur: »Na toll!«

Nereh'garas-toi wandelte durch die Gouverneursresidenz von Crossover, als würde sie ihm gehören. Nun ja, dem war eigentlich auch so. Der Planet war befriedet und der Restwiderstand bereits vor Tagen zerschlagen worden. Nun duckte sich die Bevölkerung in ihren Häusern und wartete darauf, welches Schicksal ihre neuen Herren ihnen zugedacht hatten.

Sollten sie nur. Nereh hatte nur insofern Interesse an der Bevölkerung, wie sie für seine Pläne wichtig waren. Während der Schlacht hatte er mehrere Male seine Krieger zurückhalten müssen, ansonsten wäre die Stadt geschleift und niedergebrannt worden. Doch Nereh brauchte Crossover – zumindest oberflächlich – intakt.

Zwei Krieger in seiner Begleitung stießen die Tür zum Büro des planetaren Gouverneurs auf.

Gouverneur Jean-Luc Bonnet saß in seinem Ledersessel, hoch aufgerichtet und stolz. Er bemühte sich, den Eindruck zu vermitteln, keine Angst zu haben, doch Nereh durchschaute ihn. Schweißperlen glitzerten auf seiner Stirn und der ganze Raum stank nach Furcht.

Hinter dem Gouverneur standen mehrere Männer und eine Frau in Uniform; es handelte sich um die ranghöchsten überlebenden menschlichen Offiziere des Planeten. Einige trugen das Grau der Miliz, andere die Farben der TKA. Ihre Anwesenheit war gut, sogar sehr gut. Dann musste er sich nicht wiederholen.

An der Seite des Gouverneurs standen mehrere Männer in schwarzem Anzug, deren Anwesenheit Nereh zu Anfang etwas wunderte, doch dann erkannte er in ihnen Leibwächter, die für den Schutz des Gouverneurs zuständig waren. Ihre Finger zuckten verräterisch, doch sie besaßen keine Waffen mehr. Keinem Menschen auf Alacantor war es seit der Einnahme des Planeten noch gestattet, Waffen zu tragen. Einer der Leibwächter stach Nereh besonders ins Auge. Er stand auffallend dicht beim Gouverneur, bereit, diesen jederzeit zu beschützen, und er musterte die Ruul mit unverhohlener Abscheu.

Hinter ihm strömten seine Krieger in den Raum. Die menschlichen Soldaten spannten sich in der Erwartung eines Angriffs unwillkürlich an. Die Leibwächter des Gouverneurs schoben sich zwischen die Ruul und das zivile Oberhaupt des Planeten. Sie beäugten die Ruul misstrauisch. Sollten sie doch. Es gab nichts, was sie tun konnten.

»Gouverneur Bonnet«, begann Nereh jovial, fast schon freundlich, »Ihr Planet steht jetzt unter unserer Kontrolle. Sie haben die Schlacht verloren.«

»Mieser, dreckiger ...«, begehrte einer der Soldaten im Hintergrund auf, doch eine erhobene Hand Bonnets brachte ihn zum Schweigen.

»Und Sie sind?«, fragte der Gouverneur.

»Nereh'garas-toi. Ich kommandiere die Truppen, die Ihren Planeten eingenommen haben.«

»In diesem Punkt kann ich Ihnen kaum widersprechen.« Die Stimme des Gouverneurs zitterte nur ein ganz klein wenig. Nerehs Achtung vor dem nestral'avac stieg. Er hatte bereits besiegten Gegnern gegenübergestanden, die keinerlei Würde mehr aufgebracht und um ihr erbärmliches Leben gefleht hatten. Er betrachtete die Gemälde an der Wand. Der Kunst der Menschen konnte er nicht viel abgewinnen. Sie waren für ihn eher aus anthropologischer Sicht wichtig. Sie halfen ihm, seine Gegner zu verstehen, eine Vorgehensweise, die bei anderen ruulanischen Kommandeuren lediglich Verwirrung, Amüsement oder in Extremfällen Verachtung hervorrief.

Viele Ruul verstanden immer noch nicht, dass der erste Schritt, einen Gegner zu besiegen, darin bestand, ihn zu verstehen. Solange die Ruul die Menschen nicht verstanden, würden sie diese nie besiegen. Dies galt vor allem für die Traditionalisten, die sich weigerten, neue Wege zu gehen oder auch nur in Betracht zu ziehen.

Kriegsmeister Kerrelak verstand es – zumindest in rudimentären Zügen. Er hatte erste Schritte in die entsprechende Richtung eingeleitet, als er vor einigen Jahren den Krieg beendete, um Kräfte zu sammeln und Nachschubbasen einzurichten, um für die nächste Phase der Invasion bereit zu sein. Doch selbst er verstand nicht, wie tief Nereh gedachte, in die Psychologie der Menschen einzudringen.

»Wie lauten Ihre Forderungen?«, fragte der Gouverneur.

Nereh widmete seine Aufmerksamkeit erneut dem Menschen in dem Ledersessel. »Wie kommen Sie darauf, dass ich Forderungen habe?«

Der Gouverneur schnaubte trotzig. »Weil wir reden.«

Nereh stieß ein kurzes Zischen als Zeichen der Erheiterung aus. Der Mensch zuckte bei dem Geräusch zusammen. Die Offiziere in seinem Rücken spannten erneut ihre Muskeln an, bereit, ihre Haut so teuer wie möglich zu verkaufen, falls die Situation eskalierte.

»Sie sind sehr scharfsinnig, Herr Gouverneur.«

»Sie haben meine Frage nicht beantwortet. Was wollen Sie?« Trotz seiner Angst schlich sich ein Anflug von Ungeduld in die Stimme des Mannes.

Außerdem noch etwas anderes. Nereh vermochte im ersten Moment nicht, es richtig einzuordnen. Es war ... ein Hauch von Trotz – oder Widerstand?! Nereh musterte den Gouverneur ausgiebig. Auf den Mann würde er achtgeben müssen. Falls der nestral'avac auch nur eine winzige Chance sehen würde, ihm in den Rücken zu fallen, würde er es vermutlich tun.

»Zuallererst, Herr Gouverneur«, sagte Nereh, »werden Sie für mich eine Ansprache halten.«

Lieutenant Wilson war gerade dabei, Derek in die taktische Lage einzuweisen, in der sie sich befanden, als ein Corporal der Miliz hereingestürzt kam und Wilson etwas ins Ohr flüsterte.

»Wir empfangen eine Übertragung auf einer zivilen Frequenz«, erklärte Wilson, nachdem der Corporal mit seinem Bericht fertig war.

Wilson führte Derek durch zwei Korridore in eine große Kaverne, in der sich eine Menge aus Miliz und TKA-Soldaten um ein Radio versammelt hatte.

»Meine lieben Mitbürger«, drang eine charismatische Stimme aus dem Radio.

»Gouverneur Bonnet«, murmelte Wilson in Dereks Richtung.

»Vor wenigen Tagen«, sprach Bonnet weiter, »wurde unsere Welt von einer Invasionsstreitmacht der ruulanischen Stämme unter der Führung von Nereh'garas-toi okkupiert. Unsere Truppen wurden innerhalb weniger Stunden überwältigt und auch die für den Schutz unseres Systems abgestellten Schiffe wurden zerstört. Inzwischen ist es den Ruul gelungen, jeglichen Widerstand niederzuschlagen und sowohl Crossover als auch Carras zu besetzen.« Die Worte fielen dem Gouverneur sichtlich schwer, trotzdem sprach er weiter.

»Im Zuge dieser Niederlage habe ich die bedingungslose Kapitulation Alacantors ausgesprochen. Doch seien Sie unbesorgt, ich komme gerade aus einer Besprechung mit dem Führer der Ruul, der mir versicherte, dass alle feindseligen Aktionen gegen Alacantor, das hiesige Militär und die Bevölkerung des Planeten abgeschlossen sind. Er fordert keinen Tribut in Form von Sklaven oder Rohstoffen. Alles, was er wünscht, ist, dass die Menschen des Planeten ruhig und besonnen auf die Anwesenheit seiner Krieger reagieren.

Nereh'garas-toi hat den überlebenden Soldaten der Miliz sogar erlaubt, in Freiheit zu verbleiben. Sie wurden entwaffnet, werden aber zukünftig unter Anleitung der Ruul polizeiliche Aufgaben übernehmen.

Viele von Ihnen werden jetzt sagen, warum sollten wir den Ruul dies alles glauben? Werden sie uns nur in Sicherheit wiegen, um uns auf ihre Schiffe zu verschleppen? Meine Antwort darauf lautet: Nein. Und zwar aus einem einfachen Grund. Die Ruul haben es gar nicht nötig, uns in irgendeiner Form entgegenzukommen. Sie sind in der Position, sich alles nehmen zu können, was sie wollen, daher glaube ich ihren Versprechen, die Okkupation so friedlich wie möglich und mit minimalem Leiden für die Zivilbevölkerung vorüberziehen zu lassen. Man hat mir versichert, dass die Ruul innerhalb eines Monats wieder abziehen werden. Bis dahin soll der Betrieb des Planeten weiterlaufen. Jeder Bürger von Alacantor wird jeden Tag zur Arbeit gehen und sein Leben wie gehabt fortführen. Lediglich eine Ausgangssperre wird verhängt, die jeden Abend um zwanzig Uhr beginnt und morgens um sechs Uhr endet.

Ich bitte Sie inständig, besonnen zu reagieren und auf feindselige Aktionen gegen die Ruul zu verzichten. Jeder Widerstand hätte Vergeltungsmaßnahmen zur Folge. Ich danke Ihnen allen für Ihre Aufmerksamkeit.«

Der Ansprache des Gouverneurs folgte statisches Rauschen. Die Ruul kontrollierten die Frequenzen aller Radio- und Fernsehsender von Alacantor. Nichts wurde gesendet, was sie nicht wollten.

»Das ist übel«, kommentierte Wilson.

»Ja«, stimmte Derek zu, »und ziemlich verstörend.«

»In welcher Hinsicht?«

Anstatt auf die Frage des Lieutenants zu antworten, wandte sich Derek an Narim: »Das ist doch nicht das übliche ruulanische Verhalten, oder sehe ich das falsch?«

»Im Gegenteil«, erwiderte Narim. »Es ist äußerst untypisch. Nach einer Eroberung ist es der erste Schritt der Ruul, die militärische und zivile Infrastruktur zu zerschlagen. Damit beugen sie der Möglichkeit vor, dass sich effektiver Widerstand formieren kann. Anschließend beginnen sie damit, Sklaven einzufangen und auf ihre Schiffe zu verfrachten oder sie die örtlichen Rohstoffe abbauen zu lassen. Noch nie habe ich gehört, dass die Slugs auf diese Art vorgingen. Das ist ... seltsam.«

»Da fragt man sich doch, was die Ruul vorhaben.«

Narim sah sich verstohlen um. Die Menge zerstreute sich langsam und teilte sich in kleinere Gruppen auf, die das Gehörte angeregt debattierten.

»Was schlägst du vor?«

Derek überlegte und seufzte schließlich. »Wir können nichts unternehmen, solange wir nicht wissen, was hier vor sich geht.«

»Und?«

»Mein Vorschlag wird dir nicht gefallen.«

»Das Risiko gehe ich ein«, schmunzelte Narim. »Also?«

»Wir müssen nach Carras oder Crossover und uns einen Überblick über die Lage verschaffen.«

Narim verzog missmutig das Gesicht. »Du hast recht. Das gefällt mir in der Tat kein bisschen. Wir sind knapp mit dem Leben davongekommen. Vielleicht sollten wir erst einmal unsere Wunden lecken und uns neu formieren.«

»Wir könnten beides. Ich rede ja nicht von einer Großoffensive gegen die Ruul, nur von einer Aufklärungsmission. Die Einheit, die das durchführt, wäre nicht groß, höchstens zehn oder zwanzig Mann.«

Narim sah ihn zweifelnd an.

»Wenn wir schon dabei sind, könnten wir auf diesem Weg herausfinden, was aus dem Rest des Regiments geworden ist«, fuhr Derek fort. »Und seien wir mal ehrlich, wir können nur dann effektiven Widerstand aufbauen, wenn wir mehr darüber herausfinden, was die Ruul wollen, wo ihre Streitkräfte stationiert sind und in welcher Stärke sie auf Alacantor gelandet sind.«

»Sollten wir das wirklich tun?«, wandte Wilson ein. »Widerstand organisieren meine ich.«

Derek und Narim sahen den Milizionär an, als hätte dieser den Verstand verloren. Wilson sah sich genötigt weiterzureden. »Meine Leute könnten theoretisch einfach nach Hause gehen. Sie haben den Gouverneur gehört. Die Miliz darf weiterexistieren und sogar die öffentliche Ordnung wiederherstellen.«

»Ja, unter ruulanischer Herrschaft«, meinte Narim und sein Tonfall rangierte ganz knapp unter offener Verachtung. Wilson zuckte vor Narims Worten zurück, als hätte dieser ihn geschlagen.

Derek berührte den anderen Kompaniekommandanten leicht am Arm und ermahnte ihn wortlos zur Ruhe.

»Und das macht Sie kein bisschen misstrauisch?«, fragte Derek in Wilsons Richtung.

Der Milizionär zuckte verlegen mit den Achseln. »Meine Leute sind keine Berufssoldaten. Die meisten gehen den Großteil des Jahres ganz normaler Arbeit nach. Mit so einer Situation sind sie völlig überfordert.«

»Vielleicht unterschätzen Sie sie auch. Alacantor ist schließlich ihre Heimat. Und auch *Ihre*, Lieutenant.«

Wut verdunkelte für einen Moment Wilsons Blick und Derek hoffte bereits, zu dem Mann durchgedrungen zu sein. Dann wurde Wut jedoch von Frustration und Niedergeschlagenheit ersetzt.

»Das weiß ich sehr gut«, erwiderte Wilson, »doch diese Männer und Frauen sind keine Elitetruppe. Sie gegen die Ruul zu schicken, hieße Lämmer zur Schlachtbank zu führen.«

»Sie haben ja eine hohe Meinung von Ihrer Einheit«, hielt Narim ihm vor.

»Ich bin schlicht und ergreifend Realist.« Er deutete auf die grau gekleideten Milizionäre ringsum. »Für diese Menschen wäre es am besten, einfach nach Hause zu gehen.«

»Für diese Menschen vielleicht, aber auch für Alacantor?« Auch Derek verspürte Wut auf den Milizionär, dabei konnte er ihn durchaus verstehen, immerhin gehörte er ebenfalls einmal einer planetaren Miliz an.

»Die Ruul sind aus einem bestimmten Grund hier«, fuhr er fort. »Sie gehen ein ziemliches Risiko ein, indem sie eine Welt so tief hinter der Front angreifen. Außerdem verfügt Alacantor über keinerlei strategischen oder taktischen Wert, der ein solches Risiko rechtfertigt. Ich spüre, dass hier mehr vor sich geht, und das müssen wir herausfinden.«

»Die Ruul können sich nicht ewig hier versteckt halten«, beharrte Wilson. »Früher oder später wird man sie entdecken und zum Teufel jagen. Warum halten wir uns nicht bedeckt, bis es so weit ist?«

»Weil das nicht unser Job ist«, erwiderte Narim mit kaum beherrschter Stimme.

Wilson machte den Eindruck, noch etwas sagen zu wollen, doch stattdessen zuckte er lediglich die Achseln und gesellte sich zu seinen Männern.

Derek und Narim sahen ihm nachdenklich hinterher.

»Der wird uns noch Ärger machen«, meinte Narim.

»Ja, aber es hat keinen Sinn, sich jetzt darüber den Kopf zu zerbrechen. Wir haben genügend andere Probleme.«

»Wohl wahr. Nun, wie sehen also deine Entscheidungen aus?« Bei dem Wort *Entscheidungen*, huschte ein Lächeln über Narims Gesicht. Der ehemalige ROCKET hatte ein diebisches Vergnügen daran, dass jetzt der eher unwillige Derek das Kommando führte.

»Ich wähle eine Truppe aus und fahre nach Crossover.«

»Das solltest du lieber mir überlassen. Aufklärung ist eines meiner Spezialgebiete.«

»Nein, dich brauche ich hier. Du musst hier die Dinge im Auge behalten, vor allem unsere neuen Freunde von der Miliz, damit sie keine Dummheiten machen.«

Narim überlegte einen Moment und nickte schließlich. »Also schön. Weitere Befehle?«

»Du richtest hier unser dauerhaftes Hauptquartier ein. Du hast genügend Erfahrung in solchen Dingen, um zu wissen, worauf es ankommt. Was wir brauchen, was wir uns noch besorgen müssen und wie wir unsere Anwesenheit hier am besten vor den Ruul geheim halten.«

»In Ordnung. Sonst noch etwas?«

»Ja, sobald du unsere Basis hier gesichert hast, erstellst du einen Plan für Aufklärungspatrouillen in der Gegend. Sie sollen soweit möglich feindliche Stellungen auskundschaften und feststellen, wo sich Waffenlager und andere dringend benötigte Ressourcen in der Gegend befinden. Wir können weiß Gott alles gebrauchen, was wir in die Finger kriegen, vor allem Waffen und Munition, aber auch medizinische Ausrüstung, Decken und Nahrungsmittel. Und ehe ich es vergesse, die Patrouillen sollen auch nach versprengten Truppenteilen Ausschau halten und auf möglichst gefahrlosem Weg hierher führen. Vielleicht können wir noch ein paar Leute versammeln. Je mehr, desto besser. Sobald ich zurück bin, arbeiten wir einen Plan aus, wie wir gegen die Ruul vorgehen.«

»Verstanden. Aber wieso glaubst du, dass du so einfach nach Crossover hineinspazieren kannst.«

Derek deutete auf das Radio. »Die Ansprache des Gouverneurs. Die Ruul haben befohlen, dass alle ganz normal ihren Geschäften nachgehen. Was auch immer sie vorhaben, sie wollen, dass Alacantor einen möglichst normalen Eindruck macht. Solange wir nicht gegen die Ausgangssperre verstoßen, werden wir keine Probleme haben.«

»Reichlich spekulativ, wenn du mich fragst.«

»Schon möglich, aber einen besseren Plan habe ich derzeit nicht anzubieten.«

»Wann brichst du auf?«

»Morgen. Dann habe ich noch genügend Zeit, mein Team auszuwählen. Außerdem möchte ich vorher noch jemanden besuchen.«

Major Manfred Baumann sah nicht gut aus. Das Gesicht war immer noch aschfahl und Doktor Harolds, der Arzt der Miliz, äußerte die Vermutung, dass der Major schwere innere Verletzungen aufwies, gegen die er mit seinen beschränkten Mitteln nichts ausrichten konnte.

Als sich Derek an die Seite seines kommandierenden Offiziers setzte, schlug dieser unvermittelt die Augen auf.

Derek rang sich ein Lächeln ab.

»Major«, begrüßte er den Verletzten.

»Captain.« Baumanns Stimme klang schwach und müde. Auf Derek wirkte es, als müsste der Mann sich jedes Wort abringen. Vermutlich entsprach das sogar den Tatsachen.

»Die Lage?«, fragte Baumann.

»Wir sind in einer Höhle untergekommen. Eine Milizeinheit hat hier ebenfalls Zuflucht gesucht. Wir haben uns entschlossen, unsere Ressourcen zu bündeln.«

Baumann lachte unterdrückt. Das Lachen ging jedoch schnell in einen Hustenanfall unterbrochen von feuchtem Röcheln über. »Da gibt es nicht viel zu bündeln.«

»Nein, Sir«, stimmte Derek zu. Er bewunderte die Haltung des Mannes. Trotz seiner Verfassung und der schweren Verletzungen, fand er die Kraft, Scherze auszutauschen. Der Exmarine war der geborene Anführer. Eigentlich sollte er den keimenden Widerstand leiten. Er wäre die weitaus bessere Alternative gewesen.

In knappen Zügen fasste Derek die Ansprache des Gouverneurs für den Major zusammen. Zeitweise schien es so, als würde der Major eindösen, doch Derek bemerkte, dass es hinter den halb geschlossenen Lidern fieberhaft arbeitete.

»Das ist ... beunruhigend«, sagte Baumann, nachdem Derek seinen Bericht beendet hatte. »Wie ... sehen Ihre nächsten ... Schritte aus?«

»Die Lage erkunden und Ressourcen sammeln. Außerdem planen wir, den Widerstand zu organisieren.«

»Gut. Konzentrieren Sie sich ... auf Guerillataktiken. Das ... ist Ihre einzige Chance. Denken Sie ... wie ein Partisan. Schlagen Sie dort zu ... wo der Gegner schwach ... ist und Sie ... stark, dann ziehen Sie sich zurück ... bevor der Gegenschlag kommt.«

»Verstanden, Sir«, sagte Derek, während er besorgt beobachtete, wie die Kraft aus Baumanns Stimme schwand.

»Wenn Sie ... nach Crossover gehen, seien Sie sehr ... vorsichtig. Vermeiden Sie es ... Aufsehen zu erregen. Und, wenn Sie schon dort sind ... halten Sie die Augen nach Lieutenant Colonel Wolf offen. Vielleicht ... lebt er noch.«

»Ja, das werde ich. Ich verspreche es.«

Baumann antwortete nicht. Bestürzt sprang Derek auf und tastete nach

Baumanns Halsschlagader. Als er das Pochen von Baumanns Puls ertastete, entspannte er sich jedoch wieder. Der Pulsschlag des Majors ging schwach, aber regelmäßig. Der Major war lediglich eingeschlafen.

»Machen Sie sich keine Sorgen, Major. Wir machen das schon. Werden Sie erst mal wieder gesund.«

Mit diesen Worten drehte sich Derek entschlossen um. Es gab viel zu tun und sie hatten nur wenig Zeit.

11

Crossover hatte sich in den wenigen Tagen seiner Abwesenheit drastisch verändert. Optisch machte die Stadt sogar einen relativ guten Eindruck, jedenfalls einen weit besseren, als er erwartet hätte. Zwar waren überall deutliche Gefechtsschäden zu sehen, doch die Stadt war nicht geschleift worden.

Aus eigener Erfahrung wusste Derek, dass eine Stadt, die von den Ruul erobert wurde, nichts zu lachen hatte. Sie wurde geplündert und häufig genug niedergebrannt. Die Ruul mochten technologisch fortgeschritten sein und sogar die intergalaktische Raumfahrt beherrschen, in seinen Augen waren sie trotzdem Barbaren.

Es war knapp nach zwölf Uhr mittags Ortszeit. Die Straßen waren überraschend belebt. Ruul sah man keine, doch Derek fiel auf, dass die Menschen beinahe instinktiv einen großen Bogen um bestimmte Gebäude machten. Es handelte sich meistens um ausgebombte Geschäfte oder verlassene Wohnhäuser, in einem Fall um eine Fabrikhalle.

Er vermutete, dass die Ruul diese Gebäude als Verstecke benutzten. Wovor sie sich versteckten, blieb ihm aber ein Rätsel, denn immerhin hatten sie den Planeten erobert. Jeder hier wusste, dass sie auf Alacantor waren. Vorsorglich ließ Derek jedes dieser Gebäude, sobald er eines identifizierte, von Staff Sergeant Lois McAvoy, der Unteroffizierin, die er ausgewählt hatte, den kleinen Aufklärungstrupp anzuführen, in eine Karte eintragen, die sie bei sich führten. Im Moment war ein Angriff auf diese feindlichen Posten jenseits ihrer Möglichkeiten, doch vielleicht ließen sich diese Informationen später einmal verwenden.

Es befanden sich Hunderte von Milizionären auf den Straßen – allesamt unbewaffnet. Sie regelten den Verkehr, schlichteten Streitigkeiten, patrouillierten in Gruppen durch die Straßen und lösten rasch größere Menschenansammlungen auf. Alles strahlte oberflächlich den Anschein von Normalität aus, doch Derek ließ sich davon nicht täuschen. Über der gesamten Stadt lag eine unterschwellige Aura der Angst.

Als sie eine Milizpatrouille passierten, drehte sich McAvoy leicht um und spie angewidert aus. Derek ermahnte sie mit einem finsteren Blick zur Vorsicht.

»Verdammte Verräter!«, murmelte die Unteroffizierin vor sich hin.

»Gehen Sie nicht zu hart mit denen ins Gericht«, erwiderte Derek. »Wer weiß, wie die Ruul sie zur Mitarbeit gezwungen haben? Ich glaube nicht, dass sie groß die Wahl hatten.«

»Das ist keine Entschuldigung. Sie sollten sich lieber wehren, als für die Slugs die Drecksarbeit zu erledigen.«

Außer Staff Sergeant McAvoy aus Narims B-Kompanie hatte Derek noch acht weitere Soldaten ausgewählt, um sein Aufklärungsteam zusammenzustellen. Sie hatten sich als einfache Landarbeiter verkleidet, um in der landwirtschaftlich geprägten Umgebung nicht aufzufallen.

Was sie taten, konnte man allerdings nicht als ausgeklügelten Plan bezeichnen. Die Devise hieß schlicht: beobachten und notieren.

Ihr Weg führte sie ebenfalls zum militärischen Raumhafen in der Nähe der Hauptstadt. Das Areal war abgesperrt und wurde von Milizionären streng bewacht, doch Dereks Team fand auf einer kleinen Anhöhe ein zerstörtes Anwesen, das sich hervorragend als Beobachtungspunkt eignete. Das Gebäude war von einem schweren Luftangriff getroffen worden und bestand im Prinzip nur noch aus einigen Wänden, einem Teil des ersten Stocks und dem Fundament. Was nicht zerstört worden war, war geschwärzt oder geschmolzen, doch für ihre Belange reichte es vollauf.

Derek blickte angestrengt durch das Fernglas. Einige Minuten später senkte er es und legte es auf den Resten des Fenstersimses ab, bevor er sich nachdenklich über das Kinn strich.

»Was Interessantes?«, fragte McAvoy.

»Allerdings. Das Gelände wirkt auf den ersten Blick wie tot. Die beiden Gargoyle stehen immer noch auf dem Flugfeld. Einer ist ausgebrannt.« Er reichte ihr das Fernglas und sie spähte neugierig hindurch.

»Das muss ein höllischer Kampf gewesen sein«, kommentierte sie den Anblick.

»Achten Sie mal auf zwei Uhr.«

McAvoy spähte in die angegebene Richtung. Dort, am Rande des Flugfeldes, im Schatten des zerstörten Truppentransporters, reihten sich Hunderte von Gräbern aneinander. Die Gräber waren unmarkiert. Kein Kreuz oder die Symbole anderer Glaubensrichtungen schmückten sie. Es handelte sich lediglich um Löcher im Boden, die man ausgehoben hatte. Der Anblick ließ die zähe Soldatin schwer schlucken.

»Wenigstens haben die Slugs unseren Leuten erlaubt, die Gefallenen zu bestatten«, bemühte sie sich um Optimismus.
»Ja, aber wir hätten hier sein müssen.«
»Niemand konnte das ahnen. Und, wenn wir hier gewesen wären, hätten die verdammten Slugs auch uns erwischt.«
»Sie glauben, Wolf ist tot?«
Sie setzte das Fernglas ab und blickte ihn mit hochgezogener Augenbraue an. »Sie nicht?«
»Ich weiß es nicht«, erwiderte er ehrlich. »Ich hoffe nicht.«
Er nickte in Richtung des Fernglases. »Was haben Sie noch gesehen, McAvoy?«
Sie warf einen Blick in Richtung des Kasernengeländes. »Das Areal wird von mindestens einer Kompanie Miliz bewacht. Ansonsten ist nicht viel zu sehen. Das Gelände muss vom ersten Angriff getroffen worden sein. Viele unserer Kameraden hat es vermutlich noch in ihren Betten erwischt.«
»Ist Ihnen der Hangar der Miliz aufgefallen?«
Sie nickte. »Mehrere Wracks von zerstörten Firebird-Jägern vor dem Hangar und die Überreste von mindestens zwei Cherokee-Panzern. Die Miliz hat versucht, ihre Maschinen in die Luft zu kriegen. Die Panzer haben versucht, den Start zu decken. Es war sicherlich ein guter Versuch, aber letztendlich zum Scheitern verurteilt. Sie sind immer noch dabei, die Überreste zu beseitigen.«
»Sehen Sie genauer hin!«
McAvoy spähte erneut durch das Fernglas. Im ersten Augenblick wusste sie nicht, worauf Derek hinauswollte, doch dann bemerkte sie es.
»So eine Scheiße!«
Derek nickte.
Im Hangar, von draußen kaum auszumachen, standen die gedrungenen Chassis ruulanischer Panzer. Die Maschinen vom Typ Feuersalamander waren nach menschlichen Maßstäben in jeder Hinsicht veraltet, doch deshalb durfte man sie auf keinen Fall unterschätzen. Sie besaßen genügend Feuerkraft, um eine Menge Schaden anzurichten, und die Ruul verstanden sich hervorragend auf ihre Steuerung.
»Ich schätze, dass im Hangar vielleicht Platz für zwanzig oder dreißig Panzer ist«, erläuterte er. »Wenn ich der ruulanische Kommandant wäre, würde ich die Panzer ständig bemannt und einsatzbereit halten. Im Notfall können sie vermutlich innerhalb weniger Minuten ausrücken und große Teile der Stadt in Schutt und Asche legen, bevor jemand sie aufhalten kann.«

»Ob es wohl noch mehr innerhalb der Stadt gibt?«, fragte sich McAvoy.
»Mit Sicherheit. In- und außerhalb der Stadt. Bei Carras sieht es mit größter Wahrscheinlichkeit genauso aus.«
Derek kratzte sich erneut über das Kinn. »Nur diese Zurückhaltung verstehe ich nicht so ganz. Warum ist ihnen so daran gelegen, sich bedeckt zu halten?«
»Wie sieht also unser nächster Schritt aus?«
Derek lächelte ohne jeden Humor. »Wir wenden uns an die einzige Person auf Alacantor, die vielleicht mehr wissen könnte.«
»Wen?«
»Gouverneur Jean-Luc Bonnet.«

»Damit ich das richtig verstehe«, flüsterte McAvoy, »Sie haben tatsächlich vor, in eine Gouverneursresidenz einzudringen? Wissen Sie eigentlich, wie stark so eine Einrichtung gesichert ist?«
»Klar weiß ich das«, erwiderte Derek leichthin.
Die Nacht war inzwischen über Crossover hereingebrochen. Sie hatten sich stundenlang in dem zerstörten Anwesen aufgehalten, bevor sie es gewagt hatten, in Richtung von Bonnets wahrscheinlichstem Aufenthaltsort aufzubrechen.
Die Straßen waren menschenleer. Die Ausgangssperre griff. Nur Milizionäre patrouillierten durch die Stadt. Im Schutz der Dunkelheit wagten sich erstmals auch die Ruul aus ihren Verstecken.
Entgegen seinem ursprünglichen Plan, der vorsah, auf keinen Fall die Ausgangssperre zu verletzen oder sonst wie aufzufallen, schlich das Team durch die verwaisten Straßen der Stadt.
Obwohl die kürzeste Verbindung zwischen zwei Punkten eine Gerade war, mussten sie mehrmals Umwege in Kauf nehmen, um feindlichen Patrouillen zu entgehen. Vor allem die Ruul stellten dabei eine ärgerliche Herausforderung dar. Sie vermochten, im Dunkeln wesentlich besser zu sehen als Menschen. Außerdem patrouillierten ruulanische Jagdtrupps mit Kaitars durch die Straßen. Die gefährlichen sechsbeinigen Kreaturen verfügten über einen scharfen Geruchssinn und hätten sie mehrmals beinahe gewittert.
Sie brauchten vier Stunden, um eine Strecke zurückzulegen, die normalerweise in einer halben Stunde zu bewältigen war. Doch nun lag die Residenz des planetaren Gouverneurs am Ende einer Sackgasse in Dunkelheit gehüllt vor ihnen. Nur in wenigen Fenstern brannte noch Licht. Außer

einer Doppelwache Milizionäre am Eingang war das Gelände unbewacht. Dereks Team befand sich etwa hundert Meter die Straße hinunter in einem verdunkelten Torbogen, der einerseits gute Sicht, andererseits aber auch gute Deckung bot.

»Und trotzdem haben Sie vor, da einzudringen. Sehe ich das richtig?«

»Absolut«, meinte Derek. »Aber das Risiko ist gar nicht so groß.«

»Ach?«

»Ja. Der Gouverneur hat hier nicht mehr das Sagen. Er wird nicht mehr so gut beschützt wie früher. Seine Soldaten sind tot oder arbeiten jetzt für die Ruul. Und für die Slugs ist er uninteressant. Sie haben kein Interesse daran, ihn zu beschützen. Es dürfte eigentlich kein Problem sein, einen Weg in die Residenz zu finden.«

»Ist trotzdem eine ganz miese Idee.«

»Wir sind hier, um Antworten zu finden. Und nichts anderes tue ich.«

»Dann gehe ich mit.«

»Nein, auf keinen Fall!«, widersprach er vehement. »Je weniger, desto besser. Ich gehe allein. Falls ich in Schwierigkeiten gerate, wissen Sie, was Sie zu tun haben.«

»Und ob«, grinste sie. »Wir machen uns vom Acker, als ob der Teufel hinter uns her wäre.«

Er grinste zurück. Diese Äußerung war natürlich nur als Scherz gemeint, das wusste er genau. Schlagartig wurde er ernst. »Genau das werden Sie tun. Sie kehren umgehend zu Captain Singh zurück und erstatten Bericht. Es ist von absoluter Wichtigkeit, dass Singh die Informationen erhält, die wir gesammelt haben. Er wird wissen, was zu tun ist.«

»Aber Captain, Sie können nicht verlangen, dass wir Sie zurück...«

»Genau das verlange ich. Bestätigen Sie den Befehl!«

Sie ließ die Mundwinkel etwas hängen, sagte aber: »Befehl bestätigt, Sir.«

Derek nickte und schlich sich geduckt aus dem Torbogen. Ein geflüstertes »Viel Glück!« von McAvoy begleitete ihn.

Er huschte von Deckung zu Deckung, nutzte geschickt jede Möglichkeit, seine Annäherung zu verbergen, und vermied die spärlichen Lichtquellen der Straßenlaternen.

Derek umging die Wache am Haupttor und näherte sich der Residenz von der Ostseite her. Von Nahem betrachtet, wies auch dieses Anwesen deutliche Spuren der brutalen Gefechte um die Kolonie auf. Mehrere Breschen waren in die Mauer, die das Areal einfasste, geschlagen worden. Die Mauerreste waren geschwärzt und halb zerschmolzen. Falls er überhaupt noch einen

Beweis benötigt hätte, dass der Gouverneur nichts mehr zu sagen hatte und lediglich noch geduldet wurde, so wäre es die Tatsache gewesen, dass er auf keinerlei Wachen innerhalb der Mauern stieß.

Die Doppelwache am Haupteingang diente nur der Aufrechterhaltung des Scheins, ansonsten schienen die Slugs den Gouverneur zu ignorieren. Was hätte der Mann auch tun können? Die Slugs kontrollierten die Städte und ihre Schiffe bedrohten den Planeten vom Weltraum aus. Der Mann war in jeder Hinsicht handlungsunfähig.

Derek sah nach oben. Einer der wenigen Räume, in denen noch Licht brannte, befand sich im zweiten Stock. Er atmete einmal tief durch und griff nach einer Schlingpflanze, die zu dekorativen Zwecken auf zwei Seiten des Gebäudes die Hauswand schmückten. Er prüfte mit festem Griff ihre Reißfestigkeit und zog sich schließlich daran hoch. Nun zahlte sich Delaneys unerbittliches Training aus.

Bereits nach wenigen Metern war seine Kleidung von Schweiß durchtränkt, doch er erreichte ohne Zwischenfälle einen Balkon im zweiten Stock. Die Tür stand einen Spalt offen, um das von der Hitze des Tages aufgeheizte Gebäude von der Nachtluft etwas abkühlen zu lassen.

Derek spähte durch das Fenster. Ein Mann saß an seinem Schreibtisch, die Hände über dem Kopf zusammengeschlagen. Er hatte ihn noch nie persönlich gesehen, doch der Mann war unzweifelhaft Jean-Luc Bonnet, Gouverneur von Alacantor.

Zur Sicherheit entsicherte Derek die Waffe, die er unter seiner Jacke verborgen hielt, und zog die Balkontür gerade genug auf, um sich hindurchzuzwängen.

Er war sich sicher, kein Geräusch gemacht zu haben, doch der Mann am Schreibtisch fuhr von seinem Stuhl auf und wirbelte schneller herum, als Derek es ihm zugetraut hätte. Urplötzlich tauchte eine Waffe in der Hand seines Gegenübers auf.

»Ziemlich unverfroren, hier einzubrechen«, sagte Bonnet gelassen. »Falls Sie etwas stehlen wollen, muss ich Sie enttäuschen. Hier gibt es nichts, was für Sie von Wert wäre.«

»Ich bin kein Dieb«, erwiderte Derek ein wenig gekränkt, wobei er sich nicht sicher war, was ihn mehr schmerzte: dass er für einen Dieb gehalten wurde oder dass der Mann ihn mit einer Waffe in Schach hielt.

»Wenn Sie kein Dieb sind, was sind Sie dann? Und bedenken Sie, ich gebe Ihnen nur fünf Sekunden für Ihre Antwort, bevor ich meine Sicherheit rufe.«

»Captain Derek Carlyle«, stellte er sich vor, »vom 1. Bataillon des 171. Freiwilligenregiments.«

Die Kinnlade des Gouverneurs klappte herunter. »Sie scherzen!«

»Nach allem, was ich heute gesehen habe, ist mir wirklich nicht nach Scherzen zumute. Würden Sie bitte ...?« Er deutete auf die Waffe.

Bonnet ließ sie immer noch wachsam langsam sinken. »Was wollen Sie?«

»Ein paar Antworten.«

Bonnets Schultern sanken herab. »Willkommen im Club.« Er ließ sich wieder in seinen Sessel fallen, doch Derek fiel auf, dass er immer noch die Laserpistole in seiner Hand hielt und der Lauf in Dereks ungefähre Richtung wies. Ein Fehler und er wäre tot, bevor er die eigene Waffe ziehen oder den Gouverneur würde entwaffnen können.

Dann bemerkte er die Ringe unter den Augen des Gouverneurs, die eingefallenen Wangen und die von Sorgenfalten zerfurchte Haut.

»Wann haben Sie eigentlich das letzte Mal geschlafen?«

Bonnet schnaubte amüsiert. »Ich habe das Gefühl, das ist Jahre her.«

Derek traute sich zwei Schritte näher. Der Lauf der Waffe verlagerte sich unmerklich. Der Mann war wirklich vorsichtig. Irgendwie imponierte ihm das.

»Wie haben Sie überlebt?«, fragte der Gouverneur unvermittelt.

»Wir waren auf Aluna zur Höllenwoche. Die Ruul haben uns bei unserer Rückkehr abgeschossen und wir sind hart runtergekommen. Die Überlebenden des Bataillons verstecken sich.«

»Und wo?«

Derek warf ihm einen schiefen Blick zu.

Der Gouverneur schnaubte erneut. »Verstehe. Ist vielleicht auch besser so, mir nichts zu sagen. Was ich nicht weiß, kann ich nicht an die Ruul verraten.«

»Wo wir gerade beim Thema sind ...«

»Ja, die Slugs haben den Planeten erobert. Ja, die Slugs kontrollieren auch das kleinste bisschen unseres täglichen Lebens.« Er musterte mit seltsamem Ausdruck die Waffe in seinen Händen. »Ja, ich bin Ihre Marionette.« Er blickte auf und Derek bemerkte den Schmerz in seinen Augen. »Sonst noch irgendwelche Fragen?«

»Eine Menge.«

»Schießen Sie los!«

Derek deutete auf die Waffe. »Ich dachte, alle Menschen seien entwaffnet worden.«

Bonnet lächelte in einer Aufwallung echten Humors. »Die Slugs sind nicht so clever, wie sie glauben. Meine Sicherheitstruppe hat ein paar Handfeuerwaffen versteckt, bevor sie kamen. Es sind nur wenige, aber besser als nichts.« Er drehte die Waffe musternd in seiner Hand. »Fragen Sie mich aber bitte nicht, was wir mit denen gegen Panzer und Kriegsschiffe ausrichten sollen.«

»Was zum Teufel geht hier vor?«

Ein weiteres Lächeln huschte über Bonnets Gesicht.

»Das müssen Sie jetzt präzisieren.«

»Seit wann lassen die Ruul eine lokale Regierung intakt, geschweige denn Teile des örtlichen Militärs?«

Bonnet seufzte. »Das ist eine hervorragende Frage, mein Sohn, und ich wünschte, ich hätte eine Antwort darauf. Der Anführer der Ruul war hier, hier in meinem Büro und hat mir seine Bedingungen mitgeteilt. Ich musste gehorchen oder es wäre für die Zivilbevölkerung richtig schlimm geworden. Ich hatte keine Wahl.« Der Gouverneur deutete aus dem Fenster.

»Tagsüber können alle ihrer gewohnten Arbeit nachgehen. Sie werden von den Ruul in keiner Weise behelligt. Nachts gilt die Ausgangssperre und die Ruul kriechen aus ihren Löchern. Sie haben in der ganzen Stadt Verstecke für ihre Truppen eingerichtet. In Carras auch.«

»Ja, einige haben wir bemerkt. Wie viele ruulanische Bodentruppen stehen derzeit auf Alacantor. Was schätzen Sie?«

Bonnet zuckte mit den Schultern. »Schwer zu sagen. Zwei Tage landeten am laufenden Band Mantas, setzten Truppen, schweres Gerät und Ausrüstung ab und starteten wieder. Meine Offiziere meinen, es wären vorsichtig geschätzt zwischen fünfzehn- und zwanzigtausend. Vielleicht mehr. Außerdem mindestens achtzig Panzer, zum Großteil konzentriert auf Crossover, Carras und einige der wichtigeren Ortschaften. Die übrigen Truppen haben sie über kleinere Gehöfte und Dörfer auf dem ganzen Planeten verteilt.«

»Das sind zu viel für einen Überfall, nur um Sklaven zu erbeuten, und entschieden zu wenige für eine Invasion. Sie haben nicht vor zu bleiben, sonst hätten sie mehr Truppen abgesetzt und wären bereits dabei, sich einzugraben und sich auf den unausweichlichen Gegenschlag vorzubereiten.«

»Dieselben Gedanken sind mir auch durch den Kopf gegangen. Dieses Verhalten passt so gar nicht zu den Slugs.«

»Und was tun sie, wenn sie nachts aus der Deckung kommen?«

»Gute Frage. Ein paar Bauern, die in die Stadt kamen, erzählten, die Slugs tummeln sich nachts auf ihren Feldern.«

»Auf den Feldern? Das wird ja immer mysteriöser.«

»Keine Bewegung!«, zischte plötzlich eine befehlsgewohnte Stimme. Derek erstarrte. Im Türrahmen stand ein wahrer Schrank von Mann. Er trug einen schwarzen Anzug und richtete eine Laserpistole auf Dereks Kopf, die in dessen Händen lächerlich klein wirkte.

»Ist schon gut, Eric«, winkte der Gouverneur ab. »Der Mann gehört zu uns.«

Der Angesprochene gehörte offenbar zur Schutztruppe des Gouverneurs. Der Mann senkte nur widerwillig seine Waffe, ließ Derek jedoch keine Sekunde aus den Augen.

»Vielleicht sollten Sie jetzt wieder gehen«, wandte sich der Gouverneur erneut an Derek. »Die Sonne geht bald auf und der ruulanische Kommandeur kommt jeden Tag bei Sonnenaufgang zu einem Anstandsbesuch zu mir.«

»Der ruulanische Kommandant ist hier? Auf dem Planeten?«

Bonnet nickte.

»Wo?«

»Keine Ahnung. Sein Standort wird streng geheim gehalten. Ich habe versucht, es herauszufinden, aber ohne Erfolg.«

Derek musterte den Mann mit neuem Respekt. »Sie planen etwas.«

»Planen wäre zu viel gesagt. Sagen wir einfach, ich möchte für alle Eventualitäten gewappnet sein und sammle deswegen Informationen.«

»Was will er denn jeden Tag von Ihnen?«, wunderte er sich.

»Auf den neuesten Stand gebracht werden, was die öffentliche Ordnung betrifft. Es ist einfach nur eine ständige Erinnerung daran, wer hier das Sagen hat. Ich vermute jedoch, die Slugs haben darüber hinaus Angst, dass sich der eine oder andere vielleicht zu offenem Widerstand hinreißen lässt. Ich glaube, das würde ihre Pläne empfindlich stören.«

»Gut zu wissen«, lächelte Derek. »Ich nehme an, die HyperraumComStation ist unter ruulanischer Kontrolle.«

Bonnet nickte. »Die Ruul landeten ihre verdammten Erel'kai-Krieger, bevor die Hauptstreitmacht überhaupt aufsetzte. Sie besetzten Schlüsselpositionen in und um Crossover und Carras, darunter auch die ComStation. Wir haben keine Möglichkeit, anderen Systemen eine Nachricht zu schicken.«

Derek schüttelte enttäuscht den Kopf. »Schade, aber eigentlich nicht weiter verwunderlich. Eine Sache noch, bevor ich gehe.«

»Ja?«

»Wissen Sie etwas über den Verbleib von Lieutenant Colonel Wolf oder das Schicksal des übrigen Regiments?«

Bonnets Augen verdüsterten sich sichtlich. »Tut mir leid. Damit kann ich Ihnen nicht dienen. In jener Nacht herrschte Chaos und Panik. Ich weiß nur, dass Colonel Wolf mit einigen seiner Leute und ein paar Milizionären einen Ausbruch aus der umkämpften Basis geführt hat. Ich weiß jedoch nicht, ob es ihm gelungen ist. Seine Leiche wurde jedenfalls nicht gefunden. Das heißt aber nichts. Die Kämpfe zwischen unseren Truppen und den Ruul dehnten sich bis vor die Grenzen der Stadt aus. Seine Leiche könnte irgendwo in einem Graben liegen.«

»Solange ich seine Leiche nicht gesehen habe, gehe ich davon aus, dass er noch lebt.«

»Ich beneide Sie um Ihren Optimismus.«

»Wie viele Leute haben Sie noch zur Verfügung?«

Bonnet überlegte, ehe er antwortete: »Hier in Crossover meine eigene Sicherheitstruppe von fünfzig Mann und noch etwas mehr als siebenhundert Milizionäre. Vielleicht dreihundert Milizionäre in Carras. Ich weiß, was Sie denken, aber sie sind allesamt entwaffnet und schwer bewaffnete ruulanische Truppen sind nie weit entfernt. Solange dieser Zustand anhält, werden wir kaum eine große Hilfe sein.«

»Dann wird es Zeit, diesen Zustand zu ändern.« Derek lächelte. »Nicht wahr?«

12

Der Rückweg in ihr Versteck verlief erfrischend unkompliziert. Der Leibwächter des Gouverneurs, Eric, zeigte Derek einen schnelleren und vor allem sicheren Weg vom Gelände der Gouverneursresidenz. Am Treffpunkt angekommen, stieß er wieder zu McAvoy und seinem Team. Gemeinsam warteten sie auf den baldigen Sonnenaufgang und das Ende der Ausgangssperre. Als sich die Straßen endlich wieder mit Leben füllten, spazierten sie einfach an den vielen Posten und Patrouillen vorbei zurück in die Wildnis von Alacantor.

Sie brauchten erneut zwei Tage, um ihr Versteck in den Bergen zu erreichen, da sie einige Haken schlugen, um nach etwaigen Verfolgern Ausschau zu halten.

Narim war einer der Ersten, die Derek begrüßten. Ein seltenes Lächeln umspielte seine Mundwinkel.

»Ich fing schon an, mir Sorgen zu machen.«

»Doch hoffentlich nicht meinetwegen.«

»Und ob. Wärst du nicht wiedergekommen, hätte ich das Kommando übernehmen müssen.«

»Mir kommen die Tränen bei so viel Sentimentalität«, lachte Derek. »Aber ganz im Ernst, der Ausflug hat sich gelohnt.«

»Ich will alle Neuigkeiten hören, die du zu bieten hast«, erwiderte Narim.

Derek versammelte Delaney, Lieutenant Wilson und Narim in einer kleinen Höhle, die sie vor seiner Abreise zu ihrem taktischen Planungsraum erkoren hatten. Vor seinem Aufbruch hatte der Raum die Bezeichnung eigentlich nicht verdient, inzwischen stand ein breiter Tisch in der Mitte und an den Wänden hingen mehrere Karten, die mit verschiedenen Zeichen versehen waren.

Derek berichtete ausführlich von seinem Ausflug nach Crossover, dabei reservierte er vor allem für seine Beobachtungen am ehemaligen Kasernenbereich und für seine Begegnung mit dem Gouverneur ausreichend Zeit. Nachdem er geendet hatte, hing bedrücktes Schweigen über dem Raum.

»Diese Mistkerle haben dazugelernt«, ergriff schließlich Master Sergeant

Delaney das Wort. »Sie benutzen unsere eigenen Leute gegen uns. Indem sie die Miliz für ihre Drecksarbeit einsetzen, zwingen sie etwaige Widerständler, erst einmal gegen andere Menschen zu kämpfen und nicht gegen Ruul. Das wäre für die Moral jeder Kampftruppe ein schwerer Schlag. Mal ganz davon abgesehen, dass es uns Sympathien unter der Zivilbevölkerung kosten würde.«

Derek warf ihm einen scharfen Blick zu. »Sie spielen doch nicht wirklich mit dem Gedanken, die Miliz anzugreifen.«

Delaney warf ihm einen überraschend mitfühlenden Blick zu. »Ich sehe nicht, welche Möglichkeiten wir sonst hätten. Die Ruul haben die Miliz in die erste Reihe gesteckt und ihnen damit eine riesengroße Zielscheibe auf die Brust gemalt. Damit wollen sie verhindern, dass es zu ernst zu nehmendem Widerstand kommt. Wir dürfen uns davon keinesfalls einschüchtern oder abhalten lassen. Die Alternative wäre Kapitulation.«

Lieutenant Wilson verzog missmutig die Miene und schüttelte den Kopf. »Falls Sie tatsächlich die Unterstützung meiner Milizionäre wollen, dürfen Sie das nicht einmal in Erwägung ziehen.«

Delaney kniff die Augen gefährlich zusammen. »Sie würden uns Ihre Hilfe verweigern?«

»Ich sage bloß, wir würden niemals gegen andere Menschen kämpfen, geschweige denn gegen Milizionäre.« Er sah sich Hilfe suchend in der Runde um. »Sie müssen bedenken, viele Milizionäre kennen sich untereinander. Es sind Freunde, Nachbarn, oft sogar Familienmitglieder. Wir stehen hier keinen Verrätern gegenüber. Das sind unsere Leute.«

»Sie irren sich«, hielt Delaney dagegen. »Es sind in der Tat Verräter, wenn sie den Slugs helfen.«

»Sie helfen ihnen nicht«, wandte Derek unvermittelt und zu Delaneys Überraschung ein. »Sie helfen den Menschen von Alacantor dabei zu überleben. Sie haben keine Wahl.«

»Wollen Sie etwa vorschlagen, nur gegen die Slugs vorzugehen? Das könnte unter Umständen sehr gefährlich sein. Für alle Beteiligten.«

Derek ignorierte den Einwand und sah stattdessen Narim an. »Du bist auffällig still, mein Freund. Darf ich deinen Standpunkt dazu erfahren?«

Narim seufzte. »Ich kann beide Positionen verstehen. Sobald die Ruul merken, dass wir Menschen schonen, werden sie in und um alle sensiblen Einrichtungen, die sie schützen wollen, Menschen postieren. Das wird unsere Situation unhaltbar machen.«

»Aber?«

»Aber es wäre katastrophal, wenn wir die Miliz angreifen. Überqueren wir einmal diese Linie, gibt es kein Zurück mehr. Nie wieder. Daher bin ich Wilsons Meinung. Wir dürfen die Miliz nicht angreifen. Ohne die Unterstützung der Bevölkerung und der Überreste des örtlichen Militärs kann es keine erfolgreiche Befreiung des Planeten geben.«

Derek lächelte erleichtert. »Das deckt sich mit meiner Meinung.«

»Aber ...«, versuchte Delaney einen letzten Vorstoß.

»Nein, damit ist die Diskussion zu diesem Thema erledigt. Wir kämpfen nur gegen die Ruul. Menschliche Ziele sind tabu.«

»Das wird unsere Situation nicht einfacher machen«, hielt Delaney dagegen. »Und wenn das eintritt, was ich prophezeit habe?«

»Damit befassen wir uns, wenn es so weit ist.«

Der Master Sergeant blickte geschlagen zu Boden.

Derek legte ihm kameradschaftlich die Hand auf die Schulter. »Sie wollten, dass ich führe, also führe ich. Ich werde keinen Angriff befürworten, der zwangsläufig Menschen in Gefahr bringt. Jedenfalls nicht, solange es sich vermeiden lässt.«

Delaney nickte. »Na gut, es ist Ihre Entscheidung. Was mich zum nächsten Thema bringt. Die Ruul, wie gehen wir vor? Vor allem Gouverneur Bonnets Worte machen mir Sorgen. Wir sollten unbedingt herausfinden, was die Ruul hier auf Alacantor wollen.«

»Das werden wir auch«, beruhigte ihn Derek. »Vorher müssen wir aber kräftig aufrüsten. Narim, jetzt bist du dran. Wie weit seid ihr während meiner Abwesenheit gekommen?«

»Du kannst stolz auf die Einheit sein. Wir haben einiges erreicht. Der Stützpunkt ist jetzt so weit gesichert und befestigt. Wir haben an allen Zugangspunkten und an der Oberfläche Wachen aufgestellt. Niemand wird sich uns unbemerkt nähern. Außerdem haben wir ein kleines Flugfeld gefunden, das früher einmal zu diesem Stützpunkt gehört haben muss. Das Bergmassiv, in dem wir uns befinden, schließt ein kleines Tal ein. Das Flugfeld wurde dort angelegt und ist aus der Luft so gut wie nicht auszumachen. Es dürfte also halbwegs sicher sein.«

Derek lächelte sarkastisch. »Toll! Jetzt brauchen wir nur noch Flugzeuge.«

»Haben wir«, erwiderte Wilson grinsend.

»Haben wir?«

»Allerdings«, fuhr Narim fort. »Gemäß deinen Befehlen, haben wir uns auf die Suche nach anderen Überlebenden gemacht – und wir sind fündig geworden. Mal hier ein Trupp, mal dort eine Einheit. Wir haben sie alle auf

Umwegen hierher geführt. Über Funk haben wir vor zwei Tagen Kontakt zu einer Gruppe Firebird-Jäger aufgenommen. Sie sind wohl in den letzten Augenblicken der Schlacht entkommen und verstecken sie sich seitdem. Im Schutz der Nacht haben wir sie hergelotst. Sie stehen jetzt auf unserem Flugfeld und sind getarnt. Aus der Luft sind sie nicht auszumachen.«

»Das sind wirklich gute Neuigkeiten.«

»Ja, vorerst nutzen sie uns nur wenig«, meinte Delaney.

»Wieso?«

»Treibstoff«, erklärte Narim. »Ihr Vorrat ist so gut wie am Ende und die Tanks auf unserem Flugfeld sind trocken. Die Jäger bleiben am Boden, bis wir etwas für sie auftreiben können.«

»Dann werden wir etwas für sie auftreiben. Sobald sie wieder fliegen, können sie Aufklärungsflüge für uns durchführen. Das wird unsere Position erheblich stärken.«

Narim nickte. »Unser Hauptproblem ist jedoch die Bewaffnung unserer Truppe. Wir zählen inzwischen an die fünfhundert Mann, haben aber nicht genug Waffen für alle. Und ausreichend Munition fehlt sowieso.« Er warf einen entschuldigenden Blick in Richtung der Lieutenants. »Es sieht so aus, als hätten einige Milizionäre ihre Ausrüstung weggeworfen, um schneller rennen zu können.«

Wilson senkte peinlich berührt den Kopf.

»Dann besorgen wir ihnen eben etwas zum Schießen«, entgegnete Derek leichthin. Wollten sie wirklich auf die Miliz zählen, half es nicht, ihnen Vorwürfe zu machen. Während der Schlacht um Alacantor hatte niemand eine besonders gute Figur gemacht. Das war jedoch Vergangenheit. Es zählte nur noch die Gegenwart.

»Die Frage ist: Wo bekommen wir sie her?«

»Bei den Slugs natürlich.« Master Sergeant Delaney warf Narim einen auffordernden Blick zu. »Captain?«

Narim nickte und führte Derek zu einer der Karten. »Für Aufklärung im weiteren Sinne, fehlte uns die Zeit und das hierfür ausgebildete Personal, doch die Datenspeicher der Firebird-Jäger waren in der Hinsicht äußerst hilfreich. Auf ihrer Flucht und der tagelangen Odyssee haben ihre Bordcomputer einiges aufgezeichnet. Wir haben mindestens ein Dutzend feindliche Stützpunkte identifiziert. Einige sind klein genug, dass wir in unserem derzeitigen Zustand mit ihnen fertigwerden dürften. Die Slugs werden uns versorgen, ob sie wollen oder nicht.«

»Wie ich dich kenne, hast du bereits ein geeignetes Ziel ausgewählt.«

»Du kennst mich einfach zu gut«, frotzelte Narim und deutete auf eine Markierung etwa fünfundzwanzig Kilometer südlich von ihnen. »Das ist einer ihrer Außenposten. Soweit wir die Sache beurteilen können, haben sie Dutzende solcher Einrichtungen. Wir vermuten, dass sie mit ihnen die Zivilbevölkerung auf dem Land einschüchtern und unter Kontrolle halten.«

»Milizionäre?«

»Nein, das ist einer der Gründe, weshalb ich dieses Ziel ausgewählt habe.«

»Besatzung?«

»Achtzig bis hundert Ruul. Leichte Infanteriewaffen. Keine Geschütze. Keine Panzer. Außerdem ist dieser Posten weit genug von unserer Basis entfernt, dass wir die Slugs nicht unabsichtlich auf uns aufmerksam machen.«

Derek trat näher an die Karte und musterte die Stecknadel, die den feindlichen Stützpunkt symbolisierte.

»Klingt gut. Das wird unser erster Sieg.«

»Gibt es sonst noch was zu berichten?«

»Allerdings.« Narim kramte in einem Sack und förderte eine flache Scheibe aus Metall zutage. Wortlos übergab er sie Derek, der sie in den Händen drehte und von allen Seite begutachtete.

»Was ist das?«, fragte er schließlich.

»Eine Haftmine«, antwortete Delaney an Narims Stelle.

»Eine Haftmine? Wo habt ihr die denn her?«

»Selbst gebaut«, antwortete der Master Sergeant. »Aus einfachsten Materialien.«

»Wie viele haben wir bisher von den Dingern?«

»Drei. Aber ich kann noch mehr herstellen. Man muss zwar ziemlich dicht an einen Panzer ran, um sie anzubringen, aber wenn sie erst mal einem Feuersalamander am Bauch kleben, reißt die Panzerung wie Papier.«

Derek schnalzte anerkennend mit der Zunge und gab die Mine an Narim zurück. »Langsam sieht unsere Situation gar nicht mehr so schlecht aus, was?«

»Sag das mal den Slugs«, frotzelte Narim amüsiert zurück.

»Wir sind gleich so weit, Commodore.«

Commodore Emanuel Santos nickte lediglich auf die Ankündigung seiner XO hin. Er begnügte sich damit, auf dem einzig funktionierenden Bildschirm der Brücke die Bemühungen zweier Techniker zu beobachten, die in Raumanzug am Antrieb der *Cleopatra* arbeiteten.

Der Zustand des Kreuzers war sogar noch besorgniserregender gewesen als nach der ersten Bestandsaufnahme vermutet. In den ersten Tagen nach der katastrophalen Schlacht standen ihnen nur die Notaggregate zur Verfügung, da der Reaktor beschädigt und nicht einsatzbereit war. Inzwischen hatten die Techniker den Generatorraum gesichert, den Reaktor repariert und neu hochgefahren.

Dies war jetzt der jüngste von fünf Versuchen, den Antrieb online zu bekommen, damit sie nicht in der Korona der Sonne verglühten. Wenigstens funktionierten die internen Sensoren wieder. So wussten sie, wo im Schiff Not am Mann herrschte, wo die Außenhülle gebrochen und die Notkraftfelder offline waren. Zumindest hatten die meisten Druckschotten ihre Funktion erfüllt und weite Teile des Schiffes vor dem Vakuum bewahrt.

Die Besatzung der *Cleopatra* bestand nur noch aus 172 Mann, die zum Großteil mehr oder minder schwere Verletzungen aufwiesen. Ohne Arzt und Krankenstation – beides war während der Schlacht verloren gegangen – mussten die schwierigsten Fälle bis zu ihrer Rettung warten.

Rettung? Wem wollte er hier etwas vormachen? Es war denkbar unwahrscheinlich, dass sie dieses Debakel überlebten.

Santos schüttelte den Kopf und verscheuchte den unwillkommenen Gedanken wieder. Er hatte 172 Leute, die darauf zählten, dass er einen kühlen Kopf bewahrte und sie hier herausbrachte. Und er wollte verdammt sein, wenn er es nicht schaffte. Diese Männer und Frauen brauchten ihn. Er trug für all dies die Verantwortung. Es war seine Pflicht, die Überlebenden seines Kommandos nach Hause zu bringen.

»Wir starten jetzt einen neuen Versuch«, informierte ihn seine XO.

»Dann los!«, erwiderte er. Auf dem Bildschirm beobachtete er, wie die Techniker sich von den Antriebsaggregaten entfernten.

Commander Cindy Bell nickte wortlos in Richtung des Navigators, der anfing, an seiner Konsole zu hantieren. Sekunden später glühten die Antriebsaggregate, nur um sogleich wieder zu ersterben.

Enttäuscht ließ Santos die Schultern sinken. Dann jedoch sprangen die Antriebsaggregate erneut an, das Leuchten verstärkte sich und ein leichtes Zittern durchlief das Schiff.

Santos seufzte erleichtert. »Schalten Sie den Antrieb wieder ab, Cindy. Ich will die Ruul nicht auf uns aufmerksam machen. Bringen Sie uns einfach aus der Gefahrenzone. Nur Manövriertriebwerke.«

»Aye, Sir. Was reparieren wir als Nächstes?«

»Die externen Sensoren. Ich will endlich wissen, was dort draußen vor sich geht.«

Derek packte mit kundigen Handgriffen das Magazin seines Sturmgewehres, nahm das Magazin heraus, überprüfte es und setzte es wieder in die Zuführung. Mit einer letzten Bewegung, zog er den Hebel zurück und ließ eine Patrone in die Kammer gleiten.

Er war gerade fertig, als sich Jessica Cummings zu ihm setzte und ebenfalls begann, ihre Waffe zu überprüfen. Seit ihrem Absturz hatte er nicht mehr mit ihr gesprochen und Derek spürte einen Anflug von Schuld. Er hätte sich um seine Leute kümmern müssen, doch die Ereignisse hatten ihn überrollt, sodass er sich nur darauf konzentriert hatte, möglichst viele seiner Leute am Leben zu erhalten. Wenn er genau darüber nachdachte, so war dies der erste ruhige Moment, seit sie von Aluna zurückgekehrt waren.

Derek rief sich die Zählung der Überlebenden des 1. Bataillons ins Gedächtnis, die Narim während seiner Abwesenheit durchgeführt hatte. Dem Rang nach war Jessica immer noch Zugführer, doch von ihren sechzig Leuten hatten nur vierzehn den Absturz und die anschließende überstürzte Flucht überlebt.

Verstohlen musterte er sie von der Seite. Er erinnerte sich an ihre Geschichte: die Flucht von Rainbow und wie alle, die sie geliebt hatte, zurückblieben. War ihre Geschichte so unterschiedlich von der seinen? Wohl kaum. Sie hatten einen ähnlichen Leidensweg hinter sich. Und nun hatte sie wieder Menschen verloren, die ihr vertraut, für die sie verantwortlich gewesen war. Dass sie an deren Verlust nicht die geringste Schuld traf, spielte keine Rolle. Wichtig war einzig, wie Jessica ihre Rolle in der ganzen Sache sah.

Sie bemerkte sein Interesse und sah auf. »Was ist?«

»Nichts«, log er. »Ich dachte nur gerade, dass wir in letzter Zeit wenig Gelegenheit zum Reden hatten.«

Sie beendete die Reinigung ihres Gewehrs und stellte es neben sich mit dem Kolben voran auf. »Und worüber willst du reden?«

»Wie es dir geht.«

»Hervorragend!«

Derek entging keineswegs der sarkastischen Unterton, doch er entschied, ihn zu ignorieren. »Willst du über etwas reden?«

»Nicht wirklich.«

»Dann ist es ja gut«, sagte er, wartete jedoch ab und sah sie weiterhin auffordernd an. Bis sie es nicht mehr aushielt und ihr Gewehr vollends beiseitelegte.

»Warum wurde ich nicht ausgewählt?«

Verwirrt und überrumpelt blinzelte er sie an. »Wie bitte?«

»Der Angriff, den ihr durchführt. Warum wurde ich nicht ausgewählt. Ich bin so gut wie jeder andere hier.«

»Ja«, erwiderte er wahrheitsgemäß. »Ich weiß.«

»Warum wurde ich also nicht ausgewählt?«

»Nun ...« Er dachte angestrengt über eine akzeptable Antwort nach. Tatsache war jedoch, er wusste keine. Es gab keinen Grund, sie nicht auszuwählen. Die schlichte Wahrheit war, er hatte nicht darüber nachgedacht, hatte sie für den Einsatz nicht einmal in Erwägung gezogen, weder aus positiven noch aus negativen Gründen. *Warum eigentlich nicht?*, fragte er sich selbst. Dann erkannte er die unbewusste Wahrheit hinter seiner Entscheidung.

»Ich dachte, du brauchst vielleicht noch etwas Zeit.«

»Wofür?«

»Du hast den Großteil deiner Einheit verloren. Das ist für einen Offizier ein schwerer Schlag. Ich wollte dir einen solchen Einsatz nicht zumuten.«

»Derek, ich bin einer deiner ranghöchsten überlebenden Offiziere. Du kannst auf mich nicht verzichten, falls der Widerstand erfolgreich sein soll. Du brauchst mich und du brauchst meine Einheit. Ja, die meisten meiner Leute sind tot, aber die Überlebenden sind bereit. Außerdem brauchen auch wir mehr Kampferfahrung. Das schließt mich mit ein. Dieser Einsatz ist genau das richtige Training für uns.«

»Glaub nicht, dass es ein Spaziergang wird. Die Slugs werden uns ihren Außenposten sicher nicht freiwillig übergeben.«

»Das ist mir schon klar, aber indem du mich außen vor lässt, sendest du an den Rest der Truppe das falsche Signal.«

»Welches wäre das?«

»Dass du mir nicht vertraust.« Sie sah ihn durchdringend an. »Vertraust du mir?«

Er dachte lange über ihre Frage nach. Es war eine berechtigte Frage. Traute er ihr? Sie stammten von derselben Welt, doch das war kein Grund, ihr zu trauen. Seit Beginn der Grundausbildung hatte sie sich an und für sich gut gemacht. Wolf hätte sie nie zum Lieutenant mit Befehl über einen Zug gemacht, wenn er ihr dies nicht zutrauen würde.

Doch wenn er in ihre Augen sah, erkannte er immer noch die Unsicherheit in ihr. Das Trauma um den Verlust so vieler geliebter Menschen war noch nicht verschwunden. Über Nacht war ihr ganzes Universum auf den Kopf gestellt worden. Es war eine Erfahrung, die sie mit vielen Menschen teilte. Nach der Invasion hatten Depressionen und Selbstmordraten zugenommen. Die Ärzte und Psychologen hatten inzwischen sogar einen Fachbegriff dafür: Invasionstrauma.

Dann jedoch dachte er an sein eigenes Gespräch mit Wolf, bevor ihm dieser das Kommando über eine Kompanie gegeben hatte. Wolf hatte entschieden, das Risiko einzugehen und ihm zu vertrauen. Darauf zu hoffen, dass er in die Verantwortung hineinwuchs. Vielleicht war dies die beste Methode, mit solcher Unsicherheit fertigzuwerden. Die betreffende Person einfach ins kalte Wasser schmeißen und hoffen, dass sie schwamm – oder ihr beim Untergehen zusehen.

Außerdem hatte Jessica recht. Wenn sie all dies überleben wollten, brauchte er jeden Mann und jede Frau – und jeden Offizier. Er konnte es sich nicht leisten, Rücksicht zu nehmen. Die Soldaten unter seinem Kommando brauchten Kampferfahrung. Alle Soldaten brauchten sie. Jessica vielleicht sogar mehr als die meisten anderen.

»Ja«, erwiderte er und war selbst überrascht, dass es der Wahrheit entsprach. »Ich vertraue dir.«

Derek nahm sein Gewehr und stand auf. »Mach deine Leute fertig. Bei Einbruch der Nacht brechen wir auf.« Er verdrängte den ungewollten Gedanken, ob das gerade richtig gewesen war, ließ Jessica allein und gesellte sich zu Narim, doch er hörte noch ihr: »Ja, Sir. Captain.«

13

Der ruulanische Außenposten in dieser Gegend, war von den Slugs auf einem verlassenen Landgut untergebracht. Das Gut bestand aus einem Haupthaus, einem halben Dutzend Silos, einem Gebäude, das wohl eine Scheune sein mochte, und einem kleineren Gebäude für die Erntemaschinen. Das Gut war mit Sicherheit seit den ersten Angriffen verlassen. Das Haupthaus wies im Dach mehrere Löcher auf, die von Luftangriffen stammten, außerdem war der nördliche Flügel des Gebäudes eingestürzt.

Der Plan war im Prinzip recht simpel. Auf Dereks Kommando hin drangen drei Angriffsteams aus drei verschiedenen Richtungen in das Anwesen ein. Derek führte das erste, Narim das zweite und Jessica das dritte. Jedes Angriffsteam bestand aus dreißig Mann. Unterstützt wurden sie von drei Scharfschützen der Miliz.

Sie würden zunächst die Wachen ausschalten, dann nacheinander die Gebäude stürmen, säubern und sichern. Anschließend folgte die Bestandsaufnahme. Sie würden an Ausrüstung mitnehmen, so viel sie tragen konnten, und zerstören, was sie hierlassen mussten.

Abschließend würden sie sich im nahen Wald zerstreuen und auf verschiedenen Wegen zur Basis zurückkehren. Der Plan war so einfach gehalten wie möglich, da im Gefecht immer etwas schiefgehen konnte und es kompliziert genug werden würde, selbst einfachste Pläne in die Tat umzusetzen. Insgeheim bezweifelte Derek, dass die Slugs ihnen den Gefallen tun und sich an den Plan halten würden. Das taten Gegner nie. Es geschah immer etwas, das die Planung über den Haufen warf.

Sie hatten den größten Teil der Nacht dafür benötigt, ihr Ziel zu erreichen und in Stellung zu gehen. Der Angriff würde noch bei Nacht ablaufen, doch die Rückkehr zur Basis mussten sie bei Tageslicht durchführen. Das schmeckte ihm zwar nicht, war jedoch nicht zu ändern.

Derek hatte Funkstille angeordnet, da sie nicht wussten, ob die Ruul auf dem Anwesen über Kommunikationsanlagen verfügten und falls ja, ob sie in der Lage waren, menschliche Frequenzen zu empfangen. Bis auf Weiteres wurde nur über Lichtsignale kommuniziert.

Aufgrund der Fähigkeit der Ruul, bei Nacht genauso gut zu sehen wie Menschen bei Tag, stellte der Angriff ein gewisses Risiko dar, doch auch daran ließ sich nichts ändern. Derek bezweifelte jedoch, dass die Ruul überhaupt mit einem Angriff rechneten. Die Einnahme des Planeten war zu verdammt glatt für sie gelaufen. Mit etwas Glück machte sie das arrogant und unvorsichtig. Egal, wie der Angriff auch verlief, dies würde sich spätestens nach dem heutigen Tag ändern.

Derek senkte das Nachtsichtgerät. Von seiner Position aus waren vier Wachposten auszumachen: drei auf den Dächern, einer vor einem Silo. Außerdem patrouillierte mindestens eine ruulanische Gruppe auf dem Gelände, deren Position er im Moment allerdings nicht genau festlegen konnte.

Egal, eine bessere Chance kriegen wir nicht.

Derek nahm eine Taschenlampe zur Hand und gab drei kurze Lichtsignale: eines in Richtung der Scharfschützen und zwei in Richtung der beiden anderen Teams. Selbst wenn er gewollt hätte, der Angriff ließ sich nun nicht mehr stoppen. Die Würfel waren gefallen.

Die Scharfschützen benutzten Präzisionsgewehre mit einer Dämmung für die Mündungsfeuer, sodass er die Schüsse nicht sehen konnte, doch drei der Wachen sanken plötzlich ohne erkennbaren Grund zu Boden. Der Posten auf dem Dach der Scheune fiel vier Meter tief auf den Boden, was die Wache am Silo alarmierte. Der Slug hob seine Waffe auf der Suche nach dem unsichtbaren Gegner und öffnete den Mund, um Alarm zu schlagen. Doch sein Kopf zerplatzte in einer Fontäne aus Blut, Knochen und Gehirnmasse, als einer der Scharfschützen ihn erledigte. Es mochte sich um Milizionäre handeln, dennoch waren die Scharfschützen gut.

Na also, dachte Derek zufrieden.

Mit einem Wink bedeutete er den Soldaten unter seinem Kommando, sich zu erheben. Gemeinsam arbeiteten sie sich auf das Anwesen zu.

Narim führte sein Team auf die Rückseite des Haupthauses und bedeutete ihnen mit erhobener Hand zu warten. Die Männer und Frauen verharrten mucksmäuschenstill. Sie wagten kaum zu atmen, aus Angst, der Gegner könnte sie hören.

Die ruulanische Gruppe, die das Gelände patrouillierte, kam in Sicht. Sie bestand aus zwei Kriegern und einem Kaitar, den einer der Ruul an der Leine führte. Narim hatte sich ihre Route gut eingeprägt. Sie würden in etwa zwei Minuten das Haupthaus passieren und dann in Richtung Silos schwenken, die sie drei Minuten später erreichen würden. Spätestens dann entdeckten sie einen der niedergestreckten ruulanischen Wächter und der Überraschungsangriff würde keiner mehr sein. Sie mussten vorher ausgeschaltet werden.

Narim fletschte kampflustig die Zähne. Er reichte dem Soldaten hinter ihm sein Gewehr und zog zwei Kampfmesser. Bei der Auseinandersetzung, die ihm vorschwebte, würden die unerfahrenen Soldaten, die er befehligte, nur im Weg sein.

Narim beherrschte mehrere altindische Kampfkünste, darunter auch das Kalarippayat. Dies trainierte er seit seiner Kindheit, lange bevor die ROCKETS seine Ausbildung im waffenlosen Nahkampf vervollkommneten.

Narim ging in die Hocke und wog die Kampfmesser abwartend in den Händen, deren Klingen etwa zwanzig Zentimeter lang waren. Der Inder versetzte sich in eine halbwache Trance. Er konzentrierte sich ganz auf sich und seine Fähigkeiten. So etwas wie Angst oder Unsicherheit existierte nicht mehr. Es gab nur noch ihn und sein Ziel.

Als die ruulanische Patrouille das Haupthaus passierte und Richtung Silos schwenkte, war er bereit.

Er huschte einem Schatten gleich aus seiner Deckung. Er bewegte sich völlig lautlos, war eins mit seiner Umgebung und sich selbst. Die Ruul ahnten nicht, was auf sie zukam. Er war nur noch zwei Meter von den Ruul entfernt, als einer von ihnen die Gefahr spürte und sich umdrehte, doch da war es längst zu spät.

Narim sprang mit einem gewaltigen Satz hoch in die Luft. Geschmeidig segelte er an den beiden Ruul vorbei. Seine beiden Klingen hoben und senkten sich im Gleichklang, als wären sie lebendig. Violettes Blut spritzte auf, als die Kehlen der beiden Ruul gleichzeitig durchtrennt wurden. Der Angriff wurde so präzise und mit solcher Kraft ausgeführt, dass den ruulanischen Kriegern der Kopf fast vom Rumpf getrennt wurde.

Sie konnten nicht mehr reden, nicht mehr schreien. Sie erstickten an ihrem eigenen Blut. Ihre Krallen griffen an den zerstörten Hals, in dem Bemühen die Ströme von Blut zu stoppen.

Narim kam direkt neben der Schnauze des Kaitars auf dem Boden auf und federte seinen Schwung geschmeidig ab. Bei den ROCKETS hatte er gelernt, wo sich die empfindlichste und verwundbarste Stelle eines Kaitars befand: die weiche Haut unterhalb des Unterkiefers.

Das Tier reagierte im selben Augenblick wie er. Die riesigen mit Zähnen gespickten Kiefer wollten sich in sein Fleisch schlagen – sie schlugen aufeinander. Doch anstatt sein Fleisch zu zerreißen und seine Knochen zu zermalmen, trafen sie nur Luft. Narim ließ sich im richtigen Moment zu Boden fallen und rutschte unter den Kopf des Tieres. Er rammte dem Kaitar beide Klingen auf einmal in den Unterkiefer. Die Klingen durchtrennten das Fleisch, als wäre es nicht vorhanden, drangen tiefer in den Körper des Kaitars bis in dessen Gehirn. Der Körper der Kreatur erschauerte einmal und krachte zu Boden – neben die Leichen seiner beiden Herrn.

Narim befreite sich von der Last des Kaitars, der auf ihm lag, und wischte sich das Blut am Fell des Tieres ab. Mit einem Wink befahl er seine Truppe zu sich. Die Männer und Frauen hatten den kurzen, ungleichen Kampf verfolgt und starrten ihn aus großen Augen verehrend an.

Einer murmelte: »Zum Glück ist der auf unserer Seite.«

Jessica drang an der Scheune in das Areal ein. Ihre dreißig Mann starke Truppe setzte sich zur Hälfte aus Milizionären und den Überresten ihres Zuges zusammen.

Der Zaun, der das Gut einschloss, war an mehreren Stellen zerstört, was ihrer Meinung nach jedoch nicht auf die Slugs und ihre Angriffe zurückzuführen war, sondern auf Vernachlässigung der früheren Eigentümer.

An der südlichen Ecke des Gebäudes angekommen, wartete sie auf das Signal zum Stürmen. Derek und Narim mussten inzwischen in Position sein. Narim übernahm das Haupthaus, Derek den Geräteschuppen, sie selbst die Scheune. Für die gesamte Aktion waren insgesamt nicht mehr als sechs Minuten angesetzt. Dauerte es länger, war irgendetwas schiefgegangen.

Durch ihr Nachtsichtgerät konnte sie Bewegung am Geräteschuppen ausmachen. Eine Gestalt schälte sich aus der Dunkelheit.

Sie nickte zufrieden. Die Wachen waren ausgeschaltet und auch von der Patrouille fehlte jede Spur.

Nun kam es darauf an.

Derek sah Jessica und Narim ihre Positionen einnehmen. Er holte die Taschenlampe hervor. Die Scharfschützen würden Deckung geben und jeden Slug erledigen, der aus den Gebäuden entkam. Verlief alles nach Plan, sollte es jedoch nicht dazu kommen.

Sein Herz schlug ihm bis zum Hals, als er das Signal gab.

Narim stieß die Tür des Hauptgebäudes mit einem wuchtigen Tritt auf und warf eine Blendgranate ins Innere. Noch in derselben Bewegung warf er sich auf die andere Seite des Türrahmens.

Die Granate explodierte Funken sprühend und verbreitete für einen Sekundenbruchteil ein durchdringend helles Leuchten. Die kehligen Laute von Ruul drangen aus dem Gebäude. Narims Team drang aus drei Richtungen in das Gebäude ein. Narim selbst stürmte durch die Eingangstür. Sein Sturmgewehr spuckte im Halbkreis von seiner Position ausgehend Projektile. Drei Ruul fielen blutüberströmt, ein weiterer polterte die Treppe herunter und wurde von Narims Salven gefällt.

Aus zwei anderen Räumen waren Schusswechsel zu hören. Das Fauchen von Blitzschleudern mischte sich mit dem Knattern automatischer Waffen. Ein Milizionär taumelte rückwärts aus dem, was früher einmal das Wohnzimmer gewesen sein mochte. Seine Brust war ein einziger Brandfleck, die Uniform schwelte noch.

Narim fluchte unterdrückt. »Zehn Mann nach oben!«, wies er seine Leute an und spurtete gleichzeitig in Richtung des heftigsten Feuergefechts. In diesem Moment sprang eine Holzklappe im Boden auf und weitere Ruul stürmten heraus.

Narim entging um Haaresbreite dem Kugelblitz einer ruulanischen Waffe, die in die Wand einschlug statt in seinen Kopf. Der ehemalige Kommandosoldat wirbelte herum und warf sich flach auf den Boden.

»Derek, wir haben Schwierigkeiten!«, schrie er in sein Headset.

»Wir auch!«, schrie Derek zurück. Narims Stimme war über den Kampflärm kaum zu vernehmen. Die Ruul waren leider nicht ganz so überrascht, wie Derek gehofft hatte. Sie hatten mehr als ein Dutzend Ruul in den ersten Sekunden ihres Sturmangriffs getötet, doch die Überlebenden leisteten erbitterten Widerstand.

Zwei Milizionäre und ein TKA-Soldat fielen im unbarmherzigen Feuer, mit dem die Ruul Dereks Team niederhielten. Mit Handzeichen bedeutete er dreien seiner Soldaten, auf die andere Seite des Geräteschuppens zu kriechen, um die Ruul ins Kreuzfeuer nehmen zu können. Er hoffte, dass wenigstens Jessicas Angriff planmäßig verlief.

Ironischerweise war Jessica tatsächlich die Einzige, die ihr Einsatzziel auch nur entfernt erreicht hatte. Die Scheune wurde von den Ruul nämlich als Lagerraum für Vorräte aller Art benutzt: hauptsächlich Nahrung, aber auch Waffen und Energiezellen für die Blitzschleudern.

Und in der ganzen Scheune hielten sich lediglich elf Ruul auf.

Als Jessicas Team die Scheune stürmte, schüttelten die Ruul ihre Überraschung deprimierend schnell ab und erwiderten das Feuer. In diesem Fall war die Übermacht jedoch zu groß und die Slugs verfügten zudem über keinerlei Deckung. Aus drei Richtungen prasselten Salven auf die Ruul ein und mähten sie mit wenigen Feuerstößen nieder. Im Gegenzug büßte Jessica vier ihrer Leute ein. Drei weitere wurden verwundet. Sie aktivierte ihr Headset.

»Scheune gesichert«, erreichte Jessicas Meldung Derek gerade in dem Augenblick, als zwei Kugelblitze aus ruulanischen Waffen über ihm einschlugen und ihn mit einem Funkenregen überschütteten.

»Na wenigstens ein Team hat's geschafft«, murmelte er verdrossen. Narim hatte es im Hauptgebäude mit der größten feindlichen Gruppe zu tun und er schlug sich im Geräteschuppen mit etwa drei Dutzend Ruul herum, die sich verschanzt hatten. Fünf seiner Leute lagen bereits tot am Boden und eine unbekannte Anzahl war verwundet.

Der Tag wurde besser und besser.

Ein durchdringendes Röhren ließ unvermittelt den Geräteschuppen erbeben.

Was zum Teufel war denn das?, schoss es ihm durch den Kopf.

Das Geräusch kam aus dem hinteren Bereich des Schuppens, der bis auf kleinere Feuer, die das Gefecht ausgelöst hatten, in tiefer Dunkelheit lag.

Die Ruul zogen sich etwas zurück, was Derek an und für sich sauer aufstieß. Wenn die Slugs auf Abstand gingen, war es für ihn an der Zeit, sich Sorgen zu machen.

Dann rollte ein Schemen auf ihn zu. Groß. Unheimlich. Bedrohlich.

Oh Gott!

»Feuersalamander! Alle raus hier!«

Derek gab eine volle Salve aus seinem Sturmgewehr ab, um die Ruul in Deckung zu zwingen. Währenddessen gaben seine Leute Fersengeld. Seine Kugeln prallten wirkungslos von den Stahlplatten des Ungetüms ab.

Keine Panzer! Von wegen!

Die leichten Laser des Stahlmonsters spuckten Feuer und zwei Soldaten aus Dereks Team verwandelten sich in lebende Fackeln. Ihre erschütternden Schreie gingen ihm durch Mark und Bein. Derek drehte sich um und hechtete durch die Tür ins Freie. Dort, wo er soeben noch gestanden hatte, fegte der Laserstrahl durch die Luft und zerteilte sauber einen Teil der Wand und des Türrahmens.

Gott, steh uns bei!

Narim erledigte einen Ruul, der die Leiter aus dem Keller emporstieg, indem er eines seiner Messer durch dessen linkes Auge trieb. Sein Team gewann langsam die Oberhand. Es war ihnen gelungen, die Ruul, die sich im Keller aufgehalten hatten und nach oben gestürmt waren, größtenteils auszuschalten oder zurückzutreiben. Doch der Preis war hoch. Über die Hälfte seines Teams war gefallen oder verwundet.

Narim trat dem Ruul vor die Brust, sodass die Leiche rücklings die Leiter hinunterstürzte und den nächsten Ruul mit sich riss. Narim entsicherte eine Handgranate, warf sie hinterher und schloss die Bodenklappe über der Öffnung mit einem Fußtritt.

Er warf sich flach in eine Ecke und zählte bis fünf. Eine Explosion riss den Boden und die Klappe auf. Dichter Rauch füllte von einer Sekunde zur nächsten den Wohnraum und machte das Atmen schwer.

Einer seiner Leute taumelte hustend an ihm vorbei ins Freie, nur um von einem Laserstrahl in zwei Teile geschnitten zu werden.

Narim kroch zum Fenster. Im Hof herrschte das Chaos. Der Feuersalamander machte Jagd auf Dereks Team. Die Soldaten wehrten sich nach Kräften mit Handfeuerwaffen und Granaten, doch gegen eine Feuerkraft dieser Größenordnung waren sie hilflos.

Sie mussten etwas tun. Aber was?

»Stemmt die Kisten auf! Schnell!«

Jessica griff sich ein Brecheisen und rammte es unter die Kante der nächsten Kiste, doch sie fand dort nur ruulanische Nahrung. Zumindest hoffte sie, dass es ruulanische Nahrung war. Das Zeug bewegte sich noch.

In der nächsten Kiste fand sie etwas, das sie gar nicht identifizieren konnte. Die darauf folgende war voller Blitzschleudern.

Dann wurden sie fündig. Der Soldat neben ihr öffnete eine Kiste, in der sich ein Kreischer befand, die Panzerabwehrversion einer Blitzschleuder.

Sie nahm das Ding an sich und rannte zur Tür. Der ruulanische Panzer hatte indes das Feuer auf das Hauptgebäude eröffnet, aus dem Narim und sein Team unablässig auf das Gefährt schossen. Weniger, um etwas zu erreichen, als vielmehr, um das Feuer auf sich zu lenken, damit Dereks Team sich in Sicherheit bringen konnte.

Putz und Staub regnete auf Narim herab, als das halbe obere Stockwerk durch eine Artilleriegranate des Feuersalamanders weggerissen wurde.

Sie konnten sich nicht mehr lange halten, so viel war sicher.

Jessica hatte keine Ahnung, wie ein Kreischer funktionierte, doch es konnte nicht viel anders sein als bei menschlichen Panzerabwehrwaffen. Sie agierte nach einem einfachen Prinzip: zielen und abdrücken.

Sie legte sich die Waffe auf die Schulter, sah durch die Zieloptik und griff nach dem Auslöser an der Seite. Es wurde Zeit, das Morden zu beenden.

Ein Kugelblitz löste sich mit furchterregendem Kreischen aus dem Lauf und schlug in die Seitenpanzerung des Feuersalamanders ein. Das Geschoss brannte sich glatt durch die Stahlplatten und suchte sich seinen Weg ins Innere. Kurz darauf platzten mehrere Schweißnähte und der Turm flog in einer spektakulären Explosion auseinander.

Erschöpft ließ sie den Kreischer sinken. Es war vorbei. Fürs Erste.

Derek warf noch einen letzten Blick zurück und beobachtete, wie das Landgut ein Raub der Flammen wurde. Nach dem Kampf war ohnehin nicht mehr viel übrig, doch sie wollten sicherstellen, dass die Slugs die Botschaft verstanden.

Der Widerstand lebt. Nehmt euch in Acht.

Ihre Ausbeute konnte sich sehen lassen. Sie führten nun vier Dutzend Blitzschleudern, ausreichend Energiezellen und ein Dutzend Kreischer mit sich. Der Preis, den sie hatten zahlen müssen, war jedoch sehr hoch gewesen. Achtundzwanzig Soldaten waren gefallen, weitere neunzehn verwundet.

Der Panzer hatte sie alle überrascht. Das war Dereks Fehler gewesen. Nie wieder durfte er blind einem Aufklärungsbericht vertrauen. Nie wieder. Die Ruul hielten bestimmt noch mehr unliebsame Überraschungen für sie bereit. Er rief sich in Erinnerungen, dass Soldaten den Preis bezahlten, wenn Offiziere sich irrten. Er hatte Schwierigkeiten, diesen Einsatz nicht als Debakel zu betrachten. Sie hatten zwar Waffen und Ausrüstung erbeutet, aber gute Leute verloren, die nicht hätten sterben müssen. Das durfte sich nicht wiederholen.

Und doch stand dort eine Botschaft inmitten der Landschaft, die jeder, der Augen zum Sehen hatte, erkennen würde.

Der Widerstand lebte.

Es hatte begonnen.

14

Nereh'garas-toi stürmte wutentbrannt in das Büro Gouverneur Bonnets. Eric, der Leibwächter des Gouverneurs, griff reflexartig in seine Tasche, wo sich normalerweise seine Waffe befand, doch auf einen Wink des Gouverneurs entspannte er sich wieder. Der Ruul durfte auf keinen Fall merken, dass die Leibwächter noch immer über Waffen verfügten. Außerdem hätte es ihnen nichts gebracht, den Slug zu töten. Dies hätte nur die Zerstörung ihrer Heimatwelt nach sich gezogen.

Der ruulanische Anführer baute sich drohend vor Bonnet auf und warf ein Bündel Papiere vor ihm auf den Tisch.

Bonnet widmete den Schriftstücken nur einen beiläufigen Blick, bevor er zu dem Ruul aufsah. »Ich bin der ruulanischen Sprache leider nicht mächtig.«

»Das ist ein Bericht meiner Aufklärer – über einen Überfall auf einen unserer Außenposten. Er wurde zerstört. Vergangene Nacht. Sie sagten, es würde keinen Widerstand geben.«

»Das ist nicht ganz korrekt. Ich sagte, ich würde alles tun, um unnötiges Blutvergießen zu vermeiden. Die Handlungen irgendwelcher Bürger, die sich in die Wildnis schlagen und Ihre Leute angreifen, entziehen sich meiner Befehlsgewalt.«

»Ich will, dass Sie sie zurückpfeifen.«

»Und wie soll ich das Ihrer Meinung nach anstellen? Wie eben bereits erwähnt, weiß ich nicht, um wen es sich handelt. Alle Einheiten von Miliz und TKA, die sich zum Zeitpunkt der Invasion in Crossover und Carras aufgehalten haben, sind – soweit sie überlebt haben – vollzählig anwesend. Das sollten Sie wissen. Sie lassen sie ständig überwachen und durchzählen.«

Der vor Wut schäumende Ruul stand einen Augenblick wie vom Donner gerührt über ihm. Bonnet glaubte schon, der feindliche Kommandeur würde ihn angreifen, doch dann entspannte dieser sich langsam wieder.

»Sie werden eine weitere Ansprache halten. Sofort!«

Der Ruul stürmte aus dem Büro. Er bekam nicht mit, wie ein verräterisches Lächeln um Bonnets Mundwinkel zuckte.

»Meine lieben Mitbürger«, drang die Stimme des Gouverneurs aus dem Radio. Alle Soldaten, die nicht anderweitig beschäftigt waren, versammelte sich um das Gerät. Gespannt, was nun kommen würde.

»Vor Kurzem gab es einen terroristischen Übergriff gegen eine Einrichtung, die von unseren ... Gästen betrieben wird.«

Derek warf Narim einen vielsagenden Blick zu, den dieser mit schiefem Lächeln erwiderte. Beiden war die Pause in der Rede des Gouverneurs nicht entgangen.

»Es gab zahlreiche Opfer auf beiden Seiten während des Angriffs«, fuhr der Gouverneur fort. »Sowohl Ruul als auch Menschen wurden getötet. Der ruulanische Befehlshaber bat mich, auf Sie alle mäßigend einzuwirken und Sie zu bitten, derartige Übergriffe zukünftig zu unterlassen. Es ist in unser aller Interesse, den Frieden mit unseren Gästen zu bewahren. Der ruulanische Kommandant versicherte mir, dass es wegen dieses sicherlich einzelnen Übergriffes keinerlei Repressalien oder Vergeltungsaktionen gegen die Zivilbevölkerung geben wird. Er kann allerdings nicht dafür garantieren, dass sich seine Truppen bei wiederholten terroristischen Aktivitäten an seine Zusagen gebunden fühlen. Ich danke Ihnen für Ihre Aufmerksamkeit.«

Derek schnaubte verächtlich. Die Drohung hinter diesen Worten war unüberhörbar. Der Ruul, der hier das Sagen hatte, würde nicht zögern, Zivilisten für alle Aktivitäten des Widerstands zu bestrafen.

Narim sah ähnlich düster drein, auch er dachte vermutlich über die Konsequenzen ihres zukünftigen Handelns nach.

»Sieht aus, als hätten wir sie ziemlich getroffen, sonst würden sie so eine Ankündigung nicht für nötig halten«, meinte Wilson enthusiastisch.

Derek schüttelte innerlich den Kopf. Dafür, dass der Lieutenant gar nicht an dem Angriff beteiligt gewesen war, benahm er sich, als hätte er diesen Sieg ganz allein bewerkstelligt.

»Sie sollten das nicht überbewerten. Glauben Sie bloß nicht, der Verlust dieser Soldaten und Ausrüstung stelle für die Ruul mehr als ein Ärgernis dar.«

»Sie haben diesen Außenposten inzwischen vermutlich wieder mit frischen Truppen besetzt«, stimmte Narim zu. »Besser bewaffnet und wachsam. So einfach wird es für uns also nicht mehr werden. Außerdem waren unsere Verluste für eine relativ einfache Aktion ungewöhnlich hoch.« Sein Blick wanderte zu Derek. »Wir müssen unbedingt besser werden.«

»Mir sind ähnliche Gedanken durch den Kopf gegangen. Unsere Leute *werden* auch besser. Sie werden zwangsläufig besser werden.«

»Oder?«

»Oder sie werden sterben.«

»Eine ziemlich harte Sicht der Dinge.«

»Es geht nicht anders. Wir haben kaum Möglichkeiten, sie hier auszubilden, und aus den Höhlen können wir uns nur wagen, um den Feind anzugreifen. Jede andere Aktivität außerhalb der Basis würde nur den Feind auf uns aufmerksam machen.«

»Mag sein, trotzdem sollten wir denjenigen, die noch Defizite aufweisen, helfen, ihre Fähigkeiten zu verbessern, bevor wir sie ins kalte Wasser werfen.«

»Ich könnte einen Teil der Höhle zur Einrichtung einer Art Trainingszentrums zur Verfügung stellen«, meinte Wilson.

Derek dachte darüber nach. »Also gut. Hört sich nicht schlecht an. Narim, du stellst eine Liste von Leuten zusammen, die wir dort weiter ausbilden, und eine zweite Liste von Soldaten, die für die Einsätze infrage kommen.«

»Einverstanden«, nickte Narim. »Und was wirst du tun?«

»Ich stelle eine Liste von Zielen zusammen. Es wird Zeit, den Ruul das Leben auf Alacantor ordentlich schwer zu machen.«

»Sensoren arbeiten wieder, Commodore.«

Commodore Emanuel Santos stellte das nervöse Kratzen seines rechten Zeigefingers auf der Lehne des Kommandosessels ein.

»Na endlich. Geben Sie mir etwas, Cindy. Nur passive Sensoren.«

Die *Cleopatra* befand sich inzwischen in einem hohen Orbit um eine der Sonnen des Alacantor-Systems. Mithilfe der Manövrierdüsen hatten sie es geschafft, sich hier zu verstecken, ohne von den Slugs entdeckt zu werden. Santos hoffte, dass ihre Glückssträhne anhielt. Sie konnten weiß Gott etwas mehr von Fortunas Hilfe gebrauchen.

»Ich bin so weit, Commodore«, meldete seine XO.

Santos nickte. »Lassen Sie hören.«

»Die Daten sind ...«

»Was?«

»... seltsam«, beendete sie ihren Satz.

»Inwiefern?«

»Es befinden sich keine Schiffe im Orbit über Alacantor.«

»Auch keine ruulanischen?«

»Nein, Sir. Auch keine ruulanischen. Ich weite die Scans aus.«

Santos bezwang seine Ungeduld, während seine XO mit den Sensoren das System abtastete. Schließlich wurde Commander Bell fündig.

»Ich habe sie«, erklärte seine XO triumphierend. »Die Flotte befindet sich hinter dem zweiten Mond des Planeten in Wartestellung.«

»Was ist mit den beiden Nullgrenzen?«

»Sind frei. Keinerlei Feindaktivität.«

Nun war Bells Reaktion auf die gesammelten Daten durchaus verständlich. Dieses Verhalten der Ruul war in der Tat seltsam. Die erste Maßnahme nach der Einnahme eines Systems bestand darin, das betreffende System abzuriegeln, indem man beide Nullgrenzen besetzte und seine restliche Flotte im Orbit positionierte. Dabei spielte es keine Rolle, ob es sich um eine Invasion oder nur um einen ihrer Überfälle handelte. Die Besetzung der Sprungpunkte war eine essenzielle militärische Maßnahme. Dies nicht durchzuführen, hieß, einen Angriff praktisch herauszufordern.

Dass sich die Ruul so offensichtlich versteckten, stimmte Santos nachdenklich. Er ließ es sich zwar nicht anmerken, doch er war zutiefst besorgt.

»Wir erhalten Daten aus Richtung der südlichen Nullgrenze«, meldete Bell plötzlich. »Schiffe kommen durch. Sehr viele.«

»Sammeln Sie so viele Daten wie möglich«, ordnete er an.

Die *Cleopatra* war zu weit entfernt, um das Eintreffen der fremden Schiffe mit bloßem Auge wahrnehmen zu können, daher musste sich Santos auf seine XO und die passiven Sensoren des Kreuzers verlassen.

»Es sind vierzehn ... Korrektur ... sechzehn Schiffe. Sie halten direkt auf Alacantor zu.«

»IFF-Kennung?«

»Sie sind noch zu weit entfernt, um etwas empfangen zu können. Bitte warten Sie.«

Es dauerte fast eine Stunde, bis Bell die Kennungen der Neuankömmlinge auffing – und dann stellte die Identität der fremden Schiffe eine große Überraschung für alle Anwesenden dar.

»Commodore? Es sind welche von uns. IFF-Kennung bestätigt terranische Schiffe. Vierzehn große Transporter und zwei Leichte Kreuzer der Falcon-Klasse, die *TKS Atlantic City* und die *TKS Aurora Borealis*.«

»Status der ruulanischen Schiffe?«

»Unverändert. Sie halten weiterhin Position hinter dem zweiten Mond.«

Bell stutzte. »Hm ...«

»Was hm?«

»Ihre Antriebe sind kalt.«

»Sind Sie sicher?«

»Absolut. Sie machen keine Anstalten, die Antriebe hochzufahren.«

Santos überlegte. »Checken Sie die eingereichten Flugpläne. Vielleicht finden Sie diesen Konvoi.«

Bell rief die Daten aller im Alacantor-System erwarteten Konvois auf den Bildschirm vor sich und ließ ihn herunterfahren. Es dauerte nicht lange, bis sie fündig wurde.

»Konvoi 183«, las sie vor. »Vierzehn Transporter und zwei Leichte Kreuzer als Eskorte. Sie holen Nahrungsmittel für das Beta-Carinor-System ab.«

»Was? Ein Nahrungsmittelkonvoi? Können wir sie anfunken?«

»Langstreckenkommunikation ist immer noch offline, Commodore. Außerdem würde ich das nicht empfehlen. Die Ruul könnten die Sendung problemlos auffangen.«

Santos winkte ab. »Das würde ich, ohne zu zögern, in Kauf nehmen, wenn ich damit den Konvoi vor einem Hinterhalt warnen könnte.«

»Ich weiß nicht so recht, die Ruul halten immer noch die Position. Sie machen keine Anstalten auszulaufen. Hätten sie es auf den Konvoi abgesehen, müssten sie jetzt schon zumindest ihre Antriebe aufheizen.«

Santos erwog einen Moment die Möglichkeit, den Antrieb hochzufahren, um dem Konvoi entgegenzufliegen. Sein Pflichtgefühl schrie ihm förmlich zu, alles in seiner Macht Stehende zu tun, um diese Schiffe zu warnen. Trotzdem entschied er sich dagegen. Hier stimmte etwas definitiv nicht. Das Verhalten der Ruul war ... unruulanisch. Dies weckte seine Neugier und er entschloss sich, abzuwarten und den weiteren Verlauf der Geschehnisse zu beobachten. Je näher der Konvoi dem Planeten kam, desto unwahrscheinlicher wurde ein Hinterhalt.

Selbst wenn die Ruul jetzt ihre Antriebe hochfuhren und auf Abfangkurs gingen, würden die Sensoren an Bord der terranischen Schiffe den sprunghaften Energieanstieg sofort registrieren und bekämen so genug Vorwarnzeit, um zu entkommen.

Aber Santos überkam so ein Gefühl, dass es hier gar nicht um einen Angriff auf diesen Konvoi ging.

Auf den Sensoren beobachtete Santos, wie die Transportschiffe ohne Zwischenfälle in einen Orbit um Alacantor einschwenkten, während die Konvoigeleitschiffe wie schützende Engel über ihnen schwebten.

Unbemannte Shuttles starteten von der Oberfläche und begannen damit, die Fracht zu den Transportern zu überführen. Ein reger Shuttleverkehr entstand zwischen Transportschiffen und Kolonie. Nach gut zwei Stunden war die Prozedur erledigt und die Transportschiffe bis an ihre Kapazitäten mit Nahrungsmitteln und Nutzvieh beladen. Der Konvoi schwenkte aus dem Orbit aus und begab sich auf den umgekehrten Kurs zur Nullgrenze, auf dem sie ins System eingetreten waren. Eine gute Stunde später, verschwanden die Schiffe im Hyperraum.

Während dieser ganzen Zeit hatten die ruulanischen Schiffe sich nicht nur nicht bewegt, sie schienen darüber hinaus alles zu tun, um von den Schiffen nicht wahrgenommen zu werden. Sie bemühten sich, in einem Loch im Weltraum zu verschwinden. Sehr mysteriös. Doch Santos war entschlossen herauszufinden, was hier vor sich ging.

15

Die Fahrzeugkolonne bestand aus vier Feuersalamandern. Zu beiden Seiten marschierten Dutzende von Ruul in enger Formation. Sie waren schwer bewaffnet und wachsam. Ihre ganze Aufmerksamkeit galt dem Wald, der sie umgab. Die Geschütztürme der Feuersalamander drehten sich von einer Seite zur anderen auf der unablässigen Suche nach Zielen. Die Ruul rechneten mit einem Hinterhalt. Das erschwerte den menschlichen Widerstandskämpfern ihre Aufgabe, aber es machte sie nicht unmöglich.

Derek gab Kolja mit einer knappen Geste zu verstehen, in Deckung zu bleiben. Der Angriffstrupp bestand aus knapp hundert handverlesenen Männern und Frauen. Derek kommandierte den Trupp auf der Südseite der Straße, Jessica den auf der Nordseite.

Der Ort des Hinterhalts war nach gründlicher Begutachtung gewählt worden. Der Wald war hier besonders dicht, es gab ausreichend Deckungsmöglichkeiten und die Ruul würden ihrerseits Schwierigkeiten haben, ein klares Ziel zu finden.

Derek wartete, bis das erste Fahrzeug Anstalten machte, den Fluss zu überqueren, der den Pfad teilte, auf dem sich die ruulanische Truppe fortbewegte. Feuersalamander waren amphibisch und der Panzer würde keine Probleme mit dem Gelände haben. Er würde sich allerdings als Straßensperre gut machen. Sie hatten jedoch nicht viel Zeit.

Derek hob den Kreischer auf die Schulter, zielte sorgfältig und betätigte den Abzug. Mit markerschütterndem Geschrei löste sich das Geschoss aus dem Lauf und schlug in die schwache Rückenpanzerung des Fahrzeugs ein. Der Panzer kam schwerfällig in der Mitte des Flusses zum Stehen. Dichte Rauchwolken quollen aus dem Heck.

Nahezu gleichzeitig schlug ein weiteres Geschoss von der gegenüberliegenden Seite in das letzte Fahrzeug der Kolonne ein. Der Geschützturm flog in die Luft, Sekunden später wurde die Heckklappe aufgerissen und brennende Ruul stürzten schreiend ins Freie.

Die beiden Panzer in der Mitte hatten nun kaum noch Platz zum Manövrieren. Einer der Panzer setzte zurück, stieß aber gegen das brennende

Fahrzeug am Ende der Kolonne, fuhr wieder vorwärts und stieß gegen den Feuersalamander vor ihm, der sich nicht von der Stelle rührte.

Von beiden Seiten prasselten wie auf ein unsichtbares Kommando Sturmgewehrsalven und Laserstrahlen auf die Ruul ein. Mehrere Slugs wurden von den Beinen gerissen und rührten sich nicht mehr. Die übrigen reagierten für Dereks Dafürhalten viel zu diszipliniert und erfahren. Sie zerstreuten sich zu beiden Seiten des Weges, um schwierigere Ziele zu bieten, und erwiderten das Feuer.

Rechts von Derek wurde ein Milizionär von zwei Entladungen aus ruulanischen Waffen gegen einen Baum geschleudert. Kurz darauf ein Soldat aus dem 171. Regiment. Derek und Kolja hoben immer wieder ihren Kopf aus der Deckung, um kurze, kontrollierte Salven abzugeben.

Die zwei noch funktionsfähigen Panzer richteten ihre Hauptgeschütze aus und feuerten in den Wald. Etwa zwanzig Meter hinter Derek wurden mehrere Bäume durch eine Explosion zerrissen. Die leichten Laserbatterien der Feuersalamander fuhren wie Sensen über die Köpfe der Widerstandskämpfer hinweg.

Derek verlor in kürzester Zeit drei weitere Soldaten. Er lugte für eine Sekunde aus der Deckung und bemerkte, dass zwei Ruul ein Lasergeschütz auf einem Dreibein aufbauten.

Er zog eine Handgranate vom Gürtel, zog den Stift ab und warf sie mitten unter die verdutzten Slugs. Das Geschütz und seine Besatzung verschwand in einer Explosionswolke. Die Detonation löste eine Sekundärexplosion aus, als die Energiezelle des Geschützes erfasst wurde, und löschte eine ganze feindliche Gruppe aus.

»Jessica, Bericht!«, schrie Derek in sein Headset.

»Wir müssen die Panzer ausschalten«, erfolgte prompt die Antwort.

Einer der Feuersalamander säbelte mit einem Laser die Baumwipfel über Derek ab und überschüttete den am Boden liegenden TKA-Soldaten mit Holzsplittern und Blättern.

»Ganz meine Meinung. Kommst du an den ersten ran?«

»Ja.«

»Dann nehme ich den hinteren.«

»Verstanden.«

Aus seiner Deckung sah er, wie Eveline DaSilva und ein Trupp von zehn Mann sich dem führenden Feuersalamander näherte. Jessicas Einheit gab dem Trupp Feuerschutz und räumten ihm den Weg frei. Ein halbes Dutzend Slugs fiel ihrem konzentrierten Sperrfeuer zum Opfer.

Derek aktivierte sein Headset. »Wilson?«
»Ich höre, Captain.«
»Sie haben noch einen Kreischer, richtig?«
»Korrekt.«
»Nehmen Sie den hinteren Feuersalamander aufs Korn. Sofort ausschalten!«
»Verstanden. Geben Sie mir zwei Minuten. Ich begebe mich in Position.«
Wilsons Trupp, bestehend aus zwanzig Milizionären, befand sich an Dereks rechter Flanke und hatte den Befehl, die Ruul an Rückzug oder Flucht zu hindern. Es würde seine Zeit dauern, bis die Soldaten in geeigneter Schussposition waren.

Zwei Slugs bewegten sich in Richtung Fluss, um die linke Flanke Dereks zu umgehen. Sie gerieten jedoch ins Schussfeld von Jessicas Angriffstrupp und wurden durch Lasergewehrfeuer niedergemäht.

Derek zählte die Sekunden. So langsam müsste Wilson doch in Position sein. Die Panzer machten Kleinholz aus seiner Einheit, wenn das noch lange so weiterging.

Rechts von ihm wirbelte eine ruulanische Artilleriegranate Dreck und Geröll auf. Derek zog den Kopf ein, als ein Schauer aus zerfetzten Pflanzen auf ihn niederging.

Eveline und ihre Einheit hatten den ersten funktionsfähigen Panzer fast erreicht. Laserfeuer aus einem der seitlichen Geschütze bereitete einer Soldatin ein schnelles Ende. Sie hatte gerade noch Zeit, einen spitzen Schrei auszustoßen, als der Energiestrahl ihren Körper durchbohrte und sie ins Unterholz schleuderte.

Eveline entkam dem Angriff lediglich durch einen hektischen Sprung zur Seite. Ihre Einheit zerstreute sich augenblicklich, um nicht ins feindliche Feuer zu laufen. Sie selbst war jedoch nah genug. Sie zog eine der selbst gebauten Haftminen aus ihrem Rucksack, schaltete die Sicherung ab und warf sie in Richtung des Feuersalamanders. Die Miene traf das Chassis, rutschte jedoch ab und landete unter dem Panzer. Es spielte jedoch keine Rolle.

Die folgende Explosion riss die schwach gepanzerte Unterseite des Panzers auf. Die Detonationskraft pflanzte sich ins Innere der Maschine fort und entfaltete in dem engen Raum eine katastrophale Wirkung. Die Besatzung wurde buchstäblich zu Hackfleisch verarbeitet und geröstet, der Panzer stellte das Feuer ein.

Blieb nur noch der letzte. Dieser feuerte jedoch in alle Richtungen. Explosionen entwurzelten Bäume, Laserstrahlen setzten Pflanzen und Menschen gleichermaßen in Brand. Evelines Team verlor beim Rückzug zu Jessicas Position drei weitere Leute. Nun wurde es langsam allerhöchste Zeit.

Derek aktivierte sein Headset. »Carlyle an Wilson: Wilson, melden Sie sich!«

Derek wartete angespannt. Keine Antwort. Er fluchte und robbte aus seiner Deckung.

»Kolja, nimm zehn Mann und komm mit.«

Der Soldat stellte keine unnötigen Fragen, bedeutete einigen Kameraden, ihm zu folgen, und eilte geduckt hinter Derek her.

Sie fanden Wilsons Trupp auf der Straße, etwa hundert Meter hinter dem Gefecht. Die Männer waren von einer Gruppe Ruul überrascht worden. Entweder handelte es sich um eine Nachhut, die ihre Späher nicht entdeckt hatten, oder um Slugs, die sich aus dem Gefecht hatten zurückziehen können, um die menschlichen Angreifer in die Zange zu nehmen.

Wie dem auch sei, Wilsons Trupp hatte verbissen gekämpft und kräftig ausgeteilt. Zwischen den zwanzig Milizionären lagen die Leichen von mindestens fünfzehn Ruul. Vier Slugs hatten den ungleichen Kampf überlebt und waren dabei zu überprüfen, ob wirklich alle Menschen tot waren, indem sie ihnen mit dem Schwert den Kopf abhackten.

Als Derek den Schauplatz des Gemetzels erreichte, hielt er für einen Moment fassungslos inne, dann schrie er seine ganze Wut hinaus und riss sein Sturmgewehr hoch.

Die erste Salve mähte den Ruul nieder, der ihm am nächsten stand. Die anderen drei reagierten mit kalter Präzision. Kolja und die übrigen Soldaten schwärmten hinter ihm aus. Blitze ruulanischer Waffen erfassten einen der Soldaten. Er ging ohne einen Laut zu Boden. Das Antwortfeuer der rachsüchtigen Menschen entfesselte einen Sturm, der die Ruul von den Beinen riss. Derek musste seine Leute zügeln, sonst hätten sie Munition an Slugs verschwendet, die längst tot waren. Er konnte die Gefühle seiner Leute verstehen, doch wenn er sich nicht unter Kontrolle bekam, wie konnte er es dann von ihnen verlangen?

»Kolja, such den verdammten Kreischer.«

Kolja nickte und machte sich daran, die Leichen zu untersuchen. Derek untersuchte sie ebenfalls, doch er suchte etwas anderes. Er fand Lieutenant Wilson in der Nähe des Ruul, den er als Erstes erledigt hatte, das Gewehr noch in der Hand, eine tiefe Schwertwunde auf der Stirn.

Er drehte den Mann um und schloss dessen Augen. Der Mann hatte gut gekämpft und dies war alles, was er tun konnte. Derek knirschte mit den Zähnen. Wie viele noch? Wie viele würden noch sterben, weil er sie in den Tod führte? Mit jedem Leben, das verloren ging, fragte er sich, ob es das wirklich wert war.

Eine Hand berührte ihn sanft an der Schulter.

»Derek? Ich habe den Kreischer«, sagte Kolja. »Derek?«

»Ja«, erwiderte er. »Ich komme.«

Sie eilten im Schnellschritt zurück, immer dem Gefechtslärm folgend. Als die Panzer in Sicht kamen, schlug sich der Trupp seitlich in die Büsche. Die Männer gruppierten sich zu beiden Seiten Dereks, um ihm Deckung zu geben, während er den Kreischer bereit machte. Nur Sekunden später flog auch der letzte Panzer in einer spektakulären Explosion in die Luft.

Der Kampf war entschieden.

Derek ging zwischen den Überbleibseln der Schlacht umher. Nach dem Tod der letzten ruulanischen Krieger waren die Männer und Frauen nun dabei, das Schlachtfeld nach Verwertbarem zu durchsuchen. Widerstandskämpfer durften nichts verkommen lassen.

Jessica gesellte sich zu ihm, ihr Gewehr hing in der Schlaufe über ihrer Schulter. Sie reichte ihm eine Wasserflasche, die er dankbar entgegennahm.

»Ein harter Kampf«, kommentierte sie.

»Zu hart.«

»Was machen wir mit den Panzern?«

Derek sah sie fragend an. »Was soll mit ihnen sein?«

»Zwei davon sehen noch ganz funktionstüchtig aus. Einer der Milizionäre meint, er müsste zwar etwas improvisieren, doch er könnte sie wieder funktionstüchtig machen. Die Feuerkraft könnten wir gut gebrauchen.«

Derek musterte die Fahrzeuge nachdenklich und fuhr mit einer Hand über das zerbeulte Chassis einer Maschine. Die Panzer wieder flottzumachen, war verführerisch. Er konnte durchaus verstehen, warum einige seiner Leute darüber nachdachten. Die größte Stärke von Partisanentruppen bestand jedoch in Beweglichkeit und Tarnung. Panzer würden sie zwangsläufig verwundbarer machen und sie nur unnötig aufhalten.

Er schüttelte den Kopf. »Wir dürfen uns hier nicht zu lange aufhalten. Es wird nicht lange dauern, bis weitere Ruul hier auftauchen, die wissen wollen, was aus ihrer Patrouille geworden ist. Montiert an den Dingern ab, was ihr könnt, falls möglich auch die seitlichen Laserwaffen und die Geschützrohre. Vielleicht können wir sie zu tragbaren Anti-Panzerwaffen umfunktionieren. Was wir nicht mitnehmen können, wird zerstört. Leg schon mal unter alle vier Panzer eine Sprengladung, in spätestens fünfzehn Minuten brechen wir auf.«

Die beiden Mantas flogen derart tief über die Baumwipfel, dass Narim das Gefühl hatte, sie mit den Händen berühren zu können.
 Sein Angriffstrupp bestand aus vierzig Mann, die sich in dem gebirgigen Gelände zwischen den Felsen versteckten. Ihre graue Tarnkleidung ließ sie für das bloße Auge beinahe unsichtbar werden.
 Narim hob einen doppelläufigen Raketenwerfer auf seine Schulter und nahm das Führungsflugzeug ins Visier. Es war selten, feindliche Truppentransporter ohne Jagdschutz anzutreffen. Die verfluchten Bastarde mussten sich sehr sicher fühlen. Er verzog die Mundwinkel zu einem Ausdruck der Genugtuung. Das würde sich schon sehr bald ändern.
 Zwei weitere Mitglieder seines Trupps brachten ihre Kreischer in Position. Narim leckte sich über die trockenen Lippen.
 Er wartete gerade lange genug, bis er sicher war, einen sauberen Treffer anbringen zu können, dann löste er das erste Rohr aus - nur Sekunden später das zweite.
 Die beiden Geschosse rasten, eine korkenzieherartige Rauchspur hinter sich herziehend, auf den Manta zu. Der Pilot schien sich im letzten Augenblick der Gefahr bewusst zu werden und flog ein panisches Ausweichmanöver. Die erste Rakete ging ins Leere. Es schien sogar so, als könne er auch der zweiten ausweichen, doch sie traf das Heck der Maschine und riss es glatt vom Rumpf ab.
 Der Manta geriet ins Trudeln und stürzte ab, während er Slugs, Kaitars und Ausrüstung aus dem zerstörten Heck verlor. Narim sah den Absturz des Transporters zwar nicht, hörte ihn jedoch umso deutlicher. Es gab keine Explosion, doch die Maschine war ganz ohne Zweifel am Boden.
 Seine Männer schickten ihre Kreischer auf die Reise. Der Pilot des zweiten Manta tat instinktiv genau das Falsche: Er gewann an Höhe und versuchte zu entkommen. Beide Geschosse durchschlugen das Heck, eines trat sogar dort aus, wo sich das Cockpit befand. Der Manta stürzte wie ein Stein vom Himmel, unweit der Stelle, an der der erste runtergekommen war.
 »Bewegt euch!«, trieb Narim seine Leute an und setzte sich ebenfalls in Bewegung. Sie kletterten einen kleinen Abhang hinunter, um die Absturzstellen zu erreichen. Narim hatte den Boden der Senke noch nicht ganz erreicht, als er auch bereits sein Gewehr von der Schulter nahm.
 Der Manta würde sich nie wieder in die Luft erheben. Unzählige Trüm-

mer hatten sich in der Landschaft verteilt, Dutzende Leichen lagen dazwischen. Narim stieg über die verrenkte, halb verkohlte Leiche eines Kaitars, der im Tod alle sechs Gliedmaßen von sich streckte.

Aus mehreren gebrochenen Leitungen stieg Qualm und Narim band sich ein Tuch um Mund und Nase. Viele seiner Leute taten es ihm gleich. Schließlich wusste man nie, ob aus so einer Absturzstelle etwas Giftiges austrat.

Eine schwankende Gestalt schälte sich aus dem Rauchvorhang. Narim riss sein Gewehr hoch und schoss dem Ruul dreimal in die Brust. Der ohnehin verletzte Gegner fiel zu Boden. Narim bezweifelte, dass der Slug einen Kampf im Sinn gehabt hatte oder dass er überhaupt dazu in der Lage gewesen war, doch sie hatten weder Zeit noch Ressourcen, um sich mit Gefangenen zu belasten.

»Nehmt an Ausrüstung mit, was ihr tragen könnt. Und jagt die Wracks in die Luft, wenn ihr fertig seid.«

Der Feuersalamander glitt behäbig und tödlich über die Landstraße. Falls es einer Maschine möglich gewesen wäre, arrogant zu wirken, so hätte Master Sergeant Delaney geschworen, dass dieser Panzer ein solches Verhalten zeigte.

Sein Team duckte sich tief ins hüfthohe Gras. Delaney wischte sich die schweißnasse Hand an seiner Uniformhose ab, holte den Auslöser aus seinem Gürtel und zog die Plastikabdeckung vom Kippschalter.

Der Geschützturm bewegte sich von einer Seite zur anderen, doch Delaney war sich sicher, die Besatzung des Panzers hatte sie noch nicht entdeckt.

Nur noch ein kleines Stück. Nun mach schon!

Der Panzer rollte über einen kleinen Sandhügel, keine drei Zentimeter hoch. Delaney schnippte den Kippschalter um. Eine Explosion zerriss die Unterseite des Feuersalamanders. Die Panzerung beulte sich von innen nach außen, als die Detonationskraft im Inneren des Panzers wütete, schließlich brachte der Sprengsatz die eingelagerte Munition zur Explosion und der Feuersalamander zerriss in Tausende Einzelteile. Zurück blieb nur ein schwarzer Krater im Boden.

Zufrieden klappte Delaney wieder die Abdeckung des Fernzünders zu. Kein schlechtes Ergebnis für ein paar Minuten Arbeit.

Teroi'karis-esarro kniete sich auf den Boden unweit eines zerstörten Panzers. Es stiegen immer noch dünne Rauchfahnen aus dem Inneren des Gefährts auf und die Luft stank nach verschmorten Schuppen. Seine Krieger hatten die Leichen der Besatzung des Panzers noch nicht geborgen. Er konnte ihnen das nicht übelnehmen. Ruul verabscheuten den Geruch ihrer eigenen Toten.

Insgeheim musste er die Menschen beinahe bewundern. Der Ort war als Schauplatz eines Hinterhalts glänzend gewählt worden. Die vier Panzer und ihre Begleittruppe aus Infanterie waren einfach hineinmarschiert, ohne misstrauisch zu werden.

Damit nicht genug, hatte er gerade die Nachricht von zwei weiteren Übergriffen erhalten, die ebenso katastrophal geendet hatten.

Teroi stand auf. Bei der Bewegung des Kriegers nahm der Ruul hinter ihm unwillkürlich Haltung an. Der ältere Krieger war für diesen Sektor des Planeten verantwortlich. Es wäre seine Aufgabe gewesen, dafür zu sorgen, dass es zu solchen Akten des Widerstands gar nicht erst kam. Theoretisch konnte er dem Mann gar keinen Vorwurf machen. So leicht, wie der Planet in ihre Hände gefallen war, hätte niemand mit einem derart störrischen Aufwallen von Widerstand rechnen können. Doch ihm blieb keine Wahl, die Disziplin musste gewahrt bleiben.

In einer fließenden Bewegung zog Teroi sein Schwert und schlug dem ruulanischen Krieger den Kopf ab. Anschließend wischte er seine Klinge an den Schuppen des Toten ab.

Mit scharfem Blick musterte er den Adjutanten des Offiziers, den er gerade geköpft hatte.

»Wie ist dein Name?«, fragte er emotionslos.

»Maro, Herr«, antwortete der Krieger nervös.

»Du wurdest gerade befördert, Maro«, erwiderte Teroi und drehte sich um. »Herzlichen Glückwunsch!«

Derek senkte sein Fernglas und warf Narim einen schiefen Blick zu, der ihn mit hochgezogenen Augenbrauen erwiderte. Der Ruul, der dort unten das Sagen hatte, hatte gerade einen seiner eigenen Leute geköpft.

Sie beide wussten, dass es gefährlich war, die Ruul so kurz nach einem Überfall zu beobachten, doch beide hatten es sich nicht verkneifen können. Die Versuchung war einfach zu groß gewesen. Außerdem bestand immer die Möglichkeit, dass sie bei solchen Gelegenheiten etwas über die Organisationsstruktur der Slugs herausfanden.

»So was nenne ich Mitarbeitermotivation«, erklärte Derek aus einem Anflug von Humor heraus.

Nereh'garas-toi schlug die Hände über seinem Kopf zusammen, als er die Berichte las. Der Widerstand auf Alacantor war überraschend aktiv. Dabei war zu Anfang alles so gut verlaufen. Der Angriff hatte perfekt funktioniert, ganz so, wie es die durchgeführten Simulationen versprochen hatten. Erst war das Wachgeschwader des Systems in einem kurzen, brutalen Schlagabtausch vernichtet worden, dann hatten seine Krieger die Bodentruppen der Kolonie in nur wenigen Stunden überwältigt. Die zivilen und militärischen Führer des Planeten hatten keine andere Wahl gehabt, als zu kapitulieren. Und nun das.

Mit jedem Tag, der verging, häuften sich ihre Verluste, sowohl was Personal als auch was Material anging. Nereh ging zum Fenster. Der Einfachheit halber war er auf Alacantor geblieben, um dort alles im Auge zu behalten. Seinen Kommandostand hatte er in einem Fabrikgebäude knapp zwei Kilometer nördlich der Gouverneursresidenz eingerichtet.

Sonnenuntergang stand bevor und die Menschen richteten sich bereits auf das Nahen der Ausgangssperre ein. Die Straßen leerten sich zusehends. Milizionäre patrouillierten durch die Gassen und scheuchten all jene in die heimischen vier Wände, die zu spät waren.

Parallel zur Abnahme der Aktivitäten auf der Straße nahmen die Aktivitäten in Nerehs Kommandostand zu, ebenso wie in den anderen ruulanischen Verstecken. Ruulanische Krieger begannen damit, Container auf requirierte Hovertrucks zu laden.

Ja, es hatte alles sehr gut angefangen, doch nun lösten sich seine bis ins kleinste Detail ausgearbeiteten Pläne vor seinen Augen in Rauch auf. Allein in den letzten achtundvierzig Stunden hatten sie mehr als fünfhundert Krieger, vier Mantas und ein Dutzend Panzer verloren. Mit jedem Sieg wurden die Menschen mutiger – und besser bewaffnet. Vor allem der letzte Punkt löste in ihm heftige Aggressionen aus. Sie bewaffneten diese Kerle auch noch.

Sein ranghöchster Adjutant, Teroi'karis-esarro, stand ungerührt hinter ihm und wartete auf weitere Anweisungen.

»Wir müssen unbedingt diesen anhaltenden Widerstand beenden«, murmelte Nereh und war sich nur allzu bewusst, wie hilflos diese Aussage selbst in seinen Ohren klang. Es war eines Anführers nicht würdig, doch die Situation war schlichtweg frustrierend. Es war, als kämpften sie gegen Schatten. Sie griffen an, wann immer und wo immer sie wollten. Seine Truppen konnten gar nicht überall in gleicher Stärke vertreten sein, sodass die Widerständler ihre Ziele nach Belieben auswählen konnten, während seinen eigenen Truppen sich kaum klare Ziele boten oder erst dann, wenn es bereits zu spät war.

»Ich könnte diese Sache beenden«, erklärte Teroi selbstbewusst. »Noch heute. Wenn es mir nur erlaubt wäre, einige Schiffe aus ihrer Parkposition in den Orbit zu verlegen.«

»Auf keinen Fall«, schüttelte Nereh den Kopf. »Du kennst den Plan. Fast täglich laufen Konvois diesen Planeten an. Alles muss seinen gewohnten Gang gehen. Sie dürfen keinen Verdacht schöpfen. Die Schiffe bleiben, wo sie sind.«

»Ich befürchte, wenn sich unsere Truppen auf Bodenoperationen beschränken müssen, werden wir noch auf absehbare Zeit nicht Herr der Lage sein.«

»Wir müssen. Dieser anhaltende Widerstand muss aufhören. Er gefährdet unsere Mission.«

»Ich bin für Vorschläge jederzeit offen.«

Nereh sah missmutig auf. In Terois Stimme hatte sich ein Anflug offenen Trotzes geschlichen. Etwas, das ein Untergebener nie wagte, es sei denn, die Stellung seines Vorgesetzten wackelte.

Seit der Machtergreifung des amtierenden Kriegsmeisters Kerrelak war der karis-Stamm im Niedergang begriffen. Wo die Mitglieder dieses Stammes früher Flotten und Armeen kommandiert hatten, so dienten sie nun als Offiziere und Adjutanten unter dem Befehl anderer Stämme. Solcher Stämme, die durch den Niedergang der karis selbst aufgestiegen waren. Man musste sich in Gegenwart eines karis in Acht nehmen. Sie suchten nun ständig nach Gelegenheiten, wieder an Macht zu gewinnen und erneut aufzusteigen.

Nereh musterte seinen Untergebenen eindringlich, doch die unbewegte Miene des Kriegers blieb neutral. Trotzdem überkam ihn das unbestimmte Gefühl, der andere freue sich über seine missliche Lage.

Nereh seufzte. Mit derlei Dingen durfte er sich jetzt nicht befassen. Dafür fehlten ihm sowohl Zeit als auch Nerven. Er musste die Lage unter Kontrolle bringen. Die Mission befand sich in einem sensiblen Stadium und er würde nicht Jahre der Forschung und Planung von diesen Menschen zunichtemachen lassen. Dafür stand einfach zu viel auf dem Spiel.

»Komm!«, sagte er zu Teroi und steuerte das Eingangstor an.

»Wo gehen wir denn hin?«

»Zum Gouverneur. Es wird Zeit, andere Saiten aufzuziehen.«

»Bürger von Alacantor. Ich bitte um Ihre Aufmerksamkeit.«
Die Stimme des Gouverneurs klang ungewöhnlich dumpf und in sich gekehrt. Derek überkam ein ungutes Gefühl.

»Aufgrund des anhaltenden Widerstands ist die ruulanische Führung zu dem Schluss gelangt, ein Exempel zu statuieren, wäre unerlässlich.« Selbst durch das Radio hörte er, wie der Gouverneur schwer schluckte. Sein Tonfall war voller Trauer. »Aus diesem Grund haben die Ruul vor etwa einer Stunde in Crossover 572 Menschen wahllos aus ihren Häusern gezerrt und exekutiert. Einen Menschen für jeden Ruul, der in den letzten Tagen durch Aktivitäten der Widerstandskämpfer umgekommen ist. Der ruulanische Kommandant bat mich, Ihnen sein tiefstes Bedauern auszudrücken, und er hofft, eine solche Lektion zu wiederholen, sei zukünftig nicht nötig. Ich danke für Ihre Aufmerksamkeit.«

Ein TKA-Soldat aus Narims Kompanie spuckte angewidert aus und schaltete das Radio ab. Derek bekam davon jedoch kaum etwas mit. Die Ruul hatten fast sechshundert Menschen ermordet, ganz allein wegen der Aktivitäten, die er durchgeführt oder geplant hatte. Er war schuld. Es war seine Verantwortung.

Brechreiz stieg in seiner Kehle auf. Derek stürmte aus der Höhle ins Freie und übergab sich lautstark. Sein Magen drehte sich förmlich um. Seine Eingeweide verkrampften sich.

»Geht's wieder?«

Derek drehte sich ruckartig um. Hinter ihm stand Narim und bot ihm ein Taschentuch an. Der schweigsame Inder wirkte überraschenderweise verlegen. Derek nickte mechanisch, nahm das Taschentuch entgegen und wischte sich Mund und Kinn ab.

»Denk dir nichts dabei«, fuhr Narim fort. »Das hat uns alle getroffen.«

»Ja, das mag ja sein, aber ich trage die Verantwortung für diesen ... diesen ... Widerstand. Ich wollte diese Verantwortung nicht. Eigentlich wollte ich noch nicht einmal Captain sein. Weiß der Himmel, was sich Wolf dabei gedacht hat.«

Narim lächelte, setzte sich auf einen Felsen und hob die Nase in den Wind, um die kühle Nachtbrise zu genießen. »Vielleicht sah er etwas in dir. Etwas, das du selbst nicht sehen kannst.«

»Du machst es dir sehr einfach.«

»Nein, überhaupt nicht. Er wollte, dass du die Kompanie leitest, und jetzt leitest du den Widerstand. Ich glaube, wenn er hier wäre, würde er seine Entscheidung bestätigt sehen – und ich glaube, er wäre stolz auf dich.«

»Stolz?«, brauste Derek auf. »Ich habe gerade fast sechshundert Menschen zum Tod verurteilt.«

Narims Gesicht verdüsterte sich. Er stand drohend auf. Derek bekam es fast mit der Angst zu tun. Narim wirkte, als würde er ihn schlagen wollen. »Sag das nicht! Sag das nie wieder! Die Ruul haben diese Menschen umgebracht. Nicht ich, nicht du, keiner von uns. Es waren die Slugs.«

»Das macht keinen Unterschied.«

»Oh doch, einen großen sogar.«

Derek setzte sich. Sein Körper fühlte sich furchtbar ausgelaugt und erschöpft an. Narim musterte ihn einen langen Augenblick lang.

»Du denkst doch nicht daran aufzugeben, oder?!«

»Welche Alternative hätten wir denn? Sie bringen Menschen um, wenn wir weiterkämpfen.«

»Was hast du denn erwartet?«, fragte Narim ungewohnt sanft. »Es war doch klar, dass wir an diesen Punkt kommen, sobald wir erfolgreich sind. Wir tun den Slugs richtig weh und das ist die einzige Art, wie sie darauf reagieren können.«

»Ich kann mein Gewissen nicht mit all diesen Leben belasten.«

»Ich sage das nicht gern, aber es lasten so oder so eine Menge Leben auf deinem Gewissen. Eine Menge Leben, die von dir Führung erwarten. Jedes Mal, wenn du eine Truppe ins Gefecht führst, belastest du dein Gewissen mit Leben, die verloren gehen oder verwundet oder vermisst werden.«

»Aber das sind Soldaten. Sie haben die Wahl, diese Zivilisten nicht.«

»Schon möglich, aber auch diese Zivilisten kämpfen für ihre Heimat, genauso wie wir, nur mit anderen Mitteln. Wir dürfen nicht aufgeben, sonst gewinnen die Slugs. Und dann werden noch verdammt viel mehr Menschen leiden oder sterben. Wenn wir weitermachen, besteht wenigstens die Hoffnung, dass die Ruul einsehen, dass Exekutionen nichts bringen. Vielleicht stellen sie sie dann ein.«

»Eine vage Hoffnung.«

»Aber sie ist da. Wir haben keine andere Wahl, Derek. Wir haben uns für den Kampf entschieden und dazu müssen wir jetzt stehen.«

»Sie werden noch mehr Menschen umbringen.«

»Ja, aber unsere Aufgabe ist es, sie für jeden Toten bezahlen zu lassen. Du bist unser Anführer, also führe uns. Nun? Wie gehen wir jetzt weiter vor?«

Derek überlegte angestrengt. »Gut ausgerüstet sind wir jetzt. Wir sollten vielleicht langsam herausfinden, warum die Slugs wirklich hier sind.«

»Und wie machen wir das?«

Derek lächelte mit einem Mal. »Indem wir uns ansehen, was sie so treiben, wenn sie nachts aus ihren Löchern schleichen.«

16

Das Nachtsichtgerät gab nicht sehr viel her. Derek konnte gerade mal so erkennen, dass die Slugs sich auf den Äckern und Feldern zu schaffen machten. Sie fuhren Hovertrucks in großen Konvois auf die Güter, luden Hunderte von Containern ab und dann ... nun ja ... was sie dann machten, konnte er nicht erkennen. Es half alles nichts, sie mussten näher ran.

Sie hatten mit Absicht eine kleinere Farm ausgesucht, in der Hoffnung, es dort mit weniger Ruul zu tun zu haben. Die Rechnung ging auf.

Derek zählte etwa drei Dutzend Hovertrucks und vielleicht sechzig Slugs, die sich entweder auf den Weizenfeldern zu schaffen machten oder die Lage überwachten.

Derek führte seinen Angriffstrupp von Süden auf das Grundstück, Narim von Westen. Beide kommandierten einen Trupp von fünfzig Soldaten.

Derek führte seine Leute in einen kleinen Bewässerungsgraben, der das Feld der Länge nach durchzog. Dort angekommen, hob er den Feldstecher erneut an seine Augen. Die Restlichtverstärkung des Gerätes ließ Umgebung und Gestalten in einem unheimlichen grünlichen Leuchten erscheinen.

Er beobachtete die Ruul und deren Aktivitäten minutenlang aufmerksam, bevor er den Feldstecher ratlos wieder sinken ließ.

Die Slugs luden die Container ab, steckten sie in eine Maschine, die wiederum über das Feld geführt wurde. Von der Maschine ragten mehrere Schläuche in den Erdboden. Mehr war nicht auszumachen. Aber egal, was die Slugs dort auch trieben, wenn es für die Ruul gut war, konnte es für die Menschen nur schlecht sein. Sie brauchten eine Probe von was auch immer sich in den Containern befand.

Derek aktivierte sein Headset. »Narim? Siehst du das?«

»Positiv«, kam die gedämpfte Antwort. »Was machen die da?«

»Es sieht fast so aus, als spritzen sie etwas unter den Boden.«

»Holen wir uns was von dem Zeug?«

Derek lächelte bei Narims Frage. »Du hast wohl meine Gedanken gelesen.« Er spähte erneut durch den Feldstecher. »Das wird aber nicht einfach. Die Ruul sind beinahe genauso stark vertreten wie wir.«

»Aber wir haben den Überraschungseffekt«, meinte Narim. »Wir schalten zuerst die Wachen aus, dann die Arbeiter auf dem Feld. Einverstanden?«
»Einverstanden. Wir arbeiten uns von zwei Seiten auf das Feld zu und treffen uns in der Mitte.«
»Klingt gut. Sag wann.«
»Auf mein Kommando, Narim.«
Derek arbeitete sich mit seinen Leuten bis zum Ende des Bewässerungsgrabens in der südöstlichen Ecke des Feldes vor und bedeutete ihnen anzuhalten. Durch seinen Feldstecher überprüfte er die Positionen der Wachen, als er plötzlich eine Bewegung am nördlichen Ende des Feldes bemerkte. Mehrere dunkle Gestalten arbeiteten sich von der gegenüberliegenden Seite des Feldes vor.
Den Umrissen nach waren es unzweifelhaft Menschen.
»Narim? Befinden sich Leute von dir nördlich meiner Position?«
»Negativ. Wieso?«
»Ich habe Bewegung im nördlichen Teil der Farm. Mehrfache Kontakte. Eindeutig Menschen.«
»Was zum Teufel machen die hier? Vielleicht eine andere Widerstandsgruppe?«
»Schon möglich, aber die Kerle kommen uns in die Quere.«
»Und jetzt?«
Bevor Derek antworten konnte, knallten Schüsse durch die Nacht. Blitzschleudern antworteten. Menschliche und ruulanische Stimmen schrien.
»Verdammt, sie greifen an!«
»Ich wiederhole: Und jetzt?«
Fuck!
»Wir haben keine Wahl, es sind immerhin Menschen. Wir müssen ihnen helfen.« Derek erhob seine Stimme über den Gefechtslärm. »Los! Los! Los!«
Entlang des Bewässerungsgrabens erhoben sich die Widerstandskämpfer und stürmten auf die Ruul los. Automatische Waffen knatterten, Laserstrahlen bohrten sich fauchend in ruulanische Körper und zur Antwort zischten Blitzschleudern.
Ein Kugelblitz verfehlte Derek um Haaresbreite. Er erwiderte das Feuer und schoss einen Ruul nieder. Zwei seiner TKA-Soldaten streckten in Gemeinschaftsarbeit drei Ruul nieder, dafür verloren sie zwei Leute durch das gegnerische Feuer.
Die fremden Angreifer hatten inzwischen das Kunststück geschafft, den Großteil der ruulanischen Aufmerksamkeit auf sich zu ziehen. Das war gut

für Derek und Narim, jedoch schlecht für die unbekannten menschlichen Helfer. Die Ruul trieben sie bereits zurück.

Derek sah noch eine weitere Gefahr. Je näher sie dem Gefecht und den Neuankömmlingen kamen, desto wahrscheinlicher wurde es, dass sie unabsichtlich in deren Feuer gerieten. Bei Nacht war es unwahrscheinlich, dass sie Freund von Feind unterscheiden konnten, mal ganz davon abgesehen, dass sie mit Sicherheit nicht mit der Anwesenheit anderer Menschen rechneten.

»Narim! Wir sind etwa hundert Meter hinter der ruulanischen Linie, wir halten die Position. Roll die Slugs von der Seite auf. Wir geben Feuerschutz durch Distanzfeuer.«

»Verstanden!«

»Und Narim?«

»Ja?«

»Falls möglich versuch, Kontakt zu den anderen Widerstandskämpfern aufzunehmen. Wir müssen sie wissen lassen, dass wir hier sind, sonst wird die Sache hässlich.«

»Die Sache *ist* schon hässlich. Ich habe zwei Verwundete durch menschlichen Beschuss.«

Verflucht!

»Tu, was du kannst, aber geh kein unnötiges Risiko ein.«

»Verstanden.«

Dereks Team verschanzte sich zwischen einigen Maschinen und mehreren Hovertrucks. Überraschenderweise schien das feindliche Feuer merklich nachzulassen. Er musterte misstrauisch den Container, hinter dem er sich duckte. Die Ruul trauten sich nicht zu feuern aus Angst, die Container zu treffen. Entweder waren sie extrem wertvoll oder extrem gefährlich – oder beides.

Seine Leute gaben immer wieder Salven auf den Gegner ab. Es war jedoch nicht erkennbar, ob sie etwas trafen. Es galt auch eher, den Gegner beschäftigt zu halten, um ihn von Narims Vorstoß abzulenken. Dieses Katz-und-Maus-Spiel dauerte ein paar Minuten an, bis die Ruul die Geduld verloren. Eine Gruppe aus fünfzehn Slugs zog ihre Schwerter und stürmte auf Dereks verschanztes Team zu. Sie überbrückten die Entfernung in atemberaubender Zeit. Derek hatte gerade noch genug Zeit, ein Bajonett auf den Lauf seines Gewehrs aufzupflanzen, als auch schon der erste Ruul über ihm war.

Er parierte einen wilden Schwerthieb mit dem eigenen Bajonett, doch die Wucht des Angriffs riss ihn von den Beinen. Er rollte über die Schulter nach hinten ab und kam wieder auf die Beine. Der Ruul setzte ihm kampflustig nach.

Rings um ihn entbrannte ein tödlicher Nahkampf. Seine Leute kämpften mit dem Mut der Verzweiflung gegen Gegner, die gute zwei Köpfe größer und im Nahkampf geschult waren.

Einem TKA-Soldaten wurde der Kopf abgeschlagen, einem weiteren der Bauch aufgeschlitzt. Ein verletzter Milizionär versuchte wegzukriechen. Ein Ruul setzte ihm nach, doch zwei andere Milizionäre stellten sich ihm in den Weg, um ihren Kameraden zu beschützen.

Sein eigener Gegner griff erneut an. Der nächste Schwerthieb des Ruul ging ins Leere und Derek nutzte die Gelegenheit, dem Ruul mit dem Bajonett die Seite aufzuschlitzen. Warmes Blut spritzte ihm über Hand, Arme und Gesicht. Der Ruul heulte vor Schmerz auf.

Er war so gut wie tot. Sie beide wussten es, trotzdem weigerte sich der Slug aufzugeben. Er wirbelte herum, stieß das Gewehr mit dem Bajonett beiseite und schlug Derek mit der krallenbewehrten Hand zu Boden. Er fühlte, wie etwas oberhalb seiner linken Augenbraue riss und ihm Blut über das Gesicht lief. Es vermischte sich mit dem Blut des Ruul. Wie durch einen Schleier nahm Derek den Ruul wahr, der über ihm aufragte, das Schwert zum Todesstoß erhoben.

Eine schattenhafte Gestalt huschte plötzlich über ihn hinweg. In der Kehle des Ruul öffnete sich eine klaffende Wunde und er stürzte gurgelnd hintenüber.

Weitere Gestalten drängten sich zwischen seine bedrängten Männer und die Ruul. Mit vereinten Kräften rangen sie die verhassten Gegner nieder. Bajonette senkten sich in zuckende Leiber. Die Ruul schrien im Todeskampf. Der Kampf endete so schnell, wie er begonnen hatte. Eine Ruhe, die sich genauso unnatürlich anfühlte wie der Kampflärm zuvor, senkte sich über das Feld.

Hände halfen ihm auf. Beinahe wäre er wieder gestürzt, doch sein unbekannter Helfer hielt ihn mit eisernem Griff aufrecht.

»Captain Carlyle? Können Sie mich hören? Captain? Derek?«

Derek konzentrierte sich auf die vertraute Stimme, die besorgt seinen Namen nannte. Im ersten Moment hielt er sie für eine Halluzination, hervorgerufen durch die Gehirnerschütterung, die er ohne Zweifel erlitten hatte. Doch dann realisierte er, dass die Stimme real war, ebenso die Person, der sie gehörte.

Es war Lieutenant Colonel Ethan Wolf.

»Das gibt eine hübsche Narbe«, erklärte Wolf, während er den Sanitäter beobachtete, wie er den Riss über Dereks Augenbraue nähte. »Es hätte nicht viel gefehlt und ihr halber Kopf würde jetzt fehlen.«

»Danke für die Aufmunterung«, meinte Derek. Obwohl ihm nicht zum Lachen zumute war, verzog ein Schmunzeln seine Lippen. »Haben *Sie* mich gerettet?«

Wolf hob abwehrend beide Hände. »Zu viel der Ehre. Bedanken Sie sich lieber bei ihm.« Er wies mit dem Kinn in Narims Richtung.

Die beiden Kompaniekommandeure nickten sich grüßend zu. »Danke. War verdammt knapp.«

Narim zuckte die Achseln. »Du hättest das Gleiche für mich getan.«

Derek lächelte, ersparte sich jedoch eine Antwort. Er konnte sich keine Situation vorstellen, in der der Exkommandosoldat seine Hilfe brauchen würde. Derek konzentrierte sich stattdessen wieder auf Wolf.

»Ich dachte, Sie wären tot.«

»Ein paarmal hätte nicht viel gefehlt.«

»Was ist passiert?«

»In der Nacht der ...« Seine Stimme stockte. »... Invasion versuchte ich zunächst, den Widerstand aufrechtzuerhalten. Wir taten das Menschenmögliche, um die Stadt zu halten, doch die Slugs landeten einfach immer neue Truppen und Ausrüstung. Sie walzten uns praktisch platt. Im Nachhinein betrachtet glaube ich, wir hätten so oder so keine Chance gehabt, auch dann nicht, wenn wir uns auf ihren Angriff hätten vorbereiten können. Als klar war, dass die Stadt verloren gehen würde, sammelte ich so viele Soldaten, wie ich konnte, und führte einen Ausbruch aus dem Kessel.« Seine Stimme nahm einen dunkleren Tonfall an. »Zu diesem Zeitpunkt verfügte ich noch über knapp neunhundert Soldaten, die sich aus den Resten des 2. Bataillons, der Miliz und der anderen TKA-Regimenter zusammensetzten. Als wir den Kessel hinter uns hatten, waren wir gerade noch dreihundert. In jener Nacht verloren wir Major Björn Storker sowie die Captains Yato Kamamura und Nadja Rouganova.« Der Colonel stockte. »Es war ein furchtbares Gemetzel.«

Derek unterdrückte ein Aufwallen von Trauer. Dies bedeutete, das 2. Bataillon hatte jeden höheren Offizier verloren, und das in nur einer Schlacht.

»Wie ging es weiter?«, fragte Derek.

»Wir schlugen uns in die Wildnis und versteckten uns eine Weile. Einige Leute sind an ihren Verletzungen gestorben, einige andere sind weggelaufen. Ich habe versucht, eine Widerstandsbewegung aufzubauen, und wir haben die Ruul ein paarmal erfolgreich angegriffen. Lebensmittel besorgten wir uns von hilfsbereiten Farmern. Ohne deren Hilfe hätten wir nicht überlebt.«

Derek war überrascht, wie ähnlich ihre Geschichten verlaufen waren. Die Männer und Frauen unter Wolfs Kommando hatten – ähnlich wie sie auch – die Hölle erlebt, doch nun waren sie wieder vereint.

»Was für ein Zufall, dass Sie uns gefunden haben.«

Wolf schnaubte. »So ein großer Zufall ist das gar nicht. Wir haben Sie gesucht. Uns erreichten immer wieder Berichte von einer sehr erfolgreichen Widerstandsgruppe, die in dieser Gegend aktiv sein sollte. Wir entschieden, uns mit dieser Gruppe zu vereinigen. Es war meine Hoffnung, dass man uns findet, wenn wir in dieser Gegend nur genügend Angriffe durchführen – und siehe da, da sind Sie. Ich hätte nicht zu hoffen gewagt, dass es die Überlebenden des 1. Bataillons sind.«

Derek musterte Wolf einen ausgedehnten Augenblick lang. »Es ist schön, Sie zu sehen, Colonel.«

Wolf klopfte ihm aufmunternd auf die Schulter. »Es ist auch schön, Sie zu sehen, Captain. Sie auch, Narim.«

Der Inder nickte ihm zu und verschränkte die Arme hinter dem Rücken. Erstaunlich, wie schnell der ehemalige ROCKET in alte Verhaltensweisen zurückfiel, sobald ein höherer Rang anwesend war. So förmlich war er seit ihrem Absturz nicht mehr gewesen.

»Wie viele Leute bringen Sie mit, Colonel?«, fragte Derek.

»Knapp zweihundert.«

Derek versuchte, sich seine Enttäuschung nicht anmerken zu lassen, doch Wolfs sah es ihm trotzdem an. »Ja, ich weiß, es ist nicht viel, aber die anderen sind wie gesagt weggelaufen, ihren Verletzungen erlegen oder wurden in den Kämpfen getötet.« Der Colonel rang sich ein Lächeln ab. »Besser als nichts, oder?«

»Ja, Sir.« Derek stand auf und nahm Haltung an. »Lieutenant Colonel Wolf, ich übergebe Ihnen hiermit die Truppen.«

Wolf wirkte für einen Augenblick überrascht, überwand es jedoch und nickte verstehend. Als ranghöchstem Offizier stand ihm der Oberbefehl zu. Das war für Derek keine Frage. Insgeheim war er froh, das Kommando und somit die Verantwortung abgeben zu können.

Ein Corporal trat zu dem Trio und salutierte erst in Dereks, dann in Wolfs Richtung. Verstohlen gab Derek dem Mann ein Zeichen, Wolf Bericht zu erstatten.

»Wir sind so weit, eine der Maschinen zu öffnen, Sir.«

Wolf nickte. »Dann sehen wir uns mal an, was unsere ruulanischen Freunde vor uns verbergen wollen.«

Sie begaben sich zu einer der Maschinen. Sie besaß ungefähr die Ausmaße eines Mähdreschers. An der Seite befand sich eine Kanzel, von der aus zwei Ruul die Maschine steuerten. Das Glas der Kanzel war von Kugeln durchlöchert. Man hatte die Leichen der ruulanischen Besatzung entfernt, doch an den Armaturen, den Sitzen und dem Glas klebte noch ihr Blut.

Zwei Soldaten stemmten eine Öffnung auf, die sich während des Gefechts verklemmt hatte. Narim schaltete eine Taschenlampe an und beleuchtete das Innenleben der Maschine. Es war bemerkenswert unspektakulär. Der Innenraum bot Platz für sechs Container, die aufrecht in einer Art Halterung standen. Derek konnte nur vermuten, dass die Container etwas in die Schläuche abfüllten, die in den Boden führte.

»Was zum Teufel machen die Kerle hier?«, flüsterte Wolf andächtig.

Einer der Soldaten trat näher, bevor Wolf ihn aufhalten konnte, und klopfte mit dem Gewehrkolben gegen einen der Container. Dem Geräusch nach war der Container etwa halb voll.

Der Soldat musste etwas beschädigt haben, denn es sickerte eine kleine Menge einer farblosen Flüssigkeit aus einer Dichtung und tropfte auf den metallischen Boden der Maschine.

Der Mann sank plötzlich auf die Knie. Sein Gesicht verzerrte sich vor Agonie. Die Finger verkrampften sich und waren nicht mehr in der Lage, das Gewehr zu halten. Es fiel klappernd zu Boden.

Einer der Soldaten wollte dem Mann zu Hilfe kommen, doch Narim hielt ihn zurück. »Sie können ihm nicht mehr helfen.«

»Die Tür zu!«, schrie Wolf. »Schnell!«

»Aber ...«

Der Mann schrie nun gequält auf. Blut quoll aus Augen, Nase und Mund.

»Er ist schon so gut wie tot«, sagte Wolf und drückte einen der Türflügel zu, während Derek den anderen zuzog. Die Tür fiel ins Schloss und Wolf verriegelte sie. Der im Inneren gefangene Mann schrie unter Qualen. Viele der Soldaten wandten sich schaudernd ab.

Wolf ging fassungslos drei Schritte zurück.

»Was war das?« Derek deutete auf die Maschine.

»Die Ruul vergiften den Planeten«, erklärte Wolf. »Gibt es einen Arzt oder eine Laborausrüstung dort, wo sie herkommen?«

Derek nickte. »Und was wir nicht haben, kann ich besorgen. Wieso? Was haben Sie vor?«

»Sammeln Sie eine Bodenprobe ein. Wir müssen das Zeug analysieren. Ich will wissen, wie das Teufelszeug genau wirkt.«

»Halten Sie das für eine gute Idee nach dem, was mit ihm«, er deutete auf die Maschine, »passiert ist?« Die Schreie des armen Kerls hatten inzwischen aufgehört.

»Sehen Sie sich um. Die Ruul tragen keine Schutzkleidung. Wenn das Zeug erst mal im Boden ist, scheint es nicht mehr unmittelbar zum Tod zu führen.«

»Und das schließen Sie woraus? Es könnte auf die Ruul gar keine oder eine ganz andere Wirkung haben.«

»Wenn es anders wäre, wären wir alle schon tot. Wir ergreifen alle Vorsichtsmaßnahmen, aber es muss dringendst analysiert werden. Tun Sie, was ich Ihnen gesagt habe.«

»Ja, Sir«, sagte Derek wenig überzeugt. Die Maßnahme, die Wolf soeben angeordnet hatte, gefiel ihm absolut nicht. Der Colonel ging viel zu sorglos mit ihrer aller Leben um. Trotzdem schickte er einen Mann in die Basis voraus, der Doktor Harolds anweisen sollte, einen sterilen Raum für eine Untersuchung herzurichten. Zwei andere Männer beauftragte er damit, Bodenproben einzusammeln und luftdicht einzupacken. Nur für alle Fälle. Er hoffte, dass sich das nicht als Todesurteil für sie alle erweisen würde.

Teil III

Brüder im Geiste

Denn welcher heut sein Blut mit mir vergießt, der wird mein Bruder
William Shakespeare, König Heinrich V., 4. Aufzug, 3. Szene

17

Nereh knirschte mit den Zähnen vor Wut. Tatsächlich konnte er sich nicht erinnern, wann er jemals so wütend gewesen war.

»Wie groß ist der angerichtete Schaden?«

Teroi versteifte sich, als er den Tonfall seines Kommandanten wahrnahm, ließ sich jedoch ansonsten keine Gefühlsregung anmerken.

»Nicht sehr groß. Wir haben knapp hundert Krieger und mehrere Maschinen verloren. Die Chemikalie ist noch da. In einer der Maschinen fanden wir eine menschliche Leiche. Ich vermute, er starb bei der Untersuchung der Maschine und nach seinem Tod trauten sich die Menschen nicht, Hand an etwas zu legen, das sie nicht kennen oder verstehen. Auf unseren Zeitplan hat dies keinerlei negativen Auswirkungen. Mir macht allerdings große Sorgen, dass die Menschen nun so offen gegen die Truppen vorgehen, die die Felder bearbeiten. Wir müssen davon ausgehen, dass sie nun zumindest Teile unseres Planes kennen oder erraten haben.«

»Anzunehmen«, stimmte Nereh zu. »Was unternehmen wir also gegen den Widerstand?«

»Ich möchte nur hervorheben, dass ich den Widerstand längst hätte zerschlagen können, wenn wie von mir vorgeschlagen vorübergehend Schiffe in den Orbit verlegt worden wären.«

Nereh warf seinem Untergebenen einen scharfen Blick zu. Andere wären unter den unerbittlichen Augen des Ruul in sich zusammengesunken, nicht aber Teroi. Er war ein guter Krieger und fähiger Befehlshaber im Gefecht, weshalb er für Nereh so überaus wertvoll war. Allerdings war ihm Terois Ehrgeiz nicht entgangen. Seine zunehmend aufmüpfige Art bereitete ihm großes Kopfzerbrechen. Möglich, dass es notwendig wurde, Teroi aus der Gleichung zu nehmen. Er konnte sich in diesem Stadium der Operation keine Ablenkung erlauben.

»Das kommt nicht infrage. Weitere Vorschläge?«

»Die Erel'kai befinden sich noch immer an Bord unserer Schiffe. Sie wurden seit Beginn der Invasion nicht eingesetzt und werden langsam unruhig.«

»Ist das deine subtile Art, mich um den Einsatz der Erel'kai zu bitten?«

»Ja. Es sind die besten Krieger aller Stämme – erfahrene Kämpfer und Jäger. Wenn ich schon die Schiffe nicht einsetzen darf, dann durchkämmen wir eben den Planeten auf die harte Tour.«

»Den ganzen Planeten?«, höhnte Nereh. »Bis du damit fertig bist, ist unsere Mission längst abgeschlossen. Hast du keine bessere Idee?«

»Ich bin kein Narr.«

Zum ersten Mal nahm Nereh so etwas wie Zorn in Terois Tonfall wahr. Verwirrt blickte er auf.

»Natürlich weiß ich, dass es zu lange dauert, den ganzen Planeten zu durchkämmen«, fuhr der Krieger fort. »In den letzten Tagen habe ich mir zunehmend Gedanken um den Widerstand gemacht. Ich habe jeden ihrer Überfälle dokumentiert und auf einer Karte eingetragen. Meiner Meinung nach gibt es nur sehr wenige Orte, die sich für eine geheime Basis eignen. Wir werden einen möglichen Standort nach dem anderen eliminieren. Irgendwann werden wir die Menschen zwangsläufig finden.«

Nereh überlegte angestrengt und gab schließlich mit einem Wink sein Einverständnis. »Ich verspreche, in weniger als einer Woche wird der Widerstand zerschlagen sein.«

»Ich werde dich beim Wort nehmen«, gab Nereh giftig zurück.

Teroi nickte. »Ich werde dann die hundert Menschen zusammentreiben lassen.«

»Welche hundert Menschen?«

Teroi gab sich überrascht. »Erinnerst du dich nicht? Du hast der Bevölkerung gedroht, dass für jeden Ruul ein Mensch sterben wird. Ich gedenke, diese Drohung weiterhin umzusetzen.«

»Hältst du das wirklich für nötig? Die ersten Hinrichtungen haben auch nichts bewirkt. Die Menschen kämpfen weiter gegen uns. Weitere Exekutionen bringen die Bevölkerung nur unnötig gegen uns auf. Ich halte nichts von sinnlosem Abschlachten.«

»*Du* hast ihnen gedroht. Nicht ich. Wir dürfen jetzt nicht zurückstecken. Das würde uns schwach erscheinen lassen.« Teroi winkte verächtlich ab. »Außerdem sind es doch nur Menschen.«

Im Gegensatz zu vielen anderen Vertretern seines Volkes war Nereh kein Ruul, der zu leichtfertigem Blutvergießen neigte. Das bedeutete nicht, dass er nicht zu kämpfen vermochte. Kein Ruul konnte eine bedeutende Stellung erreichen, wenn er nicht kämpfte. Doch Nereh hielt sich eher für einen Mann des Geistes. Er kämpfte lieber mit Wissen und zwang einen Gegner dadurch in die Knie. Die Drohung, die Zivilbevölkerung für jeden Akt des Widerstands leiden zu lassen, war eine bewusste Einschüchterung gewesen, eine Einschüchterung, die nicht funktioniert hatte. Es widerstrebte ihm, noch mehr Menschen hinzurichten. Er hielt es für ... Verschwendung.

Die karis-esarro waren da ganz anders. Sie hatten einen Hang zur Gewalt, der selbst unter den Ruul seinesgleichen suchte. Außerdem hassten und verabscheuten sie die Menschen wie nichts sonst.

Leider hatte Teroi recht. Die Drohung nicht umzusetzen, ließ sie schwach und inkonsequent erscheinen. Außerdem war er sich sicher, dass Teroi nur darauf wartete, gegen ihn persönlich loszuschlagen, und so etwas wäre genau der Vorwand, der ihm fehlte. Mit einem müden Nicken gab er sein Einverständnis.

Teroi bemühte sich nicht einmal, seine Genugtuung zu verbergen. Als er sich umdrehte, um den Befehl auszuführen, durchbohrte Nereh ihn mit Blicken und wünschte sich, es wäre ein Schwert gewesen.

Vom Fenster seines Arbeitszimmers hatte Gouverneur Jean-Luc Bonnet einen Logenplatz bei den Exekutionen auf dem Marktplatz. Jedes Mal wenn eine Blitzschleuder fauchte, ging ihm dieser Laut durch Mark und Bein.

Die Ruul ermordeten die Menschen nicht auf einmal, was zumindest für den Rest der Bevölkerung einem Akt der Gnade gleichgekommen wäre. Nein, ein Ruul ging von einem Gefangenen zum nächsten und schoss den armen Schweinen beinahe schon leichtfertig in den Kopf. Die Körper zuckten einmal und sanken blutüberströmt auf den Asphalt.

Bonnet musste gegen den Zwang ankämpfen, seinen Blick abzuwenden, doch er empfand es als seine Pflicht, sich dieses Schauspiel anzusehen. Diese Menschen verdienten es, dass sich jemand ihr Schicksal einprägte, zu eigen machte und an die Nachwelt übermittelte. Und er hatte vor, anderen Menschen davon zu berichten, auch wenn es das Letzte war, was er machen würde.

Sein Leibwächter Eric stand angespannt hinter ihm, um die Last des Erlebten mit ihm zu teilen. Bonnet ließ den Blick wandern. Es befanden sich kaum Menschen auf den Straßen. Niemand wollte dies persönlich miterleben oder das Risiko eingehen, von den Ruul auch noch für ihr Exempel ausgewählt zu werden. Er war sich jedoch sicher, dass hinter geschlossenen Fensterläden Menschen saßen, die dem Leid auf der Straße lauschten und wie er bei jedem Schrei zusammenzuckten.

Die Schreie der ermordeten Menschen brachen gnädigerweise endlich ab.

Die Ruul zogen sich zurück, zufrieden mit dem Gemetzel, das sie angerichtet hatten. Die exekutierten Bürger ließen sie achtlos liegen als Mahnmal für die Überlebenden.

Bonnet ballte seine Hände an den Seiten zu Fäusten und hätte am liebsten auf irgendetwas eingeschlagen. Eric bemerkte es.

»Es ist zum Glück vorbei«, bemerkte er mitfühlend.

»Ja, fürs Erste. Und was ist mit Morgen? Oder übermorgen? Was ist, wenn die Slugs wieder einen Vorwand suchen, um zu morden? Nein, Eric, das muss aufhören.«

»Und wie stellen Sie sich das vor?«

»Das ist die Frage, nicht wahr?« Ein entschlossener Ausdruck spannte die Haut um Bonnets Mundwinkel. »Eric? Sie müssen mir einen Gefallen tun. Rufen Sie mir die Offiziere der Miliz und TKA zusammen.«

»Welche?«

»Alle«, erwiderte Bonnet ruhig. »Alle, die noch da sind.«

»Sir? Wir haben Langstreckenkommunikation und ISS-Antrieb wiederhergestellt«, meldete Commander Cindy Bell erleichtert. »Beide Systeme stehen ab sofort wieder zu Ihrer Verfügung.«

Santos klatschte begeistert in die Hände. »Ausgezeichnet. Und ich habe mir schon Gedanken gemacht, wie wir jemanden auf dem Planeten erreichen, ohne dass unsere ruulanischen Freunde etwas mitbekommen.«

»Und wie?«

»Wir schicken unser Signal huckepack, auf der Strahlung, die von einer Sonneneruption ausgeht. Unser Signal würde lediglich wie Hintergrundstrahlung erscheinen.«

Bell überlegte fieberhaft, schließlich nickte sie. »Das könnte sogar funktionieren.«

»Dann suchen Sie mir mal eine passende Eruption.«

Bonnet musterte die versammelten Offiziere der Reihe nach. Es waren bedrückend wenige, weniger als ein Dutzend. Die übrigen waren tot, vermisst oder kämpften in der Wildnis aufseiten des Widerstands.

Der Wortführer der Gruppe war Lieutenant Colonel Julius J. Carson. Bonnet hatte den Mann vor der Invasion vielleicht ein- oder zweimal gesehen, wenn die planetare Miliz Übungen abhielt, bei denen er unbedingt zugegen sein musste, und dann erst wieder in seiner Gouverneursresidenz, als es darum ging, den Ruul die Kapitulation Alacantors anzubieten.

Der Mann war für einen Lieutenant Colonel noch relativ jung, gerade einmal Mitte dreißig, was bei der Miliz allerdings nicht ungewöhnlich war. Die meisten Milizionäre gingen den Großteil der Zeit über ganz normalen Berufen nach und die wenigsten Milizionäre mussten in ihrem Leben wirklich eine Waffe abfeuern oder an Kampfeinsätzen teilnehmen. Natürlich mit Ausnahme der Milizen, die das Pech hatten, in der Nähe der Frontlinie zu dienen.

Bonnet hatte sich über den Mann informiert. Er hatte sich während der Verteidigung Crossovers ganz gut geschlagen, nicht überragend, aber doch besser als viele andere Milizoffiziere. Doch bei den Ausführungen des Gouverneurs schüttelte er lediglich den Kopf.

»Sie verlangen Unmögliches.«

»Wieso?«, fragte der Gouverneur. »Warum ist das unmöglich? Ich rede nicht davon, alle Ruul auf dem Planeten auszulöschen, sondern lediglich davon, einen einzelnen Akt des Widerstands durchzuführen.«

»Es tut mir leid, so offen sprechen zu müssen, aber ich befürchte, Sie meinen eher einen Akt des Trotzes. Wir haben vielleicht noch siebenhundert Soldaten in der Hauptstadt – unbewaffnet, wie ich hinzufügen möchte – und mit ihnen sollen wir Crossover wieder in unsere Hand bringen?«

»Es ist machbar. Wir kennen inzwischen fast jedes Versteck der Ruul innerhalb der Stadtgrenzen. Wir wissen, über welche Waffen sie verfügen und wo sie ihre Panzer in Stellung gebracht haben.«

»Das löst aber noch nicht unser eigenes Bewaffnungsproblem. Sollen wir mit Steinen nach den Ruul werfen?«

Bonnet ließ den Blick von einem zum anderen wandern, bevor er die Bombe platzen ließ. Falls den versammelten Offizieren das bisher Gesagte schon nicht gefiel, so würden sie bei seinen nächsten Worten vermutlich an die Decke gehen

»Auf dem Flugfeld steht immer noch ein intakter Gargoyle-Truppentransporter der TKA. In seinem Bauch befindet sich ein Waffenarsenal, das groß genug ist, ein Bataillon auszurüsten und über mehrere Wochen zu versorgen. Als ersten Schritt unserer Operation schlage ich vor, dass wir den Gargoyle in unsere Gewalt bringen.«

Schockiertes Schweigen antwortete ihm, gefolgt von wüstem Durcheinander vieler gleichzeitig redender Stimmen. Bonnet ließ sie einen Augenblick gewähren, bevor er mit erhobener Hand um Ruhe bat.

»Das schaffen wir nie«, sprach Carson aus, was alle seine Offizierskollegen dachten. »Auf dem Flugfeld stehen wie viele, vielleicht vierhundert Ruul und ein Dutzend Panzer? Die metzeln uns nieder, bevor wir auch nur die Hälfte der Strecke zum Truppentransporter zurückgelegt haben.«

»Die Lage ist nicht ganz so düster, wie Sie sie darstellen. Ein paar Waffen haben wir. Meine Schutztruppe ist bewaffnet.«

Eric holte demonstrativ seine Laserpistole aus dem Holster und präsentierte sie so, dass jeder sie sehen konnte.

»Das ist nicht Ihr Ernst! Wir sollen die Ruul mit diesen Spielzeugen schlagen? Das glauben Sie doch selbst nicht.«

Bonnet verschränkte die Hände vor der Brust. Er wägte seine nächsten Worte sehr sorgfältig ab. Es war nicht so, dass diese Männer nicht kämpfen wollten, das spürte er sehr deutlich. Nein, vielmehr haderten sie mit dem Umstand, keine echte Chance und keine geeigneten Mittel für den Kampf zu haben.

»Wissen Sie, wessen ich heute Zeuge werden musste?«

Carson runzelte verwirrt die Stirn.

»Ich musste mit ansehen, wie einhundert Bürger von Alacantor hingerichtet wurden, direkt vor meinem Fenster. Und wofür? Nur, weil sich einige wenige Menschen für den Kampf entschlossen haben und nicht aufgeben. Sie kämpfen nicht für sich selbst. Sie kämpfen für uns alle.«

Carson sah peinlich berührt zur Seite, doch sein Trotz kehrte schon bald zurück. »Darüber müssen Sie mir nichts sagen. Ich habe die Schreie auch gehört und mir für einen Moment gewünscht, ich wäre taub. Aber es bringt diese Menschen nicht zurück, wenn wir weitere sinnlos opfern.«

»Meine Herren, ich weiß nicht, wie es Ihnen geht, aber ich für meinen Teil würde lieber bei der Verteidigung meiner Heimatwelt sterben, als wie ein Opferlamm zur Schlachtbank geführt zu werden. Und ich bin sicher, dass viele andere Bewohner dieser schönen Welt es ebenso sehen.«

»Mut allein hat noch keine Revolte zum Erfolg geführt«, beharrte Carson.

»Wir sind nicht allein. Irgendwo da draußen ist eine ganze Widerstandsgruppe, die uns helfen würde. Sie haben Waffen und Ausrüstung.«

»Das mag schon sein, aber das ist alles nicht in unserer Reichweite und wir wissen nicht, wie wir mit Ihnen in Kontakt treten können. Und selbst wenn es anders wäre, ist es fraglich, ob wir das ganze Zeug heimlich in die Stadt schmuggeln könnten, ohne dass die Ruul es mitkriegen. Wie man es dreht und wendet, Ihr Plan ist zum Scheitern verurteilt.«

Ein Leibwächter des Gouverneurs kam herein und flüsterte Eric etwas ins Ohr. Bonnet erkannte an der subtilen Art, wie sich Erics Körperhaltung veränderte, dass etwas Wichtiges geschehen war.

»Sir«, sagte Eric schließlich. »Wir empfangen eine Übertragung.«
»Übertragung? Von wem?«
»Das werden Sie mir nie glauben«, erklärte Eric rätselhaft.
Der Leibwächter führte den Gouverneur und die Offiziere in einen kleinen Raum im Keller der Residenz. Ein weiterer Leibwächter des Gouverneurs saß dort an einem altertümlich anmutenden Funkgerät.
»Herr Gouverneur?«, fragte Carson. »Was ist das hier?«
»Seit die Ruul den Planeten eroberten, haben sie auch die Kontrolle über die HyperraumComStation. Damit haben sie uns effektiv von jeder Möglichkeit abgeschnitten, jemanden außerhalb des Systems von unserer Lage zu unterrichten. Daher haben wir hier einen Funkraum aufgebaut, in der Hoffnung, wir könnten einen der anfliegenden Konvois erreichen, damit diese für uns eine Nachricht übermitteln.«
»Und?«
»Leider Fehlanzeige. Die Schiffe der Flotte überwachen die alten Frequenzen, die wir damit erreichen können so gut wie nie. Sie haben uns nicht gehört. Es war ohnehin eine schwache Hoffnung.«
»Sir?«, meldete sich der Funker zu Wort. »Das sollten Sie sich anhören.«
Er betätigte zwei Knöpfe und eine schwache, von statischem Rauschen unterbrochene Stimme, war zu hören.
»Hier ist die *TKS Cleopatra*, Commodore Emanuel Santos. Alacantor, hören Sie mich? Kann mich irgendjemand auf Alacantor empfangen?«
Bonnet griff sich ohne Umschweife das Headset des Funkers. »Commodore Santos? Sind das tatsächlich Sie?«
Eine Pause, aber dann ...
»Gouverneur Bonnet, sind Sie das?«
»Ja, ich bin es. Hier unten dachten wir, Sie wären alle tot.«
»Hat auch nicht viel gefehlt. Wie ist die Lage auf dem Planeten?«
»Alacantor ist von den Ruul besetzt. Unsere Fähigkeit, Widerstand zu leisten, ist begrenzt.«
»Wie können wir helfen?«
»Wie ist der Status Ihres ISS-Antriebs?«
»Ist online. Wir könnten ohne Weiteres aus dem System springen.«
»Dann machen Sie, dass Sie hier wegkommen. Begeben Sie sich ins nächste System, das über eine Flottenbasis verfügt. Wir brauchen dringend Hilfe. Wann könnten Sie mit Entsatztruppen hier sein?«
Eine weitere Pause folgte. Bonnet vermutete, dass Santos sich gerade mit seinen Offizieren beriet. Schließlich meldete sich der Commodore wieder.

»Etwa fünfzig Stunden nach unserer Abreise könnte eine terranische Flotte über Alacantor auftauchen.«

»Gut, dann tun Sie es baldmöglichst.« Sein Blick streifte Carson und ein verzweifelter Plan reifte in Bonnets Geist.

»Nein, warten Sie, Commodore ...«

»Ja, ich höre.«

»Vor Ihrer Abreise müssen Sie mir einen Gefallen tun. Es wird aber sehr gefährlich.«

»Wir werden tun, was wir können, Herr Gouverneur.«

Bonnet schaltete die Funkverbindung auf stumm und wandte sich an Carson. »Jetzt weiß ich, wie wir vielleicht an Waffen kommen.«

18

Bis die Truppen unter Wolfs und Dereks Befehl in die Basis zurückkehrten, hatte Harolds bereits in einem alten Frachtcontainer etwas eingerichtet, dass bei diesen primitiven Verhältnissen als steriler Raum durchgehen musste.

Vor dem Raum war eine provisorische Schleuse inklusive Dusche angebracht worden, damit Harolds und seine Assistenten eventuelle Gefahrenstoffe abwaschen und sich anschließend dekontaminieren konnten.

Der Arzt befand sich inzwischen gut und gerne zwei Tage in dem sterilen Raum. In dieser Zeit hatte er kaum gegessen und nur wenig geschlafen. Obwohl die Offiziere nicht viel zu tun hatten, hielten sie es ebenso. Derek ertappte sich mehrmals dabei, wie er vor der Schleuse unruhig auf und ab ging.

Die einzige Ablenkung lag in einer Einsatzbesprechung, in der sich Wolf auf den neuesten Stand bringen ließ. Sein Gesicht umwölkte sich, als er erfuhr, dass nur so wenige Mitglieder des 171. Regiments überlebt hatten. Er fing sich jedoch sofort wieder und brachte ein paar Verbesserungsvorschläge an, was die Aufstellung von Wachen oder mögliche Fluchtwege betraf. Anschließend besuchte er Baumann im Lazarett, wo er mehrere Stunden an der Seite des Majors verblieb, der ständig in einem halbwachen Zustand vor sich hin dämmerte. Als Wolf schließlich das Lazarett verließ, war er in gedrückter Stimmung, seine Miene düster.

Master Chief Delaney war der Einzige, der sich über einen Mangel an Arbeit nicht beklagen konnte. Im Prinzip hielt er die Maschinerie am Laufen. Außerdem fand er einen Verwendungszweck für die erbeuteten Artilleriegeschütze der zerstörten Feuersalamander. In ihrem Besitz befanden sich inzwischen vier der leistungsstarken Geschützrohre. Zwei ließ er mit der Mündung nach oben an Dreibeinständer schweißen, wodurch sie zu improvisierten Mörsern mit beachtlicher Reichweite und entsprechend großem Zerstörungspotenzial wurden. Die übrigen funktionierte er zu tragbaren Panzerabwehrwaffen um, die zwar schwer und unhandlich waren, aber deswegen nicht weniger tödlich. Einziger Nachteil war, dass man jeweils drei Mann brauchte, um sie in Stellung zu bringen, auszurichten und abzufeuern. Leider besaßen sie kaum Munition für diese Waffen. Insgesamt hatten sie während der Kämpfe lediglich dreißig Geschosse für dieses Kaliber erbeutet. Daher musste jeder Schuss sitzen.

Zu Beginn des dritten Tages betrat Harolds endlich die Schleuse, duschte und desinfizierte sich und trat in die Höhle.

Ein Corporal reichte ihm ein Handtuch, mit dem er sich die Haare trocknete, während die Offiziere sowie Delaney ungeduldig auf dessen Bericht warteten.

»Ich habe jetzt einige Antworten, aber keine dürfte Ihnen gefallen.«

»Erzählen Sie es trotzdem«, forderte Wolf ihn auf.

»Das Mittel ist ein überaus starkes Gift. Es weist Charakteristika eines Pestizids auf, allerdings mit zeitlich stark verzögerter Wirkung.«

»Erklären Sie das.«

»Aufgrund der Beschreibung der Maschinen und des Vorgangs, die Sie mir geliefert haben, gehe ich davon aus, dass die Ruul den Boden mit diesem Zeug sättigen. Einmal im Erdreich nistet es sich ein, wartet. Es verbindet sich auf molekularer Ebene mit dem Boden und den Pflanzen. Die Inkubationszeit beträgt mindestens zwei bis drei Wochen, vorsichtig geschätzt. Erst dann entfaltet es seine Wirkung und wird tödlich.«

»Aber Doc«, warf Derek ein, »der Mann, der diesem Zeug ausgesetzt wurde, starb innerhalb von Minuten. War kein schöner Anblick.«

»Ja, das ist sowohl das Gefährliche als auch die größte Schwäche an diesem Zeug. Soweit ich das beurteilen kann, ist es eine Art Hybridverbindung zwischen einer Chemikalie und einem Krankheitserreger, vermutlich einer Art Virus. An der Luft ist es hochgradig ansteckend und hundertprozentig tödlich. Wie Sie schon sagten, innerhalb von Minuten. In sauerstoffhaltiger Atmosphäre ist es jedoch auch in höchstem Maße flüchtig. Es löst sich nach knapp zehn Minuten auf.«

Wolf kratzte sich nachdenklich am Kinn. »Aus diesem Grund lassen sie es ins Erdreich sickern.«

»Exakt«, stimmte Harolds zu. »Verstehen Sie mich nicht falsch, als biologische Waffe wäre dieses Mistzeug eine nicht einzuschätzende Gefahr. In einer Atmosphäre verbreitet, könnte man eine planetare Bevölkerung dezimieren.«

»Aber?«, hakte Derek nach.

»Aber es würde nicht reichen, einen Planeten zu entvölkern. Die Chemikalie würde sich lange vorher verflüchtigen. Im Boden allerdings ist diese Chemikalie unbegrenzt haltbar.«

»Kurios, nicht wahr?«, meinte Narim.

»Im Gegenteil«, erwiderte Wolf. »So langsam ergibt alles einen Sinn. Warum sie ausgerechnet Alacantor angreifen, ihr seltsames Verhalten nach der erfolgreichen Eroberung des Planeten, es ergibt alles Sinn.«

»Colonel?«, hakte Derek nach, der noch nicht so ganz verstand.

Wolf sah von einem zum anderen. Verständnislose Blicke antworteten ihm bis auf Harolds, der nickte. »Sie müssen das so sehen: Die Ruul sind nicht damit zufrieden, einen oder zwei oder meinetwegen auch ein halbes Dutzend Planeten auf dieses Weise anzugreifen. Ihr Plan sieht etwas ganz anderes vor. Über den Boden vergiften die Ruul die Pflanzen, den Weizen, das Obst, alle Nahrungsmittel, die angebaut werden. Mehr noch, über den Boden und die Pflanzen gelangt das Zeug in die Nahrungskette und infiziert das Nutzvieh.«

Derek stöhnte, als ihm ein Licht aufging. »Und all das wird durch die Lebensmittelkonvois zu anderen Planeten geschafft. Planeten, die sich nicht selbst versorgen können. Mein Gott, ein Teil von den angebauten Nahrungsmitteln wird sogar zur Erde geliefert! Aus diesem Grund lassen sie auch die Zivilbevölkerung weitestgehend unangetastet. Sie sollen ruhig weiter Nahrungsmittel anbauen und produzieren. Und die Überreste der Miliz sorgen für Ruhe, sonst werden Menschen sterben. Wenn die Konvois den Planeten anlaufen, um Vorräte zu verladen, soll alles völlig normal wirken, und zwar so lange wie möglich.«

»Auf diese Weise gelangt die Chemikalie in den Nahrungskreislauf des Menschen«, schloss Harolds seine Ausführungen. »Bis die Chemikalie nach zwei Wochen ihre Wirkung entfaltet, werden bereits unzählige Menschen infiziert sein, und bis man merkt, was los ist, wird noch mehr Zeit vergehen. Nach der Beschreibung der Todesart dieses armen Soldaten würde ich vermuten, dass Wirkungsweise und Verlauf der Infizierung Ähnlichkeiten mit dem Ebolavirus aufweist, nur beschleunigt.«

»Eines wundert mich allerdings«, erklärte Delaney. »Sobald man merkt, dass etwas nicht stimmt, wird man ziemlich schnell rausfinden, woher die Nahrungsmittel kamen. Der Schaden wird zu diesem Zeitpunkt zwar schon groß sein und Alacantor fällt als Nahrungsmittel herstellender Planet weg, aber man wird dann einfach auf den anderen Planeten die Produktion erhöhen. Zu einer Hungersnot wird es also nicht kommen.«

»Sie haben recht«, stimmte Derek zu. »Unter diesem Gesichtspunkt ergibt diese Aktion kaum Sinn. Es wurden zu viel Ressourcen eingesetzt, das würde den Nutzen nicht aufwiegen. Es sei denn ...« Seine Stimme stockte.

»Sir?«

»... es sei denn, Alacantor ist nicht die einzige Welt, die vergiftet wird.« Fassungslose Blicke begegneten ihm.

»Die Ruul sind unter Garantie auch in den anderen Systemen, die sich auf die Produktion von Nahrungsmitteln spezialisiert haben. In allen fünf. Etwas anderes ergibt gar keinen Sinn. Sie wollen uns von der Nahrungsmittelversorgung abschneiden. Die Bastarde wollen uns aushungern!«

Derek nutzte eine kurze Pause, nachdem er die Wachposten überprüft hatte, um etwas zu Atem zu kommen. Die Nachtluft kühlte die immer noch frische Narbe auf seiner Stirn. Sie zog sich vom Haaransatz bis zur Mitte der rechten Wange. Er hatte unglaubliches Glück gehabt. Wolf hatte recht. Die Krallen hätten ihm den halben Schädel kosten können. Die Narbe pochte immer noch und tat von Zeit zu Zeit auch schrecklich weh.

Harolds hatte ihm was gegen die Schmerzen gegeben, Derek bewahrte die Tabletten allerdings in seinem Quartier auf. Er hatte Angst, das Schmerzmittel würde ihn zu sehr benebeln, und das konnte und wollte er sich nicht leisten. Er brauchte alle seine Sinne, wenn er diesen ganzen Mist überleben wollte.

»Schwieriger Tag?«

Derek wirbelte herum. Er hatte gar nicht gehört, dass sich jemand genähert hatte. Es handelte sich um Wolf, der eine Schachtel Zigaretten aus seiner Uniform kramte, sich eine herauszog und Derek die Schachtel auffordernd hinhielt. Derek winkte ab.

»Gut für Sie«, sagte Wolf auf Dereks Weigerung hin. »Eine schreckliche Angewohnheit. Ich will auch ständig damit aufhören, schaffe es aber nie so ganz.«

»Ich hab nie damit angefangen.«

»Wie gesagt, furchtbare Angewohnheit«, lächelte Wolf. Er musterte Dereks Gesicht und wurde ernst. »Und jetzt sagen Sie mir, was Ihnen so zu schaffen macht.«

»Ich weiß ehrlich gesagt nicht, wo ich da anfangen soll.«

»Am besten am Anfang.« Wolf zwinkerte Derek zu und setzte sich auf den Felsen neben ihm.

»Am Anfang«, sinnierte Derek. »Das wäre wohl der Augenblick, als ich nach Alacantor gekommen bin. Ich bin hier, weil keine andere Einheit mich haben wollte. Nach Rainbow und Fortress war ich entschlossen, meine Eignung als Soldat unter Beweis zu stellen, aber nachdem mich nur ein

Freiwilligenregiment aufnahm, gab ich jede Hoffnung auf, je wieder zu kämpfen.« Er zögerte.

»Und die Vorstellung hat Ihnen zugesagt«, half Wolf ihm weiter.

Derek sah auf. »Ehrlich gesagt ... ja. Ich habe mich in den Monaten der Ausbildung zunächst damit abgefunden und dann sogar daran gewöhnt. Ich fand ... ich fand ...«

»Gefallen daran?«

Derek seufzte. »Ja. Ich bin nicht stolz darauf, aber ja, genauso ist es.«

Wolf lachte leise auf. Derek war überrascht, dass der kaum hörbare Laut voller Sympathie steckte. »Und jetzt schämen Sie sich dafür? Tun Sie das nicht. Ihre Gefühle waren ... sind ... völlig verständlich. Glauben Sie, einer von denen da drin«, er deutete auf das Innere der Höhle, »hat andere Gefühle? Nein, ganz gewiss nicht. Da nehme ich mich selbst nicht außen vor. Kennen Sie meine Vorgeschichte?«

Derek nickte.

»Dann wissen Sie schon alles über mich, was Sie wissen müssen. Dieses Kommando sollte mein Gnadenbrot sein. Glauben Sie, die Herren Generäle hätten mich hierher geschickt, wenn die gewusst hätten, dass sich Alacantor zu einem Brennpunkt entwickelt?« Er kicherte erneut, diesmal voller Schadenfreude. »Mit Sicherheit nicht.« Er wurde schlagartig ernst. »Man hat mich hierher geschickt, damit ich keinen Schaden mehr anrichten kann.«

»Aber Sie haben ein paar große Siege errungen.«

»Schon möglich, aber haben Sie mal meine Verlustlisten gesehen? Ich war froh, nach Alacantor zu kommen. Endlich eine sinnvolle Aufgabe, ohne dass ich gute Männer und Frauen in den Tod schicken muss.«

Er prustete.

»Die Götter des Universums sind schon ein makaberer Haufen, was? Ausgerechnet mich in diese Schlangengrube zu verfrachten, voller Slugs und deren Intrigen. Ich könnte mir vorstellen, sie lachen mich gerade aus.«

»Dann lachen Sie uns wohl beide aus.«

Wolf legte die Stirn in tiefe Falten. »Wieso das? Sie haben hervorragende Arbeit geleistet. Habe ich Ihnen das schon mal gesagt?«

Derek schüttelte verlegen den Kopf.

»Es ist so«, beharrte Wolf. »Sie haben die Einheit zusammengehalten und in Sicherheit gebracht. Ich bezweifle, dass irgendjemand mehr hätte tun können. Nicht mal der arme Baumann.«

»Es sind Menschen gestorben. Durch Fehler, die ich begangen habe. Ich habe fast ein ganzes Bataillon verloren.«

Wolf schüttelte den Kopf. »Die Erfahrungen von Rainbow und Fortress haben Sie überempfindlich werden lassen, mein Freund. Nach allem, was ich gehört habe, war von dem Bataillon schon nach dem Absturz nicht mehr viel übrig. Und was Ihre angeblichen Fehler betrifft, das hätte jedem passieren können. Das Regiment ist keine Eliteeinheit. Wie sagte Delaney so schön in seiner Ansprache? Wir sind nur hier, um richtige Soldaten für den Dienst an der Front freizustellen. Das ist hart, aber korrekt ausgedrückt. Genau deswegen sind wir hier. Damit Soldaten, die man auch als solche erkennt, dorthin geschickt werden können, wo sie wirklich gebraucht werden. Und wir? Nun, wir sind hier, um den Menschen die Illusion zu vermitteln, dass ihr Planet geschützt wird.«

»Und den Ruul auch?«

»Und den Ruul auch«, bestätigte Wolf. »Wobei es in Alacantors Fall nicht wirklich gut geklappt hat.«

Wolf sah Derek durchdringend an. »Glauben Sie mir eines, Ihnen ein Kommando innerhalb der Einheit zu geben, war die beste Entscheidung, die ich seit Langem getroffen habe.«

»Aber Colonel ... ich ... ich ...«

»Ja?«

»Ich habe Angst. Furchtbare Todesangst. Nicht nur um mich, sondern vor allem um die Leute, die aufgrund meiner Fehler draufgehen. Ich war erleichtert, als Sie wieder auftauchten, allerdings in erster Linie, weil Sie wieder das Kommando übernahmen und mich von meiner Last befreiten.«

»Ich sage Ihnen jetzt mal was, wenn Sie mir versprechen, es niemandem weiterzusagen«, flüsterte Wolf verschwörerisch.

Derek nickte abermals.

»Ich habe auch Angst, jedes Mal wenn ich einen Befehl gebe, genau aus denselben Gründen wie Sie. Es gibt Offiziere, die verneinen solche Gefühle, sagen, es gäbe sie nicht. Aber glauben Sie mir, jeder, der einmal ein Kommando innehatte, wird sich in diesen Gefühlen wiedererkennen. Alle, die sagen, es wäre nicht so, lügen. Und ich sage Ihnen noch etwas: Ich möchte mit keinem Offizier dienen, der diese Art Angst nicht kennt. Diese Angst zeichnet wirklich gute Offiziere aus, denn ihnen liegen die Leben, die ihnen anvertraut sind, am Herzen. Verstehen Sie mich nicht falsch, es ist unsere Aufgabe, harte Entscheidungen zu treffen, und wir müssen sie trotz dieser Angst treffen, aber das ist eben die Welt eines Offiziers. Es ist eine gefährliche Gratwanderung. Verstehen Sie, was ich Ihnen damit sagen will, Captain?«

»Ich denke schon, Colonel.«
»Zweifeln Sie nicht an sich, Junge. Ich tue es auch nicht.«

Teroi'karis-esarro schlich sich lautlos an den menschlichen Wachposten heran. Als er so nahe war, dass er den ekelhaften Gestank des Menschen riechen konnte, schlug er blitzschnell zu, riss den Kopf des nestral'avac nach oben und zerriss mit seinen Klauen dessen Kehle.

Er wusste, er würde die Menschen finden, solange er nur hartnäckig genug suchte. Es hatte sich ausgezahlt, alle möglichen Verstecke der Reihe nach abzusuchen. Nun hatte er die Menschen endlich ausgemacht. Der Widerstand würde heute Nacht enden.

Über den ganzen Hang verstreut lagen die Erel'kai auf der Lauer, nur auf Terois Zeichen wartend. Weiter unten bezogen Hunderte von regulären ruulanischen Kriegern Position, um den Angriff der Elitekrieger zu unterstützen. Er stieß ein kurzes, bellendes Heulen aus.

Bei dem Heulen zuckte Wolf zusammen. Seine Haltung änderte sich schlagartig von entspannt zu alarmiert. Derek stand lauschend auf, doch das Geräusch wiederholte sich nicht.

»Was war das? Ein Kojote?«

»Nein«, widersprach Wolf, während seine Augen versuchten, die Dunkelheit zu durchdringen. »Erel'kai.«

Derek lief ein eiskalter Schauder des Entsetzens über den Rücken. Über die Erel'kai kursierten viele Geschichten und noch mehr Gerüchte. Mochten auch nur die Hälfte von ihnen übertrieben oder schlichtweg gelogen sein, so waren sie trotzdem noch in großen Schwierigkeiten.

»Sind Sie sicher?«, flüsterte Derek. Der Drang, sich leise zu verhalten, wurde fast übermächtig. Als könnte er die Ruul schon allein durch das Erheben seiner Stimme herbeibeschwören.

»Diesen Laut habe ich schon einmal gehört, kurz bevor die Erel'kai eines meiner Bataillone durch den Fleischwolf gedreht haben. Auf diese Weise rufen sie ihre Krieger in den Kampf.« Wolf zog seine Seitenwaffe – eine alte Neunmillimeter – und entsicherte sie. »Alarmieren Sie die anderen! Umgehend!«

Derek wollte sich schon in die Höhle begeben, als sich auf einem Felsvorsprung über Wolf ein riesiger Schatten aus der Dunkelheit schälte. Dereks Mund öffnete sich, um zu schreien, doch Wolf sah bereits das Entsetzen in Dereks Augen, wirbelte auf dem Absatz herum und feuerte dreimal.

Der Körper eines toten Slug fiel dem Colonel vor die Füße, zwei Löcher in der Brust. Der Ruul hielt sogar noch im Tod sein Schwert fest umklammert.
»In die Höhle!«, schrie Wolf. »Los!«
Wolfs Schüsse hatten bereits die Bewohner des Höhlensystems aufgeschreckt. Männer und Frauen wälzten sich von ihren Decken und griffen nach ihren Waffen.

Ruul stürmten den schmalen Grat hoch, der zu den Höhlen führte. Einige Männer schossen auf die angreifende Horde, doch Derek befahl die Soldaten zurück in die Höhlen. Sollte es eine Erfolg versprechende Verteidigung geben, so konnte sie nur aus dem Inneren der Höhlen erfolgen, wo sie mit etwas Glück die Ruul auf Distanz halten konnten und wo die zahlenmäßige Überlegenheit der Slugs nicht zum Tragen kommen konnte.

Die Ruul bewegten sich mit atemberaubender Geschwindigkeit und Eleganz über die Felsen, schneller, als jeder Mensch es vermocht hätte.

Wolf und Derek ließen sich in die Höhlen zurückfallen. Der erste Ruul war ihnen bereits dicht auf den Fersen. Wolf riss die Waffe hoch und schoss ihm eine Kugel in den Kopf. Die Bewegungsenergie trug den bereits toten Körper noch weiter in die Höhle. Als er umfiel, riss er Wolf mit sich, der nicht schnell genug ausweichen konnte.

Derek zerrte die Leiche des Slug weit genug von seinem Befehlshaber herunter, dass dieser hervorkriechen konnte. Weitere Ruul tauchten am Eingang der Höhle auf. Derek riss seine Waffe hoch.

»Zurück!«, befahl Wolf und packte Derek am Arm. »Hier ist es sinnlos.«

Ein Ruul schlug zwei Menschen nieder, die sich in den hinteren Bereich der Höhle flüchten wollten. Die Menschen wichen vor den angreifenden Ruul zurück, sammelten sich instinktiv um Wolf und Derek. Die Ruul fauchten sich in ihrer gutturalen Sprache Befehle zu, die Derek nicht verstand. Weitere Ruul stürmten die Eingangskaverne. Ein nicht enden wollender Strom.

Abwehrfeuer schlug ihnen entgegen und mähte Dutzende von ihnen nieder. Die Überlebenden stiegen jedoch einfach über ihre gefallenen Kameraden, ohne sich durch deren Ableben einschüchtern zu lassen. Sie überbrückten die Entfernung zu den Verteidigern mit zwei kurzen Sätzen. Schwerter hackten sich einen blutigen Weg durch die Menschen. Milizionäre und TKA-Soldaten schrien gequält auf, nur um kurz darauf für immer zu verstummen. Unter Wolfs und Dereks Führung zogen sich die Menschen tiefer in die Höhlen zurück und mussten hilflos mit ansehen, wie die Ruul die Kaverne am Höhleneingang einnahmen.

Zum Zeitpunkt des Angriffs hatte sich Delaney ebenfalls eine Ruhepause gegönnt, doch als der Tumult losbrach, war er von einer Sekunde zur nächsten hellwach. Der Master Sergeant erfasste die Situation mit einem Blick und machte sich sofort daran, Ordnung in das Chaos zu bringen.

Er bildete an der Kreuzung tiefer im Berg eine Feuerlinie aus dreißig Schützen, dahinter eine zweite aus weiteren dreißig. Wenn sie die Ruul stoppen wollten, dann hier. Sollte es ihnen gelingen, die Kreuzung einzunehmen, würde eine Verteidigung des Berges unmöglich sein. Die Ruul würden sie einfach in kleinere, isoliert kämpfende Gruppen aufspalten und durch ihre bloße Masse niederkämpfen.

Wolf und Derek scheuchten alle, die sich noch im Eingangsbereich aufhielten, weiter nach hinten. Den Ruul hier die Stirn bieten zu wollen, war Selbstmord.

Die Ruul stürmten brüllend die Höhlen, eine Masse grün geschuppter Leiber, die Blut sehen wollten. Delaney hörte sie, lange bevor er den ersten sah.

Wolf und Derek führten die Überlebenden des ersten Angriffs der Ruul an den Schützenlinien vorbei und brachten sie hinter diesen in Stellung als Verstärkung für Delaney und dessen improvisierte Verteidigung.

Als Derek an ihm vorüberging, zwinkerte der Unteroffizier ihm schelmisch zu. Der Mann war ganz in seinem Element und viel zu unbeschwert für eine solch bedrohliche Situation.

»Ganz ruhig, Leute«, ermahnte er die beiden Schützenlinien. »Auf mein Kommando warten.«

Und schon wogte die erste ruulanische Welle um die Biegung voraus. Delaney zog eine der erbeuteten Blitzschleudern und legte an.

»Feuer!«

Die Schützenlinien errichteten wie ein Mann ein Sperrfeuer in dem engen Gang. Die ruulanische Welle stoppte so plötzlich, als wäre sie gegen eine Mauer gerannt.

Die führenden Ruul lösten sich praktisch in einer Fontäne aus Blut, Knochen und Schuppen auf. Der nächsten Reihe erging es nicht besser und auch der übernächsten.

Einige Ruul erwiderten das Feuer und mehrere Soldaten gingen unter den Energieentladungen des Gegners zu Boden, wurden jedoch sofort von nachrückenden Soldaten ersetzt, die nur auf ihre Chance warteten, den Ruul alles heimzuzahlen, was sie Alacantor angetan hatten.

Der Korridor, durch den die Slugs stürmten, diente als Engpass, durch den immer nur wenige Ruul Seite an Seite vorstoßen konnten. Nach nur wenigen Sekunden war der Boden mit toten Slugs übersät. Die übrigen zogen sich in den Korridor zurück, den sie soeben unter großen Opfern erobert hatten. Delaney gab sich jedoch keiner Illusion hin. Die Slugs zogen sich lediglich zurück, um sich neu zu formieren. Er hörte Slug-Offiziere Befehle brüllen. Weiteres Brüllen antwortete ihm.

»Macht euch bereit!«, ermahnte er seine Schützenlinien. Die Slugs stürmten erneut heran. »Der Tanz geht weiter!«

Währenddessen formierten Narim und Jessica in den hinteren Höhlen eine Streitmacht von knapp zweihundertfünfzig Männern und Frauen für einen Gegenangriff. Die Soldaten waren mit allem bewaffnet, was sich in der Schnelle auftreiben ließ. Viele trugen Blitzschleudern bei sich, die in den viel zu kleinen Händen seltsam klobig wirkten.

Jessica ließ zwanzig Mann zum Schutz von Doktor Harolds und seiner Krankenstation zurück und führte die Truppe in Richtung des Kampflärms.

Dort spitzte sich die Lage dramatisch zu. Die Ruul griffen innerhalb weniger Minuten viermal an und viermal wurde der Angriff zurückgeworfen, jedes Mal mit verheerenden Verlusten aufseiten des Gegners. Doch mit jedem Angriff kamen die Ruul Delaneys Feuerlinien näher. Die Verteidiger erlitten ebenfalls herbe Verluste. Verglichen mit denen der Angreifer waren diese zwar verschwindend gering, doch jeder Soldat, der fiel, fehlte.

Die Ruul zogen sich gerade wieder einmal hinter die nächste Biegung zurück, wo sie außer Reichweite des menschlichen Feuers waren. Die Verteidiger nutzten die kurze Kampfpause, um nachzuladen, die Verwundeten nach hinten zu bringen und entstandene Lücken zu füllen. Delaney sah sich besorgt um. Inzwischen war jede Heiterkeit aus dem Gesicht des bärbeißigen Unteroffiziers gewichen. In aller Eile zählte er seine Leute durch. Weniger als die Hälfte waren noch übrig. Er knirschte mit den Zähnen. Sie konnten die Ruul unmöglich noch länger aufhalten.

Delaney warf seine Blitzschleuder beiseite. Das verdammte Ding funktionierte nicht mehr. Vermutlich war einfach die Energiezelle aufgebraucht. Er griff sich ein Sturmgewehr vom Boden und ließ sich von einem weiblichen Sergeant der Miliz zwei Magazine reichen.

Wolf tauchte neben ihm auf und deutete auf eine Brandblase auf Delaneys Arm. Dieser zuckte lediglich mit den Achseln. »Kaum der Rede wert. Nur ein Kratzer.« Er deutete in Richtung der Slugs. »Was glauben Sie, mit wie vielen wir es zu tun haben?«

»Keine Ahnung«, erwiderte Wolf ehrlich. »Aber sicherlich eine Menge.« Er sah sich in der engen Höhle um. »Ohne den Vorteil des leicht zu verteidigenden Geländes hätten sie uns sicher schon überrannt.«

»Ganz bestimmt«, gab Delaney ihm recht. »Das stellt uns aber vor ein Problem.«

»Und welches?«

»Was ist, wenn die uns aushungern? Dann sehen wir ganz schön alt aus.«

Wolf verdrehte die Augen. »Delaney, Sie machen mich fertig. Jetzt kommen Sie doch nicht mit so was daher.«

»Der gute Sergeant malt gern den Teufel an die Wand«, frotzelte Derek, der sich zu den beiden Soldaten gesellte.

Neuerliches Heulen durchdrang die Höhle. So mancher Soldat sah sich bei dem schauerlichen Geräusch ängstlich nach seinen Kameraden um.

»Nur nicht ins Bockshorn jagen lassen«, beruhigte Delaney sie. »Die Slugs wollen euch nur einschüchtern.«

Es funktioniert, dachte Derek bei sich, während die nächste ruulanische Welle durch den Korridor auf sie zurollte und Schüsse sowie die Schreie Sterbender den Gang mit der Melodie des Krieges füllten.

19

Eric führte eine kleine Schar seiner Leute und mehr als zweihundert Milizionäre durch verwinkelte Gassen und verlassene Hinterhöfe in Richtung des Militärareals, das nun von den Ruul besetzt war.

Als Chef der Schutztruppe des Gouverneurs war es seine Aufgabe, sich in der Hauptstadt des Planeten auszukennen wie in der eigenen Westentasche. Dieses Wissen entpuppte sich nun als Zünglein an der Waage.

Er war zuversichtlich, die kleine Streitmacht durch die Ruul unbemerkt bis auf weniger als fünfzig Meter an den Zaun heranbringen zu können. Lediglich die dreißig Leibwächter des Gouverneurs waren bewaffnet, und das auch nur mit einfachen Handfeuerwaffen, die in einem Gefecht nicht unbedingt viel wert waren.

Die Milizionäre waren zum größten Teil unbewaffnet. Lediglich einige wenige führten Drahtschneider mit sich, um den Zaun an mehreren Stellen zu öffnen und ihnen Zugang zu verschaffen.

Ein Geräusch voraus ließ Eric innehalten. Mit erhobener Hand gebot er den Soldaten hinter sich, still im Dunkeln zu verharren. Vor seiner Zeit als Leibwächter hatte er lange Jahre bei den Marines gedient, hatte sogar die große Invasion hautnah miterlebt und sie *überlebt*. Es war erstaunlich, wie schnell man wieder in alte Verhaltensweisen zurückfiel, sobald sich eine bedrohliche Situation ergab.

Drei Gestalten marschierten etwa zwanzig Meter voraus durch die Nacht. Die Silhouetten waren unverkennbar. Ruul. Eric dankte Gott dafür, dass sie keine Kaitars bei sich führten. Diese widerlichen Kreaturen hätten die Menschen sofort gewittert. Eric spürte kalten Schweiß seinen Nacken herunterlaufen, als er darauf wartete, dass die Ruul endlich von der Straße verschwanden.

Die Ruul plauderten angeregt miteinander. Plötzlich fingen alle brüllend an zu lachen, als ob einer von ihnen einen besonders guten Witz erzählt hätte. Eric ertappte sich dabei, wie er sich fragte, was wohl bei den Ruul einen guten Witz abgeben würde.

Endlich setzten die Ruul - immer noch lachend - ihren Weg fort. Eric wartete noch einige Minuten, um sicherzugehen, dass die drei weg waren und ihnen keine Nachzügler folgten.

Er kam am Ende der Gasse an und spähte in beide Richtungen. Keine Ruul zu sehen und die nächste Patrouille würde vermutlich erst in einigen Minuten eintreffen. Mit etwas Glück hatten dann die Slugs bereits alle Hände voll zu tun.

In der Ferne konnte er im Dämmerlicht des Mondscheins schwach die Umrisse des Gargoyle-Truppentransporters auf dem Flugfeld sehen. Eric schätzte, dass das Schiff zwischen tausend und fünfzehnhundert Metern entfernt war. Falls etwas schiefging, würde das ein ganz schöner Spießrutenlauf werden. Eric überlegte, ob er die Aktion abblasen sollte, falls Santos nicht eintraf. Sie brauchten aber diese Waffen. Ohne diese Waffen wäre auch eine zeitweise Rückeroberung Crossovers nicht machbar.

Eric zog den Ärmel seines Anzugs zurück, um einen Blick auf seine Uhr zu werfen. Es war beinahe so weit. Der Leibwächter des Gouverneurs sah flehend zum Himmel und wartete darauf, dass die Wolken Feuer spuckten.

»XO! Status?«, fordert Santos.

»Auf Ihren Befehl hin bereit, Commodore.«

Commodore Emanuel Santos fühlte sich so lebendig wie schon seit Langem nicht mehr. Im ersten Moment war er schockiert und fassungslos angesichts des Planes, den der Gouverneur ihm da vorschlug. Doch je mehr er darüber nachdachte, desto mehr freundete er sich mit dem Plan an. Heute würde er einige der von den Ruul während der Zerstörung seines Geschwaders abgeschlachteten Freunde rächen.

Zahltag, ihr Schweinehunde!

Santos rief noch einmal eine schematische Darstellung Crossovers auf seinem holografischen Display auf und vergrößerte den Bereich um die Kasernen und das angrenzende Flugfeld. Die Daten, die Gouverneur Bonnet ihm hatte liefern können, waren bestenfalls dürftig. Es würde schwierig werden, anhand dieser einen Präzisionsangriff zu fliegen, die Kasernen und Hangars punktgenau zu treffen, den Truppentransporter aber ungeschoren zu lassen.

Normalerweise würde Santos in so einem Fall einen Orbitalschlag empfehlen, doch die Situation war nun mal alles andere als normal. Die Zielerfassungscomputer arbeiteten immer noch fehlerhaft aufgrund der enormen Gefechtsschäden, die sie erlitten hatten. Entsprechend blieb nichts anderes übrig, als in die Atmosphäre einzuschwenken – für gewöhnlich kein

Problem, doch in ihrem desolaten Zustand eine Belastungsprobe für Schiff und Besatzung.

Sie mussten praktisch manuell und auf Sicht schießen – mit nur minimaler Unterstützung durch den Computer. Die Geschützmannschaften saßen bereits an ihren Konsolen und in ihren Kuppeln bereit.

»Welche Waffen stehen für den Angriff zur Verfügung?«, fragte er seine XO.

Cindy Bell konsultierte ihr tragbares Datenterminal. »Wir haben vier 1,5-Zoll-Laser, drei 3-Zoll-Laser und einen 5er.«

Das war für einen Schweren Kreuzer nicht viel, allerdings würden bereits 1,5-Zoll-Schiffsgeschütze das Areal in Schutt und Asche verwandeln.

»Wir nehmen die 1,5er«, entschied er. »Alles andere würde dort unten die Hölle ausbrechen lassen. Wir wollen doch nicht aus Versehen unsere Verbündeten treffen.«

Bell gab die Anweisung an die Geschützmannschaften weiter, während Santos seinen Gedanken nachhing.

Es gab noch einen weiteren Punkt, der ihm große Sorgen bereitete, nämlich wie er seine Leute heil aus dem System bringen sollte.

Natürlich waren die Nullgrenzen ungeschützt und frei zugänglich und natürlich verfügte die *Cleopatra* über einen funktionierenden ISS-Antrieb. Bevor er Gouverneur Bonnet über Funk erreicht hatte, war er allerdings auch nie davon ausgegangen, vor seiner Flucht noch einen Angriff fliegen zu müssen.

Es war unwahrscheinlich, dass die Ruul stillhalten würden, während er so dreist war, mit einem schwer beschädigten Schiff, eine ihrer Stellungen auszuheben. Nein, sobald er den ISS-Antrieb hochfuhr, würden die Ruul mitbekommen, was los war, und dann lief alles auf ein reines Zahlenspiel raus.

Santos überschlug die Beschleunigungswerte ein weiteres Mal im Kopf. Es würde seine Zeit dauern, um den Planeten zu erreichen, in die Atmosphäre einzutreten und den Angriff auszuführen, dann wieder die Trägheit der Atmosphäre überwinden, wieder ins All zu kommen und dann endlich die südliche Nullgrenze des Systems zu erreichen.

Je nachdem, was die Ruul hinter ihm herschickten, konnte es durchaus sein, dass er ihnen immer eine Nasenlänge voraus war oder dass die Ruul sogar in Feuerreichweite kamen. Letztere Möglichkeit bereitete ihm ein besonders flaues Gefühl im Magen. Die *Cleopatra* war auf keinen Fall in der Lage, ein Gefecht auszukämpfen. Im Moment wäre selbst ein Zerstörer oder ein einzelner Typ-8-Kreuzer ein formidabler Gegner für den angeschlagenen Kreuzer.

Alles hing davon ab, wie viel sie noch aus der alten Dame würden herausholen können und wie lange es aufseiten der Ruul dauerte, bis man eins und eins zusammenzählte und Schiffe zu ihrer Zerstörung entsandte.

Wie man es auch drehte und wendete, alles lief auf ein verdammtes Wettrennen hinaus und Santos war sich nicht sicher, dass die *Cleopatra* es würde gewinnen können.

»Cindy, fertig machen zum Hochfahren des ISS. Wir schlagen los, und falls hier jemand religiös ist, sollte er langsam mit Beten anfangen.«

Der Captain von Nereh'garas-tois Flaggschiff hieß Sara'nir-toi und gehörte zur alten Garde der Ruul. Er war ein Hardliner, der bei Kerrelaks Machtergreifung eigentlich auf Orros' Seite gestanden hatte. Allerdings war er auch pragmatisch genug, sich nach Orros' Tod still zu verhalten. Er erkannte die Zeichen der Zeit, wenn er sie sah, und so gehörte er zu den wenigen glücklichen Anhängern Orros', die Kerrelaks Säuberungen überlebten und sogar ihre relativ einflussreiche Stellung innerhalb des ruulanischen Militärs halten konnten.

Aus diesem Grunde neigte er eher zu der Ansicht, dass Vorsicht der bessere Teil der Tapferkeit war. Nur nicht auffallen, hieß seine Devise und nur keine unnötige Initiative zeigen. Für Orros' ehemalige Anhänger war Initiative der beste Weg, um von Kerrelaks Augen und Ohren, die es inzwischen überall gab, aus dem Weg geräumt zu werden. Der Kriegsmeister war entschlossen, seine Position zu behaupten, und war ständig auf der Suche nach Intrigen seiner Widersacher mit dem Ziel, seine Führung zu beenden. Daher kamen immer noch hin und wieder Gegner Kerrelaks auf ihren Missionen oder durch bedauerliche Unfälle zu Tode – und manchmal sogar Verbündete.

Aus diesem Grund reagierte er auch zunächst mit Unglauben, als einer seiner Offiziere mit einer Sensoraufzeichnung bei ihm vorsprach, bei der es sich um die Ortung eines menschlichen Kriegsschiffes handeln sollte.

»Pff ... unmöglich«, brummte er unbestimmt. »Wo soll das denn herkommen?«

»Die Daten, die wir auffangen, lassen keinen anderen Schluss zu. Die IFF-Kennung bestätigt das. Aus den Werten von Masse und Kennung schließen wir, dass es sich um die *TKS Cleopatra* handelt, einen Schweren Kreuzer der Sioux-Klasse. Es kommandierte die Verteidigung des Alacantor-Systems.«

Die Ruul verfügten inzwischen über eine Datenbank, in der alle bekannten Schiffe der Til-Nara, Sca'rith, Meskalno, Asalti, Nerai, aber vor allem der Menschen eingetragen wurden. Komplett mit ihren Verdiensten, Dossiers ihrer höheren Offiziere (soweit bekannt) und den Schlachten, an denen sie teilgenommen hatten. Diese Datenbank gehörte zu den Neuerungen, die Kerrelak eingeführt hatte. Der Kriegsmeister war der Meinung, man müsse seinen Feind kennen, um ihn zu besiegen.

Sara war kein Fan Kerrelaks, musste ihm aber zugutehalten, dass diese Datenbank gar keine üble Idee war. Öffentlich hätte er das natürlich vehement bestritten, doch aus Sicht eines Gefechtsoffiziers war diese Datenbank überaus hilfreich bei der Gefahreneinschätzung zu Beginn einer Schlacht.

Doch dieses Mal musste ein Fehler vorliegen. Es konnte gar nicht anders sein. Die *Cleopatra* existierte nicht mehr.

»Wenn es zum Kommando dieses Systems gehört hat, ist es zerstört worden. Wir haben *alle* menschlichen Schiffe dieses Systems zerstört.«

»Herr, ich kann nur das sagen, was uns die Sensoren anzeigen, und demzufolge handelt es sich bei diesem Kontakt um die *TKS Cleopatra*.«

Sara entblößte seine Zähne zu einem gefährlichen Lächeln. Der Offizier widerstand dem Drang zurückzuweichen.

»Dann kann das nur ein Sensorengeist sein, möglicherweise hervorgerufen durch die Strahlung der Doppelsonnen.«

»Das haben wir bereits ausgeschlossen.«

Saras Lächeln verblasste so schnell, wie es gekommen war. »Soll ich also den Planeten anfunken und Nereh mitteilen, dass ein Schiff Kurs auf den Planeten genommen hat, das eigentlich schon seit Tagen nur noch Schrott im Weltraum ist? Ist das dein Ernst? Das soll ich sagen?« Bei den letzten Worten brüllte er fast.

»N... nein, Herr«, stotterte der Offizier.

Sara beruhigte sich etwas. »Dann ist es ja gut. Für einen Moment dachte ich, du hättest den Verstand verloren.«

Er gab dem verängstigten Offizier den Sensorbericht zurück in dem Glauben, die Sache wäre damit erledigt. Tatsächlich schien der junge Krieger nichts lieber tun zu wollen, als wegzulaufen und aus der Gegenwart seines Herrn zu entkommen, doch das Pflichtgefühl des Ruul siegte.

Als sich der junge Krieger nicht von der Stelle rührte, sah Sara ihn scharf an. »Gibt es noch was?«

»Nun, ihr könntet wenigstens eine Kampfpatrouille aussenden, um die Identität dieses Kontakts zu bestätigen.«

Sara sah ihn ungläubig an. »Du gibst mir allen Ernstes Ratschläge?«
Inzwischen war sich Sara unangenehm der Aufmerksamkeit der anderen Brückenoffiziere bewusst. Sogar die Sklavenaufseher auf der unteren Ebene sahen nach oben und die taten normalerweise so, als wären sie unsichtbar.

Es gab eine Sache, die Sara noch mehr ängstigte, als in Kerrelaks Aufmerksamkeit zu geraten, und das war Gesichtsverlust und darauf lief im Moment alles hinaus.

Sara zischte wütend. »Dann schick deine Patrouille. Aber schnell, bevor du dich noch mehr zum Narren machst, du Dummkopf.«

»Wie lange noch bis zum Planeten?«
»Etwa neun Minuten«, meldete seine XO.

Für ein Schiff wie die *Cleopatra* waren neun Minuten geradezu eine halbe Ewigkeit. Wären Schiff und Besatzung in Höchstform gewesen, hätten sie lediglich ein Drittel dieser Zeit benötigt. Trotzdem lief alles bemerkenswert glatt.

Santos konnte sein Glück kaum fassen. Die Ruul hatten länger nicht auf seinen Vorstoß reagiert, als er in seinen kühnsten Hoffnungen erwartet hatte. Der Planet wurde vor dem Fenster seiner Brücke immer größer. Sie hatten es fast geschafft.

Da ihm seit dem ruulanischen Angriff sein taktischer Offizier fehlte, diente Cindy Bell vorübergehend nun auch in dieser Funktion.

»Sir«, meldete sie plötzlich, »die Ruul starten Jäger.«
»Wie viele?«
»Vierzehn. Schließen von Steuerbord schnell auf.«
»Haben wir noch Flakbatterien Steuerbord?«
»Ja, drei.«

Santos fluchte. Das war nicht viel, gegen ruulanische Jäger schon gar nicht. Die Kerle waren verdammt flink.

»Wann erreichen Sie uns?«
»In fünfzehn Minuten.«

Der Commodore überlegte fieberhaft. Damit blieb ihnen ein sehr enges Zeitfenster, um in die Atmosphäre einzutreten, den Präzisionsangriff durchzuführen und Kurs Richtung Nullgrenze zu setzen. Es könnte klappen, aber es wurde verdammt knapp. Die Jäger würden sie zweifelsohne erwischen, aber mit etwas Glück würden sie dann schon auf halbem Weg aus dem System sein.

Santos trommelte ungeduldig mit den Fingerspitzen auf die Lehne seines

Kommandosessels. Es wäre auch zu schön gewesen, wenn die Slugs noch etwas länger stillgehalten hätten. Auf seinem taktischen Display beobachtete er die Symbole der ruulanischen Jäger, die beängstigend schnell heranbrausten. Santos bemerkte, wie sich einzelne Brückenoffiziere gegenseitig nervöse Blicke zuwarfen. Er konnte es ihnen beileibe nicht verdenken.
»Treten in sechs Minuten in die Atmosphäre ein«, meldete Bell.
»Geschützmannschaften, Achtung! Bereithalten!«

Eric musste mehrmals übernervöse Milizionäre ermahnen, sich ruhig zu verhalten. Die Soldaten waren allesamt nur noch Nervenbündel.
 Die Stadt war seltsamerweise so ruhig wie schon lange nicht mehr. Es waren kaum Ruul zu sehen. Das war untypisch. Sie wagten sich vor allem nachts aus den Schlupfwinkeln, um ihren mysteriösen Tätigkeiten nachzugehen. Aus irgendeinem unersichtlichen Grund hatten sie mehrere Einheiten ihrer Besatzungstruppen aus Crossover abgezogen. Eric vermutete, sie wurden an anderer Stelle eingesetzt, möglicherweise sogar gegen den Widerstand. Er hoffte, der würde es schaffen, sich zu behaupten. Wie dem auch sei, der Abzug dieser Truppen bot dem Gouverneur und Eric die beste Chance, ihre kleine Revolte durchzuziehen.
 Ein unheilvolles Röhren durchdrang mit einem Mal die Atmosphäre und ohne ersichtlichen Grund pfiff eine starke Windböe durch die Straßen. Ein Schatten schob sich vor einen der Monde und ließ die Szenerie unvermittelt dunkler und bedrohlicher werden.
 Eric zückte seine Waffe und entsicherte sie.
 »Macht euch bereit! Es geht los.«

»Optimale Schussposition erreicht, Commodore.«
 Bells Meldung wirkte, als hätte die XO der *Cleopatra* die Anspannung von den Männern und Frauen auf der Brücke genommen.
 »Geschützmannschaften Feuer frei! Beschussplan Hephaistos, Punktfeuer auf Primärziele grünes Licht.«
 Von dem unteren Deck des Schweren Kreuzers lösten sich drei feine Lichtimpulse, die viel zu schwach und zerbrechlich wirkten, als dass sie wirklich etwas hätten bewirken können.
 Der Effekt jedoch, als sie den Boden berührten, war mit einem Wort spektakulär.
 Die Laser bestrichen zunächst die Kasernen, und große Teile des Daches und der Außenfassade verdampften einfach. Eric wusste nicht, wie viele

Ruul sich gerade dort aufhielten, doch die Kasernen waren einer der Orte, an dem die Slugs ihre Truppen konzentriert hielten wegen seiner enormen taktischen Bedeutung. Dieses Vorgehen rächte sich jetzt.

Zusammen mit dem halben Gebäude verdampften auch ein guter Teil der ruulanischen Truppen, die eigentlich den Befehl hatten, dieses Gelände zu halten.

Dem Rest des Gebäudes erging es nur unwesentlich besser. Ein Laserstrahl durchstach das Dach und brannte ein Loch hinein, durch das bequem ein Hovertruck hätte fahren können.

Nacheinander brannte sich der Impuls durch jedes Stockwerk, wobei er die einzelnen Stockwerke in Brand setzte. Binnen kürzester Zeit, verwandelten sich die Überreste der Kasernen in eine Flammenhölle. Ruul und Kaitars rannten brennend und um sich schlagend aus den Ruinen oder sprangen aus dem, was von den Fenstern noch übrig war. Wo die Laser den Asphalt trafen, warf dieser augenblicklich Blasen und verwandelte sich in eine superheiße Schmiere, die bei bloßer Berührung furchtbare Brandverletzungen hervorrief.

Als Nächstes kamen die Hangars an die Reihe. Die Laser fraßen sich ihren Weg auf dem Asphalt zu den Hangars, als wären sie lebendig, Kampfhunde, die man von der Leine ließ, um den Feind zu vernichten.

Bereits die erste Salve brannte Dach und Stützverstrebungen weg. Das Gebäude krachte in sich zusammen, doch damit nicht genug. Die Feuersalamander, die in den Hangars parkten, wurden buchstäblich in Stücke geschnitten. Mehrere explodierten unter der schrecklichen Liebkosung der Energiestrahlen. Einer der Panzer, dessen Besatzung geistesgegenwärtiger als die der anderen war, raste auf seinen Ketten aus dem zum Untergang verurteilten Gebäude.

Der Feuersalamander hatte nicht den Hauch einer Chance. Ein Energiestrahl fuhr nieder und schnitt den Panzer in zwei Teile. Die Besatzung verdampfte im selben Augenblick, sie hatten nicht einmal die Zeit, etwas zu spüren.

So schnell wie der Angriff begonnen hatte, so schnell endete er auch. Der Kreuzer gewann wieder an Höhe und war schon nach wenigen Minuten außerhalb der Atmosphäre. Die Windböe ging mit ihm.

Gütiger Himmel!, dachte Eric. In dem Areal stand kein Stein mehr auf dem anderen. Die Überreste von Kasernen und Hangars brannten lichterloh. Der Boden war übersät mit Toten und Sterbenden. Ein einzelner Ruul schleppte sich verletzt über den Boden.

Eric schüttelte den Schock ab, den der Angriff des Kreuzers ausgelöst hatte, und winkte die Milizionäre vor.

»Los! Ihr wollt Waffen? Holt sie euch!«

Die Milizionäre sprinteten los. Ehe sich Eric versah, hatten bereits einige Löcher in den Zaun geschnitten, der witzigerweise so ziemlich als einziges Bauwerk noch stand.

»Gebt ihnen Deckung!«, wies er seine Leute an, die sich entlang der Straße postierten und wachsam nach Ruul Ausschau hielten.

Das lief schon mal ganz gut, ging es Eric durch den Kopf, *aber ich bezweifle, dass unser Glück anhält. Die Slugs werden es uns sicherlich nicht so einfach machen.*

»Herr«, meldete sich die entnervend pflichtbewusste Stimme des Offiziers zu Wort.

Sara knurrte leise, um den Wicht daran zu erinnern, wer hier das Sagen hatte und wer besser den Mund hielt, doch leider verstand der Kerl die Botschaft nicht.

»Herr, es ist dringend!«

Sara drehte sich langsam zu ihm um und stieß einen tiefen Seufzer aus.

»Und was gibt es so Dringendes?«

»Die Kampfpatrouille ist jetzt auf Sichtweite an das Objekt herangekommen.«

Der Tonfall des Kriegers ließ Sara unvermittelt aufhorchen.

»Und?«

»Ihr Sensorengeist hat soeben Crossover bombardiert.«

20

Ein blutüberströmter Milizionär taumelte an Derek vorbei, lehnte sich an die nächste Wand und rutschte, eine Blutspur hinterlassend, zu Boden.

Derek parierte den Schwerthieb eines Ruul, dessen Krallen rot lackiert waren, mit seinem Bajonett, lenkte die Klinge seitlich ab und stieß dem Ruul das Bajonett tief in den schuppigen Leib.

Der Slug grunzte kurz, seine Augen wurden glasig und er fiel vor Derek auf die Knie. Dieser glaubte den Gegner besiegt und zog das Bajonett aus dessen Körper. In diesem Augenblick schlug der Ruul mit den Klauen nach Derek, der nur um Haaresbreite ausweichen konnte. Die messerscharfen Krallen gingen so knapp an Dereks Augen vorbei, dass er den Luftzug spürte.

Er reagierte blitzschnell und trieb dem Slug das Bajonett in den Hals. Der sterbende Gegner gurgelte, während Blut aus der Wunde schoss und am Bajonett entlanglief. Doch Derek hatte seine Lektion gelernt und befreite das Bajonett erst, als der Slug vor ihm tot am Boden lag.

Der Kampf entwickelte sich zu einem wüsten Handgemenge auf kürzeste Distanz. Der Boden war übersät mit Leichen. Es handelte sich überwiegend um Slugs, zwischen denen jedoch auch viel zu viele Menschen lagen.

Insgesamt sieben Vorstoße waren notwendig gewesen, bis die Slugs Delaneys Verteidigungslinie erreichten – und knackten.

Wolf und Delaney bemühten sich krampfhaft weiterhin, die Verteidigung halbwegs geordnet zu gestalten, doch es rückten immer mehr Slugs nach. Sie mussten über ihre bei den Sturmangriffen gestorbene Kameraden steigen, um die Menschen zu erreichen. Diese erwarteten sie mit Feuer und blankem Stahl. Und die Slugs waren nur zu gern bereit, sich darauf einzulassen.

Die Nahkämpfe waren brutal und wurden Mann gegen Mann geführt. Der Boden entwickelte sich durch übereinanderliegende Leichen und das Blut beider Seiten, das sich vermischte, zum gefährlichen Untergrund, und obwohl die Menschen in der Unterzahl waren, gelang es ihnen, den Feind langsam aber stetig zurückzudrängen.

Ohne Narims und Jessicas wild geführten Gegenangriff hätten sie jedoch keine Chance gehabt. Die Truppen unter der Führung der beiden Offiziere stürmten aus zwei Korridoren in die Kreuzung und verkeilten sich in den Gegner. Bereits das erste Auftauchen frischer Kräfte auf menschlicher Seite trieb die Slugs in einen der Tunnel zurück, aus dem sie soeben gestürmt waren. Die Menschen erhöhten mit jeder Minute, die verging, den Druck auf die verhassten Gegner.

Bis erst einige, dann immer mehr Slugs umdrehten und sich zum Höhleneingang zurückzogen. Die Menschen ließen sie gewähren und nutzten die Kampfpause dazu, sich erschöpft dort auf den Boden zu setzen, wo sie gerade standen. Verwundete, um die man sich kümmern musste, gab es kaum. Die Slugs waren im Nahkampf furchtbare Gegner.

Derek ging schwer atmend in die Hocke und stützte sich auf das Gewehr, indem er es mit dem Kolben voran aufstellte. Das Bajonett glänzte vor Blut. Wie viel Slugs er in jener Nacht getötet hatte, vermochte er nicht einmal ansatzweise zu schätzen – er wusste nur, dass es viele waren.

Der Tod umgab ihn, wo immer er auch hinsah. Ein Schatten fiel auf ihn. Als er aufblickte, sah Wolf mitfühlend auf ihn herunter.

»Wie viele haben wir verloren?«, fragte Derek.

Wolf schüttelte den Kopf. »Ich weiß es nicht. Vielleicht so um die hundertfünfzig Mann. Vielleicht mehr. Der Doc hat alle Hände voll damit zu tun, die wenigen Verwundeten am Leben zu erhalten.«

»Dann haben wir noch wie viele? Etwa dreihundert Leute?«

»Etwas in der Richtung.«

Derek sah sich durch trübe Augen um, und was er sah, erschreckte ihn. Überall bemerkte er Hoffnungslosigkeit in den Augen seiner Kameraden, daher stellte er die alles entscheidende Frage, auf die es nun ganz allein ankam: »Glauben Sie, wir halten einen weiteren Angriff durch?«

Wolf sah erneut auf ihn herunter. Der Blick in den Augen des Colonels sprach Bände.

Eric betrat den Truppentransporter und machte einen großen Schritt über die Leiche des Ruul hinweg. Der Slug hielt noch seine Blitzschleuder umklammert. Drei Löcher zierten dessen Brust, während ein dünner Rauchfaden vom Lauf der Pistole in Erics Hand aufstieg. Auf der Rampe lagen ein halbes Dutzend Leichen – vier Milizionäre und zwei Leibwächter des Gouverneurs. Nachrückende Milizionäre nahmen den Leibwächtern und dem toten Slug die Waffen ab und begaben sich auf Position, um den Korridor, in dem sie sich befanden, in beide Richtungen abzudecken.

Der Kampf um den Truppentransporter war hart und blutig gewesen. Hätte die *Cleopatra* nicht den Löwenanteil des gegnerischen Kontingents ausgeschaltet, wäre der Angriff mit Sicherheit fehlgeschlagen. Aber obwohl nur noch sechs Ruul die Peripherie des Transporters verteidigt hatten, verlor Eric mehr als fünfzig Mann, darunter acht seiner Leute – allesamt Menschen, die er seit Jahren kannte.

Es war nach wie vor Vorsicht geboten, da sich durchaus noch Ruul an Bord aufhalten konnten. Er gab seinen Leuten kurze Handzeichen, das Schiff zu durchsuchen. Einigen Milizionären bedeutete er, das Waffenarsenal im Bauch des Gargoyle zu plündern. Es wurde Zeit aufzurüsten.

Funken schlugen aus mehreren Konsolen, als die ruulanischen Jäger die flüchtende *Cleopatra* einholten und ihre Deckaufbauten mit Dauerfeuer belegten.

»Cindy, wie lange noch?«

»Zweiundfünfzig Minuten.«

»Flakbatterien ausrichten und Feuer nach eigenem Ermessen.«

Die wenigen verbliebenen Batterien des Kreuzers spuckten in schneller Folge Geschosse aus und zwei Reaper zerrissen in tausend Fetzen, als sie den Antrieb der *Cleopatra* angreifen wollten.

Die überlebenden setzten gnadenlos nach. Kurz hintereinander fielen zwei der lebensnotwendigen Flakgeschütze aus, als die Reaper sie unter konzentrierten Beschuss nahmen. Als die Jäger über das Deck hinwegzogen, um sich neu zu formieren, folgte ihnen die letzte intakte Flak. Die Batterie zog eine Spur von Leuchtgeschossen hinter den Jägern her und erwischte den letzten, der in einer gleißenden Explosion verging.

Die Ruul hatten jedoch noch längst nicht genug – ganz im Gegenteil. Sie formierten sich immer wieder neu, griffen blitzartig an und richteten so viel Schaden wie möglich an, bevor sie sich auf sichere Distanz zurückzogen, nur um dasselbe Spielchen ein paar Minuten später von Neuem durchzuführen.

Auf diese Weise schossen sie mehrere Löcher in die Außenhülle, worauf Santos die Decks neun und elf evakuieren ließ. Wenige Minuten später löste eine Reihe von Sekundärexplosionen mehrere Fehlfunktionen aus, wodurch einige Notkraftfelder versagten und auch noch Deck zehn evakuiert werden musste. Es geschah jedoch nicht schnell genug, um acht Besatzungsmitglieder zu retten, die ins All gerissen wurden.

Die Besatzung des Kreuzers leistete gute Arbeit, doch die Abwehr war durch die Menge an Schäden stark geschwächt und die ruulanischen Piloten stießen gekonnt durch die entstandenen Lücken.

Zwei weitere Reaper vergingen, als sie ins Kreuzfeuer der Flak und einer 1,5-Zoll-Laserbatterie gerieten. Im Gegenzug erlitt die Brücke drei Volltreffer. Zwei Brückenoffiziere wurde von umherfliegenden Trümmern getroffen. Einer wurde buchstäblich in zwei Teile gerissen.

»Commodore«, meldete seine XO plötzlich. »Feindliche Kreuzer auf Abfangkurs.«

Auch das noch!

»Welche Klasse?«

»Zwei Schwere Kreuzer der Firewall-Klasse. Schließen schnell von achtern auf.«

»Abfangzeitpunkt?«

»Achtzehn Minuten.«

»Zeit bis zum Sprung?«

»Zwanzig Minuten.«

Das wird eng, dachte Santos, während die Reaper weiter sein malträtiertes Schiff umschwirrten wie ein Schwarm Moskitos, in dem Versuch, den Kreuzer Stück für Stück auszubluten.

Halt noch etwas durch! Nur noch ein kleines Stück!

Eric umklammerte das Lasergewehr, als wäre es aus purem Gold. In Crossover brach das pure Chaos aus. Doch dieses Mal war das Kriegsglück auf ihrer Seite. Die Ruul zogen sich ungeordnet Richtung Stadtrand zurück, verfolgt von der Miliz.

Zwei brennende Feuersalamander beleuchteten die dunklen Straßen. Damit nicht genug, die Menschen der Hauptstadt, verängstigt und eingeschüchtert, hatten sich beim ersten Anzeichen aufflammenden Widerstands aus ihren Häusern gewagt und aufseiten der Miliz in den Kampf eingegriffen.

Die Ruul waren dabei, Crossover zu verlieren.

Lieutenant Colonel Carson führte einen Angriff gegen die Fabrik, in dem der ruulanische Kommandeur vermutet wurde. Das Gebäude wurde nur noch von wenigen Ruul verteidigt und stand kurz vor dem Fall.

Eric aktivierte ein Funkgerät, das er ständig bei sich trug. Es handelte sich um eine Direktverbindung zum Gouverneur.

»Herr Gouverneur?«

»Ja, Eric. Ich höre.«

»Wir haben soeben den Stadtkern zurückerobert und treiben die Ruul vor uns her.«

Schweigen antwortete ihm zunächst, doch dann hatte der Gouverneur die Nachrichten verarbeitet. »Das geht eigentlich viel zu leicht.«

»Hab ich mir auch schon überlegt, aber wie es scheint, sind die Besatzungstruppen innerhalb der Hauptstadt reduziert worden.«

»Sind Sie sicher? Wo zum Teufel stecken die Kerle?«

Der Sieg war nahe. Teroi konnte ihn förmlich schon auf der Zunge schmecken. Nur noch ein Schlag war nötig und der menschliche Widerstand war Geschichte.

Teroi musste zugeben, dass es weit schwieriger geworden war, als er anfangs gedacht hatte. Die Menschen hatten hart gekämpft und die schmalen Korridore begünstigten eine tiefengestaffelte Verteidigung, wie die Menschen sie mit mehreren Schützenlinien aufgestellt hatten. Trotzdem würde der Widerstand der Menschen heute enden. Keinen Tag zu früh, wie er fand.

Die Klinge an seinem Gürtel glänzte vom rotem Blut der nestral'avac. Heute war ein glorreicher Tag. Ein Tag des Blutes.

Einer der Erel'kai trat näher. Er hielt sich den rechten Arm. In der Schulter steckte immer noch die Spitze eines Bajonetts, trotzdem klagte der Krieger, wie es die Art der Erel'kai war, mit keinem Wort.

»Herr? Nereh möchte euch sprechen.«

»Was will der alte Narr denn jetzt?«

»Hat er nicht gesagt, nur dass es dringend wäre.«

Teroi fluchte. Er wollte diesen Augenblick miterleben, wollte dem Ende der Menschen persönlich beiwohnen. Nereh würde ihn nicht mehr lange herumschubsen, so viel war sicher. Bevor diese Mission zu Ende war, würde Nereh tot sein. Der Feigling war ein Verräter. Teroi war über Nerehs Vorgeschichte durchaus im Bilde. Er war ein Anhänger Orros' gewesen, solange es sicher war, dem herrschenden Stamm der karis zu dienen. Doch als Kerrelaks eiserne Faust nach der Macht griff, hatte er es vorgezogen, sein eigenes erbärmliches Leben zu retten, während um ihn herum tapfere Krieger des karis-Stammes und der esarro-Familie abgeschlachtet wurden, um Kerrelaks Macht zu sichern.

Nun, Nerehs Stern war am Sinken. Es waren Fehler während dieser Mission gemacht worden. Schwerwiegende Fehler. Von Anfang an. Kerrelak würde nicht erfreut sein über dieses ... dieses Desaster (ein anderer Begriff fiel Teroi hierzu nicht ein) und den Verlust an Leben, den es gekostet hatte, den Widerstand zu zerschlagen. Nereh würde fallen – und Teroi würde aufsteigen. Dabei lagen seine Ambitionen weit höher als nur bei einem einfachen Kommando im Feld. Nein, er wollte mehr. Er wollte in Kerrelaks Nähe aufsteigen. Nah genug für das Schwert. Teroi wollte es in Kerrelaks Körper bohren, ihm die Eingeweide herausreißen, ihn für den Tod so vieler Brüder bestrafen. So viele Gesichter, die er nie wiedersehen würde, jedenfalls nicht in diesem Leben. Sie suchten ihn nachts heim, während er schlief, und forderten Rache. Sie forderten Kerrelaks Tod. Nereh war nur der erste Schritt auf dem Weg dorthin.

Teroi erreichte einen der Mantas, die am Fuß des Berges gelandet waren, um die Einsatzstreitmacht der Ruul ins Zielgebiet zu bringen. Ohne Umschweife begab er sich ins Cockpit und setzte sich auf den Sitz des Kopiloten.

Er nahm das ComGerät des Piloten entgegen. »Hier Teroi.«

»Wie weit bist du mit dem Widerstand?«

Teroi erkannte anhand von Nerehs Tonfall augenblicklich, dass etwas nicht stimmte. »Es dauert nicht mehr lange. Wieso?«

»In der Hauptstadt ist eine Revolte der Menschen ausgebrochen. Wir haben Schwierigkeiten, die Lage unter Kontrolle zu bringen.«

Teroi hätte beinahe laut aufgelacht. Nur die Anwesenheit des Piloten und der anderen Soldaten, die dabei waren, Waffen auszuladen, hinderte ihn daran. Vorerst war es wichtig, den Schein zu wahren. Trotzdem war es eigentlich zu komisch. Nur Nereh schaffte es, eine gesicherte Stadt innerhalb weniger Stunden zu verlieren.

»Wie ist das denn passiert? Sie hatten keine Waffen.«

»Sie haben den menschlichen Truppentransporter am Raumhafen erobert. Er verfügte über ein ansehnliches Waffenarsenal.«

»Den Truppentransporter erobert? Gegen Hunderte von Kriegern und mehrere Panzer? Ich wiederhole mich nur ungern, aber die Menschen hatten keine Waffen.«

»Eine lange Geschichte«, entgegnete Nereh ausweichend. »Nimm so viele Truppen, wie du in zwanzig Minuten versammeln kannst, und bring sie in die Hauptstadt. Wir brauchen sie dringend. Es ist ernst.«

»Definiere *ernst*.« Teroi konnte es sich nicht verkneifen, den Versager ein wenig schwitzen zu lassen.

»Wir haben den Großteil der Stadt bereits verloren und werden immer weiter zurückgedrängt. Ich habe bereits Sara kontaktiert. Er schickt uns so viele Truppen, wie er nur kann.«

»Warum die Umstände?«, zischte Teroi. »Ein Überflug eines Schlachtträgers und die Sache ist erledigt.«

»Das würde Crossover in Schutt und Asche legen.«

Teroi unterdrückte nur mit Mühe ein amüsiertes Kichern. »Das ist der Sinn der Sache.«

»Das kommt nicht infrage.«

»Aber ...«

»Es kommt nicht infrage«, beharrte Nereh bestimmt. »In Crossover lagern immer noch Unmengen der Chemikalie. Große Teile des Planeten sind noch nicht kontaminiert. Wenn wir die Chemikalie verlieren, ist die Mission gescheitert.«

»Bist du blind?«, brauste Teroi auf. »Die Mission *ist* bereits gescheitert.«

»Die Mission ist *nicht* gescheitert!«, brüllte Nereh zurück. »Und sie wird auch nicht scheitern! Bring deine Truppen zurück in die Hauptstadt, damit wir die Situation wieder in den Griff bekommen. Das ist ein Befehl.«

»Was ist mit dem Widerstand?«

»Du hast selbst gesagt, sie seien fast am Ende. Die Übrigen jagen wir, wenn der Planet wieder befriedet ist.«

Teroi schwieg, sodass sich Nereh genötigt sah nachzuhaken.

»Hast du verstanden?«

Doch Teroi konnte nicht an sich halten und sagte: »Das ist ein Fehler.«

Mehrere Ruul im Mannschaftsabteil des Mantas hielten in ihrer Arbeit inne und sahen ihn verwirrt an. Nerehs Stimme am anderen Ende der ComVerbindung klang unvermittelt gefährlich leise.

»Du vergisst, wo dein Platz ist, Teroi. Du tust, was ich befohlen habe.«

»Wie Ihr wünscht ... Herr.« Er unterbrach die Verbindung. Am liebsten hätte er vor Wut auf irgendetwas eingeprügelt, doch er bezähmte sein Temperament.

In diesem Augenblick erkannte er, was Nereh wirklich antrieb. Angst. Verzweifelte Todesangst. Nicht vor dem Tod selbst, sondern vielmehr davor zu versagen. Vor Kerrelak treten und eingestehen zu müssen, dass die Mission ein Fehlschlag war.

Teroi schnaubte. Es waren Fehler gemacht worden. In der Tat. Und nun war Nereh dabei, einen weiteren zu begehen. Er spielte einen Augenblick mit dem Gedanken, den Gehorsam zu verweigern, Nereh einfach hängen zu lassen und stattdessen den Widerstand hier auszulöschen – oder besser noch: einen Orbitalschlag auf Crossover anzuordnen. Damit wäre auch das Problem Nereh gelöst. Er verwarf diesen Plan jedoch sofort wieder. Solange Nereh Fehler beging, war ihm das nur von Nutzen. Sollte er also ruhig weiter Fehler begehen. Es ärgerte ihn nur, dass gute Krieger durch Nerehs Fehler sterben würden. Das ließ sich jedoch nicht ändern.

Er drehte sich zu einem seiner Offiziere um. »Ruf die Krieger zu den Mantas zurück. Sie sollen sich dort sammeln, so schnell es geht. Macht alles an Ausrüstung unbrauchbar, was wir nicht mitnehmen können.« Ein sarkastischer Unterton schlich sich in seine Stimme. »Unser großer Anführer braucht unsere Hilfe.«

»Sie ziehen ab!«, schrie Kolja. »Sie ziehen tatsächlich ab. Wir haben es geschafft!«

Wolf spähte Kolja über die Schulter. Er bekam gerade noch mit, wie etwa zwanzig Mantas abhoben und einen Kurs einschlugen, der sie geradewegs nach Crossover führen würde. Allerdings ließen sie am Fuße des Berges eine Menge Ausrüstung zurück, darunter vier Mantas.

»Captain Singh«, befahl Wolf, »stellen Sie einen Spähtrupp zusammen und sehen Sie unten nach, ob tatsächlich alle Slugs weg sind.«

»Ja, Colonel«, bestätigte Narim, griff sich Kolja und ein Dutzend weiterer Soldaten und ging zur feindlichen Landezone.

Wolf und Derek beobachteten den Trupp von der relativen Sicherheit des Höhleneingangs aus.

»Das gefällt mir nicht«, beschied Wolf, als Narim die feindliche LZ erreichte und seinen Trupp ausschwärmen ließ. »Warum sollten sie klein beigeben?«

Derek wusste nicht, ob die Frage an ihn gerichtet oder rhetorisch gemeint war, daher hielt er es für ratsam zu schweigen.

Es war Delaney, der stattdessen antwortete: »Es sieht den Slugs wirklich nicht ähnlich, so einfach abzuhauen. Sie hatten uns fast. Sie hätten nur noch den Druck etwas mehr erhöhen müssen und es wäre aus mit uns gewesen.«

In diesem Moment eilte Jessica aus der Höhle. »Colonel, eine Übertragung aus Crossover. Der Gouverneur.«

Wolf drehte sich auf dem Absatz um, Derek im Kielwasser. Dieser war sich schmerzlich darüber bewusst, dass der Colonel ihn nicht zum Mitkommen aufgefordert hatte, doch er wollte sich nicht entgehen lassen, was der Gouverneur ausgerechnet jetzt zu sagen hatte. Instinktiv vermutete er eine Verbindung zwischen der Übertragung und dem unerwarteten Abzug der Ruul. Als sie das Radio erreichten, hatte sich bereits eine ansehnliche Menschenmenge vor dem Gerät versammelt.

»Meine lieben Mitbürger«, begann der Gouverneur. »Seit mehreren Wochen stehen wir nun unter der Herrschaft der Ruul. Wir sind nicht mehr die Herren im eigenen Haus. Oberflächlich betrachtet scheinen sie uns in Ruhe zu lassen, doch insgeheim schüchtern sie uns ein, gehen ihren eigenen unheilvollen Plänen nach und verbreiten Angst und Schrecken. Sie lassen uns zu keinem Augenblick vergessen, dass sie die Herren und wir die Besiegten sind. Sie haben unseren Planeten im Handstreich genommen und dies reiben sie uns genüsslich unter die Nase: wie einfach es doch war, uns zu besiegen.«

Die Stimme des Gouverneurs wurde härter.

»Aber seit heute nicht mehr. Für eine Militäraktion rückten heute mehrere ruulanische Truppenkontigente mit unbekanntem Ziel aus Crossover ab. Überlebende Einsatzkräfte der Miliz und TKA nutzten diesen Augenblick für einen koordinierten Militärschlag gegen wichtige feindliche Ziele in der planetaren Hauptstadt von Alacantor. Ich freue mich, Ihnen mitteilen zu dürfen, dass die Hauptstadt inzwischen nahezu vollständig befreit wurde. Mit Ausnahme einiger weniger Vororte gehört Crossover wieder uns. Ohne Zweifel sind inzwischen weitere ruulanische Truppen auf dem Weg, die Hauptstadt zurückzuerobern. Möglicherweise droht uns auch ein Orbitalschlag, um unsere Aufsässigkeit zu bestrafen. Wie dem auch sei, wir haben heute bewiesen, dass der tot geglaubte Widerstand innerhalb der Hauptstadt immer noch lebendig und stark ist. Daher rufe ich alle freiheitsliebenden Menschen von Alacantor auf, sich zu wehren. Wehrt euch! Kämpft! Ich verspreche euch nicht, dass wir lange durchhalten können, aber wir werden unsere Heimat nicht kampflos aufgeben. Kämpft! Für Alacantor!«

Mit diesen Worte endete die Übertragung.

Wolf drehte sich um und sah Derek fassungslos an. »Das hätte ich Bonnet gar nicht zugetraut.«

»Was tun wir jetzt?«, fragte Derek mit vor Aufregung vibrierender Stimme.

»Wir müssen so schnell wie möglich nach Crossover. Sie werden dort jeden Mann brauchen, der eine Waffe halten kann.«

»Sie haben ihn gehört«, hielt Derek dagegen. »Er rechnet sogar mit einem Orbitalschlag.«

»Das werden sie nicht tun«, widersprach Wolf.

»Sie klingen sehr sicher.«

»Nennen wir es eher eine Intuition, aber ich glaube, in Crossover lagern sie viel von diesem Teufelszeug, mit dem sie den Boden tränken. Das werden sie nicht riskieren. Außerdem hätten sie keine Truppen in die Stadt zurückbeordert, wenn sie tatsächlich ein Bombardement planen würden. Falls Crossover tatsächlich Widerstand leistet, ist unser Platz dort.«

In diesem Moment kehrte Narim zurück. »Die Ruul sind tatsächlich abgezogen.«

»Inzwischen wissen wir auch, weshalb«, meinte Wolf.

Narim warf Derek einen fragenden Blick zu. Dieser zuckte nur mit den Achseln. »Lange Geschichte. Ich erzähl es dir später.«

»Haben die Slugs etwas Brauchbares zurückgelassen?«, mischte sich Wolf unvermittelt ein.

Narim schüttelte den Kopf. »Alles zerstört oder sonst irgendwie unbrauchbar gemacht. Bei den Mantas ist sämtliche Elektronik herausgerissen. Vermutlich haben wir einige ihrer Piloten bei den Kämpfen erwischt. Das ist der einzige Grund, den ich mir vorstellen könnte, der sie zwingen würde, die Transporter zurückzulassen.«

»Schade. Die Dinger hätten wir gut gebrauchen können. Wir müssen so schnell wie möglich zurück in die Hauptstadt.«

»Zu Fuß brauchen wir einen Tag, vielleicht mehr, wenn wir den Ruul ausweichen wollen.«

»Uns bleibt keine Wahl. Doktor Harolds und die Verwundeten bleiben hier«, entschied Wolf. »Sie würden uns nur aufhalten, und solange die Slugs mit dem Niederschlagen des Aufstands beschäftigt sind, dürften sie relativ sicher sein. Alle anderen auch nur halbwegs kampftauglichen Soldaten sind in dreißig Minuten marschbereit.«

Derek und Narim nickten unisono.

Wolf überlegte. »Eine Sache wäre da noch und die betrifft Sie, Derek.«

»Sir?«

»Wenn wir uns nach Crossover aufmachen, brauche ich einen Major als rechte Hand an meiner Seite. Baumann fällt aus und Storker ist tot. Aus diesem Grund befördere ich Sie in den Rang eines Majors. Irgendwelche Einwände?«

Narim klopfte dem fassungslosen Derek gratulierend auf die Schulter.

»Sir?«, wehrte Derek ab, als er die Sprache wiederfand. »Es gibt sicher geeignetere Kandidaten. Captain Sing zum Beispiel ...?«

»Captain Sing ist ein guter Offizier, aber *Sie* haben in meiner Abwesenheit die Einheit geführt und Sie haben sie gut geführt. Die Beförderung steht Ihnen zu.«

»Aber …?«

»Keine Diskussion mehr, Major. Meine Entscheidung steht.«

Derek drückte seinen Rücken durch und nahm Haltung an. »Ja, Sir.«

»Meine Herren, Sie haben Ihre Befehle.«

Der Captain und der frischgebackene Major eilten Befehle brüllend davon. Wolf wandte sich Delaney zu.

»Lucas, wir haben doch immer noch diese vier Firebird.«

Delaney nickte. »Ja, aber keinen Treibstoff.«

»In den Mantas wird aber noch Treibstoff sein. Die Piloten sollen prüfen, ob der Sprit kompatibel mit unseren Maschinen ist. Falls ja, sollen sie auftanken und einen Aufklärungsflug über Carras unternehmen. Ich will wissen, was dort vor sich geht. Sobald sie die Daten haben, sollen sie Kurs auf Crossover nehmen. Mit etwas Glück werden wir schon da sein, wenn sie eintreffen. Wir treffen uns dort.«

Delaney nickte. »Glauben Sie, der Aufstand könnte erfolgreich sein?«

Wolf schüttelte den Kopf. »Keine Ahnung, aber es gibt ohnehin nur einen Weg, es herauszufinden.«

»Wir werden torpediert.«

»Anzahl und Aufschlagpunkt?«

»Vierundzwanzig Geschosse. Acht Minuten und schließen schnell auf.«

Vierundzwanzig?!

Das würde die *Cleopatra* niemals überleben. Der Rumpf wurde ohnehin nur noch durch Spucke und gute Wünsche zusammengehalten.

Ein Stöhnen ging durch das Metall der Brücke und Santos sah sich besorgt um. Der Kreuzer würde nicht mehr lange durchhalten, selbst ohne dass ihm ein Gefecht aufgezwungen wurde.

Die Reaper umschwärmten den Kreuzer immer noch und schälten wie bei einer Zwiebel Panzerschicht um Panzerschicht ab.

Steter Tropfen höhlt den Stein, dachte Santos frustriert.

»Alle verbliebenen Batterien nach achtern ausrichten und die Angriffsvektoren der Torpedos mit einem Teppich belegen.«

»Was ist mit den Reapern?«

»Gegen die halten wir länger durch als gegen diese Lenkwaffen.«

»Aye, Sir.«

»Wie viel Zeit noch bis zum Sprung?«

»Neun Minuten.«
Großer Gott!
Es waren nur noch fünf Geschützbatterien übrig, von denen lediglich drei den Feuerbereich nach achtern abdecken konnten. Die drei Geschütze richteten sich schwerfällig aus und eröffneten aus ihren Geschützrohren das Feuer.

Drei Batterien waren eine verschwindend geringe Anzahl von Geschützen bei dem, was da an Torpedos auf die *Cleopatra* zurollte, ganz davon abgesehen, dass Energiewaffen an und für sich nicht für den Einsatz gegen Lenkwaffen gedacht waren, doch die Mannschaften waren entschlossen, ihr Bestes zu geben.

Explosionen flammten zwischen dem Kreuzer und den anfliegenden Geschossen auf. Drei wurden nahezu zeitgleich zerstört und vergingen in Sekundenschnelle. Zwei weitere wurden durch Beinahetreffer von ihrem Kurs abgebracht, verloren ihre Zielerfassung und flogen ins Leere, bis ihre Antriebe ausbrannten.

Die *Cleopatra* flog auf ihrem Weg zur Nullgrenze verzweifelte Ausweichmanöver und es gelang dem Schiff tatsächlich, elf weitere Geschosse abzuhängen. Blieben jedoch noch acht übrig.

Santos krallte sich an seinen Sessel in Erwartung des Aufpralls. Auf seinem Display zählten die Sekunden bis zum Sprung quälend langsam herunter.

Noch dreißig Sekunden.

Erste Einschläge erschütterten das Heck des Schweren Kreuzers, gefolgt von einer Sekundärexplosion in der Nähe des Antriebs.

Die letzte Flakbatterie fiel aus, als die Geschützkuppel mitsamt der Besatzung aus der Verankerung gerissen und davongeschleudert wurde. Die Strahlbahnen von zwei 1,5-Zoll-Laserbatterien trafen sich an der Schnauze eines Firewall-Kreuzers, ohne jedoch die Schilde, geschweige denn die Panzerung durchbrechen zu können.

Überall auf der Brücke flammten Alarmsirenen und Schadensmeldungen auf. Santos überflog die Liste der entstandenen Schäden. Sie waren beträchtlich, doch der Antrieb funktionierte noch und zählte unablässig herunter. Das war das Einzige, was zählte.

Noch fünfzehn Sekunden.

Drei weitere Torpedos erreichten die *Cleopatra*. Sie schlugen allesamt mittschiffs ein und rissen ein Loch von fast zwanzig Metern Durchmesser in die Flanke des Kriegsschiffes.

Der Sauerstoff wurde explosionsartig ins All gerissen, wodurch zwar mehrere interne Feuer gelöscht wurden, doch fast die Hälfte der überlebenden Besatzungsmitglieder der *Cleopatra* ihre Leben verloren.

Santos blendete die aufflammende Trauer aus. Noch immer waren einige seiner Leute am Leben und für sie musste er stark sein, musste sich konzentrieren, musste sie nach Hause bringen.

Noch fünf Sekunden.

Vor der *Cleopatra* riss der Weltraum auf, als der ISS-Antrieb das Schiff beschleunigte und in den Hyperraum katapultieren wollte.

Genau in diesem Augenblick schlug einer der letzten feindlichen Torpedos in den geschwächten Rumpf des Kreuzers ein und riss die Panzerung auf einer Länge von vierzig Metern an Steuerbord auf.

Dutzende Mikrobrüche entlang des gesamten Schiffsrumpfs klafften mit einem Mal auf und der Sauerstoff entwich aus den noch bewohnten Teilen des Schiffes – langsam, aber stetig.

»Commodore?«, schrie Bell über die Kakofonie der Alarmsirenen hinweg.

»Bringen Sie uns in den Hyperraum, Cindy. Egal wie.«

Der Schiffsrumpf kreischte protestierend auf, als das zum Untergang verurteilte Schiff in den Hyperraum katapultiert wurde und Commodore Emanuel Santos' Welt in Dunkelheit versank.

21

Terois Manta setzte am Stadtrand von Crossover zur Landung an. Der ruulanische Krieger sprang aus dem Mannschaftsabteil auf den drei Meter tiefer gelegenen Boden, noch bevor der Truppentransporter aufsetzte.

Nereh hatte ein Heerlager eingerichtet und die überlebenden Truppen aus der Stadt hier versammelt, um einen Gegenangriff gegen die aufständischen Menschen zu führen.

Weitere Mantas setzten auf und entließen Hunderte von Kriegern und Dutzende von Kaitars. Die Krieger stammten zum überwiegenden Teil von Saras Schlachtträger, der sich mittlerweile in der Umlaufbahn aufhielt.

Teroi spuckte aus. Was für eine Verschwendung. Wäre ihm ein Orbitalbombardement erlaubt worden, wäre die Sache innerhalb von Minuten erledigt, doch Nereh wusste es ja besser. Er wusste immer alles besser.

Ein Transporter erregte Terois Aufmerksamkeit. Es handelte sich nicht um einen Manta, sondern um eine klobigere Maschine, die vorrangig zur Beförderung von Ausrüstung eingesetzt wurde. Kaum hatte der Transporter aufgesetzt, eilten bereits Krieger herbei, öffneten die Heckluke und brachten die Einzelteile mehrerer Gerätschaften ins Freie. In Windeseile setzten die Krieger die Teile zu fünf großen mit jeweils drei Läufen bestückten Artilleriebatterien zusammen. Die Batterien standen jeweils auf sechs Beinen.

Das würde für die Menschen mit Sicherheit eine große Überraschung werden. Offenbar verstand Nereh doch ein klein wenig von militärischer Taktik. Entweder das oder er verlor nun endlich die Geduld mit den Menschen. Die Artillerie würde die Menschen zur Kapitulation zwingen oder sie ins Jenseits pusten, was auch immer zuerst eintraf. Jedenfalls waren die Artilleriebatterien exakt genug, um die Lagerhäuser, in denen sich Nerehs kostbare Chemikalie befand, nicht zu gefährden. Teroi verstand die Vernarrtheit Nerehs in seinen ach so genialen Plan kein bisschen. Ein Feind musste niedergerungen werden, mit dem Schwert in der Hand. Das war die Art der Ruul. Einen Gegner auszuhungern, war keine annehmbare Methode, einen Krieg zu gewinnen.

Aus der Stadt war immer wieder Kampflärm zu hören. Das Knistern von

Blitzschleuder-Feuer mischte sich mit dem Geräusch automatischer Waffen und dem Fauchen von Lasern. Hin und wieder übertönte das Donnern einer Explosion die Geräusche der Infanteriewaffen.

Es war beschämend, von einer Gruppe an und für sich bereits besiegter nestral'avac aus einer sicheren Stellung innerhalb der Stadt getrieben zu werden. So weit hätte es gar nicht erst kommen dürfen. Das einzig Positive daran war die Peinlichkeit, die dieser Umstand für Nereh darstellte. Selbst wenn er am Ende siegte, würde es für ihn schwer werden, Kerrelak die hohen Verluste zu erklären.

Mit prüfendem Blick musterte Teroi die Krieger ringsum. Nereh hatte eine beachtliche Armee zur Rückeroberung der Stadt aufgeboten. Mindestens zehntausend Köpfe zählte die hier versammelte Streitmacht und sie verfügte über schweres Gerät. Zwei Dutzend Panzer standen in Reih und Glied in der Nähe und warteten auf ihren Einsatz. Immer wieder landeten Transporter und setzten weitere Panzer und die Einzelteile von Artilleriebatterien ab.

Teroi fragte sich, worauf die Panzer eigentlich warteten. Warum nur schickte Nereh sie nicht in die Stadt, um den Aufstand niederzuwalzen?

Er beschleunigte seine Schritte, um sich auf diese Fragen ein paar Antworten zu holen.

Teroi fand Nereh im Kreis seiner Offiziere bei einer eilig anberaumten Lagebesprechung. Nereh gab Anweisungen, als hätte er Taktik und Strategie selbst erfunden. Teroi ertappte einige der Offiziere dabei, wie sie sich verhaltene Blicke zuwarfen. Ihr Vertrauen in die Fähigkeiten ihres Kommandanten – oder besser gesagt, das Fehlen desselben – stand dem Terois in nichts nach. Er notierte diese Beobachtung in Gedanken.

Nereh nahm von Terois Anwesenheit Notiz und schickte die Offiziere mit einer ungeduldigen Geste weg. Viele schienen erleichtert, aus der Gegenwart ihres Anführers zu entkommen. Einige tuschelten angeregt miteinander, sobald sie sich unbeobachtet fühlten.

Nereh nickte Teroi ungewohnt freundlich zu. »Gut, dass du wieder da bist.«

Hätte Teroi Augenbrauen besessen, er hätte sie wohl just in diesem Moment in die Höhe gezogen. Dass Nereh tatsächlich froh war, ihn zu sehen, konnte nur eines bedeuten.

»Ist die Lage so ernst?«, fragte Teroi.

»Ja. Die Menschen haben uns praktisch aus der Stadt vertrieben. Sie kontrollieren den Kern sowie beinahe alle Außenbereiche.«

»Wie viele sind es?«

»Ein paar Hundert. Im Höchstfall vielleicht tausend.«

»Mehr nicht?«, wunderte sich Teroi. »Du hast hier mehr als genug Truppen, um die Revolte zu beenden. Und wenn du noch eine Stunde wartest, kann unsere Flotte noch einmal so viele Truppen landen. Ich verstehe nicht ganz, worin das Problem liegt.«

Nereh seufzte. Ein überraschend menschlicher Laut. »Das Problem, Teroi, ist, dass die Menschen einige unserer Waffenlager erobert haben. Der Angriff kam so schnell über uns, dass uns kaum Zeit blieb zu realisieren, wie uns geschah.«

Teroi stutzte. »Erobert? Etwa intakt?«

»Uns blieb keine Zeit, sie zu zerstören.«

Teroi fixierte seinen Kommandanten mit festem Blick. »Was haben sie alles erbeutet?«

Nereh zögerte, bevor er antwortete: »Eine Menge Infanteriewaffen, Panzerabwehrwaffen und ... Panzer.«

Terois Hand verkrampfte sich um den Griff seines Schwertes. Er zwang seine Hand dazu, den Griff zu lockern, ohne das Schwert zu ziehen.

»Wie viele Panzerabwehrwaffen? Wie viele Panzer?« Teroi hielt seinen Tonfall nur mit Mühe im Zaum. Normalerweise war es keinem Untergebenen gestattet, auf diese Weise mit seinem Vorgesetzten zu sprechen, doch das war ihm in diesem Augenblick völlig egal.

»Was die Panzerabwehrwaffen betrifft, so haben wir nicht die geringste Ahnung. Bei den Panzern ... vielleicht zehn oder fünfzehn.«

Teroi hätte in diesem Moment am liebsten sein Schwert gezogen und dem Bastard den Kopf von den Schultern geschlagen. So viel Inkompetenz auf einem Haufen ließ ihn beinahe seine Selbstbeherrschung vergessen. Es war Nerehs Glück, dass es im Augenblick Wichtigeres gab.

Teroi verstand nun allerdings auch, warum Nereh zögerte, die Panzer in die Stadt zu schicken. Die vom Feind erbeuteten Maschinen machten ihm momentan noch keine Sorgen. Es war höchst zweifelhaft, dass die Menschen ausgebildetes Personal besaßen, das mit den Fahrzeugen umgehen konnte. Möglich, dass sie den Umgang lernten, doch das brauchte Zeit. Zeit, die den Menschen möglicherweise nicht blieb.

Bei den Panzerabwehrwaffen sah die Sache schon ganz anders aus. Sie waren auf Funktionalität und Einfachheit hin ausgelegt. Der Umgang mit ihnen war äußerst simpel, beinahe intuitiv. Selbst ein Volltrottel konnte so ein Ding anlegen und abfeuern.

Die Ruul hatten aus bitterer Erfahrung gelernt, dass die Menschen wahre Meister im Straßen- und Häuserkampf waren. Gut möglich, dass sich die Straßen von Crossover als Todesfalle für alle einrückenden ruulanischen Truppen erweisen mochten. Die Panzer nicht in die Stadt zu schicken, war unter Umständen Nerehs einzig gute Entscheidung, seit sie auf Alacantor gelandet waren. Sollte es tatsächlich nötig werden, die Stadt auf die harte Tour zurückzuerobern, würden sich die Straßen mit ruulanischem Blut füllen – selbst wenn sie gewännen. Man ließ sich mit den Menschen nicht auf einen Häuserkampf ein, sofern man auch nur die geringste Möglichkeit sah, es zu vermeiden. Die Ruul waren aggressiv, aber nicht dumm.

Damit nicht genug, besaßen die Menschen mit den Waffen auch eine begrenzte Kapazität, feindliche Jäger abzuschießen. Die Waffen eigneten sich zwar eher dazu, ruulanische Panzer zu zerstören, doch versierte Schützen hatten damit schon so manchen Jäger vom Himmel geholt. Das machte nun auch jeden Luftangriff über der Stadt zum Wagnis.

Teroi bezähmte seinen Zorn und fragte so ruhig wie möglich: »Nun? Wie sehen deine Pläne aus?«

»Meine Pläne? Ich bombardiere die Stadt mit der Artillerie, bis die Menschen aufgeben.«

Teroi bleckte seine Zähne zu einem erfreuten Lächeln. »Guter Plan. Hätte von mir sein können.«

»Wir müssen uns mit der Niederschlagung des Aufstands ohnehin beeilen.«

Terois Lächeln schwand so schnell, wie es gekommen war. »Wieso?«

»Sara hat mir vor einer Stunde berichtet, dass ein menschliches Kriegsschiff versucht hat, aus dem System zu entkommen.«

»Ein menschliches Schiff? Woher ...?«

»Bevor du aussprichst – wir wissen nicht, woher es kam. Vielleicht ist es ein Überlebender des Wachgeschwaders, der uns irgendwie durch die Lappen gegangen ist.«

Teroi stöhnte innerlich auf. Das wurde ja besser und besser. »Wenigstens ist es zerstört worden.«

Als sich Nereh verlegen abwandte und eine Antwort schuldig blieb, hakte Teroi nach. »Es wurde doch zerstört, oder?«

Immer noch keine Antwort.

»Oder?«, fragte er diesmal drängender.

»Um ehrlich zu sein, wir wissen es nicht.«

»Wie kann man das nicht wissen?«, brauste Teroi auf.

»Gerade als unsere Kreuzer dem fliehenden Schiff den Todesstoß versetzten, schaffte es den Übertritt in den Hyperraum. Es wurden eine Menge Wrackteile an der Nullgrenze gefunden. Die einhellige Meinung Saras und seiner Offiziere ist, dass das Schiff während des Übergangs zerrissen wurde.«

»Sie sind sich aber nicht sicher.« Es war eine Feststellung, keine Frage.

»Nein, sie sind sich nicht sicher.«

»Das bedeutet, es könnte jederzeit eine menschliche Entsatzstreitmacht über Alacantor auftauchen.«

Nereh seufzte erneut. »In der Tat.«

Teroi war sprachlos. Was hatte er den Göttern des Universums nur getan, dass sie ihn mit dieser Mission und vor allem diesem Kommandanten straften?

Terois Gedanken überschlugen sich, als er einen Ausweg aus diesem Schlamassel suchte.

»Dann gibt es nur eines«, verkündete er schließlich, »wir steigen in unsere Schiffe, verbrennen per Orbitalschlag die Oberfläche von Alacantor und verschwinden. Ein Überflug in einer hohen Umlaufbahn müsste reichen.«

»Das kommt überhaupt nicht infrage. Die Mission hat Vorrang. Wir beenden unseren Auftrag und kehren als Sieger zu Kerrelak zurück. Entweder als Sieger oder gar nicht.«

»Bist du blind, du Narr? Es ist vorbei. Jeden Augenblick könnten die nestral'avac auftauchen und uns alle zur Hölle pusten. Spätestens dann ist die Mission ohnehin gescheitert. Ich werde ganz sicher nicht wegen deiner Ambitionen sterben.«

»Ich wusste gar nicht, dass die karis-esarro Feiglinge sind.«

In einer fließenden Bewegung zog Teroi sein Schwert. Es war schon halb aus der Scheide, bevor er auch nur in der Lage war, einen klaren Gedanken zu fassen. Doch mitten in der Bewegung stoppte er.

Nereh war noch immer sein Vorgesetzter. Falls er ihn hier vor aller Augen so einfach niederstreckte, würde man ihn höchstwahrscheinlich hinrichten. Dass Nerehs Ableben für alle Beteiligten das Beste sein würde, stand dabei nicht zur Debatte.

Nereh musterte ihn aufmerksam, eine Hand hinter dem Rücken verborgen. Teroi konnte sich schon ausmalen, was die Hand hielt. Eine Blitzschleuder – und der Kerl nannte *ihn* einen Feigling.

Terois Hand verkrampfte sich um den Griff des Schwertes und unendlich langsam, als kostete ihn jede Bewegung spürbar Energie, steckte er das Schwert zurück in die Scheide.

Nereh ließ erleichtert die Schultern sinken. »Kluge Entscheidung«, honorierte er. »Und jetzt befehle der Artillerie, mit dem Angriff auf die Stadt zu beginnen.«

Die Demütigung, vor aller Augen erst beleidigt zu werden und dann auch noch zurückstecken zu müssen, brannte wie Feuer in seinen Adern. Er war sich spürbar der Blicke der anderen Krieger bewusst, die auf ihm und Nereh ruhten.

Teroi drehte sich um, ohne zu salutieren oder dem Mann irgendeine Art von Ehrenbezeugung zukommen zu lassen. Selbst das obligatorische *Herr* verweigerte er ihm.

Deine Zeit ist so gut wie abgelaufen, Nereh. Das schwöre ich!

Eric führte eine gemischte Gruppe Leibwächter und Milizionäre durch die Gassen in Richtung der heftigsten Kämpfe in der Nähe des Stadtrands. Die Ruul waren vom Erfolg der Menschen ziemlich überrumpelt, doch es gab jemanden, der noch überraschter war: die Menschen selbst. Der Erfolg des Aufstands übertraf ihre kühnsten Erwartungen.

Inzwischen meldeten sich auch immer mehr Bürger, die ihre Heimat verteidigen wollten. Der Gouverneur hatte Sammelstellen einrichten lassen, an denen sich jeder für den Dienst an der Waffe melden konnte. Die Leute erhielten eine Waffe und einen kurzen Crashkurs, wie damit umzugehen war. Eric bezweifelte jedoch, dass sie allein mit ihrer zusammengewürfelten Truppe und einigen mutigen Bürgern die Stadt dauerhaft halten konnten. Kundschafter der Miliz berichteten von einer großen Armee, die sich jenseits der Stadt sammelte. Der Kessel um Crossover war noch nicht dicht, würde es aber schon sehr bald sein und dann würde nichts und niemand mehr aus der Stadt entkommen können.

Erics Trupp erreichte eine dreispurige Straße, die in nördlicher Richtung verlief. Auch hier waren die Spuren der Kämpfe allgegenwärtig. Ruulanische und menschliche Leichen bedeckten den Asphalt. Teilweise waren die Körper regelrecht ineinander verkeilt, was auf einen Kampf Mann gegen Mann hinwies.

Hastig aufgeschichtete Barrikaden versperrten die Straße an mehreren Stellen. Einige brannten, einige waren von Feuersalamandern niedergewalzt. Auf der Straße standen die Wracks dreier ruulanischer Panzer. Zwei waren offensichtlich durch Kreischer zerstört worden. Die ausgebrannten Gerippe würden nie wieder fahren. Einer der Panzer sah jedoch noch ganz funktionstüchtig aus. Die Ketten waren beschädigt und hatten den Panzer somit immobilisiert. Die Besatzung war gezwungen gewesen, ihn aufzugeben. Allzu weit waren sie jedoch nicht gekommen. Die Leichen mehrerer ruulanischer Panzerfahrer lagen in unmittelbarer Nähe des Gefährts. Ein Stück die Straße hinunter stand ein weiterer Feuersalamander. Dieser wies jedoch eine farbige Markierung auf. Es handelte sich um eines der Beutestücke, die sie in einem ruulanischen Waffenlager in Besitz genommen hatten. Anfänglich verfügten sie über sieben dieser Maschinen. Abzüglich dieser waren es nur noch sechs. Die Einfachheit ruulanischer Technik kam ihnen jetzt zugute, da sich das Führen eines Feuersalamanders als relativ einfach erwiesen hatte, und sie benötigten dringend jeden Vorteil, dessen sie habhaft werden konnten.

Eric holte eine Karte hervor und markierte die Standorte der Panzer zwecks späterer Bergung beziehungsweise Ausschlachtung, falls Bergung nicht möglich war.

Ein Quartett Reaper donnerte im Tiefflug über sie hinweg und die Männer in seiner Begleitung duckten sich reflexartig, als könnten sie sich dadurch irgendwie schützen, falls sich die Reaper zum Angriff entschlossen.

Die vier Jäger gerieten schon nach wenigen Sekunden außer Sicht, doch kurz darauf hörten sie das charakteristische Fauchen ihrer Bordwaffen.

Kreischer antworteten. Eric gab seiner Gruppe ein Signal und sie stürmten im Eilschritt in Richtung des Kampfes. Es konnte nicht weit sein und die Leute brauchten vielleicht Hilfe.

Nach vierhundert Metern kamen sie an eine enge Kurve. Eric bedeutete dem Trupp, langsamer zu gehen.

Eine Gruppe Milizionäre saß im feindlichen Kreuzfeuer fest. Es waren vielleicht vierzig oder fünfzig Mann. Sie hatten sich aus zwei Schulbussen und mehreren Hovercars eine Wagenburg gebaut und verteidigten sich nach allen Richtungen gegen mehrere ruulanische Kriegertrupps. Die Reaper hatten den Kampf erspäht und beharkten die Belagerten aus der Luft. Einer der Hovercars ging in Flammen auf – zwei Milizionäre, die hinter dem Gefährt Deckung bezogen hatten, gleich mit.

Die Reaper beendeten ihren Angriff und gewannen wieder an Höhe. Aus der Wagenburg feuerte ein Kreischer und der Kugelblitz traf einen der Reaper im Steigflug, brannte sich quer durch die Maschine und trat unterhalb der Schnauze wieder aus. Die Überreste des nun führerlosen Jägers trudelten zur Straße hinab und bohrten sich mit der Spitze voran in den Asphalt. Weitere Kreischer wurden abgefeuert, doch die Reaper zerstreuten sich und die Geschosse gingen ins Leere.

Die Ruul am Boden verstärkten ihr Feuer, um die Truppen in der Wagenburg in die Knie zu zwingen. Maschinengewehr- und Laserfeuer brandete aus einem der Busse auf und mähte eine angreifende Gruppe Ruul nieder. Das Antwortfeuer ließ den Bus förmlich erzittern. Die Außenwand wurde an mehreren Stellen perforiert. Die Todesschreie der Soldaten drangen sogar bis zu Erics Position herüber.

Er ließ sich auf ein Knie nieder. Seine Männer versammelten sich um ihn. »Wir werden ihnen helfen. Rodriguez, Sie nehmen fünfzehn Mann und umgehen die Ruul in südlicher Richtung. Mertens, Sie machen dasselbe in östlicher Richtung. Ich selbst gehe von hier aus gegen die Ruul vor. Wir nehmen sie aus drei Richtungen unter Feuer und hoffen, dass wir sie aufreiben können, bevor sie erkennen, wie wenige wir sind. Haben das alle verstanden?«

Die Soldaten nickten einhellig.

»Gut«, nickte Eric. Er sah auf seine Armbanduhr. »Ich gebe euch zehn Minuten für das Umgehungsmanöver, dann greifen wir an. Seid pünktlich.«

Der Trupp teilte sich in drei Gruppen auf. Eric führte seine Gruppe hinter einen umgestürzten Lkw. Ein altes Modell, das noch Reifen, statt eines Antigravgenerators besaß.

Das Gefecht rund um die Wagenburg wurde hektischer und für die eingeschlossenen Menschen zunehmend verzweifelt. Die Ruul rückten siegessicher näher, doch die Belagerten leisteten erbitterten Widerstand und auf beiden Seiten fielen Kämpfer.

Ein Kaitar setzte mit einem gewaltigen Satz über ein Hovercar hinweg. Aus der Wagenburg waren daraufhin viele Schreie und Waffenfeuer zu hören.

Eric biss sich vor Spannung auf die Zunge. Er warf einen Blick auf seine Armbanduhr. Es waren erst knapp neun Minuten vergangen, doch er konnte nicht länger warten. Die Leute in der Stellung hielten nicht mehr lange durch. Er konnte nur beten und hoffen, dass die anderen beiden Gruppen bereits in Position waren, ansonsten würde es ein kurzer Angriff werden.

»Los!«, befahl er knapp und der Trupp folgte ihm aus der vermeintlich sicheren Position zurück in den Krieg.

Im ersten Moment bemerkten die Ruul die neue Bedrohung gar nicht. Eric war der Erste, der feuerte. Mit zwei Salven mähte er zwei ruulanische Krieger nieder.

Die Ruul wirbelten herum, um sich den neuen Angreifern zu stellen. Aus den Augenwinkeln bemerkte er weitere Kämpfer, die aus zwei verschiedenen Richtungen in den Kampf eingriffen. Ein kurzes, erleichtertes Lächeln verzog seine Lippen.

Ein ruulanischer Krieger schlug mit dem Schwert nach Erics Kopf, doch der duckte sich unter dem Hieb hinweg und trieb sein Bajonett tief in den Leib des Kriegers und mit einer seitlichen Bewegung schlitzte er ihm den Bauch auf. Der Ruul stürzte, wobei er verzweifelt versuchte, seine hervorquellenden Eingeweide mit den Händen aufzuhalten.

Die Eingeschlossenen in der Wagenburg bemerkten nun ebenfalls, dass Hilfe eintraf. Sie verdoppelten ihre Bemühungen und binnen weniger Minuten fanden sich die überlebenden ruulanischen Krieger im Netz eines tödlichen Kreuzfeuers wieder.

Die drei ruulanischen Jäger stürzten wie Raubvögel aus dem wolkenverhangenen Himmel. Ihre Waffen spien Feuer und Tod und forderten unter den Verteidigern der Wagenburg viele Leben.

Sie brachen ihren Angriff erst ab, als eine aus der Wagenburg abgefeuerte Rakete einen der Reaper zerfetzte und seine brennenden Bruchstücke über die Straße verteilte. Die beiden überlebenden Jäger gewannen schnell an Höhe, um aus der Reichweite der Menschen zu kommen.

Der folgende Kampf war kurz und blutig. Ihrer Luftunterstützung beraubt, fehlte den Slugs der notwendige Rückhalt, um sich aus der tödlichen Umklammerung zu befreien. Die beiden Reaper zogen hilflos am Himmel ihre Bahn, unfähig einzugreifen, da sie nicht wussten, über wie viele Kreischer und Raketenwerfer die Menschen verfügten.

Als der letzte Slug von Bajonetten durchbohrt fiel, waren auch mehr als dreißig Menschen gestorben. Eric zog sein Bajonett aus dem Ruul, der den Angriff angeführt hatte und atmete erleichtert auf.

Die Menschen aus der Wagenburg begrüßten ihre Retter überschwänglich mit Klopfern auf die Schultern oder einem festen Händedruck.

Eric schlang sich müde das Gewehr über die Schulter. Ein Gefecht gewonnen, viele andere warteten noch. Knisternd meldete sich sein Headset zu Wort.

»Hier Carson. Bericht!«

Eric berührte das Funkgerät und öffnete einen Kanal. »Hier ist Eric. Situation geklärt.«

»Gute Arbeit. Die Slugs ziehen sich entlang der gesamten Frontlinie zurück.«

Eric glaubte, nicht richtig gehört zu haben. »Sie ziehen sich zurück? Ist das sicher?«

»Ja. Alle Einheiten im Gefecht melden einen deutlichen Rückgang der Feindpräsenz. Denen haben wir es ganz schön gezeigt.«

Die Euphorie des Milizcolonels war ansteckend, doch Eric bezähmte seine aufkeimende Hoffnung und zwang sich, logisch zu denken. Die Ruul waren zahlenmäßig überlegen und verfügten über die überlegene Ausrüstung. Warum also sollten sie sich zurückziehen? Das ergab keinen Sinn. Die Slugs waren in der Lage, die Verteidiger von Crossover einfach durch ihre zahlenmäßige Überlegenheit zu zermalmen. Natürlich würden die Ruul zwangsläufig hohe Verluste erleiden, doch am Ende würden sie zweifelsohne gewinnen. Warum also dieser plötzliche Strategiewechsel?

Ein durchdringender Pfeifton erfüllte die Luft. Eric sah sich verwirrt nach allen Seiten um auf der Suche nach der Herkunft des Pfeifens. Erst nach einigen Sekunden realisierte er – der Ton kam von oben.

Er hob den Kopf. Kleine Objekte erschienen am Himmel, sie zogen weiße Kondensspuren hinter sich her. Die Menschen ringsum folgten den Flugbahnen der Objekte wie hypnotisiert mit den Augen. Am Scheitelpunkt ihrer Flugbahn, verharrten die Objekte einen Augenblick, nur um in steilem Winkel zur Erde zurückzufallen.

Großer Gott, schoss es Eric durch den Kopf, *Slug-Artillerie!*

Dann schlugen die Granaten ein und füllten die Stadt mit Trauer und Schmerz.

Gouverneur Jean-Luc Bonnet beobachtete die Einschläge vom Balkon seiner Residenz aus. Schon bald war die Stadt erfüllt von Explosionen und den Sirenen der Rettungsdienste. Überall brandeten Feuer auf, die schnell außer Kontrolle gerieten, da nicht genug Menschen und Ausrüstung mehr zur Verfügung standen, um die Brandherde zu bekämpfen.

Als er mit ansah, wie seine Stadt starb, füllten sich Bonnets Augen mit Tränen. In diesem Moment schlugen die ersten Granaten in die Residenz ein.

22

Die *TKS Dragoon*, ein Schwerer Kreuzer der Hermes-Klasse, patrouillierte die Peripherie des Valentine-Systems, als die Sensoren den Wiedereintritt eines nicht angekündigten Schiffes registrierten. Die *Dragoon* befand sich gerade in der dritten Schicht und der Großteil der Besatzung hatte sich in die Quartiere zurückgezogen, um etwas zu schlafen.

Bereits wenige Sekunden nachdem der Neuankömmling registriert worden war, rief der XO der *Dragoon*, Commander Benjamin Kato, die Besatzung auf die Kampfstationen. Normalerweise wäre diese Maßnahme bei einem schlichten unangekündigten Signal übertrieben gewesen. Doch das Valentine-System stellte eine Ausnahme dar. Seit der ruulanischen Invasion auf Serena wurde das System zunehmend als Außenposten und Nachschubzentrum genutzt, darüber hinaus auch noch als Sammelpunkt und Sprungbrett für Schiffs- und Truppenbewegungen, die über das MacAllister-System nach Serena sprangen. Aus diesem Grund war für alle hier stationierten Schiffe und Truppen ständig die zweithöchste Alarmstufe ausgegeben, was die Alarmierung der Besatzung bei einem solchen unerwarteten Zwischenfall dringend notwendig machte. In Bezug auf die Slugs wollte man kein Risiko eingehen.

Erwähnenswert wäre noch, dass das System sich lediglich fünfundzwanzig Lichtjahre oberhalb von Alacantor befand.

Captain Edgar Porter quetschte seinen drahtigen Körper bereits durch die Tür der Brücke, noch bevor sie sich ganz geöffnet hatte.

»Bericht!«, verlangte er forsch.

»Ein Schiff ist an der Peripherie des Systems aufgetaucht.«

»Identifikation?«

Kato überflog die wenigen Daten, die die Sensoren ihm über den Neuankömmling lieferten, schließlich schüttelte er den Kopf.

»Nur geringe Energieemissionen, keine Funksignale, Antrieb ist offline, kein IFF-Code. Es scheint fast, als drifte das Schiff ins System.«

»Lebenszeichen?«

»Da fluktuieren die Anzeigen. Ich bekomme keine genauen Daten.«

»Entfernung?«

»Das Schiff treibt etwa eine AE Steuerbord voraus.«

»Geben Sie mir das Schiff auf mein Display.«

»Aye, Skipper.«

Das Hologramm vor Porter flackerte kurz, bevor sich eine durchsichtige Darstellung des Schiffes aufbaute. Der Captain rutschte näher, um sich das Schiff genauer zu betrachten.

»Verschaffen Sie mir sofort eine Verbindung zu Admiral Constantin. Auf einem Prioritätskanal!«

Lazarettschiffe waren alle gleich – und Vizeadmiral Soraya Constantin hasste sie. Weiße, nicht enden wollende Korridore und alles viel zu steril für ihren Geschmack. Außerdem hatte man überall das Gefühl, der Geruch von Verbandsmaterial und Medikamenten steige einem in die Nase.

Bei diesem Besuch jedoch galt ihre Aufmerksamkeit nicht den Besonderheiten des Lazarettschiffs. Die Probleme, die ihren Geist beschäftigten, waren viel pragmatischerer Natur.

»Und es ist wirklich die *Cleopatra*?«, fragte sie.

»Was davon noch übrig ist«, bestätigte Captain Edgar Porter. »Das Schiff ist zu fast achtzig Prozent zerstört. Dass sie es überhaupt hierher geschafft haben, grenzt schon an ein Wunder. Was immer dem Schiff auch zugestoßen ist, es muss ein höllischer Kampf gewesen sein.«

Die Tür ging auf und ein untersetzter Mann in weißem Arztkittel kam heraus, ein Klemmbrett unter dem Arm.

»Doktor«, wandte sich Constantin an den Mann, »wie geht es ihm?«

Der Doktor seufzte. »Er lebt, auch wenn ich nicht genau sagen kann, wie er das geschafft hat. In seinem Körper sind mehr Knochen gebrochen als intakt, er hat innere Blutungen und ich weiß nicht, ob wir sein rechtes Auge retten können.«

»Ist er bei Bewusstsein?«

»Mehr oder weniger, aber ich kann nicht gestatten, dass Sie mit ihm reden. Er braucht erst mal Ruhe.«

»Tut mir leid, Doktor, aber darauf kann ich keine Rücksicht nehmen. Ich brauche Antworten«, sagte Constantin und drängte sich an dem entrüsteten Arzt vorbei ins Zimmer. Porter folgte der zierlichen Offizierin mit einem entschuldigenden Achselzucken in Richtung des Doktors.

In dem Krankenzimmer gab es vier Betten, doch nur eines war belegt. Der Mann machte einen schrecklichen Eindruck. Schläuche führten in seine

Armvene und Nase, ein Verband bedeckte sein rechtes Auge, das linke war geöffnet, wirkte jedoch glasig. Constantin führte dies auf eine großzügige Gabe von Morphium seitens des medizinischen Personals zurück.

Behutsam trat sie an das Krankenlager des Offiziers, Porter postierte sich ans Fußende, der Arzt blieb im Hintergrund, wirkte jedoch bereit, augenblicklich einzugreifen, sobald sein Patient Anzeichen von Überforderung zeigte.

»Captain Santos?«, sagte Constantin sanft. Der Mann reagierte mit keinem Achselzucken. »Captain?«

Der Kopf des Offiziers drehte sich langsam in ihre Richtung. Das unversehrte Auge musterte sie einen Augenblick lang wie durch einen Schleier, doch unvermittelt wurde sein Blick klarer.

»Wo ... wo bin ich?«

»Valentine-System. Ich bin Vizeadmiral Soraya Constantin.«

»Wir haben ... es also geschafft?«

»Ja, Captain. Sie haben es geschafft.«

»Meine ... Leute?«

Sie wechselte einen schnellen Blick mit Porter, bevor sie antwortete.

»Es tut mir sehr leid, Captain. Sie sind einer von drei Überlebenden der *Cleopatra*.«

Ein gequältes Stöhnen entrang sich Santos' Kehle. Constantin legte ihre Hand sanft auf dessen Schulter, was ihn so weit beruhigte, dass er weitersprechen konnte.

»Die anderen?«

»Ihre XO und jemand aus der technischen Abteilung, ein Petty Officer.«

»Wo ...?«

»Sie sind auf diesem Deck untergebracht. Den Korridor hinunter.«

Santos schloss erschöpft das Auge und ließ den Kopf in die Kissen sinken. Sosehr es Constantin widerstrebte, sie durfte den Mann jetzt nicht schlafen lassen. Sie musste wissen, was im Alacantor-System vorgefallen war.

Sie rüttelte sanft Santos' Schulter, bis der Mann das Auge wieder aufschlug.

»Captain«, fragte sie mit ruhiger, aber fordernder Stimme, »was ist passiert?«

Sein Blick verschleierte sich, als würde er etwas in weiter Ferne beobachten, doch plötzlich und unerwartet fokussierte sich sein Blick auf Constantin.

»Die Ruul haben Alacantor eingenommen.«

Der ungeduldige Arzt scheuchte Constantin und Porter förmlich aus dem Zimmer. Die Befragung des verwundeten Captains hatte nur Minuten gedauert, doch in dieser Zeit hatte seine Haut einen aschfahlen Ton angenommen und seine Stimme war immer schwächer geworden. Doch Constantin hatte genug erfahren und das Bild, das sich ihr bot, nahm langsam Konturen an.

Die Lage war ernst. Wie es schien, war es den Ruul gelungen, Alacantor vor mehreren Wochen einzunehmen. Darüber hinaus war ihnen das Kunststück gelungen, die Einnahme des Planeten zu verschleiern. Seitdem waren sie mit irgendwelchen dubiosen Machenschaften auf der Planetenoberfläche beschäftigt. Sehr viel mehr war aus Santos nicht herauszuholen, nur, dass die Ruul bei Alacantor über eine beachtliche Streitmacht verfügten: mehrere Dutzend Schiffe im System und ein paar Tausend Mann Bodentruppen, vermutlich auch noch Artillerie und schweres Gerät. Ihre Gedanken überschlugen sich. Es würde schwer werden, die Ruul aus ihren Stellungen zu treiben, vor allem wenn die Bevölkerung ihnen als lebende Schutzschilde diente.

Sie trat an eines der Fenster und betrachtete den Planeten Valentine unter ihr sowie den regen Schiffs- und Shuttleverkehr.

Porter stand in Rührteuchstellung hinter ihr, bis er die Spannung nicht mehr aushielt.

»Admiral? Was tun wir jetzt?«

Das war eine gute Frage. Was konnten sie tun? Die logischste Alternative wäre es, dem nächsten größeren Flottenstützpunkt die Lage zu melden und um Unterstützung zu bitten. In Valentine hielten sich derzeit nicht viele Schiffe auf. Wäre die *Cleopatra* nur drei Tage früher eingetroffen, sähe die Sache anders aus. Dann hätten sich vier komplette Kampfgruppen im System befunden. Diese waren jedoch inzwischen nach MacAllister aufgebrochen, um von dort aus in den Kampf um das Serena-System einzugreifen.

Ihre Gedanken überschlugen sich. Sie durfte das Valentine-System nicht gänzlich von Schiffen entblößen. Das wäre ein grober militärischer Fehler gewesen. Wenn sie also in ihre Überlegungen einfließen ließ, dass mindestens achtzig Schiffe hier verblieben, dann konnte sie im Höchstfall eine Entsatzstreitmacht von vielleicht fünfzig oder sechzig Schiffen aufbieten. Mit viel Glück eventuell auch siebzig. Gegen einen Gegner in unbekannter Stärke.

Der nächste Flottenstützpunkt, der ihr Unterstützung schicke konnte, befand sich im Hornath-System fünf Tage von Valentine entfernt – und mehr als sechs Tage von Alacantor. Die Frage war, ob die Bewohner von Alacantor noch sechs Tage Zeit hatten.

Unter ihr zogen sechs Truppentransporter der TKA auf einem Parkorbit ihre Bahn um den Planeten. Diese Schiffe beherbergten die 159. Infanteriedivision. Diese Einheit kam gerade von ihrem Dienst auf Serena zurück und hatte dort Schreckliches erlebt. Die Einheit zählte noch knapp vierzehntausend Mann – von ursprünglich insgesamt fünfundzwanzigtausend, die sie gezählt hatte, als sie vor drei Monaten den umgekehrten Weg geflogen war. Nun waren diese Truppen auf dem Weg nach Borgass zur personellen und materiellen Neuausrüstung.

In ihrem Geist formierte sich ein Plan. Diese Einheit war zwar von den Slugs auf Serena schwer dezimiert worden, doch sie stellte immer noch eine beachtliche Streitmacht dar. Die Slugs konnte auf Alacantor nicht so stark vertreten sein, wie es auf frontnahen Welten der Fall war. Vermutlich handelte es sich um eine handverlesene Einheit für eine verdeckte Operation hinter den feindlichen Linien. Diese Theorie war durchaus nicht von der Hand zu weisen.

Die Menschen auf Alacantor brauchten auf jeden Fall ihre Hilfe – und sie würde ihnen helfen.

»Porter?«

»Ma'am?«

»Geben Sie eine allgemeine Warnung raus, dass das Alacantor-System wegen einer Okkupation durch ruulanische Kampfverbände bis auf Weiteres nicht mehr von Konvois oder zivilen Schiffen angeflogen werden darf. Schicken Sie auch eine Botschaft ins Hornath-System, schildern Sie ihnen die Lage und bitten Sie um sofortige Hilfe für das Alacantor-System. Danach stellen Sie mir eine Liste aller einsatzfähigen Schiffe im Valentine-System zusammen. Ich benötige diese Liste binnen einer Stunde.«

»Aye, Ma'am.«

»Und Porter?«

»Ma'am?«

»Verschaffen Sie mir eine Verbindung zu Lieutenant General Garret. Sagen Sie ihm, ich brauche die Hilfe seiner Division.«

23

Derek ließ langsam den Feldstecher sinken und warf Narim einen ratlosen Blick zu. Der Inder schüttelte den Kopf und gab mit einem Wink zu verstehen, dass sie sich zurückziehen sollten.

Die beiden Soldaten robbten rückwärts, bis sie den Fuß des Hügels erreichten, von dem aus sie die ruulanischen Stellungen ausgekundschaftet hatten.

Dort nahm ein Trupp Milizionäre sie in Empfang, mit dem sie sich zum Waldrand bewegten, wo Lieutenant Colonel Wolf und der Rest der Einheit im Verborgenen lagen.

Seit dem Kampf um die Höhlen war der Widerstand geschrumpft. Sie zählten noch knapp zweihundertfünfzig Mann, weitere hundert lagen unter Doktor Harolds Aufsicht in ihrem provisorischen Lazarett in den Höhlen.

Sie hatten über einen Tag gebraucht, um eine Position vor der Hauptstadt zu erreichen, nur um festzustellen, dass Crossover belagert wurde.

»Wie ist die Lage?«, fragte Wolf knapp.

»Wir konnten nicht unbedingt viel ausmachen«, erklärte Derek, »aber es sieht so aus, als wäre die Stadt vollständig eingeschlossen.«

Narim nickte. »Die Ruul haben mehrere Artilleriebatterien vom Typ Basilisk aufgebaut. Sie beschießen die Stadt ohne Unterbrechung. Die Artillerie befindet sich im Norden, Süden und Westen, wodurch sie praktisch jeden Ort in der Stadt erreichen können. Es gibt sicherlich viele Opfer.«

Die Basilisk-Geschütze waren von den Slugs zum ersten Mal bei der Schlacht von MacAllister eingesetzt worden und das hatte bereits gereicht, ihnen unter terranischen Truppen einen furchterregenden Ruf zu bescheren.

Wolf überlegte. »Was schätzen Sie, wie groß die Armee ist, die die Stadt belagert?«

Derek kratzte sich am Kinn. »Die feindlichen Linien sind relativ dünn. Um eine Stadt von der Größe Crossovers zu belagern, würde ich sagen, die Slugs brauchen mindestens fünfzehntausend Mann.«

»Zwanzigtausend wären besser«, korrigierte Narim.

Derek nickte. »Trotzdem scheint ihre Armee nicht größer als acht- bis neuntausend Mann zu sein.«

Wolf überlegte. »Das ergibt irgendwie sogar Sinn. Die Slugs müssen sich nicht nur um Crossover sorgen, sondern auch noch den Rest des Planeten unter Kontrolle halten. Vermutlich können sie nicht mehr Truppen erübrigen, um die Revolte niederzuschlagen. Hängt natürlich alles davon ab, wie groß ihre Ressourcen sind.«

»Meine Herren, wir müssen unbedingt einen Weg in die Stadt finden. Da führt kein Weg dran vorbei«, schaltete sich Delaney ein.

»Und was nützt uns das?«, wollte Derek wissen. »Dann sitzen wir in einer Stadt fest, die pausenlos beschossen wird. Dadurch verbessert sich unsere Situation nicht gerade.«

Wolf lächelte. »Ganz meine Meinung. Dann muss diese Artillerie eben verschwinden.«

Narim, Derek und Kolja standen ratlos um den größten Baum, den sie finden konnten. Wolfs Plan sah einen koordinierten Angriff seiner Kräfte und der belagerten Truppen in der Hauptstadt vor, mit dem Ziel, die ruulanische Artilleriestellung auszuheben. Dazu mussten sie allerdings in der Stadt jemanden erreichen, der das Sagen hatte. Nur leider verfügte keines der Funkgeräte, die sie bei sich trugen, über die notwendige Reichweite. Daher gab es nur eine Lösung, sie mussten die Reichweite vergrößern.

»Und wer geht da jetzt rauf?«, fragte Kolja.

Derek und Narim wechselten einen Blick, grinsten sich gegenseitig an und sahen gleichzeitig auf Kolja hinab. Dieser sah von einem zum anderen, ließ die Schultern hängen und sagte: »Das ist natürlich clever. Schickt einfach den mit der Höhenangst rauf.«

Als er sah, dass sein Widerspruch auf taube Ohren stieß, schnappte er sich mit einem unbestimmten Grunzen die Antenne, die Narim über der Schulter trug, band sie sich auf den Rücken und machte sich an den Aufstieg.

»Und nicht vergessen«, schrie Narim ihm hinterher, »es ist nicht der Sturz der dich umbringt, sondern der plötzliche Aufprall.«

»Sehr witzig«, schrie Kolja zurück. »Ich werde daran denken, wenn ich dir auf den Kopf falle.«

Gelächter antwortete ihm.

Düstere Beschimpfungen murmelnd, konzentrierte sich Kolja darauf, den Halt nicht zu verlieren, als er sich Ast für Ast zum Baumwipfel vorarbeitete.

Er vermied es tunlichst, nach unten zu sehen, da er befürchtete, sich sonst übergeben zu müssen. Bei dem Gedanken, wie den beiden Kompanieführern Erbrochenes auf die Köpfe regnete, kicherte er verhalten.

Als er nach einem Ast griff und sich daran hochziehen wollte, brach dieser und plötzlich hing Kolja nur noch an einem Arm, der sich an einen starken Ast klammerte. Von unten meinte er, erschrockene Rufe zu hören, war sich jedoch nicht sicher.

Er nahm alle Kraft zusammen, zog sich an dem Ast in die Höhe und griff mit dem anderen Arm nach einem weiteren. Als er eine halbwegs sichere Position gefunden hatte, gönnte er sich eine kurze Verschnaufpause.

Nach weiteren zehn Minuten kam er endlich ganz oben an. Mit zitternden Fingern sicherte er sich, indem er sich ein Seil um die Hüften schlang und es am Baumstamm fixierte. Anschließend nahm er die Antenne vom Rücken und befestigte sie, was gar nicht so einfach war, da das Gewicht der Antenne relativ hoch war. Kolja lief inzwischen der Schweiß in dicken Tropfen über das Gesicht. Nach fast dreißig weiteren Minuten war die Aufgabe erledigt und er atmete mehrmals tief durch. Mit erhobenem Daumen signalisierte er den beiden Männern am Boden, dass alles klar war.

»So«, murmelte Kolja, »und wie komme ich jetzt wieder hier runter?«

Eric schubste den Gouverneur unsanft in den Keller zurück. Der Mann war störrischer als ein Maulesel. Der Beschuss dauerte nun schon fast zwei volle Tage und ein Ende war nicht abzusehen.

Alles, was dazu noch in der Lage war, versteckte sich in Bunkern und Kellern, weite Teile der Stadt lagen in Trümmern, einige Viertel brannten. Lediglich der Stadtkern schien von dem Bombardement weitgehend ausgenommen zu werden. Zwar lagen auch dort strategische Punkte wie die Gouverneursresidenz immer wieder unter Beschuss, doch die Ruul verzichteten aus irgendeinem Grund auf Flächenbombardements.

Der Gouverneur war leider nicht davon abzubringen, die Sicherheit seines Bunkers verlassen zu wollen, um den Menschen auf den Straßen zu helfen. Etwas, für das ihn Eric über alle Maßen respektierte, was seinen Job, für die Sicherheit des Mannes zu sorgen, allerdings nicht einfacher machte.

»Sie bleiben jetzt hier, verdammt noch mal!«, herrschte er den Mann in für ihn untypisch rüdem Ton an.

»Eric, ich sage es Ihnen zum letzten Mal: Gehen Sie mir aus dem Weg!«
»Keine Chance, Herr Gouverneur.«
»Die Menschen da draußen brauchen Hilfe. Sie leiden.«

»Und was denken Sie, können Sie mehr tun als die ganzen Helfer da draußen?«

Dieses Argument brachte ihn zum Schweigen. Hunderte von Freiwilligen durchstreiften trotz des pausenlosen Trommelfeuers die Stadt, um zu helfen. Sie durchforsteten zerstörte Häuser, um Eingeschlossenen zu helfen, verteilten Wasser, Decken und Nahrungsmittel oder richteten in unzerstörten Gegenden Notlazarette ein, in denen die schlimmsten Verletzungen versorgt werden konnten. Der Gargoyle-Truppentransporter war selbst zu einem Lazarett umfunktioniert worden. Eric selbst hatte mit einer Gruppe seiner Leute die Sitze und die Einrichtung, soweit dies möglich war, abmontiert und zur Rampe hinausgeworfen, um Platz für den nicht enden wollenden Strom von Verletzten zu schaffen. Doch egal, wie viele sie unterbrachten, es kamen immer mehr nach. Ihre Kapazitäten hatten sie längst überschritten.

»Verstehen Sie doch, Eric!«, flehte der Gouverneur förmlich. »Ich *muss* etwas tun.«

»Sie tun etwas«, hielt Eric dagegen. »Sie bleiben am Leben.«

Der Leibwächter seufzte. »Sie haben diesen Aufstand initiiert. Was, glauben Sie, passiert, wenn eine Granate Sie erwischt? Die Menschen werden zusammenbrechen, wenn niemand ihren Widerstandswillen anfacht. Sie sind inzwischen ein Symbol.«

»Schönes Symbol«, fauchte Bonnet. »Ein Symbol, das sich in einem Kellerloch versteckt.« In diesem Moment schlug eine weitere Granate direkt über ihnen ein. Das Gebäude erzitterte in seinen Grundfesten. Bonnet hielt sich an einem Tisch fest. Staub und Putz rieselte von der Decke.

»Solange das anhält, bleibt uns nichts anderes übrig«, meinte Eric.

»Wenn das Bombardement so weitergeht, bleibt uns nur die Kapitulation«, erwiderte der Gouverneur.

Jeder im Bunker warf dem Gouverneur einen erschrockenen Blick zu, einschließlich Eric.

»Das meinen Sie nicht ernst?!«, sagte der Leibwächter des Gouverneurs.

»Welche Wahl bleibt uns denn? Wir können die Artillerie nicht ausschalten und wir können nicht durchhalten, solange die Slugs uns am laufenden Band beschießen.«

Eric senkte nachdenklich das Kinn. »Die Artillerie ausschalten ... hm ... da muss es doch eine Möglichkeit geben.«

Bonnet schüttelte den Kopf. »Vergessen Sie es gleich wieder. Die Ruul sind mit Sicherheit auf so was vorbereitet.«

Ein Corporal der Miliz trat zu Bonnet und salutierte vor dem Gouverneur.

»Was gibt es?«, fragte dieser müde.

»Wir empfangen gerade eine Übertragung.«

»Eine Übertragung?« Bonnet war von einer Sekunde zur nächsten hellwach. Die ersten Einrichtungen, die getroffen worden waren, hatten ihre ihre Kommunikationsausrüstung beherbergt. Sie verfügten nur noch über einige Kurzwellensender, Headsets und Funkgeräte, doch alles, was in der Lage war, über die Stadtgrenzen hinauszusenden, war verloren. Auch der Radiosender, von dem aus Bonnet immer wieder zum bewaffneten Widerstand aufgerufen hatte, war bei dem ersten Angriff zerstört worden. Die Slugs wollten unbedingt verhindern, dass sich der Aufstand ausbreitete.

Aus diesem Grund hatten sie keine Ahnung, was auf dem übrigen Planeten vor sich ging. Insbesondere die Lage in Carras und dem dortigen Raumhafen zu erfahren, wäre sehr interessant gewesen.

Bonnet und Eric folgten dem Mann in den hinteren Bereich des Bunkers. Normalerweise war der Bunker sehr geräumig, doch nun drängten sich Dutzende von Menschen auf engstem Raum aneinander, sodass sich der Gouverneur seinen Weg an verschwitzten Leibern vorbeizwängen musste, die schon lange nicht mehr in den Genuss einer Dusche gekommen waren. In dem Raum herrschte eine Gluthitze, die von der Masse an Körper noch gesteigert wurde. Die Stromversorgung und damit auch die Klimaanlage war bereits vor gut einem Tag der ruulanischen Artillerie zum Opfer gefallen. Die Notaggregate liefen mit hundert Prozent Leistung, doch sie wurden benötigt, um die Räder des Aufstands am Laufen zu halten. Die Klimaanlage hingegen war reiner Luxus.

Der Bunker war mittlerweile das militärische Nervenzentrum der Hauptstadt. Die meisten Anwesenden gehörten der Miliz oder TKA an und tauschten geflüsterte Gespräche und Einschätzungen der Lage aus. Sehr viel mehr konnten sie ohnehin nicht tun, solange der ruulanische Beschuss anhielt.

Eine weitere Explosion erschütterte das Gebäude, näher diesmal als die vorherige. Die Offiziere, die Bonnet umgaben, blieben bewundernswert ruhig. Er hätte sonst was dafür gegeben, über deren Gemütsverfassung zu verfügen.

Sein Anzug war von Schweiß durchtränkt, als sie endlich den Funker erreichten, der im hinteren Bereich des Bunkers seinen Dienst versah. Bonnet nickte dem Mann grüßend zu und bedeutete ihm mit einem Wink fortzufahren.

Der Mann betätigte einige Knöpfe und einen Regler. Zunächst drang aus dem Mikrofon lediglich statisches Rauschen, doch nach wenigen Sekunden kristallisierte sich sogar für Bonnets unerfahrene Ohren ein Muster heraus, das schon bald zu einer halbwegs verständlichen Stimme wurde.

»Lieutenant Colonel Wolf an alle, die mich innerhalb Crossovers hören. Ich wiederhole: Hier spricht Lieutenant Colonel Wolf vom 171. Freiwilligenregiment. Kann mich jemand innerhalb von Crossover hören?«

Bonnet griff sich das Mikrofon und drückte den Sendeknopf. »Wolf? Sind das tatsächlich Sie?«

»Gouverneur Bonnet? Schön, dass es Ihnen gut geht, Sir.«

»Ich kann Ihnen gar nicht sagen, wie erleichtert ich bin, dass Sie noch leben. Ich dachte, Sie wären tot.«

»War ein paarmal auch ganz schön knapp.«

»Wo zum Teufel sind Sie?«

»Etwa acht Kilometer südlich der Stadt. Die Ruul haben uns noch nicht bemerkt, aber ich glaube nicht, dass wir uns noch lange verborgen halten können.«

»Wie viele Leute sind bei Ihnen?«

»Ein paar Hundert.«

Bonnet ließ enttäuscht die Schultern sinken. »Das reicht leider nicht, um die Belagerung zu beenden.«

»Das nicht, aber es dürfte reichen, um den Belagerungsring zu durchbrechen. Wir sind zwar nur eine kleine Truppe, aber gut ausgerüstet. Der Belagerungsring weist einige Schwachpunkte auf, die wir ausnutzen können.«

»Tun Sie das nicht, Colonel«, wehrte Bonnet ab. »Dann sitzen Sie nur mit uns hier in der Falle. Wir halten nicht mehr lange durch.«

»Machen Sie sich keine Sorgen, Sir. Ich habe eine Plan. Zu seiner Umsetzung benötige ich jedoch jede Hilfe, die Sie mir geben können.«

Vizeadmiral Soraya Constantin stand auf der Brücke ihres Flaggschiffs, der *TKS Hannibal*, einem Schlachtschiff der Shark-Klasse.

Die Schiffe ihrer improvisierten Kampfgruppe formierten sich zu einem Pulk, in deren Mitte sich die sechs TKA-Truppentransporter formierten. Nachdem Constantin Lieutenant General Corso Garret die Lage erklärt hatte, in der sich Alacantor befand, hatte er sich augenblicklich bereit erklärt, an einem Befreiungsversuch des Systems teilzunehmen.

Constantin war äußerst froh über das Entgegenkommen des Generals.

Sie, als Vizeadmiral der Flotte, hätte einem Lieutenant General der TKA keine Befehle erteilen können, um seine Teilnahme zu erzwingen.

Auf ihrem taktischen Display beobachtete sie, wie ihre Kampfgruppe sich – viel zu langsam für ihren Geschmack – auf die Nullgrenze zubewegte.

Ihre Kampfgruppe umfasste zweiundfünfzig Schiffe. Sie hoffte, es würde ausreichen. Mehr Einheiten aus dem Valentine-System abzuziehen, wagte sie nicht. Wer konnte schon ahnen, ob die Ruul nicht auch hier einen Vorstoß wagten? Tatsächlich dachte sie über nichts anderes nach, seit sie von der ruulanischen Invasion auf Alacantor erfahren hatte. Dieser Schachzug machte ihr mehr Sorgen, als sie ihren Offizieren gegenüber eingestand. Selbst für eine aggressive Kultur wie den Slugs war es untypisch, sich so weit von den eigenen Linien fortzubewegen.

Wenn sie sogar Alacantor angriffen, welche Systeme und Welten waren dann die nächsten? Gab es überhaupt noch Systeme, die als sicher angesehen werden konnten? Constantin knirschte mit den Zähnen. Sie spürte, dass ihr die Antwort auf diese Frage nicht gefallen würde.

Der Countdown für den Sprung nach Alacantor lief ab. Als das Zählwerk null erreichte, riss der Weltraum vor Constantin auf und die Flotte wurde in den Hyperraum geschleudert.

Wie dem auch sei, sie konnte nicht mehr zurück. Der Angriff auf die ruulanischen Verbände bei Alacantor hatte begonnen.

24

Der ruulanische Wachposten starb mit einem feuchten Röcheln, als Narims Klinge durch dessen Kehle schnitt. Die Leichen seiner drei Kameraden lagen bereits tot am Boden, von den Bajonetten der TKA-Soldaten niedergestreckt.

Der Kaitar zuckte noch im Todeskampf, doch auch von der Kreatur würde keine Gefahr mehr ausgehen. Ein halbes Dutzend panzerbrechender Projektile hatte seinen Schädelknochen glatt durchschlagen und das Gehirn zu Brei verarbeitet.

Vor knapp zwei Stunden war die Nacht hereingebrochen. Es war der perfekte Augenblick zur Umsetzung von Wolfs Plan. Die Ruul sahen bei Nacht zwar besser als Menschen, doch gerade deshalb würden sie nicht mit einer Aktion der Belagerten rechnen. Mal ganz davon abgesehen, dass sie nichts von der Verstärkung wussten, die außerhalb des Belagerungsringes nur auf ihre Chance lauerte.

Lieutenant Colonel Wolf hatte sich dafür entschieden, die gegnerische Front auf einem drei Kilometer breiten Abschnitt zu durchbrechen, um in die bedrängte Stadt einzudringen. Die Ausschaltung feindlicher Wachpatrouillen stellte dabei nur den ersten Teil des Planes dar.

Die ruulanischen Geschütze feuerten unablässig. Die Artilleriegranaten erhellten auf ihrem Flug die Nacht, wobei sie einen langen goldenen Schweif hinter sich herzogen. Sie detonierten einige Kilometer nördlich mit dumpfem Aufprall. Von ihrer Position aus war die Hauptstadt noch außer Sicht, doch am Horizont leuchtete es hellrot und markierte so die brennende Stadt.

Wolfs Truppen hatten schwarze Kleidung angelegt und jeden Fetzen Haut geschwärzt, um mit der Nacht zu verschmelzen. Narim holte einen Spiegel aus der Tasche und gab mit Hilfe des Mondlichts zwei kurze Signale.

Die Nacht schien lebendig zu werden, als sich plötzlich Hunderte von Soldaten aus ihren Verstecken erhoben und wie Geister durch das Gras schlichen.

Die Truppen waren aufgeteilt zu Einheiten von dreißig bis vierzig Mann, die sich schnell, lautlos und effizient zerstreuten, um ihre Stellungen entlang des angepeilten Frontabschnittes einzunehmen. Gesprochen wurde wenn überhaupt nur im Flüsterton. Überraschung war das A und O – und die Slugs würden zweifelsohne überrascht sein.

Lieutenant Colonel Julius J. Carson führte seine Truppen an den Stadtrand von Crossover. In den Ruinen, die einstmals die Vorstadt gebildet hatten, suchten seine Soldaten Schutz. Vorerst waren sie hier relativ sicher. Es gab keine lohnenden Ziele mehr, daher konzentrierte sich die feindliche Artillerie inzwischen auf andere Gegenden. Zu Beginn des Bombardements hatte sich Carson gewundert, wie die Ruul derart treffsicher sein konnten. Normalerweise benötigten sie dafür Artilleriebeobachter, die den Schützen über Funk Anweisungen gaben und den Beschuss somit ins Ziel lenkten. Dann jedoch waren ihm die hoch über der Stadt kreisenden Reaper aufgefallen. Da hatte er seine Antwort. Wenn er sich nicht ganz täuschte, standen die Piloten mit den Batterien in Verbindung.

Falls Wolfs Plan in die Hose ging, würden sie sich damit abfinden müssen, dass der Beschuss weiterging. Carson schnaubte. Ein Grund mehr, die Artillerie auszuschalten. Ansonsten hielten sie nicht mehr lange durch. Er drehte sich um und egal, in welche Richtung er sich wandte, er sah hoffnungslose, erschöpfte Gesichter. Gesichter, die sich ein Ende der Kämpfe wünschten. Gesichter, die endlich einmal eine Nacht durchschlafen wollten. Carson seufzte. Er selbst fühlte sich nicht anders.

Seine Einheit bestand aus knapp fünfhundert Soldaten, etwa zwei Drittel der Truppen, die ihm noch zur Verfügung standen. Das andauernde Bombardement war nicht das Einzige, was ihm Sorgen bereitete. Falls die Ruul ihren Angriff heute Nacht zurückschlugen, würden viele gute Leute umsonst gestorben sein – und es würde nicht mehr genug Verteidiger geben, um die Ruul an der Wiedereinnahme von Crossover zu hindern.

Carson sah angespannt auf die Uhr. Es war fast so weit.

Narim nahm die Augen gerade lange genug vom Feldstecher, um einen Blick auf seine Armbanduhr zu werfen. Er aktivierte sein Headset.

»Hier Team eins. Feindliche Batterie in Sicht. Etwa hundert Ruul, ein Dutzend Basilisken und acht – ich wiederhole – acht Feuersalamander.«

»Verstanden, Team eins«, kam gedämpft Wolfs Antwort. »Wie lauten die Koordinaten?«

Narim gab eine Zahlenfolge ein, auf deren Grundlage ihre eigenen Geschützmannschaften unter Delaneys Führung, ihre Ziele punktgenau zu treffen vermochten – so hoffte er. Gerade jetzt, waren ein Dutzend Soldaten dabei, die zwei Feuersalamander-Geschützrohre, die man zu Granatwerfern umgebaut hatte, in Stellung zu bringen. Das würde für die Slugs eine herbe Überraschung werden. Die beiden anderen Geschützrohre, aus denen man tragbare Panzerabwehrwaffen gefertigt hatte, waren unter Jessica Cummings Kommando irgendwo auf dem Hang zur seiner Rechten.

»Koordinaten erhalten«, antwortete Wolf. »Sagen Sie wann.«

Narim warf einen letzten Blick durch den Feldstecher. Seine Lippen verzogen sich zu einem gehässigen Grinsen. »Feuerfreigabe erteilt!«

Ein hohes durchdringendes Pfeifen, das sogar den Geschützdonner der Basilisken übertönte, markierte den Beginn des Angriffs.

Carson lächelte. *Na endlich!*

Er gab seinem ranghöchsten Unteroffizier, First Sergeant William Rooney, ein Zeichen und dieser scheuchte mit unterdrückten Flüchen und geflüsterten Beschimpfungen die Soldaten ringsum aus ihrem unruhigen Schlummer.

Die Männer und Frauen erhoben sich müde. Der Sonnenaufgang war nicht mehr fern. Schwacher Dunst bedeckte bereits den Boden. Die Soldaten luden ihre Waffen durch – und warteten.

Die ersten Einschläge trafen die ruulanischen Krieger völlig überraschend. Eben noch luden sie frische Munition in ihre Basilisken und entsorgten leere Geschosshülsen und bereits im nächsten Augenblick brach die Hölle über sie herein.

Die ersten beiden Granaten landeten inmitten der feindlichen Geschützbatterie. Fünf Basilisken zerriss es in Tausende scharfkantiger Schrapnelle, die in alle Richtungen fegten und dabei gleichermaßen Metall, Fleisch und Knochen zerfetzten. Dutzende Ruul wurden in Stücke gerissen.

Narim hatte von seinem Standort aus einen Logenplatz. Er beobachtete fasziniert, was die Granaten unter den verhassten Ruul anrichteten, und pfiff leise durch die Vorderzähne.

Nicht übel für den ersten Treffer!

»Flugbahn leicht korrigieren«, wies er Delaney über Funk an.

»Welche Koordinaten?«

Narim gab eine weitere Zahlenfolge durch.

»Bestätigt. Kopf einziehen. Beschuss folgt.«

Weiteres Pfeifen kündigte die nächste Salve aus den Granatwerfern an.

Eine der Granaten lag etwa fünfzig Meter zu weit westlich und detonierte, ohne Schaden anzurichten. Die zweite jedoch war ein Volltreffer. Sie traf eine Pyramide aus Artilleriegranaten, die darauf warteten, in die Basilisken geladen zu werden. Einzeln waren diese Geschosse bereits tödlich, doch vereint entwickelten sie eine geradezu spektakuläre Wirkung. In einem Radius von zweihundert Metern wurde alles und jeder buchstäblich verdampft. Dieses Schicksal traf ein Dutzend Basilisken, vier Feuersalamander und mindestens zweihundert Ruul.

Dann schlug die Schockwelle zu.

Sie fegte wie die Kraft von zehn Tornados über die Landschaft. Was von der Artilleriebatterie noch übrig war, wurde buchstäblich zerschmettert. Ruulanische Krieger wurden wie Stoffpuppen durch die Luft geschleudert. Ein Feuersalamander fand sich plötzlich auf dem Rücken liegend wieder.

Narim und seine Soldaten mussten die Köpfe einziehen, um nicht weggeweht zu werden, trotzdem erwies sich ihre Position als entschieden zu nah am Geschehen. Am Rande bekam Narim mit, wie einige seiner Leute den Halt verloren und irgendwo hinter ihm im Gras landeten. Andere konnten sich nur halten, weil sie sich an ihren Kameraden festklammerten.

Als der Sturm sich legte, spuckte Narim Erdklumpen und Gras aus und robbte zurück auf die Spitze der Anhöhe. Dort angekommen, pfiff er erneut anerkennend. Am Einschlagpunkt der Granate klaffte ein riesiger Krater, der Boden war verbrannt, überall schwelten noch kleine Feuer. Von der Artilleriebatterie war nichts mehr übrig. Er aktivierte sein Headset.

»Saubere Arbeit, Sergeant. Die Sache hätten wir geklärt. Sammeln Sie Ihre Leute und kommen Sie her. Schnellstens!«

»Verstanden, Captain.«

Etwas brauste im Tiefflug über ihre Köpfe hinweg, sodass sich Narim instinktiv flach auf den Boden presste.

Verflucht!

»Sie beeilen sich besser, Sarge. Wir kriegen gleich Besuch. Gerade ist ein Manta über uns hinweggeflogen.«

Das Ende der Artilleriebatterie war meilenweit zu sehen. Der Horizont war taghell erleuchtet. Carson schnalzte erfreut mit der Zunge.

Wolfs Angriffsplan sah einen Angriff auf zwei verschiedene Punkte des feindlichen Belagerungsringes vor. Die Ruul konnten unmöglich über genügend Truppen verfügen, um eine gleichmäßige Verteidigung ihrer Linien zu gewährleisten.

Mit dem Angriff auf die westliche Artilleribatterie hatte der TKA-Colonel seinen Teil erfüllt. Die Ruul wussten nun um die Anwesenheit seiner Truppen und würden ihrerseits Einheiten umgruppieren müssen, um dem Angriff zu begegnen. Mit etwas Glück würde dies Carson eine Lücke öffnen, um die geschwächten Linien des Gegners im Norden anzugreifen und die dortige Batterie auszuschalten. Gegen die südliche Batterie konnten sie vorläufig nichts ausrichten, da ihnen selbst zu wenige Soldaten zur Verfügung standen, um einen dritten Angriff zu initiieren. Doch zwei von drei Artilleriestellungen auszuschalten, wäre eine annehmbare Bilanz.

Sobald Carson mit seinem Angriff begann, würden die Ruul nicht mehr wissen, in welche Richtung sie sich wenden sollten, genauso wie beabsichtigt.

Carson spähte durch seinen Feldstecher. Ruulanische Einheiten rückten bereits in Richtung des westlichen Gefechts ab. Mehrere patrouillierende Mantas und einige Reaper drehten ab, um Wolfs Angriff zurückzuschlagen.

Zeit, den Slugs eine Überraschung zu bereiten.

Carson senkte den Feldstecher und nickte First Sergeant Rooney zu, der das Nicken mit finsterer Miene erwiderte.

Mit knappen, präzisen Bewegungen, scheuchte der Milizsergeant die Soldaten hoch. Inmitten der Ruinen erhoben sich Hunderte von Schatten aus ihren Verstecken. In ihren Augen blitzte die Kampflust und ihre Herzen waren erfüllt von dem Wunsch nach Vergeltung.

Die Ruul bemerkten Carsons Angriff erst, als die ersten Ruul von Laser- und MG-Salven niedergemäht wurden. Die Slugs wirbelten zu der neuen Bedrohung herum, griffen nach Schwertern und Blitzschleudern. Einige Ruul ließen Kaitars von der Leine, die furchterregend und zähnefletschend auf die Menschen zustürmten.

Carson zog eine Handgranate vom Gürtel und warf sie in hohem Bogen unter eine angreifende Gruppe Ruul. Die Slugs kämpften lange genug gegen Menschen, um zu verstehen, was geschah. Sie hatten jedoch keine Zeit mehr zu reagieren. Als die Granate explodierte, wurden sie buchstäblich in Stücke gerissen. Ein Kaitar heulte gequält auf, als ihm zwei Hinterläufe am Rumpf abrissen und nur die blutigen Stümpfe übrig blieben.

Die Nacht verwandelte sich in einen lebendig gewordenen Albtraum, als Menschen und Ruul auf engstem Raum aufeinandertrafen in einem Kampf, in dem keinerlei Raum für Gnade war. Schwerter trafen auf Bajonette, MG-Salven und Kugelblitze zerfetzten Fleisch und Knochen, Menschen und Ruul gingen gleichermaßen zu Boden.

Zu Carsons Rechter verbiss sich ein Kaitar in einen Milizonär und zerriss ihn an der Hüfte in zwei Teile, die er achtlos beiseiteschleuderte. Sofort sprangen ein Dutzend Soldaten herbei und hackten mit ihren Bajonetten wie besessen auf das Tier ein, bis es blutüberströmt zu Boden sackte. Vorher jedoch zerbiss es noch zwei weitere Soldaten.

Carson parierte den Schwerthieb eines Ruul mit dem am Lauf seines Gewehrs befestigten Bajonett und schoss dem Slug anschließend ins Gesicht. Der Ruul heulte auf und griff sich an die zerstörte Fratze, doch Carson wusste um die Unverwüstlichkeit der Ruul und setzte gnadenlos nach. Nach zwei Stichen mit seinem Bajonett lag der ruulanische Krieger tot zu seinen Füßen.

Um seine Position legte sich das Gefecht langsam, sie war ein ruhender Pol inmitten des Chaos. Carson nahm sich einen Augenblick Zeit, um die Lage zu überblicken. Ihr Schwung hatte sie fast bis in die Mitte des ruulanischen Lagers getragen. Menschen und Ruul schienen gleichermaßen überrascht vom Erfolg des Angriffs. Sie durften auf keinen Fall ihren Schwung verlieren.

Zu seiner Linken führte First Sergeant Rooney einen Trupp Milizionäre zu einem wilden Angriff gegen eine der letzten ruulanischen Stellungen in der Nähe. Die Basilisken waren bereits weitgehend ungeschützt. Ihre Mannschaften waren tot oder in schwere Kämpfe verwickelt.

Mit einem Wink befahl er einem Trupp, die mitgebrachten Sprengsätze anzubringen. Den anderen Soldaten in seiner unmittelbaren Umgebung bedeutete er, ihm zu folgen. Rooney brauchte Hilfe.

Der Kreischer riss einem der Mantas die rechte Tragfläche ab. Augenblicklich drang schwarzer Qualm aus der Bruchstelle und das Flugzeug begann, gefährlich zu schlingern, hielt sich aber dennoch in der Luft.

Jessica Cummings feuerte einen zweiten Kreischer ab, der das zum Untergang verurteilte Gefährt unterhalb des Cockpits traf, die Panzerung glatt durchschlug und Cockpit samt Besatzung auslöschte. Jeglicher Kontrolle beraubt, trudelte der Manta vom Himmel und rammte mit der Schnauze voran in den Boden. Der Transporter verging in einem glühend heißen Feuerball. Kein Ruul schaffte es, aus dem zerstörten Mannschaftsabteil zu entkommen.

Drei weitere Mantas setzten elegant neben dem Wrack auf. Ihre Luken öffneten sich, noch bevor die Schiffe ganz aufgesetzt hatten, und entließen Hundertschaften von Ruul in den Kampf.

Zwei schwere MGs eröffneten gleichzeitig das Feuer und nahmen die Neuankömmlinge ins Kreuzfeuer. Dutzende Ruul fielen, als die großkalibrigen Projektile ihre Panzer und Schuppen durchschlugen. Die Luft war erfüllt vom Sirren der Geschosse, als würde ein wütender Bienenschwarm über die Invasoren herfallen. Ein weiterer Manta wurde von drei Kreischer getroffen und sackte wie ein Stein zu Boden, bevor er explodierte. Die zwei übrigen schafften es wieder, sich in die Lüfte zu erheben. Ihre Bordwaffen spuckten Feuer. Mehrere Milizionäre und TKA-Soldaten wurden von den Beinen gerissen. Eines der schweren MGs stellte unvermittelt das Feuer ein.

Reaper brausten über ihre Köpfe hinweg und zwangen die Menschen durch rücksichtslosen Einsatz ihrer Waffen immer wieder in Deckung. Wer zu spät reagierte, bezahlte für diesen Fehler mit seinem Leben.

Ein Feuersalamander eröffnete aus seinem Hauptgeschütz das Feuer und löschte damit eine von Dereks Gruppen aus. Durch diesen einen Schuss starben elf Soldaten. Seine leichteren Seitenlaser schnitten durch mehrere Milizionäre und TKA-Soldaten. Derek verschloss sein Herz vor den furchtbaren Schreien, die die Männer und Frauen ausstießen, wenn sie getroffen wurden. Die Glücklicheren starben sofort. Einige krochen noch über den Boden, ihrer Beine beraubt, während die Eingeweide aus ihrem Leib quollen.

Ein Trupp brachte eines der Feuersalamandergeschütze in Stellung. Zwei Mann knieten sich Schulter an Schulter auf den Boden, während das schwere Geschützrohr auf ihren Schultern ausbalanciert wurde. Ein Milizionär lud ein Geschoss in das Rohr und signalisierte einem vierten Soldat Feuerbereitschaft. Dieser löste die Panzerabwehrwaffe aus.

Der Geschützturm des Feuersalamanders löste sich in metallischen Staub auf, als das Geschoss einschlug. Eine Stichflamme schoss aus dem Gefährt ins Freie. Derek glaubte, die Schreie der Besatzung zu hören. Ein grimmiges Lächeln umspielte seine Lippen. Dieses grausige Schicksal war nur gerecht.

Narim ließ sich neben ihm schwer zu Boden sinken. Der Inder blutete aus einer Vielzahl von Schnittwunden im Gesicht und Oberkörper, die ruulanische Schwerter und Krallen geschlagen hatten. Seine Uniform war an mehreren Stellen zerfetzt.

Doch Derek bemerkte auch das ruulanische Blut, das seine beiden Klingen von den Spitzen bis zu den Griffen und sogar seine Hände bedeckte.

»Brauchst du einen Sanitäter?«, fragte er seinen Freund besorgt, der nur erschöpft den Kopf schüttelte.

Narim sog mehrmals tief die von Pulverdampf geschwängerte Luft ein, bevor er antwortete: »Wir können uns nicht mehr lange halten.«

»Ich weiß«, erwiderte Derek und dirigierte einen seiner Trupps zur Unterstützung von Jessicas Position.
»Wo ist Wolf?«
Derek schüttelte den Kopf. »Keine Ahnung. Irgendwo dort, glaube ich.« Er deutete unbestimmt in die Richtung der schweren MG-Stellung. »Zusammen mit Delaney. Ich habe die beiden schon eine ganze Weile nicht mehr gesehen.«
»Entweder wir schaffen es demnächst in die Stadt oder wir müssen uns zurückziehen. Die Ruul schaffen immer mehr Truppen herbei.«
Derek nickte. Narim hatte recht. Der Plan sah eigentlich vor, dass die Slugs sich entscheiden müssten, ihre Truppen zwischen Carsons und Wolfs Angriff aufzuteilen, um am Ende beide Positionen nicht ausreichend verteidigen zu können. Entweder besaßen die Ruul mehr Truppen rund um Crossover, als sie vermutet hatten, oder die Slugs hatten sich entschieden, eine Stellung komplett zu opfern, um eine der zwei angreifenden Kräfte aufzureiben. Falls dem so war, fiel ihre Wahl wohl auf Wolfs Truppen.
Ein Kreischer fegte einen der Reaper vom Himmel und verteilte dessen brennende Überreste über die Hügel.
Dereks Headset knackte. »Hier Carlyle«, sagte er.
»Jessica hier«, antwortete die Zugführerin. »Derek, wir kriegen große Probleme. Zwei weitere Mantas sind aufgesetzt und meine Leute melden mindestens drei weitere Feuersalamander im Anmarsch von Süden. Sie kreisen uns ein.«
Derek fluchte.
»Hast du Wolf oder Delaney gesehen?«
»Sie sind etwa hundert Meter von meiner Position entfernt«, informierte ihn Jessica.
»Gut. Geh zu ihm und sag ihm, was du mir gesagt hast. Und richte ihm von mir aus, dass wir jetzt versuchen, die Stadt zu erreichen. Falls uns der Durchbruch nicht gelingt, müssen wir hier schnell verschwinden oder es ist alles aus.«
»Verstanden.«
Derek und Narim wechselten einen vielsagenden Blick. Er öffnete über sein Headset eine Verbindung zu allen Truppen, die ihn noch hören konnten. »Alle Mann! Vorwärts zur Stadt! Los! Los! Los!«
Derek und Narim sprangen gleichzeitig auf und fanden sich buchstäblich in der Hölle wieder.

Lieutenant Colonel Julius J. Carson schlitzte einen Ruul mit dem Bajonett auf. Seine Arme schmerzten wie die Hölle und Munition besaß er schon längst nicht mehr. Der Kampf ebbte langsam ab und die Flut der Gegner versiegte. Rooney stand ganz in seiner Nähe, den rechten Arm eng an den Körper gezogen. Carson konnte das Gesicht des Unteroffiziers nicht besonders gut erkennen, doch er glaubte, Blut über das Antlitz des Mannes laufen zu sehen.

Die beiden Männer wechselten einen kurzen Blick.

»Ist alles bereit?«, fragte Carson.

Rooney nickte.

Carson aktivierte sein Headset. »Alle Einheiten Rückzug zur Stadt. Ich wiederhole: Rückzug!«

Die Männer und Frauen drehten sich um und nahmen die Beine in die Hand. Viele von ihnen schleppten verwundete Kameraden mit sich. Carson selbst packte den verletzten Rooney am unversehrten Arm und zog ihn mit.

Als sie die Ruinen erreichten, die inzwischen den Stadtrand dominierten, zog Carson einen Fernzünder aus der Tasche, öffnete die Abdeckung und schnippte den Kippschalter um.

Der Reihe nach flogen acht Basilisken in die Luft, gefolgt von den Munitionsvorräten, die in der Nähe dieser Batterie gelagert wurden, und einigen Hovertrucks, auf denen Nachschub für die Basilisken bereitlag. Zurück blieben ein Flammenmeer, ein riesiger Krater und jede Menge zerschmolzener Altmetallteile.

Die Explosion war so gewaltig, dass Teroi beinahe den Halt verlor. Nur mit Mühe gelang es ihm, auf den Beinen zu bleiben.

Seine Erel'kai waren dabei, die terranischen Truppen, die eine seiner Batterien angegriffen und zerstört hatten, aufzureiben, als sich die nächste Katastrophe ereignete. Am Horizont türmte sich ein Explosionspilz auf, der den Standort einer weiteren Artilleriebatterie markierte.

Teroi bog den Kopf zurück und heulte vor Wut.

Wolf sammelte so viele Truppen, wie er konnte, und drang langsam, aber stetig Richtung Crossover vor. Seine Streitmacht hatte sich inzwischen in mehrere Grüppchen aufgeteilt. Diese Aufsplitterung gefiel ihm gar nicht, hatte sich jedoch nicht verhindern lassen.

Die Ruul rückten mit weiteren Feuersalamandern an. Mantas und Reaper flogen ununterbrochen Luftangriffe. Im flackernden Feuerschein brennender ruulanischer Truppentransporter und Panzer kämpften Menschen und Ruul ums nackte Überleben.

Derek Carlyle und Narim Singh kämpften sich irgendwo an seiner rechten Flanke durch einen dichten Pulk Slugs und hinterließen dabei einen ansehnlichen Berg Leichen.

Jessica Cummings koordinierte den Rückzug ihrer Panzerabwehrinfanterie und der beiden schweren Granatwerfer in die Stadt. Wolf konnte bereits die Schemen der zerbombten Gebäude voraus erkennen. Es war nicht mehr weit, weniger als zweihundert Meter.

Teroi schlitzte einen Menschen mit einem einzigen Hieb vom Schambein bis zum Adamsapfel auf und sah der Kreatur genüsslich dabei zu, wie sie verblutete.

Die Menschen zogen sich in die Stadt zurück. Zumindest versuchten sie es, doch das würde er zu verhindern wissen. Er winkte einer Gruppe Erel'kai zu, ihm zu folgen.

Eine riesenhafte Gestalt schälte sich aus der Dunkelheit und baute sich mit einer bösartig aussehenden Klinge vor Wolf auf. Der Colonel reagierte blitzschnell und riss das Lasergewehr hoch, das er einem toten Milizionär abgenommen hatte.

Wolf zielte auf den Kopf des Slug und schoss. Der Ruul wich erschreckend geschmeidig seitlich aus, gleichzeitig kam sein Schwert hoch und schlug das Lasergewehr in der Mitte entzwei. Wolf warf den Schaft nach dem Ruul und packte den Lauf, an dem immer noch das Bajonett befestigt war, mit beiden Händen.

Der Ruul wischte das improvisierte Wurfgeschoss verächtlich beiseite und griff erneut an. Wolf parierte zwei Schwerthiebe mit dem Bajonett und machte eine Finte, auf die der Slug reagierte, nur um plötzlich die Richtung zu wechseln und nach dem Bauch des feindlichen Kriegers zu stechen.

Doch dieser wich wiederum behände aus. Eine krallenbewehrte Hand kam hoch und schlug ihm seine Waffe einfach aus der Hand. Eine Kralle erwischte Wolfs Handrücken. Sofort öffnete sich eine breite Wunde, aus der Blut sickerte. Wolf wich zurück, um Platz zwischen sich und seinem Gegner zu schaffen, riss sich einen Streifen aus der Uniform und verband die verletzte Hand.

Der Ruul ließ ihn überraschenderweise gewähren. Selbst im Dämmerlicht der Flammen erkannte Wolf die rot lackierten Krallen.

Ein Erel'kai.
Wolf warf einen Blick in das Gesicht des Ruul. Er war nicht gerade gut darin, Gesichter von Nichtmenschen zu lesen, doch trotzdem erkannte er Siegegewissheit und Verachtung.

Der Ruul bemerkte Wolfs Interesse und fauchte herausfordernd. Wolf bleckte die Zähne. Der Ruul öffnete den Mund und zischende Laute drangen aus der Luftröhre. Wolf benötigte einen Augenblick, um zu erkennen, dass der Slug ihn auslachte.

Die Geringschätzung seines Gegners ärgerte ihn. Der Kerl nahm ihn kein bisschen ernst. Wolf ignorierte den Schmerz in seiner verletzten Hand und nahm Kampfstellung ein.

Der Ruul steckte sein Schwert weg und zischte etwas in der gutturalen, hart klingenden Sprache der Ruul. Wolf verstand kein Wort, doch die Geste war eindeutig. Der Slug wollte ihn ohne Klinge, nur mit den Krallen töten.

Eine weitere bewusste Beleidigung, doch eine, die Wolf Chancen eröffnete. Einen Kampf gegen einen schwertschwingenden Ruul hätte er nie überlebt. Jetzt hatte er wenigstens eine Überlebenschance, wenn auch nur eine kleine.

Der Ruul griff mit übermenschlicher Schnelligkeit an. Wolf duckte sich unter dem ersten Schlag hinweg. Der Colonel wusste, wenn er Kraft gegen Kraft setzte, würde er verlieren. Er hatte nur eine Chance: die Kraft seines Gegners gegen diesen selbst einzusetzen.

Er wartete ab, bis der Ruul mit der anderen Klaue zum Schlag ansetzte. Wolf passte den einen Augenblick ab, wenn der Ruul sein Gleichgewicht verlagern musste, um dem Schlag zu voller Wirkung zu verhelfen. Es würde der Augenblick sein, indem er am verwundbarsten war.

Der Ruul verlagerte fast unmerklich sein Gewicht.

Jetzt!

Wolf wich auch dem zweiten Schlag geschickt aus und trat mit seinem Fuß gegen die Kniekehle seines Gegners. Der Ruul knickte reflexartig ein. Die muskulösen Beine, die dem Slug einen normalerweise festen Stand verschafften, wirkten sich nun zu dessen Nachteil aus, da Muskeln Gliedmaßen auch langsam machten. In diesem Kampf auf kürzeste Distanz war der kleine und agilere Mensch im Vorteil.

Wolf nutzte seine Chance, packte den Ruul am Hals und ließ sich selbst rücklings fallen, während er sein rechtes Bein in die Magengrube des Slug stemmte.

Der Ruul segelte, einen Grunzer von sich gebend, über ihn hinweg. Der

Slug landete fluchend hinter ihm. Dass es Flüche waren, daran bestand für Wolf nicht den Hauch eines Zweifels.

Wolf gönnte sich den Anflug von Genugtuung.

Der Colonel sah sich hektisch nach einer Waffe um, mit dem er dem Slug den Garaus machen konnte. Im Halbdunkel fand er jedoch nichts. Auch sein Bajonett blieb verschwunden. Der ruulanische Krieger rappelte sich bereits wieder auf die Beine. Weitere Slugs waren im Anmarsch.

Wolf entschied, dass Flucht der bessere Teil der Tapferkeit war, drehte sich um und rannte in Richtung Stadt. Auf halbem Weg stolperte er, doch hilfreiche Hände griffen aus der Dunkelheit nach ihm und stützten ihn, während die Sicherheit der Hauptstadt immer näher rückte. Seine Hand brannte immer noch wie Feuer.

Teroi stand auf und klopfte sich Dreck und zerdrückte Grashalme von den Beinen. Dass ihn ein unbewaffneter Mensch derart überrumpeln konnte, war schon peinlich und er war froh, dass anscheinend niemand es gesehen hatte.

Er kannte sich mit den Rangabzeichen der nestral'avac nicht aus, war sich jedoch sicher, dass der Mensch, dem er gegenübergestanden hatte, einen relativ hohen Rang innehatte. Der Kampf ebbte langsam ab. Der Großteil der Menschen hatte die rettende Stadt erreicht.

Sollten sie doch ihren kleinen Sieg genießen. Er würde nichts ändern. Die Menschen konnten nicht gewinnen. Das war undenkbar.

Ein ruulanischer Krieger tauchte neben ihm auf.

»Alles in Ordnung mit dir?«

Teroi musterte den Ruul mit steinerner Miene. »Natürlich. Warum fragst du?«

»Dieser Mensch hat sich ganz schön gewehrt. Für einen Augenblick dachte ich, er würde dich töten.«

Teroi knirschte frustriert mit den Zähnen. Er warf einen Blick auf die Stammeszeichen des Kriegers. Er gehörte zum sa-Stamm. Ein Glück. Die sah Teroi ohnehin als minderwertig an.

In einer fließenden Bewegung zog er sein Schwert und schlug dem anderen Krieger den Kopf ab. Das Haupt des Ruul rollte davon, die Augen noch im Tod überrascht geweitet. Der Körper sank neben ihm ins Gras.

Teroi säuberte sein Schwert und steckte es wieder in die Scheide.

Niemand hatte seine Schmach beobachtet.

Niemand.

25

Nereh durchstreifte die Trümmer der Schlacht, die vergangene Nacht getobt hatte. Fast drei Dutzend schwere Geschütze zerstört, elf Panzer vernichtet, mindestens ein Dutzend weiterer so schwer beschädigt, dass sie nur noch zum Ausschlachten taugten, Mantas und Reaper abgeschossen, fast siebenhundert Krieger gefallen. Die Sache eine Katastrophe zu nennen, traf den Kern der Sache nicht ganz genau.

Teroi stand etwas abseits und musterte seinerseits Nereh. Der ruulanische Anführer war sich der abschätzigen Blicke des karis-esarro durchaus bewusst, er entschied sich nur, sie zu ignorieren.

Dass Teroi eigene Ambitionen hegte und dass er diesen Ambitionen im Weg stand, war Nereh natürlich klar. Dieses Debakel war Nerehs weiterer Führerschaft und dem Vertrauen seiner Untergebenen nicht wirklich zuträglich. Teroi würde dies zu gegebener Zeit auszunutzen wissen. Er nahm ihm dies nicht einmal übel. So funktionierte die ruulanische Politik nun einmal. Trotzdem musste er vorsichtig sein, falls er diese Mission überleben wollte. Und im Moment machte er sich bezüglich seines Überlebens mehr Sorgen um Teroi als um die Menschen.

Nerehs einzige Chance bestand darin, die Situation unter Kontrolle zu bringen, Crossover wieder einzunehmen, den Aufstand niederzuschlagen und die Mission zu vollenden, nämlich Alacantor zu vergiften. Im Augenblick war ihm allerdings nicht ganz klar, wie er dies bloß bewerkstelligen könnte.

Die Menschen hatten zwei seiner drei Artilleriestellungen ausgeschaltet. Natürlich könnte man argumentieren, dass er eine dritte besaß, die die Stadt immer noch in Schutt und Asche legen könnte. Es würde lediglich länger dauern als beabsichtigt. Theoretisch machbar. Die Praxis sah leider ein wenig anders aus.

Es war den Menschen bedauerlicherweise gelungen, mehrere Lager und Lastwagen mit Munition für die Artillerie zu zerstören. Damit hatten sie beinahe alles an Nachschub zerstört, was ihnen für die Artillerie zur Verfügung stand. Mit den wenigen Geschossen, die sie noch besaßen, ließ sich nicht viel anfangen, nicht bei einer Stadt von der Größe Crossovers. Er vermutete, dass den Menschen die Tragweite ihres gestrigen Erfolgs noch gar nicht bewusst war.

Nereh wanderte durch die Überreste dessen, was von seiner Artillerie noch übrig war: verdrehte, geschwärzte Metallgerippe, die wie geschlachtete Tiere am Boden lagen, die Gliedmaßen in alle Himmelsrichtungen deutend. Zwischen den Überresten der Geschütze lagen verstreut die verbrannten, verstümmelten Überreste Dutzender Ruul und – viel zu selten, wie Nereh fand – die Leichen von Menschen.

Er versuchte, seine Gedanken zu ordnen. Was als einfache, schnelle und gut durchdachte Aktion geplant gewesen war, entwickelte sich immer mehr zu einem Desaster an Material und Leben.

Für einen winzigen Augenblick erwog er tatsächlich, Terois ursprünglichem Vorschlag zu folgen und den Planeten einfach von seiner Flotte aus dem All fegen zu lassen. Er schüttelte entschlossen den Kopf. Nein, das war keine Lösung. Nicht jetzt, wo seine Pläne in ihre sensibelste Phase eintraten.

Er spürte Terois bohrende Blicke in seinem Nacken brennen.

Lauernd.

Abwartend.

Seine Chancen abwägend.

Nereh fragte sich, wann der karis-esarro wohl seinen Zug machen würde, wann er sich stark genug fühlen würde, seinen Anführer zu entmachten. *Dass* es so weit kommen würde, stand für Nereh außer Frage.

Der karis-esarro war verschlagen, selbst nach ruulanischen Maßstäben. Nereh nahm sich vor, den Krieger noch aufmerksamer zu beobachten. Möglicherweise hatte er dies in der Vergangenheit vernachlässigt.

Teroi beobachtete ihn noch einige Minuten aufmerksam, bis es ihm offenbar zu langweilig wurde, Nereh schmoren zu lassen, und er das Gespräch eröffnete.

»Nun?«

»Nun was?«, erwiderte Nereh, ohne sich umzudrehen. Er wusste genau, worauf der ruulanische Krieger hinauswollte, doch er würde sich nicht auf dessen Spielchen einlassen. Sollte er doch zuerst seine Karten auf den Tisch legen.

»Was hast du jetzt vor?«

»Sorg dafür, dass die Leichen unserer Krieger geborgen und auf die Schiffe gebracht werden«, befahl Nereh. Die Gefallenen zu bergen, stellte dabei nur einen Teil seiner Überlegungen dar. Vielmehr wollte er Teroi zu spüren geben, dass immer noch er den Ton angab. Wenn Nereh befahl zu springen, hatte Teroi zu fragen, wie hoch.

»Du hast nicht auf meine Frage geantwortet.« Ein wütender Unterton schlich sich in die Stimme des sonst so beherrschten Teroi.

Nereh unterdrückte ein vergnügtes Lächeln. Seine Spitze hatte also ihr Ziel gefunden.

»Du hast meine Befehle, Teroi. Ich schlage vor, du handelst danach, während ich unsere weiteren Schritte plane.«

»Weihst du mich in deine Schritte ein?«

»Zu gegebener Zeit, Teroi, zu gegebener Zeit.«

Ohne eine Antwort seines Untergebenen abzuwarten, drehte sich Nereh um und ging davon, mit weit mehr Selbstbewusstsein, als er tatsächlich fühlte.

Er war sich der Blicke der Krieger ringsum bewusst. Vergangene Nacht war eine erhebliche Anzahl von ihnen ins Jenseits geschickt worden, etwas, das nicht hätte passieren dürfen. Viele waren wütend, wollten Rache - und nicht unbedingt an den Menschen.

Die Lage wurde für ihn zunehmend ernst. Sie gaben ihm die Schuld für das Debakel. Er hörte, wie sie hinter seinem Rücken tuschelten. Gespräche wurden abgebrochen, wenn er in Hörweite kam, und kurze Zeit später mit anderen Themen fortgeführt.

Sollte sich Teroi dazu entscheiden, gegen ihn vorzugehen, konnte er auf eine erhebliche Anhängerschaft unter den ruulanischen Kriegern seines Kommandos bauen. Nereh war sich nicht sicher, wie viele von ihnen noch zu ihm hielten.

In seinem ganzen Leben hatte sich Nereh noch nie so einsam gefühlt.

Das beständige Trommelfeuer der ruulanischen Artillerie hatte aufgehört und war durch eine andere Geräuschkulisse ersetzt worden: Die Sirenen der Rettungsdienste, die Schreie der Helfer, die unter den Trümmern nach Überlebenden suchten, und das Wimmern der Verwundeten, die in Dutzenden Notunterkünften in der ganzen Stadt um Hilfe und Linderung ihrer Wunden bettelten.

Derek und Narim saßen auf dem kläglichen Rest der Mauer, die die Gouverneursresidenz noch umgab. Die Ruul hatten ganze Arbeit geleistet. Ganze Stadtviertel waren dem Erdboden gleichgemacht. Zwei Flügel der Gouverneursresidenz waren buchstäblich eingeebnet. Nur der Hauptkomplex stand noch. Der Kellerbunker existierte ebenfalls noch, auch wenn

Derek nicht zu sagen vermochte, wie die Einrichtung das Bombardement überstanden hatte.

Die beiden Offiziere erhoben sich, als sich Gouverneur Bonnet in Begleitung seines obersten Leibwächters näherte. Derek erkannte Eric kaum wieder. Der Leibwächter hatte jetzt mehr Ähnlichkeit mit einem Soldaten, wie er das Gewehr über die Schulter trug, das Gesicht gezeichnet von Kämpfen und Entbehrungen.

Der Gouverneur hatte seinen Bunker für ein Feldlazarett zur Verfügung gestellt und die anwesenden Offiziere kurzerhand hinauskomplimentiert. Diese hatten in dem Gargoyle-Truppentransporter auf dem militärischen Raumhafen ein neues provisorisches Hauptquartier aufgebaut. Der Transporter war derzeit der sicherste Ort der Stadt, nicht zuletzt, weil er sich außerhalb der Reichweite der verbliebenen ruulanischen Artilleriebatterie befand.

Seit beinahe einem Tag hatten die Ruul nicht mehr angegriffen. Selbst Artillerie oder Luftangriffe waren ausgeblieben. Nur hin und wieder zeigten sich Reaper, doch sie verschwanden ebenso schnell unter der Wolkendecke, wie sie gekommen waren. Narim glaubte, dass sie lediglich Aufklärung betrieben. Die Ruul konnten nicht wissen, wie viele Verstärkungstruppen während der Schlacht in die Stadt gelangt waren, und der Exkommandosoldat war der Meinung, dass sie immer noch versuchten, das Bedrohungspotenzial der Neuankömmlinge auszuloten. Zum Glück konnten die Slugs nicht wissen, wie verschwindend gering die Anzahl der Verteidiger innerhalb der Stadtgrenzen war. Andernfalls hätten sie die Menschen bereits längst überrollt.

Aus diesem Grund hatte Derek seinen Truppen befohlen, so gut es ging, Deckung zu suchen. Sie hatten hierfür eine Sporthalle, zwei Schulen und eine Gemeindehalle requiriert. Je länger sie die Slugs im Unklaren ließen, desto besser. Die Zeit arbeitete für sie. Die Ruul konnten ihre Operation auf Alacantor nicht auf unbegrenzte Zeit verborgen halten. Früher oder später würde jemand auf sie aufmerksam werden. Möglicherweise war dies schon geschehen, da aus unerfindlichen Gründen keine Konvois mehr Alacantor anliefen, wie der Gouverneur ihnen erklärt hatte.

Derek und Narim nickten dem Gouverneur müde zu. Der Mann sah genauso zerschunden aus, wie sie sich fühlten. Sein Leibwächter Eric ließ die Schultern hängen. Der Mann hatte tiefe Ringe unter den Augen, doch seine Pupillen blickten immer noch klar und wachsam.

»Wie geht es ihm?«, fragte Narim. Die Rede war von Lieutenant Colonel

Wolf. Der Offizier war von mehreren Soldaten buchstäblich in die Stadt getragen worden, eine heftig blutende Wunde auf dem Handrücken. Die Kratzer sahen an und für sich nicht wirklich gefährlich aus, doch seitdem verschlechterte der Zustand des Offiziers sich zusehends.

»Nicht gut«, erwiderte Bonnet. »Ich habe mit dem Arzt gesprochen. Die Wunde hat sich infiziert. Es sieht schlimm aus.«

Narim warf Derek einen besorgten Blick zu. »Blutvergiftung?«

»Ja«, stimmte Bonnet zu. »Er benötigt Antibiotika.«

»Dann geben Sie ihm doch das verdammte Zeug!«, brauste Derek auf.

Der Gouverneur verengte die Augen. »Was glauben Sie, wie viele Verletzte wir in den letzten Tagen behandeln mussten? Wir haben nichts mehr. Unsere medizinischen Vorräte sind nahezu aufgebraucht. Selbst einfachste Schmerzmittel sind inzwischen Mangelware.«

Derek schüttelte ungläubig den Kopf. »Es muss doch noch irgendetwas da sein?!«

»Nein«, beharrte der Gouverneur. »Nichts. Und es wird auch nichts kommen, solange eine ruulanische Flotte das System hält. Der Planet steht ja förmlich unter Belagerung.«

»Wie lange hat er noch?«

»Keine Ahnung, ein paar Tage vielleicht.«

»Wir müssen doch irgendetwas tun können.«

Bonnet schüttelte den Kopf. »Falls sie religiös sind, sollten Sie beten, dass der Colonel durchhält, bis das alles durchgestanden ist.«

Mit einem Aufblitzen materialisierte die *TKS Hannibal* an der südlichen Nullgrenze des Systems, gefolgt von ihrer Kampfgruppe und den sechs TKA-Truppentransportern.

Vizeadmiral Soraya Constantin wartete geduldig, bis alle ihre Schiffe grünes Licht signalisierten.

An ihrer Seite stand wie ein hilfreicher Geist die leicht untersetzte Gestalt ihres XO, Commander Percy Atinborough.

Constantin spielte geistesabwesend mit dem Anhänger um ihren Hals. Es handelte sich um das Symbol der griechischen Göttin Artemis, der Göttin der Jagd. Der Anhänger war ein Geschenk ihrer Kinder und sollte ihr Glück bringen. Tatsächlich hatte sie nie auch nur einen Kratzer davongetragen, seit sie diesen Anhänger trug. Für gewöhnlich neigte sie nicht zum Aberglauben, doch in diesem speziellen Fall machte sie eine Ausnahme. Es mochte sein, dass die Kraft des Anhängers aus ihrem Glauben daran entsprang oder der

Tatsache, dass sie diesem Geschenk ihrer Kinder besonders große Bedeutung beimaß.

Während sie mit dem Anhänger spielte, hoffte sie, Artemis mochte ihr und ihrem Vorhaben wohl gesonnen sein. Das taktische Hologramm baute sich vor ihrem Kommandosessel auf, als die Sensoren der *Hannibal* nach und nach Informationen aller Art über das System sammelten.

Nach weniger als zehn Minuten hatten die Sensoren des Schlachtschiffes die feindliche Kampfgruppe hinter dem dritten Mond des Planeten entdeckt.

Die Ruul versuchten, unter Schleichfahrt zu operieren, was bedeutete, dass sie die Energieemissionen aller Systeme – soweit sie nicht benötigt wurden – herunterfuhren. Die *Hannibal* fand die Slug-Schiffe nur, weil die Besatzung genau wusste, wonach sie suchen musste.

Der Bordcomputer des Schlachtschiffes listete die Schiffe, die er eindeutig identifizieren konnte, auf und erstellte eine zweite Liste mit Schiffen, die der Feind vermutlich in seiner Aufstellung besaß, die die Sensoren jedoch nicht einwandfrei einzuordnen wussten.

Mehrere Symbole erregten ihre besondere Aufmerksamkeit. Der Computer führte sie auf der Liste vermuteter Feindeinheiten. Die Sensoren identifizierten die Schiffe als Schwere Kreuzer der Firewall-Klasse, war sich jedoch nicht hundertprozentig sicher.

Constantin fluchte unterdrückt.

Die Anwesenheit brandneuer ruulanischer Einheiten bewies, dass dies mehr war als einer der Ex-und-hopp-Angriffe der Slugs. Ihnen war diese Operation enorm wichtig, wenn sie Schiffe von solcher Bedeutung abstellten. Kreuzer der Firewall-Klasse tauchten erst seit knapp einem halben Jahr auf den Schlachtfeldern auf und wurden von terranischen Schiffskommandanten aufgrund ihrer Bewaffnung und taktischen Flexibilität gefürchtet. Zum Glück gab es sie bisher nur in überschaubaren Stückzahlen. Gott helfe ihnen, wenn die Slugs mit der Firewall-Klasse erst einmal in Massenproduktion gingen. Die Anwesenheit dieser Kreuzer erschwerte Constantins Mission erheblich.

»Percy?«, sprach sie ihren XO an.

»Ja, Admiral.«

»Holen Sie mir General Garret in die Leitung. Es gibt einiges zu bereden.«

TKA-General Corso Garret war ein Mann Ende fünfzig, der jedoch spielend als Anfang vierzig durchgegangen wäre. Wenn ihn jemand fragte, wie er dies trotz seines verantwortungsvollen Postens und stressreichen Jobs schaffte, so antwortete er, dass es ihn jung hielt, die Slugs durch die Gegend zu scheuchen.

Die letzten Monate auf Serena jedoch hatten ihn gelehrt, dass es manchmal auch die Slugs waren, die seine Leute und ihn durch die Gegend scheuchten. Das war etwas, das er nicht gewohnt war. Die Kämpfe im Serena-System waren brutal, und zwar nicht allein die Bodenkämpfe.

Bevor seine Division überhaupt hatte landen können, hatten sie einen Truppentransporter und zwei Transportschiffe mit Nachschub und schwerer Ausrüstung verloren. Die Slugs kämpften um jeden Fußbreit und es war ihnen egal, wie viele Truppen und Schiffe sie verloren, solange es ihnen nur gelang, die Stellung zu halten. Im Moment sah es nicht so aus, als könnten die vereinten Streitkräfte der Koalition die Ruul aus ihren Stellungen vertreiben. Soweit er die Lage beurteilte, war man im Oberkommando bereits froh, wenn man das System nicht vollends an die Ruul verlor.

Eigentlich hatte er sich auf einige ruhige Wochen auf Borgass gefreut, Wochen, in denen sich seine Leute erholen konnten und sie auf frische Truppen warteten, um die entstandenen Lücken zu füllen. Vor dem Krieg war Borgass ein beliebter Urlaubsort gewesen. Die Durchschnittstemperatur lag nur selten unter zwanzig Grad und das Wasser war kristallklar, sodass man an den meisten Stellen bis auf den Grund sehen konnte.

Stattdessen war er jetzt hier, im Alacantor-System, um eine ruulanische Truppe mit einem Tritt aus dem System zu befördern, die dort definitiv nichts zu suchen hatte.

Er stieß einen tiefen Seufzer aus. Falls es einen Gott gab, lachte dieser sich gerade kaputt.

In seinem HelmCom piepte es drängend und er aktivierte eine Verbindung. Es war der Pilot des Truppentransporters. »Sir, Admiral Constantin möchte Sie auf einem abhörsicheren Kanal sprechen.«

»Durchstellen!«, befahl er knapp. In seinem Ohr knackte es und er sagte: »Hier Garret.«

»Corso? Soraya hier. Wir haben Alacantor gerade erreicht.« Eine Pause folgte, die nichts Gutes bedeuten konnte, falls sich Garret nicht gewaltig irrte.

»Die Ruul haben eine ziemlich kampfstarke Truppe im System zusammengezogen.«

»Zu stark für dich?«

»Ich bin mir ehrlich gesagt nicht sicher. Einige Schiffe kann der Computer noch nicht identifizieren. Die Slugs fahren immer noch unter Schleichfahrt. Er glaubt aber, einige Firewalls entdeckt zu haben.«

Garret unterdrückte den Fluch, der ihm auf den Lippen lag. Firewalls. Nicht auch das noch. Firewalls waren es auch gewesen, die die Abwehrlinie um seine Truppentransporter bei Serena durchbrochen und die Transporter abgeschossen hatten. Die Til-Nara hatten ein halbes Dutzend Kreuzer und zwei Träger bei dem Versuch verloren, die Slug-Schiffe zurückzutreiben. Firewalls waren richtig üble Gesellen. Die Ruul waren schon immer scharf auf menschliche Technik gewesen, und wenn diese Kreuzer das Ergebnis dieses Technologiediebstahls waren, dann gute Nacht.

»Du hast hier das Sagen, Soraya, jedenfalls, bis meine Leute gelandet sind. Was sagst du: Angriff oder Rückzug?«

Constantin schwieg.

Garret konnte es ihr nachfühlen. Es war beileibe keine leichte Entscheidung. Die Ruul hatten Constantins Kampfgruppe bestimmt bereits auf den Sensoren. Vermutlich trafen sie in dieser Sekunde erste Maßnahmen und bereiteten sich auf den Feindkontakt vor. Entschied sich Constantin für den Rückzug, wären die Konsequenzen für Alacantor höchstwahrscheinlich fatal. Die Ruul wussten, sie waren aufgeflogen. Im schlimmsten Fall bombardierten sie den Planeten aus dem Orbit, um ihn für die Menschen nutzlos zu machen, und zogen sich zurück.

Falls sich Constantin jedoch für den Kampf entschied, war es gut möglich, dass sie ihre Einheit – und auch Garrets Truppen – in eine Katastrophe führte. Allerdings kannte er Constantin gut genug, um vorauszuahnen, wie sie reagieren würde.

»Wir kämpfen«, entschied sie erwartungsgemäß. »Hast du dir schon überlegt, wo deine Truppen runtergehen?«

»In der Tat«, bemerkte Garret und lächelte. Die Admiralin hatte dieselbe Entscheidung getroffen, die auch er an ihrer Stelle getroffen hätte. »In Carras. Dort bieten sich uns die besten Möglichkeiten aufzusetzen, sowohl aus taktischer als auch aus logistischer Sicht. Sobald wir den Raumhafen gesichert haben, nehmen wir Carras ein und eliminieren alle Truppen in und außerhalb der Stadt. Anschließend säubern wir die Grenzen der Stadt in konzentrischen Kreisen, und zwar in einem Gebiet von zweihundert Kilometern Durchmesser. Sobald das geschafft ist, rücken wir gegen Crossover vor.«

»Ich will dir nicht dreinreden, aber wäre ein schneller Schlag gegen Crossover nicht vorteilhafter? Falls es Bodenkämpfe gibt, sind sie bestimmt in der Hauptstadt am heftigsten. Außerdem hat Crossover einen militärischen Raumhafen, auf dem deine Schiffe genauso gut aufsetzen können.«

»Hab ich mir zu Anfang auch überlegt, mich aber dagegen entschieden. Der Raumhafen in der Hauptstadt ist zu klein für meine sechs Schiffe, sie müssten auf engstem Raum landen und wären damit perfekte Ziele. In Carras können sie sich immerhin etwas verteilen. Außerdem möchte ich nicht in Crossover runterkommen, gerade *weil* es die Hauptstadt ist. Wir wissen nicht, was dort unten vor sich geht oder über was für Mittel der Feind verfügt. Vielleicht ist der Raumhafen im Bereich seiner Artillerie, dann schießen uns die Slugs zusammen, bevor wir auch nur die Hälfte der Truppen ausgeschifft haben. Nein, Carras ist die bessere Lösung. Sobald wir unsere Positionen gesichert haben, rücken wir auf dem Landweg gegen die Hauptstadt vor und reiben alle feindliche Truppen auf, die uns auf unserem Vormarsch begegnen.«

»Ganz wie du meinst, das ist deine Show. Ich werde euch so schnell wie möglich zum Planeten bringen. Bis es so weit ist, haltet euch im Hintergrund. Meine Schiffe drängen die Slugs vom Planeten ab und machen euch den Weg frei.«

»Verstanden, Soraya. Viel Glück.«

»Dir auch. Constantin Ende.«

Garret sah sich im Mannschaftsabteil um. Die Männer und Frauen seiner Division legten langsam letzte Hand an ihre Ausrüstung, wobei immer der Nebenmann Waffen und Ausrüstung seines Kameraden überprüfte, um Fehler zu vermeiden.

Garret bekreuzigte sich und schloss die Augen, um noch etwas zu schlafen. Es war vielleicht der letzte Schlaf, den er in den nächsten Tagen finden würde.

26

»Wie viele Schiffe?«, fragte Nereh, während er die Wellen der Frustration niederkämpfte, die ihn zu ersticken drohten.

»Über fünfzig«, antwortete Teroi. »Einige sind offenbar Truppentransporter, die sich auf die Landung vorbereiten.«

»Und es sind ganz sicher Kriegsschiffe der nestral'avac?«, fragte Nereh zum wiederholten Mal.

Teroi machte nicht einmal den Versuch, seine Genugtuung zu verbergen. »Sara ist sich sicher und ich habe keinen Grund, an seinen Worten zu zweifeln.«

»Ich auch nicht«, gab Nereh zähneknirschend zu.

»Noch können wir abziehen«, gab Teroi zu bedenken.

Das glaube ich dir gern, dachte Nereh. *Damit ich als Versager heimkehre und mir Kerrelak eigenhändig den Kopf abschlägt, während du danebenstehst und beteuerst, dass du es ja von Anfang an gewusst hättest, wie die Operation endet.*

»Es ist noch nicht vorbei«, beharrte Nereh stur. Mit gelinder Belustigung registrierte er, wie Terois Lächeln schwand.

»Bist du blind? Natürlich ist es vorbei. Willst du dich etwa auf eine Schlacht mit den nestral'avac einlassen? Selbst wenn unsere Flotte die Menschen besiegt, sind bestimmt weitere Schiffe auf dem Weg.«

»Auf eine Schlacht? Nicht, wenn es nicht sein muss. Sara kann die Menschen aber aufhalten.«

»Und wozu?«, fragte Teroi misstrauisch.

»Damit wir Zeit haben, die Stadt wieder einzunehmen.«

»Bist du wahnsinnig?«, herrschte Teroi ihn an. »Es ist vermutlich nur eine Frage von Stunden, bevor die ersten menschlichen Truppen landen, und du willst immer noch diesen kleinen Aufstand beenden? Sara soll aus der Umlaufbahn den Planeten einfach plattmachen, damit die Sache endlich erledigt ist.«

»Dieser Aufstand bedeutet mir weniger als nichts. Mir geht es um etwas ganz anderes. Ich habe den Plan noch nicht völlig aufgegeben. In der Stadt lagern immer noch Tonnen der Chemikalie.«

»Und wenn schon. Selbst wenn es uns gelingt, sie zurückzuerobern, können wir sie nicht verteilen. Die Zeit reicht einfach nicht.«

»Wir können sie zwar nicht verteilen«, hielt Nereh stur dagegen, »aber wir können sie wegkippen. Die Chemikalie versickert im Boden und das Grundwasser erledigt den Rest. Es ist nicht so effizient, wie den Boden großflächig mit der Chemikalie zu tränken, so wie es der ursprüngliche Plan vorsah, aber es wird genügen müssen.«

»Weißt du das oder hoffst du das?«, fragte Teroi provokant.

»Das kann dir egal sein. Die Befehle gebe immer noch ich.«

Teroi machte den Eindruck, etwas sagen zu wollen, verkniff es sich dann jedoch. Nereh nickte zufrieden. Der Krieger war noch nicht so weit, gegen ihn vorzugehen. Ihm fehlte noch der notwendige Rückhalt. Oder das Selbstvertrauen. Vielleicht auch beides.

»Und jetzt schick deine Truppen in die Stadt. Sie müssen nicht die ganze Hauptstadt zurückerobern. Es reicht, wenn sie einen sicheren Korridor zu den Lagerhäusern etablieren.«

Teroi zögerte.

»Ja?«, fragte Nereh. »Gibt es ein Problem?«

»Nein ... Herr.«

»Dann gib den Befehl zum Angriff«, ordnete Nereh an. »Und Teroi? Du führst ihn an.«

»Die Slugs kommen zurück!«

Der Ruf riss alle Männer und Frauen, die sich in den Gebäuden und Ruinen des Vorortes duckten, aus ihrem Dämmerzustand, in dem sie vor sich hin gedöst hatten.

Jessica Cummings kommandierte diesen Abschnitt der Verteidigungslinien. Ihre Truppe hatte sich in unzähligen Gebäuden längs einer Stadtautobahn eingegraben, die direkt ins Herz der Hauptstadt führte. Es war der schnellste Weg nach Crossover hinein und eine wichtige Verkehrsader, die die Ruul kontrollieren mussten, sollte ein Vormarsch in die Stadt erfolgreich sein.

Die Bewaffnung ihrer Truppen stellte ein wahres Sammelsurium dar und reichte von menschlichen Sturm- und Lasergewehren bis hin zu ruulanischen Blitzschleudern und vereinzelt sogar Schwertern, außerdem noch Raketenwerfer und Kreischer. Sie verfügten darüber hinaus sogar über vier von den Slugs erbeutete Feuersalamander, von denen sich zwei in einer Tiefgarage und zwei zwischen den Gebäuden verbargen. Die Feuersalamander stellten ihre letzte Verteidigungslinie dar, sollten die Slugs ihre Stellung überrennen.

Sie konnte die Slugs noch nicht sehen, jedoch hören. Das Rumpeln schwerer Ketten die über Asphalt glitten, war unverkennbar. Jessica Leute waren jedoch nicht untätig geblieben. Sie hatten quer über die Straße mehrere Barrikaden aufgeschichtet und mit Sprengsätzen und selbst gebauten Sprengfallen vermint. Feuersalamander würden gerade so lange aufgehalten, wie es dauerte, ihre Geschütze abzufeuern, doch für Infanterie könnte das Überwinden der Barrikaden zum gefährlichen Spießrutenlauf werden.

Eveline DaSilva kommandierte einen Trupp TKA-Soldaten zu ihrer Rechten. Die Soldaten hatten sich in einem Gebäude verbarrikadiert, das früher einmal eine Fabrik gewesen sein mochte. Delaney führte eine gemischte Truppe Milizionäre und TKA-Soldaten, die eine Barrikade unterhalb ihrer eigenen Position hielt. Es war die einzig unverminte Barrikade ihrer Stellung.

Sie selbst befand sich mit ihrem Funker und zwei Dutzend Milizionären im zweiten Stock eines Wohnhauses. Derek war in seiner Wortwahl eindeutig gewesen. Im Falle eines Feindkontaktes mussten sie die Stärke des Gegners melden, die Slugs unbedingt aufhalten und auf Verstärkung warten. Derek hatte versprochen zu schicken, wen auch immer er erübrigen konnte.

Jessica gab sich keiner großen Illusionen hin. Falls die Slugs an mehreren Stellen gleichzeitig angriffen, würde Derek kaum Reserven übrig haben, die er ihr schicken könnte.

Es lag an ihnen, den Feind aufzuhalten.

Die ersten ruulanischen Panzer kamen in Sicht, flankiert von schwer bewaffneter feindlicher Infanterie. Die Ausrüstung des Gegners umfasste nicht wenige Kreischer.

»Meldung an Major Carlyle«, befahl sie ihrem Funker, ohne die ruulanische Kampflinie aus den Augen zu lassen. »Starke feindliche Kräfte rücken auf unsere Position vor. Kontakt steht unmittelbar bevor.«

Aus dem Augenwinkel nahm sie das nervöse Nicken des Funkers wahr, der daraufhin aufgeregt in sein Funkgerät murmelte. Der Junge konnte kaum älter als achtzehn sein. Was war das für ein Krieg, in dem man halbe Kinder in den Kampf schickte? Der Junge war ein Frischling, wie sie selbst vor Kurzem noch einer gewesen war. Sie erinnerte sich an ihre eigene Ankunft auf Alacantor. Sie war nicht viel älter als er, doch es kam ihr so vor, als stünden ganze Leben zwischen ihnen. War das tatsächlich erst wenige Monate her? Es fühlte sich bedeutend länger an. Nun gehörte sie zu den alten Hasen.

Die vorderste Linie der Ruul erreichte die erste Barrikade, die Panzer waren nicht weit dahinter. Jessica presste die Kiefer aufeinander und aktivierte ihr Headset.

»Feuer!«

Und so begann die finale Schlacht um Crossover.

Die *TKS Hannibal* führte den Angriff der terranischen Entsatzkräfte gegen die ruulanischen Invasoren an. Die terranischen Schiffe schwärmten in einer lockeren Linie zu beiden Seiten des Schlachtschiffes aus, während sie schnell zu den feindlichen Schiffen aufschlossen, die sich in der Nähe von Alacantor sammelten.

Vizeadmiral Soraya Constantin beobachtete die Annäherung beider Flotten auf dem Plot ihres taktischen Hologramms, auf dem eigene Einheiten in Grün, feindliche in Rot dargestellt wurden. Die Ruul hatten es offenbar nicht eilig, sich dem Kampf zu stellen. Sie hielten ihre relative Position zum Planeten und warteten auf die menschliche Flotte.

General Garrets Truppentransporter blieben zurück und warteten auf ihre Chance, zum Planeten durchzubrechen. Egal wie dieser Tag auch ausgehen mochte, sie würden einen hohen Preis zahlen müssen.

Constantin überlegte, wie sie sich einen Vorteil gegenüber den ruulanischen Invasoren verschaffen könnte. Ruul neigten leicht zu unüberlegtem Vorgehen, wenn sie sich von einem Feind herausgefordert oder bedroht fühlten. Dies mochte auch hier die Lösung für ihr Dilemma sein. Die ruulanischen Schiffe befanden sich für ihren Geschmack entschieden zu nah am Planeten. Falls die Slugs die Schlacht verloren, war es gut möglich, dass sie in einer letzten trotzigen Geste einige Salven auf den Planeten abfeuerten, was furchtbare Zerstörungen und unzählige Opfer unter der Zivilbevölkerung bedeutete. Sie musste die Ruul irgendwie weglocken. Sobald die Ruul sich vom Planeten entfernten, würde sie ihnen ein Torpedogefecht aufzwingen, in welchem sie im Vorteil wäre. Vielleicht wäre ein Kavallerieangriff jetzt genau das Richtige, um den ruulanischen Kommandanten aus der Reserve zu locken.

»Percy?«

»Admiral?«, fragte ihr XO zurück.

»Jäger ausschleusen und bereit machen für Gefecht.«

»Aye, Sir.«

Mögen die Spiele beginnen, dachte Constantin, während sich die ruulanische Flotte formierte. *Mögen die Spiele beginnen.*

»Terranische Schiffe nähern sich auf Abfangkurs«, meldete ein Offizier niederen Ranges, der die Sensoren beaufsichtigte.

Sara'nir-toi sah auf den großen Schirm, der die Brücke seines Schlachtträgers dominierte. Die feindlichen Einheiten formierten sich zu einer Kampflinie und waren gerade dabei, ihre Jäger auszuschleusen.

Sara kratzte mit den Krallen der rechten Hand über die narbigen Schuppen seines Nackens. Die Narben hatte er sich Jahre zuvor während Kerrelaks Machtergreifung zugezogen. Sie schmerzten immer, sobald ihn eine düstere Vorahnung heimsuchte – und gerade jetzt taten sie höllisch weh.

Mit kundigem Blick musterte er die Schiffe der nestral'avac. Es handelte sich um weit weniger Schiffe, als er bei einer Entsatzstreitmacht angenommen hätte. Gut möglich, dass weitere Schiffe auf dem Weg waren, doch das spielte keine Rolle. Bis weitere Verstärkungen eintrafen, waren sie – falls sie Glück hatten – längst weg. Diese Flotte jedoch konnte – und würde – er vernichten. Dafür reichten seine Kräfte allemal aus.

Sein erster Impuls war es, den Feind anzugreifen, doch im selben Moment geriet er ins Grübeln. Ruul drängte es immer nach Kampf und sie konnten es kaum erwarten, den Feind zu stellen, doch Kerrelak lehrte, dass es manchmal besser war zu warten.

Er hatte bereits eine schwerwiegende Fehleinschätzung zu verbuchen, als er zuließ, dass dieser menschliche Kreuzer den Planeten bombardierte. Sara fletschte die Zähne bei der Erinnerung an diese Schmach. Mehrere der Offiziere in seiner Nähe bemerkten die Geste und gingen vorsichtshalber auf Abstand. In dieser Laune war Sara zu allem fähig. Doch Sara registrierte sie kaum. Seine Gedanken beschäftigten sich mit dringenderen Problemen.

Sara wollte auf keinen Fall mit dieser Schlacht einen weiteren Fehler begehen. Er ging jede Wette ein, dass die Menschen einen Angriff seinerseits erwarteten, ja sogar darauf hofften.

Ruulanische Kommandeure begingen allzu oft den Fehler, die Menschen zu unterschätzen. Diesen Fehler würde er nicht begehen. Nein, er würde schön dort bleiben, wo er war, und die Menschen dazu zwingen, zuerst Farbe zu bekennen.

»Bring uns auf eine Position zwischen dem zweiten Mond und dem Planeten, dann lass die Flotte ausschwärmen, die schweren Schiffe in vorderster Linie.«

Damit zwang er die Menschen, ihn anzugreifen, während er eine gut zu haltende Position im Äquivalent eines Engpasses einnahm.

Der Offizier wirkte verwirrt. »Herr? Greifen wir denn nicht an?«

Sara bleckte die Zähne zu einem Lächeln. »Nein, genau das tun wir nicht.«

Verdammt! Die Mistkerle bleiben, wo sie sind.

Vizeadmiral Soraya Constantin knirschte vor unterdrückter Frustration mit den Zähnen.

Ihr XO, Percy Atinborough, trat an ihre Seite. Seine Präsenz wirkte tröstend auf sie, seine kühle Professionalität linderte die Hitze ihres Hasses auf die Ruul.

Er schenkt ihr einen kurzen Seitenblick, bevor er sich erneut dem taktischen Hologramm zuwandte. Die terranischen Jäger schlossen zu den Ruul auf, nur um abzudrehen, kurz bevor sie in Reichweite der feindlichen Flaks kamen. Die Herausforderung an die Ruul war offensichtlich. Doch die feindlichen Jäger und vor allem die Großkampfschiffe hielten ihre Position. Tatsächlich rückten sie sogar etwas näher an den Planeten. Wer dort auch immer das Kommando führte, hatte sich besser im Griff, als es bei den meisten ruulanischen Befehlshabern der Fall war.

»Sie fressen den Köder nicht.«

»Ist mir auch schon aufgefallen«, erwiderte sie trocken.

»Und jetzt?«

»Jetzt?«, erwiderte sie. »Jetzt erledigen wir den Job eben auf die harte Tour. Befehl an die Flotte: Bis auf Torpedoreichweite an den Feind aufschließen.«

Einer der Feuersalamander versuchte, die dritte Barrikade zu stürmen. Als das robuste Gefährt die Hovercarwracks zur Seite schob, verwandelte sich die Barrikade in eine Flammenhölle, als zeitgleich drei Sprengsätze detonierten und den Panzer einhüllten.

Infanterie, die die Barrikade erklimmen wollte, endete als lebende Fackel oder hörte buchstäblich von einer Sekunde zur nächsten auf zu existieren.

Die Metallplatten, mit denen der Feuersalamander geschützt war, warfen Blasen aufgrund der enormen Hitze, verformten sich, ließen Lücken in der Panzerung entstehen, sodass die Flammen sich ins Innere des Panzers vorarbeiten konnten, wo sie zuerst die Besatzung einäscherten und schließlich die eingelagerte Munition in die Luft jagten. Dort, wo der Panzer eben noch gestanden hatte, klaffte nun ein Trichter im Boden, der von Trümmerteilen umgeben war.

Jessica Cummings befand sich etwa dreihundert Meter von der Explosion entfernt, doch selbst auf diese Entfernung spürte sie die Hitze der zwei Explosionen auf ihrer bloßen Haut. Ihr Gesicht fühlte sich bereits gerötet an wie bei einem besonders starken Sonnenbrand.

Die Ruul stürmten beständig gegen ihre Verteidigungsstellungen an und erlitten dabei schwere Verluste. Doch mit jedem Angriff drängten sie die Verteidiger zurück und rangen ihnen einen hohen Blutzoll ab. Nur noch zwei Barrikaden und die Stellung würde nicht mehr zu halten sein.

Die ersten zwei Barrikaden waren bereits erstürmt oder von den Feuersalamandern mit ihren Geschützen und Lasern einfach geräumt. Acht brennende Feuersalamander markierten den Weg, den die Ruul gegangen waren. Alle Panzerwracks wurden umrahmt von Dutzenden gefallener Slug-Krieger. Trotzdem drangen sie immer weiter auf die Menschen ein. Ein Ende dieser Flut schien nicht in Sicht.

»Kein Magazin mehr!«, schrie eine TKA-Soldatin zu ihrer Rechten. Jessica zog ein Magazin aus ihrer Tasche und warf es der Frau zu.

»Jeder Schuss muss sitzen«, wies sie die Frau an, die eilig nickte und ihr Sturmgewehr nachlud.

Da war schon das nächste Problem. Ihnen ging langsam die Munition aus. Über Funk hatte sie bereits mehrmals um Hilfe und Nachschub ersucht, doch vergebens. Es waren keine Ressourcen frei, die man ihnen schicken könnte. Die Ruul griffen an drei weiteren Stellen die Stadt an und ihre Verteidigungslinien wurden mittlerweile gefährlich dünn.

Zu Eveline DaSilvas Trupp hatte Jessica schon seit geraumer Zeit keinen Kontakt mehr. Ob von denen überhaupt noch jemand am Leben war, schien fraglich. Jessica neigte leicht den Kopf in Richtung von Evelines letzter Position. Die ganze Stellung war ein Flammenmeer, das sich unkontrolliert ausbreitete. Zwei Feuersalamander hatten mit ihren Artilleriegeschützen das ganze Gebiet unter Beschuss genommen, nachdem Evelines Einheit drei feindliche Panzer mit Kreischern ausgeschaltet hatte.

Evelines Trupp war jedoch beileibe nicht der einzige Verlust. Jessica hatte beinahe die Hälfte ihrer Einheit verloren. Delaney kämpfte unter ihr unbeirrt weiter, doch auch er verlor mit jeder Minute, die verging, mehr Leute.

Falls nicht bald ein Wunder geschah, würde dieser Tag nicht gut enden.

Eveline DaSilva hustete würgend, als der Qualm ihr beißend in Nase und Rachen drang. Das nasse Taschentuch, das sie sich um Mund und Nase gebunden hatte, half da nur bedingt. Die Soldatin hielt sich dicht am Boden, um dem gröbsten Rauch aus dem Weg zu gehen, doch die Hitze war beinahe mehr, als sie aushalten konnte.

Sie nahm ihre ganze Kraft zusammen und zog sich mit einer Hand weiter über den Boden, ihre andere Hand zog einen Milizionär hinter sich her, der sich schon seit Minuten nicht mehr rührte. Sein halbes Gesicht war von verkohlter Haut bedeckt, unter der das rohe Fleisch hervorlugte. Die Wahrscheinlichkeit war hoch, dass der Mann längst tot war, doch sie würde ihn nicht loslassen – unter keinen Umständen und auf gar keinen Fall. Dieser Mann war alles, was von ihrer Einheit, die die dritte Barrikade gehalten hatte, übrig war. Alle anderen waren im Hagel ruulanischer Granaten zerrissen worden oder im nachfolgenden Feuer verbrannt. Ihre Schreie klangen noch gellend in ihren Ohren nach und sie fragte sich, ob sie diese je würde vergessen können.

Ihre Einheit hatte sich gut geschlagen, mehrere feindliche Angriffe zurückgeschlagen und dabei eine Reihe feindlicher Panzer ausgeschaltet. Vielleicht waren sie sogar einen Tick *zu* gut gewesen, denn die Ruul hatten entschieden, kein Risiko einzugehen, und sie einfach in einem Wimpernschlag ausgelöscht.

Sie würde gern behaupten, dass ihr Überleben auf Ausbildung und Können zurückzuführen war, doch die simple Wahrheit war, sie hatte lediglich durch pures Glück überlebt. Eine der ersten feindlichen Granaten hatte ein Hovercarwrack umgeworfen und sie darunter begraben. Sie hatte zwar einige Prellungen und Schnittwunden davongetragen, war jedoch ansonsten unverletzt geblieben.

Doch dann hatte sie mit ansehen müssen, wie ihre Einheit vor ihren Augen unterging. Das Wrack hatte ihr wertvolle Sekunden verschafft und sie gerade lange genug vor dem Feuer und dem Beschuss geschützt, dass sie sich etwas zum Schutz vor dem Rauch vor das Gesicht binden und wegkriechen konnte. Auf dem Weg nach draußen war der Milizionär beinahe über sie gefallen. Kurz entschlossen hatte sie ihn mitgenommen, während die Slugs die Barrikade stürmten.

Bei der Erinnerung an das Massaker zog stechender Schmerz ihr Herz zusammen. Sooft sie sich auch sagte, dass sie nichts hätte tun können, so sehr nagte auch der ständige Gedanke an ihr, dass sie ihre Leute im Stich gelassen hatte. Realistisch betrachtet war ihre Einheit in dem Moment tot gewesen, als sich die Ruul zum Bombardement entschlossen, doch das half nicht, ihre Schuldgefühle beiseitezuschieben.

Ihre Hände schmerzten bei jedem Zug, den sie machte, doch jede Bewegung brachte sie näher an die dringend erhoffte Sicherheit. Ihre Fingernägel bluteten bereits, doch sie würde nicht aufgeben. Der Mann stöhnte leise. Ein Geräusch, das beinahe vom Knistern der Flammen übertönt wurde. Sie seufzte erleichtert auf. Der Mann lebte also noch. Sie musste ihn in Sicherheit bringen. Vielleicht würde sie wenigstens dann nicht mehr ganz so schlecht von sich denken.

»Vorsicht Einschlag!«, brüllte Constantin und krallte sich an ihrem Kommandosessel fest. Kaum hatte sie ausgesprochen, schlugen bereits mehrere Torpedos in Schnauze und rechte Flosse ihres Shark-Klasse-Schlachtschiffes ein. Auf ihrem taktischen Hologramm blinkten mehrere Sektionen rot und orange auf, was auf schwere Schäden hinwies. Gleichzeitig verschwanden die Symbole einer Fregatte, zweier Zerstörer und eines Leichten Kreuzers von ihrem Plot.

»Schadenskontrolle nach Deck drei und aufs Torpedodeck.« Sie wandte sich ihrem XO zu. »Percy, nach Steuerbord schwenken. Wir nehmen zu viele Treffer. Wir müssen unbedingt einige dieser Kreuzer ausschalten, die uns so zu schaffen machen.«

»Aye, Admiral.«

Percy humpelte zur taktischen Station und gab dem dort diensttuenden Offizier Anweisungen. Die *Hannibal* schwenkte gehorsam in die angegebene Richtung. Die Schnauze des Schlachtschiffes richtete sich auf die feindlichen Schiffe aus, die ihre rechte Flanke bedrängten, und spie einen Schwarm Torpedos gegen den Feind.

Die *Hannibal* hämmerte brutal auf die ruulanischen Schiffe ein und kurz hintereinander vergingen zwei Typ-8-Kreuzer und ein Zerstörer im unbarmherzigen Feuer des viel größeren Kriegsschiffes. Ein Firewall-Kreuzer zog sich angeschlagen eilig in den Feuerschutz eines Schlachtträgers zurück. Constantin nickte zufrieden und widmete sich dem Verlauf der Schlacht.

Unter der Führung der *Dragoon* rückten ein halbes Dutzend Kreuzer mit Zerstörer- und Fregattengeleitschutz gegen das Zentrum der feindlichen Formation vor, während Schlachtträger und Schlachtschiffe die ruulanischen Flanken bearbeiteten. Die Ruul hatten es indes aufgegeben, ihre Stellungen halten zu wollen, und hielten auf die terranischen Schiffe zu. Der gegnerische Kommandeur war beileibe kein Dummkopf. Er wusste, dass er ein Torpedogefecht gegen terranische Schiffe nicht lange würde durchhalten können, und versuchte nun seinerseits, den Menschen ein Nahkampfgefecht aufzuzwingen. Constantin hatte keine andere Wahl, als dem nachzugeben. Sollte sie den Abstand beibehalten wollen, blieb ihr schlicht keine andere Wahl, als zurückzuweichen, und das würde sie wieder vom Planeten wegbringen. Diese Vorgehensweise war inakzeptabel. Jetzt hieß es nur noch vorwärts.

»Percy, alle Schiffe bereits machen für den Nahkampf. Wenn es sein muss, dann prügeln wir die Slugs eben aus dem System.«

Delaney rang mit einem Ruul, der über die letzte Barrikade gesprungen war. Der Slug versuchte, ihm den Schädel mit seinem Schwert zu spalten, doch der bullige Sergeant duckte sich unter dem Schlag hindurch, trat dem Ruul die Beine unter dem Körper weg und zertrümmerte dessen Schädel mit dem Kolben seines Gewehrs. Überall wurde jetzt gekämpft. Menschen und Ruul gingen gleichermaßen zu Boden. Man konnte keinen Schritt gehen, ohne über Leichen zu stolpern.

Im Widerschein unzähliger Feuer wurde gnadenlos mit Bajonetten und Schwertern aufeinander eingehackt. Irgendwo rechts von ihm explodierte mit dumpfem Laut eine Granate. Selbst für ungeübte Augen war offensichtlich, dass die Stellung verloren war.

Delaney blickte nach oben, in das Stockwerk, in dem Jessica Cummings immer noch verbissen ihre Stellung verteidigte. Sie erwiderte den Blick. Die beiden tauschten ein knappes Nicken aus.

Zwei Stockwerke über Delaney, drehte sich Jessica zu ihrem Funker um. »Ihr Name ist Miles, richtig?!«

Der junge Soldat wirkte durch die Frage verwirrt. »J... ja, Ma'am.«

»Gut, Miles. Dann holen Sie mir sofort entweder Major Carlyle oder Captain Singh in die Leitung. Danach verbinden Sie mich mit dem Offizier, der die Panzer befehligt.«

Narim fand Derek, als dieser die Verteidigung des Nordteils der Stadt zusammen mit Lieutenant Colonel Carson aus einem Kommandostand befehligte, den man in einem Keller nahe der Frontlinie eingerichtet hatte.

Derek sah kaum auf, als Narim in den nur spärlich beleuchteten Keller stürmte. Mehrere Soldaten spannten sich bei seinem unerwarteten Auftauchen an, einige brachten sogar ihre Waffen in Anschlag, doch alle entspannten sich erleichtert wieder, sobald sie ihn erkannten. Ihre Nerven lagen blank.

»Ich hatte gerade Kontakt zu Jessica.«

Bei der Erwähnung der Offizierin sah Derek von den Karten auf, die er soeben studiert hatte.

»Und?«

»Sie gibt den Ostteil der Stadt auf und zieht sich ins Zentrum von Crossover zurück.«

Derek fluchte lautstark. »Ich hatte gehofft, sie würde die Stellung wenigstens einige Tage halten können, nicht nur Stunden.«

»Sie hatte keine Chance, Derek, die Übermacht ...«

»Ja, ich weiß, Narim, ich weiß. Ich gebe ihr auch keine Schuld. Dass die Slugs ihre Stellung überrannt haben, stellt uns allerdings vor ein Problem.« Er winkte Narim näher und deutete auf die Karte vor sich auf dem Tisch.

»Die Slugs greifen nicht nur Jessica an, sondern sie bedrängen uns auf breiter Front. Mindestens drei ihrer Vorstöße sind ernst gemeint, die anderen dienen nur dazu, unsere Truppen zu binden und unsere Ressourcen zu strapazieren.«

Narim erkannte auf den ersten Blick, worauf Derek hinauswollte.

»Wenn eine Stellung fällt, sind die anderen ebenfalls in Gefahr. Die Slugs könnten unsere gesamte Front von der Flanke her aufrollen.«

»Genau das macht mir Sorgen. Uns bleiben nicht viele Alternativen.«

»Gar keine«, sagte plötzlich eine Stimme vom Eingang her. Derek und Narim blickten gleichzeitig auf. Auf der untersten Stufe der Treppe stand Lieutenant Colonel Wolf. Seine rechte Hand war bandagiert und selbst in den diffusen Lichtverhältnissen bemerkte Derek, wie aschfahl das Gesicht des Colonels aussah.

»Colonel, ich dachte ...«, begann Derek.

»Ist auch so«, fiel Wolf ihm ins Wort. »Ich habe mich selbst aus dem Lazarett entlassen. Auf der faulen Haut zu liegen, ist nicht so mein Ding.«

Er trat von der Stufe und geriet leicht aus dem Tritt. Derek widerstand dem Drang, dem Mann zu Hilfe zu eilen und ihn zu stützen, wusste er doch, dass Wolf ihm dies nie verziehen hätte.

Der Colonel gesellte sich unsicheren Schrittes zu ihnen an den Tisch. Selbst diese kurze Kraftanstrengung brachte dicke Schweißtropfen auf die Stirn des Offiziers.

Der Colonel musterte die Karte einen Augenblick und stieß einen unzufriedenen Seufzer aus.

»Ziehen Sie die Truppen in die Kernstadt zurück. Wir müssen dort unsere Stellung halten.«

»Dadurch geben wir aber die Hälfte der Hauptstadt auf«, begehrte Carson auf, dem das Unbehagen, große Teile seiner Heimat dem Feind preiszugeben, sichtlich Unbehagen bereitete.

»Entweder wir geben die Hälfte auf oder wir verlieren die ganze Stadt«, erwiderte Wolf sachlich. Carson machte den Eindruck, etwas einwenden zu wollen, besann es sich jedoch anders und nickte ergeben.

»Viel weiter als bis zur Kernstadt können wir jedoch nicht zurückweichen«, bemerkte der Milizcolonel.

»Ich weiß«, erwiderte Wolf. »Die Kernstadt halten wir bis zum letzten Atemzug. Das wird unser letztes Gefecht.«

Derek nickte und wandte sich seinem Funker zu. »Befehl an alle Einheiten im Feld. Auf Rückzugskoordinaten Gamma-drei-eins zurückweichen und dort neue Stellung aufbauen.«

Der Funker nickte und begann sofort damit, die Befehle weiterzugeben, während sich Derek an die Soldaten und Offiziere des Kommandostands wandte: »Packt alles zusammen. Wir verschwinden.«

Die zwei in der Tiefgarage verborgenen Panzer donnerten, Qualm und Ruß aus ihren Abgasrohren ausstoßend, ins Freie und eröffneten augenblicklich das Feuer.

Zwei Feuersalamander, die gerade die letzte von Delaney verteidigte Barrikade aus dem Weg räumten, gingen in Flammen auf. Ihre Besatzungen hatten nicht einmal bemerkt, was sie traf. Die Laser der beiden von den Menschen geführten Panzer schnitten durch zwei Gruppen Ruul und mähten sie nieder, dicht gefolgt von zwei Kaitars, die noch versuchten, aus dem Weg zu springen.

Der unerwartete Gegenangriff trieb die Slugs über die soeben eroberte Barrikade zurück, doch sie begannen bereits, sich von dem Schock zu erholen und sich neu zu formieren.

Die zwei anderen Feuersalamander, die von den Menschen eingesetzt wurden, deckten den Rückzug von Delaneys Truppen. Jessica hatte keine Ahnung, wie es ihnen ging oder ob der Rückzug erfolgreich verlief.

Sie sprang aus dem Stockwerk, in dem sie die letzten Stunden ausgeharrt hatte, auf das Dach eines benachbarten Gebäudes, nur Sekunden bevor eine ruulanische Artilleriegranate einschlug. Sie kam schwer auf und rollte sich über die Schulter ab, um die Bewegungsenergie ihres hastigen Sprungs abzuleiten. Ihr Funker Miles kam neben ihr auf, der Junge ächzte unter dem Gewicht des Funkgerätes, das er jetzt auf dem Rücken trug.

Sie zog ihn mit sich in ein nahes Treppenhaus, das sie mit etwas Glück auf eine Parallelstraße zu der bringen würde, auf der gerade gekämpft wurde. Aber nur, falls die Ruul nicht bereits dort waren. Das war ein großes *Falls*.

Die Männer und Frauen in ihrer Begleitung warteten, bis sie und Miles den Eingang passierten, bevor sie ihr folgten und die Tür hinter sich zuschlugen. Eine der Soldatinnen war die Milizionärin, der sie mit einem Magazin ausgeholfen hatte.

Die geschlossene Tür dämpfte die Kampfgeräusche ein wenig ab, sodass sich alle kurz Zeit nahmen, tief durchzuatmen und den Moment der Ruhe zu genießen.

»Miles? Befehl an die Panzer: Sofortiger Rückzug. Wo immer möglich, der Infanterie Deckung geben.«

Der Funker nickte und gab die Nachricht weiter. Sein Gesicht nahm einen konzentrierten Ausdruck an, als er einer einkommenden Nachricht lauschte, schließlich machte er eine bestürzte Miene, als er sich Jessica zuwandte.

»Delaney und die Überreste seiner Einheit konnten sich vom Feind lösen und sind zwei Straßen von hier, aber zwei Panzer zerstört, ein weiterer demobilisiert. Die Ketten sind durch einen direkten Treffer zerstört. Die Waffen funktionieren aber noch.«

Jessica schüttelte den Kopf. »Geben Sie der Besatzung durch, sie sollen den Feuersalamander aufgeben und lieber ihr Leben retten.«

Miles befolgte die Anweisung und lauschte anschließend auf die Antwort. In seinen Augen glänzten Tränen, als er sich erneut Jessica zuwandte. »Sie weigern sich. Sie sagen, sie halten die Ruul auf, solange sie können. Es verschafft der Infanterie zwar nur Sekunden oder Minuten, aber jede Minute, die die Ruul sich auf den Panzer konzentrieren, ist eine mehr, in der die Infanterie sich in Sicherheit bringen kann.«

Jessica überlegte, ob sie persönlich das Funkgerät nehmen und den Befehl wiederholen sollte, doch dann schüttelte sie den Kopf. Es hatte keinen Sinn. Die Männer hatten ihre Entscheidung getroffen, und sollten sie sich wieder weigern, gab es nichts, was sie dagegen tun konnte. Schließlich konnte sie nicht ihre Leute wegen dreier Männer gefährden, die bereits jetzt so gut wie tot waren.

»Was ist mit unserem verbliebenen Panzer?«, fragte sie Miles.

»Ist bei Master Sergeant Delaney.«

Jessica nickte. »Gut.« An die anderen sagte sie: »Genug ausgeruht. Wir müssen hier raus. Bewegt euch!«

Eveline DaSilva riss sich das Stoffstück vom Gesicht und nahm einen tiefen Atemzug. Die kühle Luft in ihren Lungen fühlte sich wie purer Luxus an.

Sie setzte den Milizionär mit zitternden Händen ab und lehnte ihn gegen das Wrack eines Hovertrucks. Sie hätte zu gern seinen Namen gewusst, doch die Uniform inklusive des Aufnähers mit dem Namen des Mannes war größtenteils verkohlt.

Eveline spähte über das Wrack und blickte in alle Richtungen: niemand zu sehen. Zumindest im Augenblick waren sie sicher. Die Kämpfe verlagerten sich offenbar Richtung Süden und Westen.

»W... Wasser ... bitte«, flehte der Mann unvermittelt.

»Natürlich«, erwiderte sie und zog eine Wasserflasche aus ihrem Gürtel. Sie schüttelte sie. Sie war vielleicht noch zu einem Drittel gefüllt.

Sie hob die Wasserflasche vorsichtig an die Lippen des Soldaten und ließ einige Tropfen in seinen Mund fließen. Sie setzte die Flasche eilig ab, als er sich verschluckte und würgend hustete. Als er sich etwas beruhigt hatte, setzte sie die Flasche erneut an. Diesmal trank er ruhiger und verschluckte sich auch nicht mehr.

»Wo sind wir?«, fragte der Mann. Seine Augenlider waren halb geschlossen und Eveline bekam den Eindruck, er hatte Schwierigkeiten, wach zu bleiben.

»Irgendwo östlich der Kämpfe, würde ich sagen. Die Ruul versuchen, den militärischen Raumhafen einzunehmen. Major Carlyle und Captain Singh werden alle Hände voll zu tun haben.«

Der Mann nickte. Als er einige Minuten nichts sagte, vermutete Eveline schon, er sei eingeschlafen, doch seine Augenlider öffneten sich plötzlich ein wenig.

»Danke«, sagte der Mann. »Dass Sie mich gerettet haben.«

Sie zuckte mit den Achseln. »Nichts zu danken. Das war das Mindeste, was ich tun konnte.«

»Trotzdem ... das hätte nicht jeder gemacht. Danke.«

»Schon gut. Wie ist Ihr Name?«

»Lorenzo D'Aquino, 3. Alacantor-Miliz.«

»Eveline DaSilva«, stellte sie sich vor. »171. TKA-Freiwilligenregiment.«

»Angenehm«, erwiderte er mit schwachem Lächeln.

»Ganz meinerseits.«

»Und wie sieht der Plan aus?«

»Plan?«

»Na, was tun wir jetzt?«

Sie packte ihn unter den Achseln und zog ihn auf die Beine. Lorenzo stand mehr schlecht als recht, doch er war in der Lage, sich halbwegs aufrecht zu halten.

»Jetzt bringen wir Sie erst mal zu einem Lazarett.«

»Korrigieren Sie mich, wenn ich mich irre, aber müssen wir dazu nicht durch die feindlichen Linien?«

»Erinnern Sie mich nicht daran.«

27

Die *Hannibal* wurde schwer getroffen. Schwärme von Reapern beharkten das Schlachtschiff von allen Seiten. Arrows und Zerberusse richteten einen Verteidigungsring ein, um den Gegner zumindest halbwegs auf Abstand zu halten, doch die feindlichen Jäger brachen immer wieder durch und richteten auf Constantins Flaggschiff verheerende Schäden an.

»Bericht!«, verlangte Vizeadmiral Soraya Constantin, während sie sich geistesabwesend eine Strähne ihres brünetten Haares aus dem Gesicht wischte. Der Riss auf ihrer Stirn färbte die Strähne rot.

»Wir haben die feindliche Linie fast erreicht«, erklärte ihr XO, während die Daten auf seinem tragbaren Datenterminal schneller angezeigt wurden, als er sie vorlesen konnte. »Wir haben allerdings drei Schiffe verloren. Viele weitere sind schwer beschädigt.«

»Feindliche Verluste?«

»Wir haben mindestens sechs feindliche Kreuzer und ein halbes Dutzend Begleitschiffe ausgeschaltet. Entweder zerstört oder schwer beschädigt. Das feindliche Flaggschiff hingegen konnten wir jedoch bisher kaum ankratzen.«

»Wie lange noch, bis General Garret seine Landung durchführen kann?«

»Wir brauchen noch vierzig Minuten, bis wir nah genug am Planeten sind.«

Constantin beobachtete auf ihrem taktischen Hologramm, wie die Jäger einen tödlichen Tanz aufführten, um die jeweils andere Seite auszumanövrieren. In schneller Folge verschwanden eigene und ruulanische Symbole von dem Plot. Jedes der verschwundenen Symbole stand für einen zerstörten Jäger und ein ausgelöschtes Leben. Tendenziell verloren die Ruul beinahe doppelt so viele Jäger wie sie, trotzdem war der Verlust so vieler Jäger und Piloten bitter.

Noch während sie dem Kampf mit den Augen folgte, geschah etwas. Die Ruul führten einen Angriff gegen ihre Stellungen. Acht ruulanische Kreuzer, zwei Schlachtschiffe und mehrere kleinere Begleitschiffe lösten sich vom Hauptverband, um Constantins rechte Flanke erneut zu bedrohen.

Trotz der gefährlichen Situation lächelte Constantin. Damit hatten die Ruul den ersten Fehler des Tages begangen. Sie bedrohten nicht nur ihre Flanke, sondern öffneten gleichzeitig auch eine Lücke in der eigenen Linie. Zwar nur eine kleine, aber besser als nichts. Es zeigte, wie verzweifelt sie inzwischen sein mussten.

»Percy? Befehl an Captain Porter von der *Dragoon*: Er soll einige Schiffe und Jäger nehmen und die Lücke in der feindlichen linken Flanke angreifen. Mit etwas Glück brechen wir vielleicht durch ihre Linien.«

»Aye, Admiral.«

Captain Edgar Porter vom Schweren Kreuzer der Hermes-Klasse *TKS Dragoon* hatte die Lücke ebenfalls bemerkt und war nicht überrascht, als der Befehl Vizeadmiral Constantins übermittelt wurde. Zweimal hatte er versucht, durch das feindliche Zentrum zu stoßen, und war zweimal zurückgeworfen worden. Ein drittes Mal würde er sich von den verdammten Slugs jedoch nicht abdrängen lassen.

»Ben«, wies er seinen XO an. »Fordern Sie alle Einheiten in unserer unmittelbaren Nähe zur Unterstützung einer Offensive an.«

»Aye, Skipper.«

Die *Dragoon* schwenkte aus der Formation aus und nahm Kurs auf die feindliche Linie. Ihr folgten drei Schwere und zwei Leichte Kreuzer sowie zwei Fregatten und vier Zerstörer. Außerdem schwenkten mehrere Jäger- und Bombergeschwader als Geleitschutz für die Großkampfschiffe ein.

Porter bezweifelte, dass ihre Feuerkraft ausreichen würde, den Gegner in nennenswertem Ausmaß in die Defensive zu drängen, doch das war auch gar nicht Sinn der Sache. Wollten die Ruul verhindern, dass seine Schiffe durchbrachen, mussten sie ihnen begegnen – indem sie Schiffe von anderen Punkten abzogen und sie Porter entgegenschickten. Dadurch ergab sich vielleicht eine Möglichkeit für Lieutenant General Garret, den Planeten anzusteuern. Es war riskant, aber machbar.

Porter führte mit der *Dragoon* den Angriff an. Für einen effektiven Einsatz der Torpedos waren sie bereits zu nah, daher entschied er, gleich zum Nahkampfgefecht überzugehen.

Ein halbes Dutzend Reaper-Geschwader löste sich von der feindlichen Flotte und stob mit halsbrecherischer Geschwindigkeit den terranischen Schiffen entgegen. Ihnen folgten mehrere Kreuzer und Zerstörer, darunter auch zwei der gefürchteten Firewall-Kreuzer.

Beim Anblick der beiden Großkampfschiffe, die den feindlichen Gegenangriff anführten, bildete sich ein Kloß in seinem Hals, den er nur mit Mühe loswurde.

Terranische und ruulanische Jäger fielen wie wilde Tier übereinander her, nur den Gedanken im Kopf, den verhassten Feind zu zerfleischen. Porter warf einen Blick aus dem Brückenfenster. Entfernte Lichtpunkte flammten auf und vergingen ebenso schnell wieder in der Kälte des Alls. Die Jägerkämpfe wogten mehrere Minuten lang hin und her, doch dann kristallisierte sich eine eindeutige Überlegenheit der terranischen Kräfte heraus und die Waagschale neigte sich zu ihren Gunsten.

Benjamin Kato, sein XO, trat an seine Seite. »Unsere Geschwader haben einen sauberen Korridor durch ihre Jägerlinie geschossen.«

»Ausgezeichnet. Alle Einheiten vorstoßen. Feuerfreigabe für alle Ziele in Reichweite erteilt.«

Die terranischen Schiffe näherten sich den ruulanischen Einheiten auf Energiewaffenreichweite an und Porter zögerte keine Sekunde.

»Feuer!«

Ein Lichtgewitter in den schillerndsten Farben brach über die ruulanischen Schiffe herein. Schilde flammten auf und brachen zusammen, Panzerplatten lösten sich unter der feurigen Liebkosung superheißer Energiestrahlen auf und fraßen sich tief ins sensible Innenleben ruulanischer Schiffe.

Ein ruulanischer Typ-8-Kreuzer verging in einer blendenden Explosion, dicht gefolgt von einer kleinen Fregatte sowie einem Zerstörer. Trotz dieses Anfangserfolgs ließ Porter in seinem Druck nicht nach, noch immer gab es genügend Ziele.

Doch dann waren die Ruul auf effektive Schussweite ihrer eigenen Waffen heran und ihre Antwort ließ Porter das Blut in den Adern gefrieren. Die *Dragoon* bäumte sich auf, als sie aus drei Richtungen ins Kreuzfeuer feindlicher Kreuzer geriet. Die Schilde lenkten gut zwei Drittel des Beschusses ab, doch dann war das Limit erreicht. Stellenweise flackerten die Schilde und es entstanden Lücken, durch die ruulanische Laser ihre Ziele suchten und fanden.

Die Panzerung auf der Steuerbordseite wurde an drei Stellen perforiert, zwei Decks dem Vakuum ausgesetzt. Bevor die Sicherheitsmaßnahmen einsetzten, fielen Dutzende Besatzungsmitglieder dem plötzlichen Druckverlust zum Opfer. Porter rief eine schematische Darstellung seines Schiffes auf, mehrere Sektionen glühten in unheilverkündendem Rot.

»Schadenskontrolle nach Deck acht und elf«, ordnete er an, bevor er sich erneut der Schlacht zuwandte.

Zwei Schwere Kreuzer der Sioux-Klasse und zwei Geschwader Skull-Bomber waren auf Porters missliche Lage aufmerksam geworden. Die beiden Kreuzer schoben sich ober- respektive unterhalb der *Dragoon* auf gleiche Höhe mit dem angeschlagenen Schiff und gaben dem Hermes-Kreuzer Feuerschutz. In Gemeinschaftsarbeit zerlegten sie zwei feindliche Kreuzer und einen Zerstörer.

Die beiden ruulanischen Firewall-Kreuzer nahmen einen der Sioux-Kreuzer ins Visier und schalteten mit einer koordinierten Salve dessen Schilde aus. Nach einer weiteren Salve knackten sie seine Steuerbordpanzerung. Der Kommandant des Kreuzers war jedoch ein erfahrener Offizier und rollte sein Schiff um die eigene Achse, um dem Gegner die unbeschädigte Panzerung der Backbordseite zuzuwenden. Gleichzeitig fuhren die Schilde wieder hoch. Sie brachten zwar nur knapp dreißig Prozent Leistung, doch es genügte, mehrere Laserschüsse abzulenken, die ansonsten die Außenhülle auf drei Decks durchschlagen hätten.

Die Skull-Bomber näherten sich einem der Firewall-Kreuzer von unten. Flakfeuer schlug ihnen entgegen. Die Granaten durchschlugen das Cockpit des Führungsbombers und ließen ihn steuerlos davontrudeln. Es spielte keine Rolle, die Besatzung war längst tot.

Zwei Skulls explodierten gleichzeitig, dann ein dritter. Ein Skull musste nach einem Beinahetreffer abdrehen. Aus seinem Heck quoll ölig schwarzer Rauch.

Die überlebenden Bomber hielten unbeirrt und stur auf den Kreuzer zu, unterliefen auf diese Weise seine Abwehr. Erst im letzten Moment lösten sie ihre Trägerlast aus und zwei Dutzend Schiffskillertorpedos rasten wie eine tödliche Welle auf den Kreuzer zu. Die ersten drei genügten bereits, um die Schilde zu überlasten. Dann schlug die übrigen in mehreren Schüben ein, knackten die Panzerung an einem Dutzend Stellen. Explosionen pflanzten sich durch das ganze Schiff fort, lösten Sekundärexplosionen aus, die praktisch das ganze Heck zerrissen. Der vordere Teil des Kreuzers driftete davon, bevor auch dies von den Explosionen verschluckt und in Fetzen gerissen wurde.

Porter nutzte die kurze Atempause, die die Zerstörung des Firewall-Kreuzers ihm verschafft hatte, um die Lage zu überblicken.

Sein Angriff war in vollem Gange. Seine Einheiten hatten schwere Verluste erlitten, aber es tatsächlich geschafft, die feindliche Linie zu durchbrechen – ein Umstand, der ihn bei allem Stolz doch wunderte. Alle seine Einheiten hatten Federn lassen müssen, doch sie hatten lediglich einige Begleitschiffe und einen der Leichten Falcon-Kreuzer verloren. Das Ergebnis war weit besser als erhofft.

Das Sahnehäubchen jedoch war die Tatsache, dass die Ruul ihre Einheiten umgruppieren mussten, um Porters Angriff zu begegnen. Ansonsten gingen sie das Risiko ein, dass sich ihre ganze Linie unter dem Druck des Angriffs auflöste. Der Weg nach Alacantor war frei.

»Nachricht an die *Hannibal*. Teilen Sie Vizeadmiral Constantin mit, dass wir den Auftrag erfüllt haben.«

»Aye, Skipper«, erwiderte sein XO lächelnd und gab den Befehl an den ComOffizier weiter.

Dann sah Commander Benjamin Kato an seinem kommandierenden Offizier vorbei – und erbleichte.

Porter wunderte sich, was seinen XO so erschreckt hatte, und wirbelte auf seinem Kommandosessel herum. Durch das Brückenfenster sah er den verbliebenen Firewall-Kreuzer, der sich einen blutigen Weg durch die terranischen Schiffe bahnte – und direkt auf die *Dragoon* zuhielt.

»Verstanden, Admiral«, bestätigte Corso Garret. »Wir nehmen Kurs auf Alacantor.«

Die sechs Truppentransporter schwenkten von der immer noch tobenden Raumschlacht nach Backbord ab und steuerten den Planeten an. Die TKA-Schiffe wurden von Dutzenden Jägern umschwärmt, die Constantin ihnen als Geleitschutz mitgegeben hatte. Garret hoffte, der Widerstand würde nicht allzu heftig ausfallen. Seine Leute hatten auf Serena genug mitgemacht und sich eigentlich eine Verschnaufpause verdient. Er wollte so wenig wie möglich auf einem Planeten verlieren, der gemeinhin als sicher galt.

Die Schilde der Truppentransporter schillerten kirschrot, als sie in die Atmosphäre eindrangen. Arrows und Zerberusse strömten an ihnen vorbei. Garret saß in seinem Sitz festgeschnallt und beobachtete auf dem Bildschirm vor ihm die Geschehnisse. Der Truppentransporter durchstieß langsam und behäbig die Wolkendecke über der Stadt Carras. Garret konnte bereits den riesigen kommerziellen Raumhafen am südlichen Stadtrand erkennen.

Dicke Rauchsäulen schlängelten sich träge in den Himmel. In der Stadt wurde eindeutig gekämpft. Kleine Punkte zogen über Carras ihre Kreise. Als sie die sich nähernden terranischen Jäger bemerkten, gewannen sie schnell an Höhe und hielten direkt auf sie zu. Es waren Reaper.

Es entbrannte eine heftige Jägerschlacht vor und zwischen den Truppentransportern. Maschinen beider Seiten zerplatzten und ihre brennenden Bruchstücke regneten zur Oberfläche hinab. Die Transporter verringerten davon unbeeindruckt ihre Höhe. Vereinzeltes Geschützfeuer von Bodenstellungen aus tastete nach den Schiffen, doch die dicke Panzerung, die dafür konzipiert war, dem Beschuss von Großkampfschiffen standzuhalten, absorbierte die meisten Treffer. Sobald die Schiffe dicht genug waren, um ihre eigenen Waffen einzusetzen, eröffneten die Geschützbatterien der Transporter das Feuer.

Ruulanische Stellungen vergingen im Hagel terranischer Geschosse. Ihre Besatzungen wurden buchstäblich zerrissen, bis nur noch rauchende Trümmer und geschwärzte Krater von ihrer Existenz zeugten.

Garret kratzte sich über das Kinn. Das war einfacher gewesen als gedacht. Die Ruul hatten den Raumhafen nur durch einzelne versteckte Geschützstellungen gesichert. Vermutlich hatten sie keine Zeit gehabt, sich einzugraben, oder etwas anderes hatte sie davon abgehalten.

Wie dem auch sei, der Raumhafen von Carras war bereits so gut wie gefallen und noch kein einziger seiner Soldaten hatte auch nur einen Fuß aus den Transportern gesetzt. Ein vielversprechender Anfang.

Lieutenant Paul Becket beobachtete aus dem Cockpit seines Firebird-Jägers, wie die sechs Truppentransporter auf dem Raumhafen von Carras aufsetzten.

Seit fast einem Tag flogen seine Piloten und er Kreise über der Stadt, hielten sich sorgsam außerhalb der Reichweite der feindlichen Flakstellungen und wichen gekonnt ruulanischen Reaper-Patrouillen aus.

Als sie Carras erreicht hatten, tobte in der Stadt bereits ein mörderischer Kampf. Die Ansprache des Gouverneurs hatte ihr Ziel nicht verfehlt. In der ganzen Stadt waren spontan Aufstände ausgebrochen und die Slugs hatten alle Hände voll damit zu tun, die Lage unter Kontrolle zu bringen.

Für Becket und seine Piloten war das sogar Glück gewesen, da die Slugs zu viel zu tun hatten, um sich um vier lästige Firebirds zu kümmern.

Becket hatte mehrmals mit dem Gedanken gespielt, einzugreifen und einzelne Stellungen auszuschalten, doch dieser Versuch hätte mit an Sicherheit grenzender Wahrscheinlichkeit mit ihrem Tod geendet. Vier Miliz-Jäger machten in der unter ihnen tobenden Schlacht keinen Unterschied und so begnügte er sich mit Beobachten und dem Notieren feindlicher Positionen. Hin und wieder hatte er Kontakt mit einem Funker der Miliz, der dort unten seinen Dienst versah. Ihm gab er die ermittelten Informationen durch, in der Hoffnung, dass sie den Soldaten dort unten halfen, ihre Stellungen zu halten.

Und dann war endlich Verstärkung über Carras aufgetaucht. Die TKA-Truppentransporter hatten nur Minuten benötigt, um sich einen Weg zur Oberfläche zu bahnen. Die Slugs wussten es noch nicht, aber der Kampf um Carras war soeben entschieden worden.

»Boss?«, fragte seine Nummer zwei. »Sollen wir runtergehen und etwas mithelfen?«

»Negativ«, erwiderte Becket. »Die brauchen unsere Hilfe nicht. Am besten, wir kontaktieren Crossover und teilen ihnen mit, dass Hilfe eingetroffen ist.«

»Hab ich schon versucht. Ich erreiche dort niemanden.«

Das verhieß nichts Gutes. »Dann müssen wir die Nachricht eben persönlich überbringen«, erwiderte Becket und zog seinen Firebird in eine Kehre.

Hoffen wir, dass noch jemand da ist, der sich dafür interessiert.

Teroi stapfte durch die Überreste der Schlacht. Es hatte Stunden gedauert, sich den Weg in die Stadt zu bahnen. Die Menschen hatten schweren Widerstand geleistet, doch sich letztendlich der Übermacht fügen und sich zurückziehen müssen. Nereh stand hinter ihm und musterte die rauchenden Trümmer mehrerer Panzer. Einige davon waren von den Menschen gekapert und gegen die Ruul eingesetzt worden. Nun handelte es sich lediglich noch um zerschmolzenen Schrott.

Erel'kai umringen sie in einem schützenden Kreis, bereit, jeder Gefahr sofort zu begegnen. Teroi machte sich keine Sorgen, dass es so weit kommen würde. Im Umkreis von fünf Meilen gab es keinerlei menschlichen Widerstand mehr. Die feindlichen Truppen konzentrierten sich darauf, den Stadtkern zu halten.

Teroi zog ein Schwert aus der Leiche eines menschlichen Soldaten. Die Klinge hatte dessen Brustbein sauber gespalten. Die blutbesudelte Klinge war immer noch scharf. Über die Schulter warf er Nereh einen berechnenden Blick zu. Es wäre so leicht, ihn niederzustrecken.

Keine Befehle mehr von diesem König der Narren.

Nereh trat näher. Offenbar so in seinen Gedanken versunken, dass er Terois Gedankengänge nicht bemerkte.

Wirklich ein König der Narren, dachte Teroi angewidert und warf das Schwert beiseite. Noch war es nicht so weit, denn er wusste nicht, wie die Erel'kai reagieren würden. Besser, er hielt sich vorerst zurück.

»Menschliche Truppen sind in Carras gelandet«, berichtete Teroi seinem Anführer. Er hatte die Meldung selbst erst Minuten zuvor erhalten. »Es sieht nicht gut aus. Unsere Truppen sind auf dem Rückzug.«

Nereh sah sich erneut auf dem Schlachtfeld um. Das Ganze hätte auch eine Metapher für seine überambitionierten Pläne sein können, die sich vor seinen Augen in Asche auflösten.

»Dann stell eine Verbindung zu Sara her. Er soll uns abholen und den Planeten anschließend bombardieren.«

Teroi hätte fast Mitleid mit dem gescheiterten ruulanischen Anführer bekommen können ... fast – wenn er nicht mit ihm hier in dieser Falle festgesteckt hätte.

»Diese Option steht leider nicht mehr zur Verfügung ... Herr.« Teroi gelang das Kunststück, das Wort *Herr* wie eine Beleidigung klingen zu lassen.

»Was? Wieso nicht?«

»Er hat alle Hände voll damit zu tun, sich die Schiffe der nestral'avac vom Leib zu halten. Die Menschen haben ihn bereits vom Planeten abgedrängt. Ein Orbitalbombardement ist nicht mehr machbar.«

Nereh fluchte. Teroi fletschte die Zähne zu einem Grinsen. Das war beinahe schon amüsant. So hatte er Nereh noch nie fluchen hören. Wenn er bereits früher so gewesen wäre, hätte aus ihm ein ganz annehmbarer Anführer werden können. Teroi schüttelte bedauernd den Kopf. Nun war es zu spät dafür.

Nereh hob mit einem Mal den Kopf.

»Was ist?«

»Mir ist etwas eingefallen.«

»Lässt du mich an deinen Überlegungen teilhaben?«

»Im Lagerhaus in der Nähe der Gouverneursresidenz haben wir doch mehrere Tonnen der Chemikalie gelagert. Denkst du, die Kanister sind noch dort?«

»Vielleicht. Die Menschen haben keinen Grund, das Zeug wegzubringen. Und Zeit dafür hatten sie ganz sicher nicht, mal ganz davon abgesehen, dass sie nicht wüssten, wie sie damit umgehen sollten.«

»Dann werden wir uns jetzt dorthin begeben. Wenn wir diese Schlacht schon verlieren, dann will ich wenigstens dafür sorgen, dass den Menschen ihr vermeintlicher Sieg im Hals stecken bleibt.«

Derek und Narim führten die Verteidigung des Stadtkerns praktisch aus vorderster Front. Mit einem flauen Gefühl im Magen, hatte Derek seinen

Posten an Bord des Gargoyle-Truppentransporters verlassen. Die Nachrichten von der Front erreichten den Transporter nur noch sporadisch und wenn doch, dann viel zu spät, um noch von Nutzen zu sein. Kolja hielt mit einer kleinen Truppe die dortige Position, um zu verhindern, dass der militärische Raumhafen von Crossover zurück in ruulanische Hand fiel.

Lieutenant Colonel Wolf hatte sich in die Gouverneursresidenz begeben, um zusammen mit Bonnet die Evakuierung der Stadt zu organisieren. Die Ruul waren zwar dabei, die planetare Hauptstadt einzunehmen, aber ihr Belagerungsring war nicht lückenlos. Je tiefer sie in die Stadt eindrangen, desto löchriger wurden ihre Linien.

Der Gouverneur hatte im Norden der Stadt mehrere Lücken ausgemacht, durch die Grüppchen – in der Mehrzahl Frauen und Kinder – die Stadt verließen. Es war ein kleiner Lichtblick inmitten des Chaos und ein Ansporn für die Verteidiger weiterzukämpfen.

Ein Feuersalamander zwängte sich durch die enge, von Dereks Trupp gehaltene Gasse. Auf seinem Weg walzte er eine Barrikade platt und die Verteidiger dahinter stoben in alle Richtungen davon. Die Laser des Feuersalamanders mähten sie der Reihe nach nieder.

Auf einem Dach über dem ruulanischen Panzer tauchte Narims Kopf auf, jedoch nur für einen Sekundenbruchteil, dann kreischte eine ruulanische Panzerabwehrwaffe auf und der obere Teil des Feuersalamanders zerplatzte, während der untere von Flammen verzehrt wurde, die sich aus den Treibstoffreserven des Fahrzeugs nährten.

Derek ließ sich rücklings an der Barrikade auf den Boden gleiten, setzte eine Wasserflasche an seinen Mund und nahm mehrere Schlucke. Das musste erst einmal reichen. Er hatte keine Ahnung, wann er seine Wasserflasche auffüllen konnte.

Narim gesellte sich zu ihm und warf die Hülse des nun leeren Kreischers in die Ecke, wo bereits mehrere andere lagen.

»Ein übler Tag, was?«

»Wem sagst du das?«, erwiderte Derek. »Wem sagst du das?«

Eric gab eine Salve aus seinem Sturmgewehr ab und erledigte einen Ruul. Der feindliche Krieger wurde gegen die nächste Mauer geschleudert, sackte wie ein Stein zu Boden und hauchte sein Leben aus.

Eric presste sich gegen eine Wand und sah sich aufmerksam um. Er hatte vor Stunden das letzte Mal Kontakt zu anderen Verteidigern gehabt. Die Ruul streiften nun mehr oder weniger unbehelligt durch die Stadt. Hin und wieder hörte er den Lärm entfernter Feuergefechte, jedoch vermochte er nicht zu sagen, ob es überhaupt noch organisierten Widerstand gab.

Sein einstmals makelloser schwarzer Anzug war zerfetzt, sein Gesicht und die Überreste seiner Kleidung schweißnass, und es fühlte sich an, als wäre sein letzter Schlaf Tage her. Trotzdem hielt er sich mit eiserner Entschlossenheit aufrecht. Falls er einnickte – und sei es nur für zehn Minuten –, könnte es sein, dass er nicht mehr aufwachte. Nicht bei den ganzen Ruul und Kaitars, die durch die Ruinen streiften.

Er schlich sich durch zwei zerstörte Häuser, vorbei an toten Menschen und Ruul. Die Kadaver mehrerer Kaitars lagen auf der Straße vor dem Gebäude, das er sich momentan als Zuflucht ausgesucht hatte. Er musste irgendwie zurück in die Gouverneursresidenz. Er fragte sich, wie es dem Gouverneur ging oder was aus seiner Sicherheitsmannschaft geworden war. Lebte von denen überhaupt noch jemand?

Harte Stimmen, die etwas in der Sprache der Ruul sagten, holten ihn ins Hier und Jetzt zurück. Er spähte vorsichtig über den Fensterrahmen. Auf der Straße tummelten sich einige Slugs. Mehrere Krieger begleiteten zwei andere Ruul. Die Krieger schienen die beiden anderen zu bewachen oder zu beschützen. Sie anzugreifen, kam nicht infrage, auch wenn er nichts lieber getan hätte, doch ihm würde eher die Munition ausgehen als denen die Krieger.

Eine innere Stimme schrie ihm zu, sich so weit wie nur irgend möglich von diesen Slugs fernzuhalten. Sie gingen jedoch in Richtung der Gouverneursresidenz und genau dort war jetzt sein Platz. Er lud ein neues Magazin in sein Sturmgewehr und schlich ihnen unbemerkt nach.

Kolja war mit der Situation leicht überfordert, doch man musste ihm zugutehalten, dass er sein Bestes gab. Am laufenden Band trafen Verwundete ein. Die Menschen stapelten sich in den Gängen und zu Füßen des Gargoyle-Truppentransporters. Sie konnten nicht viel mehr tun, als es ihnen so bequem wie möglich zu machen. Sie besaßen keinerlei medizinische Ausrüstung mehr – nicht einmal Verbandmaterial – und ihr einziger Arzt war ebenfalls nicht zugegen, sondern in einem der unzähligen Camps, die man inzwischen für die Verwundeten einrichtete. Zum Glück schienen die Slugs sich im Moment wenigstens nicht für den Raumhafen zu interessieren. Nach Koljas Meinung konnte das ruhig noch eine Weile so andauern.

Plötzlich entdeckte er ein bekanntes Gesicht in der Masse aus verwundeten und erschöpften Leibern.

»Eveline?«

»Kolja!«, schrie seine Kameradin erfreut aus. Sie stützte einen Mann in den Überresten einer Miliziuniform, der schwere Brandwunden aufwies.

Sie war so erschöpft, dass sie beinahe den Mann fallen ließ, doch Kolja stürzte zu ihr und fing ihn auf. Sie lächelte ihm dankbar zu und setzte sich auf den Boden, während er den verwundeten Milizionär auf eine Decke bettete.

»Wer hat hier die Verantwortung?«, fragte sie mit vor Müdigkeit leiser Stimme.

»Nun ... ich«, antwortete er verlegen.

Schalk blitzte in ihren Augen auf. »Ich wusste gar nicht, dass es *so* schlecht steht.«

»Wem sagst du das?«, erwiderte er zwinkernd.

Die Explosion schleuderte den Körper von Commander Benjamin Kato quer über die Brücke. Der XO der *Dragoon* prallte mit einem ekelhaften Geräusch auf eine Konsole und blieb auf dem blanken Deck liegen. Porter musste nicht erst hinsehen, um zu wissen, dass sein XO tot war.

Die *Dragoon* nahm schweren Schaden. Die Achterschilde waren zerstört, zwei Decks unterhalb der Brücke klaffte ein Loch in der Außenhülle, das mehrere Sektionen umfasste, und der Antrieb arbeitete nur noch mit knapp vierzig Prozent Leistung. Der Hermes-Kreuzer hatte dem viel größeren und schlagkräftigeren ruulanischen Widersacher nicht viel entgegenzusetzen. Doch noch war die *Dragoon* nicht tot. Sie besaß immer noch Zähne, mit denen sie zubeißen konnte.

»Ensign Dekruv«, wandte er sich an seinen taktischen Offizier. »Das Feuer auf die feindlichen Kreuzer an Backbord konzentrieren. Wir müssen den Bombern mehr Feuerschutz geben.«

Die Backbordbatterien der *Dragoon* schwenkten gehorsam in die angegebene Richtung und spien mehrere Strahlbahnen gegen einen feindlichen Firewall-Kreuzer. Die Schilde des ruulanischen Kriegsschiffes schillerten, hielten aber stand. Seine Sensoren wurden jedoch lange genug geblendet, um einer Staffel Skull-Bomber den Durchbruch durch das Flakfeuer zu ermöglichen. Ein halbes Dutzend schwerer Schiffskillertorpedos lösten sich unter den Tragflächen, nahmen ihr Ziel auf und strebten auf die feindliche Steuerbordbreitseite zu. Sie explodierten so dicht hintereinander, dass man den Eindruck hätte gewinnen können, es handele sich um eine einzige große Explosion. Die angepeilte Flanke des ruulanischen Kriegsschiffes verwandelte sich in eine pockennarbige Kraterlandschaft. Das Schiff drehte nach Backbord ab, fort von dem Gefecht. Die Skull-Bomber kehrten zu ihrem Schlachtträger zurück, um neue Munition und Treibstoff zu fassen.

Die ruulanischen Schiffe sammelten sich etwa zwei AE nördlich ihrer Position. Porter bemerkte, dass die Ruul etwas vom Planeten abrückten, um ihre Schiffe leichter manövrieren zu können. Damit überließen sie den Menschen im Prinzip die Raumüberlegenheit rund um Alacantor. Die Slugs deckten ihren Rückzug mit einem Lichtgewitter aus Hunderten von Geschützen. Vor Porters Augen verging eine Puma-Fregatte im unerbittlichen feindlichen Feuer. Ein Zerstörer der Blizzard-Klasse konnte der Vernichtung nur knapp und mit einem waghalsigen Manöver entgehen, das ihn unter den Schutz zweier Schlachtträger brachte.

»Nachricht vom Flaggschiff«, meldete der weibliche ComOffizier. »Vizeadmiral Constantin befiehlt, dem Feind nicht nachzustellen. Die Flotte soll sich nahe Alacantor sammeln und weitere Befehle abwarten.«

Porter quittierte den Befehl mit knappem Nicken. Er hatte diese Anweisung bereits erwartet. Es war nur logisch, die eigenen Kräfte zu bündeln und Alacantor zu sichern, bevor die Schlacht in die nächste Phase eintrat. Der Captain der *Dragoon* überflog die einkommenden Daten. Er schätzte, dass sie bisher knapp fünfzehn Schiffe verloren hatten, die Ruul vielleicht zwanzig. Doch das besagte noch gar nichts. Die Slugs waren zäh und gaben nicht so schnell auf. Ihre beiden Kräfte waren in etwa ausgeglichen. Das würde noch ein heißer Tanz werden.

Lieutenant Colonel Wolf brütete über einer Karte von Crossover und ihrer Umgebung. Er plante die Route der nächsten Flüchtlingsgruppe, die die Stadt verlassen sollte, als Gouverneur Bonnet in Begleitung zweier seiner Leibwächter eintrat.

Der untersetzte Politiker atmete schwer und dicke Schweißtropfen standen auf seiner Stirn. Er kramte ein Taschentuch aus seinem Jackett und wischte sich den Schweiß von der Stirn. Wolf hielt grundsätzlich nichts von Politikern. Sie waren alle mehr oder minder nur am eigenen Vorteil interessiert. Versprechen machten sie nur, sobald eine Wahl anstand, und diese waren nach der Schließung der Wahllokale auch schon wieder vergessen. Doch Bonnet schien die Ausnahme von der Regel zu bilden. In den letzten Stunden hatte der Colonel das zivile Oberhaupt der Alacantor-Kolonie durchaus schätzen und sogar respektieren gelernt.

Der Mann besaß innere Stärke und einen scharfen Verstand, außerdem mehr Mut, als man ihm auf den ersten Blick ansah. Vor drei Stunden war die Residenz von drei Reapern überflogen und mehrere Minuten lang beschossen worden. Einige der Milizoffiziere hatten sich unter dem Tisch verkrochen, doch Bonnet war aufrecht geblieben – genauso wie Wolf.

»Die Ruul haben ihren Vormarsch innerhalb der Stadt eingestellt«, meldete der Gouverneur immer noch schwer atmend.

Wolf sah überrascht auf. »Ist das sicher?«

»Drei unserer Stellungen haben es unabhängig voneinander bestätigt.«

Wolf sah erneut auf die Karte hinab und sein Gesicht verdüsterte sich. »Und wo?«, fragte er schließlich.

Der Gouverneur trat an die Karte und fuhr mit dem Finger mehrere Straßen entlang. »Die Hauptroute hier, das Viertel nahe der Universität und dann etwa zwei Straßenzüge vom militärischen Raumhafen entfernt.«

Bonnet musterte eine Weile Wolfs nachdenkliches Gesicht, bevor er es nicht mehr aushielt. »Sie sehen besorgt aus. Dass die Ruul nicht weiter vorrücken ist doch gut, oder?«

»Möglicherweise.«

»Aber?«

»Es sieht ihnen so gar nicht ähnlich. Die Ruul sind nicht für ihre Zurückhaltung bekannt. Dass sie jetzt anhalten, obwohl sich immer noch Teile der Stadt in unserer Hand befinden, schmeckt mir nicht. Sie würden das nicht tun, wenn es ihnen nicht irgendeinen Vorteil verschaffen würde.« Wolf fluchte. »Wenn ich nur mehr Informationen hätte, was dort draußen vor sich geht.«

Kommunikation war tatsächlich ein äußerst bedenkliches Problem, vor dem sie standen. Die Ruul störten den Funk, wo immer es ihnen möglich war. Wolf hatte inzwischen Glasfaserkabel verlegen lassen, um zumindest die wichtigsten Stellungen rudimentär mit dem Hauptquartier zu verbinden. Dies funktionierte aber beileibe nicht lückenlos. Von einigen Einheiten hatten sie seit Stunden nichts mehr gehört. Jessica Cummings Einheit zum Beispiel, zu der auch Delaney zählte, war seit dem Fall der Hauptstraße verschwunden. Wolf hoffte, dass sie noch lebten und den Kampf eigenständig weiterführten. Damit waren sie längst nicht allein. Die Ruul waren so schnell und weit vorgerückt, dass sich Dutzende von Einheiten plötzlich hinter den Linien wiederfanden. Sie schadeten dem Feind, wo immer sich eine Gelegenheit bot, doch sie waren weit von organisiertem Widerstand entfernt.

In anderen Fällen kommunizierten sie über altmodische Walkie-Talkies.

Manche Einheiten setzten inzwischen sogar Läufer ein, die Befehle und Meldungen zwischen einzelnen Stellungen hin- und hertrugen. Dass sie bisher überhaupt so lange durchgehalten hatten, grenzte schon an ein Wunder.

Die Wunde an seiner Hand brannte. Er konnte sie kaum noch benutzen, außerdem machte das ansteigende Fieber sogar die einfachsten Denkprozesse zur Tortur. Wolf wankte bedenklich und hielt sich am Tisch fest.

»Sie sollten sich etwas ausruhen«, meinte Bonnet besorgt.

Wolf schüttelte den Kopf und winkte lediglich ab.

Lieutenant Colonel Carson erhob sich von einem Stuhl, auf dem ein Sanitäter seinen Arm verbunden hatte. Die graue Miliziuniform des Offiziers war zerschlissen und hing in Fetzen. Trotzdem hielt sich der Mann immer noch aufrecht. Wolf ließ sich nichts anmerken, doch er bewunderte dessen stoische Haltung.

Trotz der Verletzung, die ein ruulanisches Schwert ihm beigebracht hatte, weigerte der Mann sich, seinen Posten zu verlassen und sich ins nächste Lazarett zu begeben.

Wolf überlegte. »Hält Major Carlyle immer noch die Universität?«

Lieutenant Colonel Carson nickte. »Er hat vielleicht zweihundert Mann bei sich.«

»Und Singh?«

»Keine Ahnung. Wird vermutlich auch irgendwo in der Gegend sein.«

»Besteht eine Funkverbindung zu Carlyle?«

»Sporadisch«, erwiderte Carson sarkastisch und seine Lippen verzogen sich zu einem ehrlichen Lächeln.

Wolf nickte und erwiderte das Lächeln. Carson machte sich offenbar um die Kommunikation ähnliche Gedanken wie er selbst.

»Teilen Sie ihm mit, er soll die ruulanischen Aktivitäten in der Nähe seiner Stellung auskundschaften. Ich will wissen, was da los ist.«

Carson nickte müde. »Zur Not schicke ich einen Läufer zu ihm.«

»Ich wünschte, ich hätte Leute, die die anderen beiden Punkte untersuchen könnten.«

Carson musterte die Karte. »Die ruulanische Stellung nahe der Hauptstraße ist zu weit hinter den feindlichen Linien, um eine Einheit zu riskieren, die sich dort umsieht«, er deutete auf die andere ruulanische Position, »aber ich könnte mir mit ein paar Leuten die feindliche Stellung nahe des Raumhafens ansehen. Auf dem Raumhafen steht immer noch der Gargoyle-Transporter. Falls die Ruul uns entdecken und verfolgen, hätten wir genug Feuerkraft im Rücken – nur für den Fall der Fälle.«

Wolf ließ sich Carsons Worte durch den Kopf gehen. Der Vorschlag barg tatsächlich einige Vorteile. Sie konnten nur gewinnen, wenn sie den Slugs immer eine Nasenlänge voraus blieben. Das funktionierte jedoch nur, wenn sie Informationen besaßen.

»Einverstanden, Colonel«, willigte Wolf schließlich ein. »Aber seien Sie vorsichtig.«

Carson nickte und lächelte zum Abschied. Wolf sah dem Milizoffizier nachdenklich hinterher, als dieser den Raum verließ.

Lieutenant General Corso Garret öffnete die Luke des schweren Cherokee-Panzers, um frische Luft in die enge Fahrerkabine zu lassen. Der Kampf um Carras entwickelte sich gut und die 159. Infanteriedivision hatte die Ruul bereits aus so gut wie all ihren Stellungen vertrieben. Wenn der Kampf weiter in diesem Ausmaß geführt würde, konnte er innerhalb der nächsten zwei Stunden erste Einheiten in Richtung Crossover in Marsch setzen.

Vizeadmiral Constantin hatte ihn bereits kontaktiert und mitgeteilt, dass sie massive Kämpfe in und um die planetare Hauptstadt festgestellt hatte. Die Leute dort würden Hilfe sicher zu schätzen wissen.

Garret steckte den Kopf aus der Luke und ließ die frische Brise seinen Kopf kühlen. In dem Panzer war es heiß wie in einem Backofen. Vor wenigen Minuten hatten seine Truppen die letzte größere Stellung der Slugs am Stadtrand von Carras gestürmt. Die brennenden Wracks von über dreißig Feuersalamandern und zwei Dutzend terranischen Panzern verschiedener Typen bedeckten das Schlachtfeld. Dazwischen die Leichen Hunderter Gefallener – Menschen und Ruul.

Soldaten der 159. Division schlichen mit angelegten Waffen zwischen den Trümmern umher, um nach eigenen Verwundeten und verletzten Slugs zu suchen, die sich möglicherweise hier noch irgendwo versteckten. Sobald das erledigt war, konnte die Stadt als gesichert angesehen werden.

Ein Quartett Arrows zog hoch über ihm durch die Luft. Die Jäger versorgten seine Truppen mit taktischen Daten und meldeten jede Feindbewegung. Es gab nichts, was sich ihren Augen oder Sensoren zu entziehen vermochte. Milizionäre der Alacantor-Streitkräfte schwärmten zusammen mit seinen Truppen aus, um die letzten Reste feindlichen Widerstands auszumerzen.

Ja, es würde in der Tat nicht mehr lange dauern, bis die Stadt gesichert war.

28

»Wir sollten schnellstens verschwinden, solange wir noch können.« Teroi ging unruhig auf und ab. Sie hatten soeben von Sara die Nachricht erhalten, dass die ruulanische Flotte sich jenseits des fünften Mondes sammelte und die Menschen somit uneingeschränkten Zugang zum Planeten besaßen. Er versuchte nun verzweifelt, Nereh zu überzeugen, den Planeten zu verlassen. Dieser hielt jedoch stur an seinem Vorhaben fest.

Der hochgewachsene Ruul schien von Terois Ausbruch keine Notiz zu nehmen. Stattdessen nahm er der Reihe nach die Berichte seiner Offiziere im Feld entgegen. Schließlich nickte er zufrieden.

»Unsere Truppen haben die Lagerhäuser mit den Containern eingenommen und gesichert. Sie beginnen jetzt damit, die Behälter zu perforieren, damit die Chemikalie im Erdboden versickert. Das wird noch zwei oder drei Stunden in Anspruch nehmen.« Er drehte sich um und fixierte Teroi mit festem Blick. »*Dann* können wir gehen.«

Teroi schnaubte hin und her gerissen zwischen dem Wunsch zu verschwinden und offener Verachtung für seinen Befehlshaber. »Bis dahin haben die Menschen uns überwältigt.«

»Ich gehe nicht, bis das erledigt ist, Teroi.«

Der Ruul wandte seinem Untergebenen den Rücken zu, als sei damit alles gesagt. Diese Missachtung seiner Person reizte Teroi noch mehr. Er sah sich Hilfe suchend unter den Erel'kai um. Die ruulanischen Elitekrieger fürchteten normalerweise keinen Kampf, doch auch sie schienen diesmal gewillt, die Schlacht abzubrechen. Es musste sich schon lohnen, falls sie ihr Leben riskieren mussten, und ihnen entzog sich der tiefere Sinn all dessen. Selbst wenn sie die Schlacht verloren – und es sah ganz danach aus –, würde der Planet nie wieder derselbe sein. Bereits jetzt waren weite Teile vom Krieg verwüstet oder von der Chemikalie vergiftet. Dies konnte durchaus als Sieg gewertet werden. Sie wollten ihr Leben nicht umsonst wegwerfen, nur für die geringe Möglichkeit, den Menschen noch ein wenig mehr Schaden zuzufügen. Trotzdem war keiner bereit, Nereh zu widersprechen. Er befehligte immer noch diese Mission. Teroi knurrte verbittert. Wenn sie doch auch nur so pflichtbewusst gewesen wären, als Kerrelak den ursprünglichen Ältestenrat abgeschlachtet hatte.

»Außerdem«, fuhr Nereh so unvermittelt zu reden fort, dass Teroi zusammenzuckte, »haben wir noch etwas anderes zu erledigen.«

Teroi blickte seinen Vorgesetzten misstrauisch an. »Und was?«

Nereh blickte nach Norden, wo sich die Gouverneursresidenz undeutlich im morgendlichen Dunst abzeichnete. »Wir schicken den Menschen eine allerletzte Botschaft.«

Die ruulanische Gruppe setzte sich wieder in Bewegung. Keiner der Krieger bemerkte die menschliche Gestalt, die ihnen wie ein Geist folgte.

Derek führte eine Gruppe von knapp hundert Mann durch die Trümmerlandschaft, die vor wenigen Tagen noch eines der schönsten Stadtviertel gewesen war. Staff Sergeant Lois McAvoy, die ihn bereits auf seiner früheren Mission ins besetzte Crossover begleitet hatte, ging nur zwei Schritte hinter ihm. Mit erhobener Faust gebot er der Truppe Einhalt. Die Soldaten zerstreuten sich augenblicklich zwischen den Trümmern und nutzten jede Gelegenheit zur Deckung. Die Männer und Frauen hatten kaum noch Ähnlichkeit mit den unsicheren und unreifen Soldaten, die sie gewesen waren, als sie zum ersten Mal einen Fuß auf Alacantors Boden gesetzt hatten. Sie handelten und dachten inzwischen wie alte Hasen. Die Kämpfe um diesen Planeten hatten die Spreu vom Weizen getrennt und übrig geblieben waren erfahrene Veteranen.

Derek war nicht wirklich begeistert von dem Befehl, sich die Stellungen der Ruul etwas näher anzusehen. Als der Läufer Lieutenant Colonel Carsons ihn erreichte, war er gerade dabei, die Universität zu befestigen. Die Mensa des Campus war zum Feldlazarett umfunktioniert worden, wobei Feldlazarett nur ein besserer Begriff für Ablagestelle war, da sie ohnehin nicht viel für die Verwundeten tun konnten.

Die Verteidiger von Crossover hatten die unerwartete Kampfpause dazu genutzt, ihre wenigen verbliebenen festen Stellungen zu sichern und ihre Kräfte umzugruppieren. In der Universität von Crossover führte nun Narim das Kommando, der sich dort mit den Überresten seiner Truppe eingefunden hatte. Eveline war bei Kolja auf dem militärischen Raumhafen, wie Derek erfahren hatte, doch von Jessica und Delaney fehlte nach wie vor jede Spur. Derek befürchtete das Schlimmste.

»Captain?«, sprach McAvoy ihn an.

»Ein Trupp Ruul«, meldete Derek nach hinten. »Etwa hundert Meter voraus.«

»Was tun die?«

Derek wagte es nicht, sich noch mehr aus der Deckung zu bewegen. Die Ruul besaßen scharfe Augen, und falls sich Kaitars unter ihnen befanden, konnten diese sie durchaus wittern.

»Schwer zu sagen. Sieht so aus, als bewachen sie ein Lagerhaus.«

»Ein Lagerhaus? Kann mir nicht vorstellen, dass das wichtig genug ist, um ihren Vormarsch einzustellen.«

Derek zuckte unschlüssig mit den Schultern.

»Cap? Was tun wir jetzt?«, fragte die Unteroffizierin.

»Ich wünschte, ich könnte sagen, wir bleiben hier und beobachten das Ganze eine Weile.«

»Oh nein!«, stöhnte McAvoy.

»Doch«, meinte Derek mitfühlend. »Wir müssen näher ran.«

Lieutenant Colonel Carson konnte die ruulanische Truppe von seinem Aussichtspunkt deutlich sehen. Sie befand sich knapp zweihundertfünfzig Meter südöstlich des Raumhafens.

Die Slugs hatten ein Lagerhaus besetzt. Die menschlichen Truppen, die es verteidigt hatten, lagen nun zerfetzt auf dem Asphalt oder zusammengesunken über den Resten der Barrikade, wo sie verbissen die Stellung gehalten hatten.

Die Slugs schafften große Container aus dem Lagerhaus und bauten sie auf der Straße auf. Carson konnte sich keinen Reim darauf machen. Nur eines wusste er: Wenn die Slugs diese Container wollten, konnte dies für die Verteidiger nur schlecht sein. Carson sah durch den Feldstecher lediglich zwei Dutzend Slugs und drei Kaitars.

Müsste eigentlich zu schaffen sein, ging es ihm durch den Kopf. Carson hob prüfend den Kopf. Der Wind kam aus ihrem Rücken. Die Kaitars hätten keine Chance, sie zu wittern.

Er gab seiner Einheit ein knappes Zeichen. Er hatte sie in drei Trupps aufgeteilt. Zwei rückten über die Straße vor, der dritte Trupp blieb bei ihm und gab von der erhöhten Position aus Feuerschutz. Die Soldaten der ersten zwei Trupps schwärmten zu beiden Seiten der Straße aus. Die Slugs hatten sie noch nicht entdeckt. Das Überraschungsmoment lag eindeutig auf ihrer Seite. Er wollte gerade das Zeichen zum Angriff geben, als einer der Kaitars schnüffelnd die Schnauze in den Wind hob.

Eine Böe wehte Carson eine Haarsträhne in die Stirn. In plötzlichem Verstehen, riss er die Augen auf. Der Wind. Er drehte.
Scheiße!
»Angriff!«, schrie er in sein Headset.
Seine Truppe eröffnete augenblicklich das Feuer. MG-Salven und Laserschüsse brachen über den Feind herein. Die ersten Salven mähten bereits die Hälfte der Slugs nieder. Die Kaitars wurden von der Kette gelassen und griffen, ohne zu zögern und ohne auf ihr eigenes Befinden zu achten, an.
Einer der Milizionäre zog geistesgegenwärtig eine Granate ab und warf sie in hohem Bogen unter die angreifenden Tiere. Die folgende Explosion erfasste den letzten Kaitar und schleuderte ihn hoch in die Luft, bevor er mit dumpfem Geräusch auf dem Asphalt aufprallte und blutüberströmt liegen blieb.
Der führende Kaitar setzte mit einem gewaltigen Sprung über die erste Gruppe Soldaten hinweg. Noch in der Luft öffneten sich seine mit rassiermesserscharfen Zähnen gespickten Kiefer und erfassten einen TKA-Soldaten. Die Kiefer klappten zusammen und bissen den Unglückseligen mühelos in zwei Teile. Der Mann war bereits tot, noch bevor das Tier landete.
Drei TKA-Soldaten schossen sich auf den zweiten Kaitar ein, der seinem Rudelführer folgen wollte. Eine Lasersalve brannte ihm die vordere rechte Pfote einfach weg. Das Tier jaulte, geriet aus dem Tritt, ja stolperte sogar. Dann fing es sich jedoch wieder und griff erneut an. Es tötete fünf Menschen, bevor es unter den Bajonetten eines halben Dutzends Soldaten zu Boden ging. Noch im Todeskampf riss es einem Mann den Bauch auf.
Der Rudelführer biss um sich und schlug mit seinen gefährlichen Pranken nach den Menschen. Einem TKA-Soldaten wurde glatt der Kopf vom Rumpf gerissen. Ein Milizionär stieß dem Tier den Gewehrlauf mit dem Bajonett durch das geöffnete Maul. Das Tier versuchte noch, den Mann zu beißen, und spießte sich förmlich selbst an der Waffe auf. Die Spitze des Bajonetts erreichte das Hirn des Kaitars und das Tier starb mit einem gequälten Heulen.
Weitere Slugs rannten aus dem Gebäude. Carson gab seinem dritten Trupp ein Zeichen. Die Soldaten feuerten aus allen Rohren. Die Slugs erwiderten das Feuer. Soldaten beider Seiten fielen, allerdings deutlich mehr Slugs.
Die Überlebenden der ersten beiden Trupps rückten unter dem Deckungsfeuer der übrigen Soldaten wieder vor. Carson sah durch die Zieloptik seines Sturmgewehrs. Er hatte einen Slug im Visier. Er kannte sich in der Hier-

archie der Slugs nicht wirklich gut aus, doch wenn er sich nicht sehr irrte, dann hatte er der Farbe der Schuppen nach einen Offizier vor sich. Dass der Krieger die Verteidigung des Lagerhauses offenbar befehligte, bestätigte diesen Eindruck noch.

Carson wartete auf einen sicheren Schuss. Der Offizier war sich der Gefahr, in der er sich befand, nicht bewusst. Carson drückte ungerührt ab und beobachtete, wie der Kopf des ruulanischen Kriegers zerplatzte, als die großkalibrige Kugel den Schädelknochen durchschlug.

Carson gönnte sich einen Augenblick der Genugtuung. Es schien tatsächlich, dass es ihnen gelingen würde, das Lagerhaus in ihre Gewalt zu bringen. Doch in diesem Moment dröhnte Motorengeräusch aus der nächsten Querstraße. Carson wandte sich gerade zu dem Geräusch um, als zwei Feuersalamander um die nächste Ecke bogen.

»Oh, nein!«, hauchte der Milizcolonel.

Porter ließ sich schwer in seinen Kommandosessel fallen, als er den ruulanischen Schlachtträger, der sein Brückenfenster ausfüllte, brennend davondriften sah.

Die Außenhülle des ruulanischen Großkampfschiffes war an mindestens neun Stellen perforiert, Flammen leckten aus dem offenen Maul, das einmal das Startdeck gewesen war, immer wieder angeheizt durch die Treibstoffvorräte der Jäger, die dort lagerten. Die Geschütze des Kriegsschiffes waren längst verstummt.

Die *Hannibal*, das Flaggschiff Admiral Constantins, glitt an dem brennenden Moloch vorbei. Ihre Batterien spien immer noch Feuer und Tod gegen den gefallenen Gegner. Der Admiral ging kein Risiko ein und wollte das Kriegsschiff ein für alle Mal erledigen. Es bestand immer die Möglichkeit, dass selbst besiegt geglaubte ruulanische Schiffe sich noch als Bedrohung entpuppten.

Vizeadmiral Soraya Constantin leckte sich über die trockenen, aufgesprungenen Lippen. Das Lebenserhaltungssystem arbeitete nur noch mit Minimalleistung. Die Energie wurde dringend für die Schadenskontrolle gebraucht. Die *Hannibal* konnte eine Menge einstecken, trotzdem zeigte der kontinuierliche Beschuss langsam Wirkung. Die Hauptbewaffnung am Bug war auf zwei 5er-Laserbatterien zusammengeschmolzen, die Raketenbewaffnung mittschiffs und Steuerbord hatten ihre Munition verbraucht, die holografischen Systeme der Taktik fielen immer wieder flackernd aus, nur um sich Sekunden später erneut aufzubauen. Es war schwer, den Überblick zu behalten, wenn die Anzeigen derart unzuverlässig wurden.

»Percy? Wann ist das taktische Hologramm repariert?«, blaffte sie ihren XO an. Der Mann diente bereits seit vielen Jahren unter ihr und kannte sie gut genug, um nicht eingeschnappt zu sein.

»In etwa zwanzig Minuten, Admiral. Die Techniker mussten erst zwei Lecks auf Deck drei und eines auf Deck sieben abdichten.«

Constantin quittierte die Meldung mit einem Nicken. Das Hologramm baute sich gerade erneut auf. Constantin riss die Augen auf. In den Sekunden, in denen das Hologramm ausgefallen war und sich reinitialisieren musste, hatten drei ruulanische Schiffe – zwei Zerstörer und ein Typ-8-Kreuzer – beigedreht und stellten sich der *Hannibal* Breitseite auf Breitseite.

Explosionen überzogen Bug und Backbordseite des Schlachtschiffes. Das Deck erzitterte unter Constantins Füßen.

»Feuer erwidern!«

Die beiden schweren 5-Zoll-Laser am Bug der *Hannibal* spien jeweils einen kohärenten Energiestrahl aus. Die Strahlen spießten einen der Zerstörer auf. Die Energie fraß sich buchstäblich durch den Rumpf des kleineren Schiffes und traten an der gegenüberliegenden Seite wieder aus. Sekundärexplosionen pflanzten sich durch die gesamte Länge des Zerstörers fort, Panzerplatten brachen auf, als sich die Energie ihren Weg ins All bahnte. Der Zerstörer stellte augenblicklich das Feuer ein und driftete davon. Constantin bezweifelte, dass von der Besatzung noch jemand am Leben war.

Eine kombinierte Salve aus 3- und 5-Zoll-Batterien perforierte den zweiten Zerstörer an Steuerbord vom Bug bis zum Heck. Trotzdem hatte das malträtierte Schiff noch die Gelegenheit, zwei Raketensalven anzubringen, die die *Hannibal* etwa zehn Prozent ihrer verbliebenen Steuerbordbewaffnung kosteten, bevor eine weitere Lasersalve den ruulanischen Zerstörer in kosmischen Staub verwandelte. Nur eine sich ausbreitende Trümmerwolke zeugte noch von der Existenz des kleineren Schiffes.

Der Typ-8-Kreuzer eröffnete erneut das Feuer. Die Brückenbeleuchtung fiel flackernd aus, nur um Sekunden später von der roten Notbeleuchtung ersetzt zu werden.

Der verdammte Bastard zielt auf die Brücke!

»Nach Backbord schwenken und drehen Sie den Rumpf um neunzig Grad. Bringen Sie die Kommandobrücke aus seinem Feuerbereich.«

»Aye, Admiral«, drang von irgendwoher die Stimme ihres XO zu ihr durch. Die *Hannibal* schwenkte gehorsam herum und drehte dem Angreifer ihren Bauch zu.

Vier weitere Symbole gesellten sich zu dem Typ-8-Kreuzer. Ein Träger, zwei weitere Schwere Kreuzer und ein älteres Schlachtschiff der Predator-Klasse.

Das Schlachtschiff ließ eine vernichtende Salve gegen den Bauch der *Hannibal* los. Constantins Zähne klapperten schmerzhaft aufeinander, als das Schiff durchgeschüttelt wurde.

»Weiterfeuern! Auf die kleineren Schiffe konzentrieren. Wir müssen ihre Linien ausdünnen.«

Die fünf ruulanischen Kriegsschiffe nahmen die *Hannibal* in die Zange. Es würde nur Minuten dauern, bis das Shark-Klasse-Schlachtschiff umzingelt war. Dann würde nichts verhindern, dass die Ruul das Schiff von allen Seiten bearbeiteten, bis es erledigt war.

Unvermittelt erzitterte der ruulanische Träger unter einer Folge heftiger Treffer. Mehrere seiner Deckaufbauten wurden abgerissen und wirbelten davon, Waffenstellungen wurden verheert, dann – mit schockierender Plötzlichkeit – brach der Rumpf des Trägers auseinander und dort, wo das Schiff sich eben noch befunden hatte, blühte eine Explosion auf.

Ein zylinderförmiges Schiff pflügte aus allen Rohren feuernd durch die Explosion. Es war die *Dragoon*, zwar angeschlagen, aber immer noch kampfbereit. Die Waffen des Hermes-Kreuzers bearbeiteten einen der Typ-8-Kreuzer, sodass dieser nach kurzer Zeit einen Schwanz aus geborstener Panzerung und entweichender Atmosphäre hinter sich herzog.

Zwei weitere Schiffe gesellten sich zur *Dragoon* – zwei Schwere Kreuzer der Sioux-Klasse. Sie schlossen sich dem Angriff des tapferen kleinen Kreuzers an und in Gemeinschaftsarbeit zerlegten sie erst einen, dann zwei der feindlichen Kreuzer. Bevor sie sich auf das Predator-Schlachtschiff einschießen konnten, zog der feindliche Kommandant es jedoch vor, sich zurückzuziehen, wobei er sich der Hilfe des überlebenden Kreuzers bediente. Dieser hatte weniger Glück als das Schlachtschiff. Die drei terranischen Schiffe schossen ihn zusammen, bevor er außer Reichweite entkommen konnte.

»Admiral?«, meldete ihr ComOffizier. »Ein Ruf von der *Dragoon*.«

»Durchstellen!«

Vor ihrer Nase baute sich das Abbild Porters auf, der sie besorgt musterte. »Admiral? Alles in Ordnung?«

»Ja, Captain. Dank Ihnen.«

Porter nickte angesichts des unerwarteten Lobes. »Ma'am, wir haben ihre

Linien auf breiter Front durchbrochen. Wir sind jetzt erstmals seit Beginn der Schlacht eindeutig im Vorteil. Ihre Befehle, Admiral?«

Constantin lächelte rachsüchtig. »Angriff!«

In Koljas Ohren knackte es. Zuerst hielt er es für statisches Rauschen, doch dann kristallisierte sich eine menschliche Stimme heraus.

»Hallo? Hört mich jemand?«

Kolja stutzte. »Ja? Hallo? Wer ist denn da?«

»Lieutenant Colonel Carson von der Miliz. Mit wem spreche ich?«

Ein echter Lieutenant Colonel. Kolja nahm unwillkürlich Haltung an, obwohl der Mann ihn ja nicht sehen konnte.

»Kolja Koslov, Colonel. Vom 171. Regiment.«

»Kommandieren Sie die Stellung am militärischen Raumhafen?«

Kolja sah sich Hilfe suchend nach einem höherrangigen Soldaten um, fand jedoch keinen. Alle Offiziere in Reichweite waren verwundet und kaum in der Lage, das Kommando zu übernehmen. Schließlich seufzte er ergeben. »Ich ... ich glaube schon.«

»Sie glauben? Wie ist Ihr Rang?«

»Private, Sir.«

»Private? Ist das Ihr Ernst?«

»Ich bin auch nicht begeistert davon«, brach es aus Kolja heraus, bevor er sich stoppen konnte. Er setzte noch ein verspätetes »*Sir*« dahinter.

»Schon gut. Machen Sie all Ihre Waffen kampfbereit. Sofort!«

»Äh ... Sir?«

»Tun Sie es. Ich bin mit meinen Leuten etwa hundert Meter vom Raumhafen entfernt und uns sind ein paar Feuersalamander und ein ganzer Haufen Slugs auf den Fersen.«

»Colonel«, widersprach Kolja vehement. »Das hier ist inzwischen ein Lazarett. Die meisten Leute hier sind nicht mal in der Lage zu stehen, geschweige denn, eine Waffe abzufeuern.«

»Wir haben keine andere Wahl. Wir sind gleich bei Ihnen.«

Mit einem abrupten Knacken endete die Verbindung.

Kolja starrte perplex vor sich hin. Er war mit der Situation völlig überfordert. Er regte sich erst, als ihn Eveline unsanft an der Schulter rüttelte.

»Kolja? Was ist denn?«

Er starrte sie verständnislos an, doch dann wurde ihm klar, dass er etwas tun musste, und zwar schnell. Wenn er nicht handelte, waren all diese Menschen tot.

»Schaff alle sofort in den Transporter!«, befahl er ihr. Seine Stimme duldete keinen Widerspruch.

»Aber ...?«

»Sofort, Eveline!«

»Sie sehen nicht gut aus«, meinte Gouverneur Bonnet, während er Lieutenant Colonel Wolf zu einer Couch begleitete, damit dieser sich setzen konnte.

»Es geht mir gut«, protestierte der Offizier, ließ sich jedoch widerstandslos stützen.

»Es geht Ihnen nicht gut. Sie sind krank. Sie sollten sich schonen.«

»Wie steht die Schlacht?«, fragte Wolf.

»Unverändert.«

Wolf stieß ein krächzendes Lachen aus. »So schlimm also.«

»Wir schaffen es«, antwortete Bonnet ohne rechte Überzeugung.

»Sie sind ein schlechter Lügner, Bonnet.« Er lachte erneut. »Aber, zum Teufel, ich mag Sie.«

Der Gouverneur lächelte erfreut über das Lob. »Ruhen Sie sich bitte aus, Colonel.«

»Was sollte das bringen?«

»Was das bringt? Sie halten vielleicht ein paar Stunden länger durch.«

»Und wozu? Ohne medizinische Versorgung bin ich so gut wie tot und Sie wissen das.«

»Ich bin sicher, dass Hilfe unterwegs ist.«

»Meinen Sie? Wenn das so wäre, müssten sie schon hier sein. Nein, Bonnet, wir sind allein.«

Der Gouverneur öffnete den Mund, um etwas zu sagen, schloss ihn dann jedoch wieder. Es gab nichts, was er darauf hätte erwidern können. Im Grunde stimmte er Wolf zu. Sie würden die Schlacht verlieren, so viel stand fest. Warum die feindliche Flotte sie nicht längst ausgelöscht hatte, war ein Rätsel. Ströme von Blut ergossen sich durch die Straßen von Crossover und ein Ende war nicht in Sicht. Die Verteidiger der Stadt hielten sich tapfer, doch es war nur eine Frage der Zeit, bis man sie vollends überwältigen würde. In einigen Teilen der Stadt war dies bereits geschehen.

Ein Fauchen ließ ihn herumwirbeln. Einer seiner Leibwächter wurde von der Entladung einer Blitzschleuder im Rücken getroffen und stürzte zu Boden. Ein zweiter Leibwächter wich einem weiteren Schuss gerade noch aus, er riss sein Lasergewehr hoch und brannte einem ruulanischen Krieger, der mitten im Raum stand, ein Loch in die Stirn. Der Slug verdrehte im Todeskampf die Augen, bis nur noch das Weiße zu sehen war.

Der Leibwächter wollte ein weiteres Mal schießen, doch zwei Kugelblitze brannten sich durch seine Brust. Er starb mit einem schmerzerfüllten Schrei auf den Lippen.

Ein halbes Dutzend Slugs schwärmte im Raum aus. Sie sahen sich aufmerksam um. Als sie realisierten, dass sie mit den beiden Menschen allein waren, entspannten sie sich. Bonnet presste die Kiefer so fest aufeinander, dass es schmerzte. Er hatte alle anderen weggeschickt, um bei der Verteidigung der Stadt zu helfen, auch die meisten seiner Leibwächter. Nie im Leben hätte er geglaubt, dass die Slugs es noch auf die Gouverneursresidenz oder ihn selbst abgesehen hätten.

Zwei ruulanische Krieger traten vor. Bonnet erkannte sie anhand ihrer Ausrüstung, Schuppen und Waffen. Es waren Nereh und sein Adjutant. Sein Name war Teroi, glaubte er, sich zu erinnern.

Bonnet ließ sich seine Angst nicht anmerken und trat ihnen trotzig entgegen. Wolf saß auf der Couch und behielt die Slugs wachsam im Auge. Im Holster an seiner Hüfte steckte seine Laserpistole, doch mindestens einer der Slugs beobachtete ihn aufmerksam. Wolf vermutete, dass man ihm die Waffe mit Absicht ließ. Sie wollten ihn dazu provozieren, sie zu ziehen. Es machte ihnen Spaß, ihm den Anschein von Hoffnung zu lassen, bevor sie ihn umbrachten. Er entschloss sich, ihnen diese Genugtuung nicht zu gönnen, und verhielt sich still und besonnen.

»Nereh«, begrüßte Bonnet den Anführer der Ruul.

»Gouverneur Bonnet.«

»Ich hätte nicht gedacht, Sie noch einmal wiederzusehen.«

»Ich konnte doch unmöglich gehen, ohne mich zu verabschieden«, spottete der Ruul. Bonnet entging der Sarkasmus keineswegs.

»Was wollen Sie?«

»Rache.«

Bonnet hatte alle Mühe, bei diesem voll Hass ausgesprochenen Wort nicht zusammenzuzucken.

»Wie bitte?«

»Sie und Ihre Freunde haben das, was eine einfache Mission hätte werden sollen, zunichtegemacht und verkompliziert. Ihretwegen gehe ich jetzt als Versager nach Hause. Dafür wollte ich mich nur revanchieren.«

»Ihr Slugs braucht doch gar keinen Grund, um zu töten«, spie Bonnet dem Ruul entgegen.

»Ah, das denkt ihr also über uns.«
»Ist es denn falsch?«
Der Ruul neigte den Kopf zur Seite, als er überlegte. »Nein, nicht immer. Vermutlich hätte ich Sie in der Tat sowieso getötet. Aber ich will, dass Sie wissen, dass Ihr kleiner Aufstand nichts erreicht hat. Ihr Planet wird trotzdem sterben. Meine Krieger sind gerade dabei, ihn zu vergiften.«
»Sie dreckiger Hurensohn!«
Nereh warf den Kopf zurück und stieß ein gackerndes Lachen aus. »Ihr Menschen, selbst jetzt im Angesicht eures Todes seid ihr noch frech. Ich habe versucht, euch zu verstehen, um euch besser bekämpfen zu können, aber ich glaube, euch werden wir nie verstehen. Ich denke mittlerweile, ihr versteht euch nicht einmal selbst, sonst hättet ihr schon längst aufgegeben.«
»Hör auf zu reden und tu es endlich«, unterbrach Teroi ihn. »Bring ihn um, damit wir abhauen können.«
Nereh nickte und zog sein Schwert. »Leben Sie wohl, Bonnet.«

Eric schlich sich durch die zerstörte Eingangshalle der Gouverneursresidenz. Neben der Treppe, die in den ersten Stock führte, lagen die Leichen eines Leibwächters und zweier Milizionäre.
Aus dem Arbeitszimmer des Gouverneurs vernahm er tiefe Stimmen, die miteinander stritten und sich gegenseitig Beleidigungen an den Kopf warfen.
Vorsichtig arbeitete er sich vor. Im Arbeitszimmer des Gouverneurs standen sechs Ruul. Einer von ihnen erhob sich drohend über dem Gouverneur. Lieutenant Colonel Wolf saß mit aschfahlem Gesicht auf der Couch.
Der Ruul zog sein Schwert und hob es drohend über den Kopf.
»Leben Sie wohl, Bonnet«, sagte der Slug.
»Nein!«, schrie Eric voller Angst um das Leben des Gouverneurs und riss sein Gewehr hoch. Die Slugs wirbelten auf ihren krallenbesetzten Füßen herum. Sie waren nur den Bruchteil einer Sekunde abgelenkt, doch das genügte Wolf.
Der Colonel zog seine Waffe und schoss dem nächsten ruulanischen Krieger in den Kopf. Der Slug starb, ohne einen Laut von sich zu geben. Eric hob sein Sturmgewehr und mit einer präzisen Salve fällte er einen weiteren Ruul – dann brach die Hölle los.
Der ruulanische Anführer wirbelte erneut zu Bonnet herum und sein Schwert sauste herab. Bonnet wich zur Seite aus und rollte über den Boden. Das Schwert verfehlte ihn nur um Haaresbreite. Wolf erschoss einen

weiteren ruulanischen Krieger. Ein Ruul stürzte herbei und trieb Wolf sein Schwert tief in die Brust. Der Offizier ächzte auf und rutschte von der Couch, noch im Fallen löste sich ein Schuss aus der Waffe und streifte das Gesicht eines weiteren Ruul. Eric glaubte, in ihm den Adjutanten des ruulanischen Anführers wiederzuerkennen.

Eric zog den Abzug seines Gewehrs durch.

Nichts geschah.

Er fluchte. Ladehemmung.

Eric stürmte in den Raum und rammte dem Ruul, der Wolf gefällt hatte, das Bajonett in den Nacken. Der Ruul kreischte auf und versuchte, nach Eric zu schlagen, doch dieser drehte das Bajonett herum und durchtrennte die Nackenwirbel seines Gegners.

Eric zog die Waffe zurück und versuchte, das Schwert des Ruul mit der Brandwunde im Gesicht zu parieren, doch der Schlag wurde mit solcher Härte geführt, dass der Gewehrlauf zersplitterte und die beidseitig geschliffene Klinge in Erics Hals drang. Der Leibwächter des Gouverneurs ließ die Waffe fallen und wollte die Blutfontäne, die aus seinem Hals schoss, mit den Händen aufhalten. Seine Glieder fühlten sich mit einem Mal kalt an und er wunderte sich noch, warum er plötzlich so schwach wurde.

Ein Laserstrahl schlug über Teroi in die Decke ein. Instinktiv duckte er sich. Ein weiterer Strahl tastete nach Nereh, der nur knapp verfehlt wurde.

Teroi hatte genug. Er wollte nur noch weg von hier. Er packte Nereh an der Schulter und zog ihn mit sich aus dem Raum. Der ruulanische Anführer protestierte eine Weile, folgte dann jedoch seinem Adjutanten aus der Gouverneursresidenz. Hier und heute war kein Sieg mehr zu erringen.

Bonnet kroch über den Boden zu Wolf, der seine Laserpistole immer noch auf die Tür gerichtet hielt, für den Fall, dass die beiden überlebenden Slugs zurückkehrten.

Der Gouverneur warf dem Leichnam Erics einen Blick voller Trauer zu. Er war ein guter Mann gewesen. Unter dem Körper des Leibwächters hatte sich inzwischen eine große Blutlache gebildet.

Bonnet ließ sich neben Wolf sinken und stützte den Kopf des Offiziers. Wolf blickte zu ihm auf. »Können Sie damit umgehen?« Er wedelte mit der Pistole herum.

Bonnet nickte.

»Dann nehmen Sie sie. Ich kann sie kaum noch halten.« Mit diesen Worten drückte er dem Gouverneur die Waffe in die Hand.

Bonnet zog seine Jacke aus und presste sie auf Wolfs Brustwunde. Es war eine vergebliche Mühe und beide wussten es. Selbst unter optimalen Bedingungen und falls sofortige medizinische Hilfe verfügbar gewesen wäre, hätte man Wolf nicht mehr retten können. Die beiden Männer sagten kein Wort.

Bonnet blieb neben Wolf sitzen.

Bis der rasselnde Atem des Offiziers verstummte.

Lieutenant Colonel Carson stürmte die Rampe des Gargoyle-Truppentransporters hoch, während er einen seiner Männer stützte. Der Milizionär konnte kaum noch gehen.

Er übergab den Verletzten einigen hilfreichen Händen und widmete sich dem jungen Mann, der ihm gegenüberstand.

»Sie sind Kolja Koslov?«

Der Mann nickte. »Und da Sie jetzt da sind, haben Sie das Kommando.«

Carson bestätigte diese Aussage mit einem Nicken. Er konnte sich des Gefühls nicht erwehren, dass der junge Private froh war, die Verantwortung abgeben zu können.

Eine Detonation ließ den Gargoyle erbeben. Carson hielt sich am Türrahmen fest, um nicht zu stürzen. Er wandte sich um. Vier Feuersalamander arbeiteten sich über das Flugfeld vor, begleitet wurden sie von mindestens einer Hundertschaft Slug-Krieger. Carson schluckte.

»Lassen Sie die Waffen besetzen, Private. Es geht los.«

Mehrere Kugelblitze schlugen rings um Dereks Deckung ein. Mauerwerk bröckelte ab. Es gab immer weniger Raum, hinter dem er sich verbergen konnte.

Seine Truppe erwiderte das Feuer, jedoch ohne erkennbare Wirkung. Dereks Einheit saß im Kreuzfeuer fest. Sie hatten sich dem Lagerhaus bis auf fünfzig Meter genähert, als die Slugs sie bemerkt hatten. Nun saßen sie in einem Gebäude fest und ihnen ging langsam die Munition aus – und die Optionen.

Ein ruulanischer Krieger sprintete über die Straße von einer Deckung zur anderen. Staff Sergeant McAvoy spähte durch die Zieloptik ihres Sturmgewehrs und nietete den Slug mit einer einzelnen Kugel um.

»Guter Schuss«, lobte Derek.

»Eine meiner leichtesten Übungen«, grinste McAvoy zurück.

Einer seiner Soldaten brachte ein schweres MG auf einem Zweibein in Stellung. Das Gewehr begann, röhrend zu feuern, und zwang eine ruulanische Kriegergruppe in einem Gebäude auf der anderen Straßenseite in Deckung.

Ein Milizionär fiel, dann ein weiterer, gefolgt von einem TKA-Soldaten. Die Slugs wurden langsam mutiger. Schräg gegenüber sammelte sich eine feindliche Gruppe zum Angriff auf ihre Stellung.

Das würden sie nicht überleben.

Sara'nir-toi schlug frustriert auf eine Konsole ein, als er sein letztes Schlachtschiff in Flammen aufgehen sah. Das Schiff brach unter dem Kreuzfeuer des feindlichen Flaggschiffes und zweier Schlachtträger auseinander.

Er überflog seine Anzeigen und fauchte. Er verfügte lediglich noch über achtzehn Schiffe und die nestral'avac gewannen zusehends an Boden. Es galt jetzt nur noch eine Wahl zu treffen: fliehen oder sterben.

Er wandte sich einem seiner Offiziere zu. »Es ist mir vollkommen egal, wie ihr das anstellt, aber beschafft mir sofort eine Verbindung zu Nereh oder Teroi.«

Die Wunde in Terois Gesicht, wo ihn der Laserstrahl dieses menschlichen Offiziers gestreift hatte, brannte wie Feuer. Tiefer jedoch als jeder Schmerz brannte die Scham. Nereh lief wie in Trance hinter ihm durch die Straßen der belagerten Stadt. Er schien von kaum noch etwas Notiz zu nehmen.

Ständig murmelte er irgendetwas vor sich her, das klang wie: »Wie konnte das alles nur geschehen?«

Warum er den Idioten gerettet hatte, überstieg sein Begriffsvermögen. Er hätte ihn sterben lassen sollen, das hätte vieles vereinfacht. Er konnte es sich nur so erklären, dass ihn diesem einen Augenblick sein Pflichtgefühl instinktiv die Gewalt über sein Handeln übernommen hatte.

Irgendwann hielt Teroi es nicht mehr aus, wirbelte herum und packte Nereh am Kragen.

»Wie das alles passieren konnte? Ich kann dir genau sagen, wie. Du hast von Anfang an Fehler gemacht, Nereh. Von Anfang an. Die Menschen verstehen nur Härte, aber du dachtest ja, mit Nachsicht könntest du sie bis zum Abschluss unserer Mission gefügig halten. Ich sag dir was, Nereh: Das war ein Irrtum!«

Die letzten Worte spie er Nereh voller Abscheu ins Gesicht.

»Lass ... mich ... los!«, bettelte Nereh.

Teroi schlug dem anderen Ruul vor die Brust, sodass dieser gegen die nächste Hauswand geschleudert wurde und sich dort schwer atmend an den Hals griff.

»Bist du verrückt geworden, Teroi?« Neuer Mut kam in Nereh hoch. »Du vergisst, wo dein Platz ist! Du stehst weit unter mir!«

Teroi wusste in diesem Augenblick selbst nicht so recht, wie ihm geschah. Aus irgendeinem Grund wirkten diese Worte beruhigend auf ihn. Seine Wut verrauchte und er musterte seinen Vorgesetzten mit ausdrucksloser Miene.

»Weißt du, was mir gerade auffällt, Nereh?«

Der andere Ruul erwiderte verständnislos Terois Blick, sodass dieser fortfuhr.

»Wir sind allein. Keine Zeugen.«

Ohne weiteren Kommentar zog Teroi sein Schwert und schlug Nereh den Kopf ab. Der kopflose Rumpf rutschte an der Hauswand zu Boden. Teroi fletschte seine Zähne zu einem befriedigten Lächeln. »So, ab jetzt keine Befehle mehr.«

Sein Funkgerät piepte und er aktivierte es gelassen. Er fühlte sich so gut wie seit Tagen nicht mehr. »Hier Teroi.«

»Hier Sara. Wir müssen uns dringend zurückziehen. Wir verlieren die Schlacht.«

»Kannst du noch ein Schiff schicken, das mich abholt?«

»Ja, das geht noch. Was ist mit Nereh?«

Teroi warf der Leiche einen letzten Blick zu. »Der ist zur Zeit ein wenig kopflos.«

Die Zwillingslaserbatterien des Gargoyle schlugen zu und wanderten über die angreifenden Ruul. Mindestens zehn wurden durchlöchert oder in lebende Fackeln verwandelt.

Carson, Eveline und Kolja hielten mit einem guten Dutzend Milizionären und ebenso vielen TKA-Soldaten die Rampe gegen den feindlichen Ansturm.

Eine der Zwillingsgeschütztürme verstummte, als das Artilleriegeschoss eines Feuersalamanders ihn zertrümmerte. Aus dem geborstenen Gehäuse drang dichter, schwarzer Qualm.

Das letzte Lasergeschütz des Truppentransporters schoss sich auf einen der Feuersalamander ein und knackte nach wenigen Sekunden dessen Panzerung. Der Innenraum füllte sich mit Feuer. Das schwere Artilleriegeschütz des Truppentransporters erledigte einen weiteren feindlichen Panzer, von dem nicht mehr übrig blieb als ein Krater im Boden.

Die beiden anderen ruulanischen Panzer ließen mit ihren Salven das Schiff erbeben, sodass Kolja befürchtete, es würde auseinanderbrechen.

Slugs schwärmten über die Rampe. Die erste Reihe ging unter dem Feuer der Verteidiger zu Boden, doch die zweite rückte zu schnell nach. Ein Milizionär ging mit einem Schwert im Leib zu Boden. Ein TKA-Soldat wollte ihm zu Hilfe eilen und erlitt dasselbe Schicksal.

Carson parierte einen Schwerthieb mit seinem Bajonett. Kolja reagierte sofort und trieb dem Slug seine eigene Klinge in den Leib.

Der Ruul stürzte rücklings und riss dabei noch zwei seiner Kameraden mit sich von der Rampe. Weitere Slugs strömten nach. Die beiden Feuersalamander hatten durch ihr kombiniertes Feuer das Artilleriegeschütz und den letzten Laser des Gargoyle zerstört. Nichts hielt die Slugs jetzt noch zurück.

In Eingangsbereich des Transporters entbrannte ein heftiges Handgemenge, in dem man schnell die Übersicht verlieren konnte.

Eveline und Kolja hielten sich zwei Slugs mit ihren Bajonetten vom Leib. Carson führte einen begrenzten Gegenangriff, um die Angreifer wieder zur Tür hinaus und auf die Rampe zu treiben.

Der Milizcolonel trieb einem Slug sein Bajonett in die Brust und wollte seine Waffe wieder zurückziehen. Erschrocken stellte er fest, dass sich die Waffe verhakt hatte. Sosehr er sich auch abmühte, sie zu befreien, die Klinge rührte sich nicht. Ein Slug sah seine Chance gekommen und schlitzte Carson mit seinem Schwert den Bauch auf. Der Colonel war bereits tot, als er auf dem Boden aufschlug.

Kolja lief der Schweiß in wahren Sturzbächen in die Augen. Ungeduldig blinzelte er ihn weg. Die Ruul hatten den Sieg schon vor Augen.

Plötzlich explodierten kurz hintereinander beide Feuersalamander auf dem Flugfeld. Die Slugs waren davon mindestens ebenso geschockt wie die Menschen. Ein Quartett Jäger donnerte im Tiefflug über den Gargoyle hinweg. MG-Salven nahmen die Slugs auf der Rampe unter Feuer und zerfetzten sie. Das war zu viel für die Angreifer. Die überlebenden Slugs drehten um und nahmen ihre Beine in die Hand. Die Schlacht um das Flugfeld endete ebenso abrupt, wie sie begonnen hatte.

In Koljas Ohren knackte es, als jemand Verbindung mit ihm aufnahm. »Achtung! An die Soldaten, die den Truppentransporter verteidigen. Hier spricht Lieutenant Paul Becket, 2. Alacantor-Miliz-Staffel. Haltet durch! Hilfe ist auf dem Weg. Ich wiederhole: Verstärkungstruppen haben soeben den Stadtrand von Crossover erreicht.«

Keine Sekunde zu früh, dachte Kolja erleichtert. *Keine Sekunde zu früh.*

Derek ließ sich erschöpft auf die Mauer sinken, sodass seine Füße in der Luft baumelten. Staff Sergeant McAvoy reichte ihm eine Wasserflasche, aus der er einen Schluck nahm, dann noch einen tieferen. Sein Hals fühlte sich wie ausgedörrt an.

Beinahe.

Beinahe wären sie überrannt worden, wären nicht im letzten Moment Jessica Cummings und Delaney aufgetaucht und hätten ihnen geholfen, den letzten ruulanischen Angriff zurückzuschlagen. Die beiden saßen nur zwei Meter neben ihm und wirkten nicht minder erschöpft. Zu allem Überfluss waren endlich Verstärkungstruppen eingetroffen.

Auf der Straße unter ihm zogen Kolonnen von Panzern, Schützenpanzern, Fahrzeugen und Infanterie vorüber. Sie gehörten der 159. Division unter Lieutenant General Garret an.

Dieser Übermacht hatten die Slugs nichts mehr entgegenzusetzen. Die TKA-Division würde die letzten Reste des feindlichen Widerstands innerhalb kürzester Zeit zermalmen.

Kein Wunder, dachte er. *Die meiste Arbeit haben ja schon wir erledigt.*

Wie es auf dem Flugfeld um Kolja und die dortigen Verwundeten stand, wusste Derek noch nicht, doch es bestand bereits eine Verbindung zur Universität. Narim hatte die Stellung dort ebenfalls erfolgreich behauptet.

Gott sei Dank!

Sie hatten Alacantor gehalten.

Unter großen Verlusten zwar, aber sie hatten gewonnen.

Die Schlacht war vorbei.

Epilog

Der Wahnsinn des Krieges

Mit dem Schild oder darauf
Spartanisches Kriegersprichwort

Derek Carlyle beobachtete, wie die Überreste des 171. Regiments an Bord des Truppentransporters marschierten. Es waren bedrückend wenige. Gerade einmal einhundertdreißig Mann hatten den Kampf um Alacantor überlebt.

Erschöpft stapften die Männer und Frauen apathisch die Rampe hinauf, die Seesäcke mit ihren wenigen Habseligkeiten über der Schulter.

Der Kampf um Alacantor war seit einer Woche beendet, doch noch immer waren einige Brände innerhalb der Stadt nicht gelöscht. Es würde dauern, die sichtbaren und unsichtbaren Wunden zu heilen, die der Planet und seine Menschen erlitten hatten.

Sie hatten inzwischen Nachricht aus anderen Systemen erhalten. Die Ruul hatten tatsächlich alle Welten, die sich auf die Produktion von Nahrungsmitteln spezialisiert hatten, auf dieselbe Weise wie Alacantor angegriffen. Die meisten Angriffe hatten abgewehrt werden können. Lediglich ein Planet war verseucht worden, bevor man die Ruul hatte aufhalten können. Hinzu kam Alacantor. Etwa sechzig Prozent der Oberfläche war von den Slugs verseucht worden. Auf den betroffenen Flächen würde über Generationen hinweg nichts mehr wachsen. Das Konglomerat schickte Spezialisten, die die Chemikalie analysieren sollten, in der Hoffnung, ein Gegenmittel zu finden. Die Chancen standen allerdings nicht gut. Eine Hungersnot würde es jedoch nicht geben. Die Produktion der übrigen Systeme würde gesteigert. Außerdem hatten die Behörden es geschafft, die Konvois, die Alacantor angelaufen und wieder verlassen hatten, zu stoppen, sodass kein kontaminiertes Essen verteilt würde. Wenigstens ein Lichtblick inmitten des Todes. Trotz allem hatten die Slugs letzten Endes versagt.

Er zupfte nervös an den Rangabzeichen, die seinen Uniformkragen zierten. Die brandneuen Abzeichen eines Lieutenant Colonels kamen ihm seltsam fehl am Platz vor. Doch nach Wolfs Tod und da er der einzig überlebende Bataillonskommandeur war, hatte Lieutenant General Garret ihn noch auf dem Schlachtfeld zum Lieutenant Colonel ernannt. Damit war er das neue Oberhaupt des 171. Regiments – oder was davon noch übrig war.

Narim würde das 1. Bataillon übernehmen und Jessica das 2. Wer als Kompanieführer nachrückte, musste man sehen, sobald die Lücken gefüllt waren. Ob es zukünftig ein 3. Bataillon geben würde, war allerdings noch unschlüssig. Sobald das Regiment und seine Ausrüstung verladen war, würde es nach Borgass gehen, zur personellen Aufstockung.

Zumindest schien das 171. Freiwilligenregiment jemanden ganz oben beeindruckt zu haben. General Garret hatte kurz nach der Schlacht einen Bericht abgeschickt, der voll des Lobes über die Einheit war. Das Regiment würde nicht in der Versenkung verschwinden, wie es so oft mit Einheiten geschah, die im Gefecht dezimiert wurden.

Tatsächlich wurde die Einheit nicht einfach nur wieder aufgestockt, sie wurde in ein reguläres TKA-Infanterieregiment umgewandelt. Das Dokument, das das Oberkommando ihm geschickt hatte und diesen Schritt offiziell machte, steckte in seiner Jackentasche. Er konnte es immer noch nicht so recht glauben, doch es entsprach der Wahrheit. Mit sofortiger Wirkung hörte das 171. Freiwilligenregiment mit temporärem Standort Alacantor auf zu existieren und das 171. Infanterieregiment mit Heimatbasis Alacantor wurde geboren. Außerdem wurde dem 171. Infanterieregiment aufgrund seiner herausragenden Leistungen der Veteranenstatus zuerkannt. Eine große Ehre für eine so junge Einheit, die darüber hinaus nur dazu gedacht war, den Abfall der Musterungsbüros aufzunehmen.

Dem Erfolg des 171. war es zu verdanken, dass man auch darüber nachdachte, die Freiwilligenregimenter etwas ernsthafter zu behandeln. Sie sollten zukünftig über hochwertigere Ausrüstung und bessere Ausbildung verfügen.

Wolf wäre über alle Maßen stolz, wenn er noch leben würde.

Wehmut und Trauer schnürte Dereks Herz zu, als er an den Colonel dachte. Er wünschte, der alte Haudegen wäre noch hier. Derek hatte sich nie gewünscht, diese Verantwortung auf seine Schultern zu nehmen, hatte nie nach einem solchen Posten gestrebt. Doch wie Narim ihm kurz nach der Ernennung süffisant erklärte, suchte sich manchmal der Job den Menschen aus, nicht umgekehrt.

Narim und Jessica traten zu ihm, nahmen ihn in die Mitte. Ihre Rangabzeichen wirkten nicht minder neu als sein eigenes. Der Inder klopfte ihm freundschaftlich auf die Schulter.

»So in Gedanken versunken?«

»Denkt euch nichts dabei. Ich bin nur in etwas melancholischer Stimmung.«

Narim nickte verstehend. Derek vermutete, dass sein Freund all diese Gedanken bereits hinter sich hatte. Nach einer Schlacht wägten die Überlebenden oft gegeneinander ab, was gewonnen und verloren worden war, und dann musste jeder für sich entscheiden, ob es das wert gewesen war.

So viele Freunde und Kameraden lagen nun auf Alacantor begraben. Ethan Wolf, Yato Kamamura, Gina Hooper und wie sie alle hießen. Außerdem noch Tausende von Männern und Frauen, deren Namen Derek wohl nie erfahren würde. Dann gab es noch solche, die so schwer verwundet waren, dass sie nie wieder ganz gesund werden würden. Allen voran der arme Baumann. Nach der Schlacht um Alacantor hatte Constantin sofort zwei Lazarettschiffe angefordert und diese hatten mittels Sanitätsshuttle die Verwundeten, die sie hatten zurücklassen müssen, aus den Höhlen evakuiert. Für einige war die Rettung zu spät gekommen. Doch der zähe kleine Major hatte überlebt, wenn auch nur knapp. Allerdings er würde wohl nie wieder eine Waffe tragen. Falls er nach seiner Behandlung darauf bestand, weiterhin Dienst zu tun, würde man irgendwo einen Schreibtischjob für ihn finden.

Weitere Soldaten traten an die Rampe heran, um den Truppentransporter zu besteigen. Ihre Kleidung war ein Sammelsurium verschiedenster Einheiten und Waffengattungen. Einige trugen das Grau der Miliz, andere trugen TKA-Uniformen, wiederum andere Zivil. Nach der Schlacht hatte General Garret einen Aufruf gestartet und es allen Überlebenden von Alacantor, egal ob Zivilist oder Soldat, freigestellt, sich dem 171. Infanterieregiment anzuschließen. Überraschend viele - insgesamt fast vierhundertfünfzig - waren der Aufforderung gefolgt. Einer der Ersten war Lorenzo D'Aquino gewesen, der Milizionär, den Eveline gerettet hatte. Sobald er sich von seinen Verletzungen erholt hatte, würde er nach Borgass kommen. Lieutenant Paul Becket und seine drei Piloten hatten sich ebenfalls zum 171. Regiment gemeldet. Ihre Firebirds hatte man bereits im Bauch des Gargoyle verstaut. Damit gehörte das 171. Regiment zu den wenigen Einheiten, die auf eine eigene Staffel zurückgreifen konnten. Ein großer Vorteil bei zukünftigen Missionen. Zusammen mit seinen eigenen Überlebenden würden diese Soldaten der Kern des neuen Regiments bilden.

Derek sah sich noch einmal um. Seine Zeit auf Alacantor war anders verlaufen als gedacht. Es hatte Tod und Entbehrungen gegeben. Er hatte Freunde sterben sehen - durch Ruul und auch durch einen Menschen. Bei der Erinnerung an Manoel Calderon verkrampften sich seine Wangenmuskeln. Und doch wollte er im Moment nirgends sonst im Universum sein. Nach dem Fall seiner Heimat Rainbow war er einsam und verloren gewesen, ohne Freunde, ohne Familie. Doch hier hatte er eine neuen Familie gefunden, im Kreis seiner Einheit. Menschen, die genauso viel verloren hatten wie er selbst. Männer, die er mit Stolz seine Brüder nannte - oder in Jessicas Fall seine Schwester. Diese Menschen waren jetzt seine Welt und er würde alles in seiner Macht Stehende tun, um sie zu beschützen. Diese Einheit war jetzt sein Universum.

Narim erhielt über sein Headset eine Nachricht von Delaney.

»Das Regiment ist bereit zum Abheben, Colonel«, verkündete er.
Derek nickte und machte sich mit seinen zwei Freunden auf den Weg zur Rampe. Ja, er hatte in der Tat eine neue Familie gefunden, die es zu beschützen galt. Und beschützen würde er sie schon bald müssen. Seit einigen Tagen brodelte die Gerüchteküche. Man sprach von einer neuen Großoffensive gegen Serena, die in den nächsten Monaten zum Tragen kommen sollte, und das 171. Regiment sollte nach seiner Neuausrüstung daran teilnehmen. Das würde hart werden, denn die Slugs würden Serena sicherlich nicht kampflos räumen.

Als Derek die Rampe des Truppentransporters hinaufstieg, fiel sein Blick auf das neue Emblem der Einheit. Ein beinahe liebevolles Lächeln umspielte seine Mundwinkel.

Als Einheit mit Veteranenstatus, war es dem 171. Regiment gestattet, sich einen Beinamen zu wählen. Die Wahl war kurz und einstimmig gewesen, nachdem Derek seinen Vorschlag eingebracht hatte. Der Beiname der Einheit sollte alle Mitglieder des Regiments, solange es existierte, an den Mann erinnern, der Derek so viel über sich selbst beigebracht hatte, und als leuchtendes Beispiel dienen. Nicht dafür, was es hieß, ein Soldat zu sein, sondern vielmehr, was es hieß, ein Mensch zu sein. Der Wolfskopf mit den gefletschten Zähnen starrte auf Derek hinab und der neue Kommandeur der Einheit bekam fast den Eindruck, das Tier würde ihm zugrinsen.

Das 171. Infanterieregiment – die Wölfe Alacantors.

Kerrelak'estar-noro, Führer und Kriegsmeister der ruulanischen Stämme, stand Teroi'karis-esarro gegenüber und musterte den jungen Krieger mit undeutbarer Miene. Die Ratskammer an Bord des ruulanischen Flaggschiffs über dem Planeten, den die nestral'avac New Born nannten, war mucksmäuschenstill.

Die Mitglieder des Ältestenrats und die Patriarchen der ruulanischen Familien hielten den Atem an angesichts der zu erwartenden Entscheidung. Nur hin und wieder störte ein unterdrücktes Tuscheln das Ambiente.

Teroi war sich durchaus der Tatsache bewusst, dass nicht wenige der anwesenden Ratsherren mit seinem Ableben rechneten. Immerhin kehrte er als Versager heim, nur einen Bruchteil der eingesetzten Streitkräfte im Rücken – und Kerrelak schätzte keine Versager. Nein, er schätzte sie kein bisschen.

Kerrelak kehrte zu seinem Platz zurück – seine Begutachtung war offenbar beendet – und setzte sich. Die Anwesenden hielten erwartungsvoll den Atem an. Teroi ertappte sich dabei, wie er es ihnen gleichtat.

»Nun«, begann Kerrelak, »was sollen wir jetzt nur mit dir machen, junger Teroi? Kannst du mir das sagen?«

Teroi war sich im Klaren darüber, dass Kerrelak nicht wirklich mit einer Antwort rechnete. Vielmehr war es der Beginn eines seiner üblichen Monologe. Wellen des Hasses durchströmten ihn, als er den großspurigen Ruul auf dem Platz sah, der vor ihm von so vielen karis-esarro eingenommen worden war. Ein Platz, der ihm nicht zustand. Ein Platz, den er durch Verrat und Mord an jenen errungen hatte, die über ihm standen.

Wie Teroi erwartet hatte, sprach Kerrelak weiter. »Du kommst zurück mit nur ein paar Schiffen bei dir. Die Truppen, die wir Nereh zur Erfüllung seiner Mission überlassen haben, sind größtenteils zerstört, die Schiffe fast alle vernichtet. Nur einer von zwanzig Erel'kai, die euch begleitet haben, kam wieder.« Der Anführer der Erel'kai, der an Kerrelaks Seite Stand, zischte wütend.

Teroi würdigte ihn keines Blickes.

»Sag mir, Teroi. Was soll ich also mit dir machen?«

»Darf ich offen sprechen, Herr?«

Kerrelak hob überrascht den Kopf. Getuschel unter den Ratsherren wurde laut, das jedoch von Kerrelaks strengen Blicken schnell zum Schweigen gebracht wurde.

Teroi war sich bewusst, dass kaum einer eine solche Bitte an den Kriegsmeister stellte. Doch er hatte nichts zu verlieren. Wenn er nichts sagte, war sein Schicksal besiegelt. Mit viel Glück konnte er den Kriegsmeister vielleicht noch von seinem Wert überzeugen.

Kerrelak nickte auffordernd.

Also sprach Teroi. Er sprach um sein Leben.

»Mein Herr, ich sah keinen anderen Ausweg, als die verbliebenen Truppen zu sammeln und den Rückzug anzutreten. Die Schlacht war verloren. Es gab keinen Grund, sinnlos zu sterben.«

»Die Schlacht war verloren«, wiederholte Kerrelak. »Ihr hättet kämpfen können, den Planeten aus dem Orbit bombardieren können, ihr hättet tausend andere Dinge tun können, als zu fliehen.«

»Nereh, der die Mission befehligte, verbot mir, den Planeten zu zerstören. Einen entsprechenden Befehl findet Ihr auch in den Gefechtsaufzeichnungen. Als er tot war und ich den Befehl übernahm, war es bereits zu spät für so eine Aktion. Die Menschen vertrieben uns aus unseren Stellungen. Ich hielt es für angebracht zu retten, was zu retten war. Und wart Ihr es nicht, der uns beigebracht, nicht kopflos auf den Feind einzustürmen? Wart Ihr es nicht, der uns neue Wege der Kriegsführung gelehrt hat? Ich setzte nur Eure Lektionen um.«

Mehr als einer der Anwesenden sog scharf die Luft ein. Kerrelak selbst starrte ihn nur aus verengten Augenschlitzen an. Niemand belehrte Kerrelak, schon gar nicht auf eine solche Weise. Es sei denn, er war lebensmüde. Teroi hielt den Atem an. Die nächsten Sekunden würden sein Schicksal entscheiden.

Plötzlich lachte Kerrelak schallend los, sehr zur Verwunderung des versammelten Rates. »Gut gesprochen, Junge, gut gesprochen. Du hast tatsächlich recht. Der Rückzug war die einzig logische Entscheidung.«

Teroi unterdrückte ein erleichtertes Seufzen.

»Ja«, fuhr Kerrelak fort. »Die Verantwortung für den Fehlschlag trägt allein Nereh, und wäre er mit dir zurückgekehrt, hätte ich ihn auf der Stelle hinrichten lassen. Ich habe die Gefechtsaufzeichnungen der Schiffe und die Berichte der überlebenden Erel'kai bereits durchgesehen. Sie stützen allesamt deine Sicht der Dinge. Der Narr hat unzählige Fehler begangen. Widerstand auf Alacantor hätte es nie geben dürfen, nachdem er den Planeten eingenommen hatte. Damit fing alles an und damit verlor er die Kontrolle. Du hingegen hast Initiative bewiesen, hast gekämpft, wo es notwendig war, und hast dich zurückgezogen, als es keine Alternative mehr gab. Du hast Leben und Schiffe gerettet. Dafür gebührt dir der Dank dieses Rates. Es ist mein Wunsch, großzügig zu sein. Ich gewähre dir einen Wunsch für deine treuen Dienste. Was willst du? Ein eigenes Kommando? Ein Schiff? Sag es mir.«

»Alles, was ich will, mein Herr, ist es, dir weiter dienen zu dürfen. Nimm mich in deine Leibwache auf.«

Kerrelak stutzte überrascht, doch dann lächelte er. »Wir sind aber sehr forsch, nicht wahr? Aber das gefällt mir.« Der Anführer der Erel'kai stieß ein warnendes Fauchen aus, das Kerrelak mit zustimmendem Nicken quittierte.

»Trotzdem«, sprach der Kriegsmeister weiter, »ist dieser Wunsch ein wenig viel verlangt. Die Mitglieder meiner Leibwache sind alles altgediente Krieger, die eigene Missionen durchgeführt, Siege errungen und viele Kämpfe bestritten haben, bevor sie in meinen Dienst kamen. Es würde sie beleidigen, einen jungen Krieger in ihrer Mitte zu wissen, der sich noch keinen Namen gemacht hat. Ich werde dir jedoch ein Schiff und Truppen zur Verfügung stellen. So wie ich dich einschätze, wirst du dir mit diesen Truppen schnell einen Namen machen, da bin ich sicher. In einigen Jahren reden wir noch einmal über dein Anliegen.« Kerrelak überlegte kurz.

»Wenn ich es recht bedenke, habe ich bereits eine Mission für dich. Ja, in der Tat, sie wird genau das Richtige für dich sein.«

Teroi verbeugte sich tief, was dem Kriegsmeister offenbar sehr gefiel. »Ich danke euch, Herr. Ich werde alles tun, was in meiner Macht steht, um mich euch würdig zu erweisen und in die Reihen eurer Leibwache aufgenommen zu werden.«

Kerrelak bemerkte nicht, wie Teroi den Griff seines Schwertes streichelte, während er dies sagte.

Terranisches Schlachtschiff der Shark-Klasse

PAINE UNLIMITED SHIPYARDS

780 Meter Länge, 2.200 Mann Besatzung, 500 Marines, 32 Torpedorohre (Bug), 8 Torpedorohre (Heck), 7 x 1,5-Zoll-Laserbatterien, 7 x 3-Zoll-Laserbatterien, 6 x 5-Zoll-Laserbatterien, 10 Flakbatterien, 4 Antischiffsraketenwerferbatterien, verstärkte Panzerung

created by Allan J. Stark

Terranischer Schlachtträger der Nemesis-Klasse

PAINE UNLIMITED SHIPYARDS

900 Meter lang, 6.500 Mann Besatzung, 600 Jäger/Bomber, 1.500 Marines, 28 Torpedorohre (Bug), 12 Torpedorohre (Heck), 8 x 1,5-Zoll-Laserbatterien, 8 x 3-Zoll-Laserbatterien, 6 x 5-Zoll-Laserbatterien, 15 Flakbatterien, 6 Antischiffsraketenwerferbatterien

created by Allan J. Stark